AF398158

A. VIALON DEL.   J. GUILLAUME SC.

Adrien Paul.

BLANCHE MORTIMER

AVANT-PROPOS.

Il parut, il y a une dixaine d'années, chez l'éditeur Jules Labitte, un ouvrage sous ce titre : *l'esclave blanc, par l'auteur des* RÉVÉLATIONS SUR LA RUSSIE, *ouvrage traduit de l'anglais,* c'est-à-dire auteur et traducteur inconnus. L'éditeur lui-même n'est plus éditeur, et c'est en vain que, dans le désir de savoir à qui appartenait le terrain que nous allions fouiller, nous avons cherché à retrouver sa piste.

Au milieu d'incidens et de longueurs, qui à chaque page s'écartent du sujet, ce livre, l'*Esclave blanc,* renferme sur la Russie les renseignemens les plus intimes et les plus complets que nous ayons jamais lus. Seulement c'était le chaos : une oasis à peine par cent lieues de déserts, des montagnes de stériles épisodes à creuser avant de retrouver le filon. Or, cette appropriation aux allures dramatiques du roman actuel, à laquelle, amoureux que nous sommes de l'école buissonnière, nous n'eussions pas pensé à une autre époque, la guerre de Crimée nous a inspiré l'irrésistible désir de l'entreprendre. Les détails de mœurs locales que nous avions à extraire d'un pareil dé-

dale, et qui eussent été fort curieux en tout temps, nous ont semblé offrir en ce moment le plus vif attrait d'actualité. Au lecteur de juger si nous nous sommes trompé.

Et maintenant, rendons à César ce qui appartient à César : les détails de mœurs, nous le répétons, appartiennent à l'auteur anglais ; le canevas est à nous deux : à lui pour l'avoir dégrossi, à nous pour l'avoir tour à tour émondé, développé, amoindri, augmenté. Voilà pour le fond. Quant au texte, quant à la forme, le crime en est à nous seul ; nul n'y a trempé, et nous ne saurions mieux le comparer qu'au couteau de Jeannot, dont le manche et la lame avaient été changés successivement. En résumé, ce n'est donc pas une traduction, tant s'en faut, que nous offrons à nos lecteurs ; ce n'est pas non plus une imitation dans la véritable acception du mot : c'est quelque chose comme ces pièces de théâtre dont on emprunte l'idée première et les particularités caractéristiques soit aux anciens, soit aux littératures étrangères, et qu'on transporte sur notre scène, en les modifiant, dialogue, caractères et incidens, pour les approprier à ses exigences.

A. P.

40

 1865

PREMIÈRE PARTIE

I

AU THÉATRE DE SAN-CARLO, A NAPLES.

Nous sommes à Naples, en 1828, au théâtre de San-Carlo.

Dans une première de face se trouvent quelques hommes correctement habillés de noir, gantés de blanc et armés de jumelles qui ont des apparences de télescopes.

Permettez-moi de vous les présenter.

Ce sont: le prince Isaac Isaakoff, le comte Horace de Montressan et sir Thomas Blunt.

Le prince a de vingt-huit à trente ans; il est grand, bien fait, et ses traits sont assez réguliers, nonobstant l'épaisseur et la pâleur blafarde de sa peau d'Esclavon, résultat habituel de la température de serre chaude dans laquelle les enfans russes atteignent, en général, une précocité maladive. Ses narines ont cette dilatation et ses yeux ont cette obliquité également remarquables chez les races mongoles et dans les espèces félines. L'ennui, la satiété, l'épuisement s'allient sur sa physionomie à la fatuité et à l'insolence. La nature l'a doué de beaucoup d'esprit, et l'éducation russe, en lui enseignant à peser ses paroles, l'a préservé du bavardage dans lequel nous ne l'éparpillons que trop souvent. Il blesse également bien, quand il le veut, d'un coup de langue, d'un coup d'épée et d'un coup de pistolet. Dans son pays, mille craintes le bâillonnent; mais, au dehors, il n'est assujetti qu'à l'espionnage politique que tous les Russes de son rang ont nécessairement à subir, et laisse volontiers, comme nous allons le voir, la bride sur le cou de ses passions. Ajoutons que les pistoles affluent dans ses poches, qu'il jette son argent par les fenêtres, et qu'il a des fenêtres partout.

C'est tout ce que nous avons à en dire pour le moment.

Le comte Horace de Montressan est à peu près du même âge que le prince Ivan. C'est un gentilhomme accompli de tous points: beau, intrépide, généreux, impressionnable, de manières gracieuses et entraînantes; de l'Amadis, du Lauzun et du sportman réunis en un seul type étrange, presque inconnu de nos jours; éperons le matin et talons rouges le soir; tour à tour homme de turf et de salon; aimant les femmes et les chevaux sans les confondre; galant sans rudesse et parfaitement incapable de parler d'amour entre deux bouffées de cigare, comme c'est la mode aujourd'hui.

Sir Thomas Blunt est un baronnet de quarante-cinq à cinquante ans. Fort rouge, très empesé, très gros, excellent estomac, fort brave homme, chapeau en arrière, parapluie sous le bras, les pouces dans l'entournure du gilet, vivant un peu partout, sauf chez lui, ayant porté sa carte aux sommets de l'Himalaya et du mont Blanc, visitant tout sans trop rien voir; de ceux, en un mot, dont les impressions de voyage se résument en cartes de restaurateur et en notes d'hôtel.

Ces messieurs sont fort animés et semblent avoir mis la même persistance à se bien rendre compte des grands crûs de France et d'Allemagne, que le Frontin du *Nouveau Seigneur* aux prises avec le chambertin.

Quelques jeunes gens, personnages de hasard, comparses sans importance de la scène qui va suivre et que nous n'aurons plus occasion de revoir, lorgnent, bâillent, se cambrent et jasent dans la même loge.

Il va sans dire que, à tort ou à raison, toute la guirlande de jeunes femmes qui se déroule aux premières a été un peu saccagée, un peu meurtrie, un peu découronnée par la faconde de ces messieurs. Chacune y a passé, ma foi! laissant un lambeau de la blanche auréole aux crocs venimeux de la suffisance et de la fatuité. C'est comme une vaste hécatombe de fleurs virginales et de vertus; toute la salle en est jonchée.

Maintenant leur attention est absorbée par une loge dont les rideaux, à demi fermés, permettent aux deux personnes qui l'occupent de voir sans être vues. Une seule fois le nuage s'est déchiré, et une radieuse figure a lui, fugitive comme un éclair; puis tout est retombé dans la pénombre et le mystère.

— La ravissante femme!

— Qui est-elle? qui peut-elle être?

— Mon inconnue! Et moi qui la poursuis depuis trois semaines sans avoir pu trouver une seule fois l'occasion de la voir!

C'est un de nos comparses, espèce de barbe noire en corset, qui parlait ainsi.

— En ce cas, cher... Chose, reprit le prince Ivan, permettez-moi de vous dire que vous avez montré en cela ou peu de stratégie ou trop de timidité.

— Timide, moi?

— Oh! je n'entends pas par là que vous ayez été épouvanté par l'espèce de Barbe-Bleue qui a l'air de tenir cette femme sous les verrous; mais peut-être avez-vous été un peu trembleur, un peu trop circonspect, un peu larmoyant en vous adressant à elle; or, les femmes...

— Morbleu! prince, je n'ai pu être ni cela ni autre chose. Pour se faire aimer d'une femme, il faut ou la voir, ou lui parler, ou tout au moins lui écrire.

— Eh bien?

— Eh bien! demandez au comte Horace. Hier, au beau milieu de mon déjeuner, j'apprends qu'elle vient de sortir en voiture; je cours sur ses traces... les stores étaient baissés.

— Et avez-vous au moins, cher Galaor, sentimentalement baisé la trace des roues de son carrosse?

— Non; mais, ma *timidité* aidant, savez-vous le parti que j'ai pris?

— J'écoute.

— J'ai lancé mon tilbury contre son coupé.

— A la bonne heure!

— Il s'en est suivi un effroyable craquement; j'ai eu une roue de cassée, ainsi que l'un des panneaux de mon tilbury.

— C'est très adroit.

— Mais au moins elle a jeté un petit cri d'effroi et j'ai vu poindre sa tête à la portière...

— Lovelace que vous êtes!

— Malheureusement elle était voilée.

— Ah! parfait!

— Remis à grand'peine sur mes pieds, et quelque peu contusionné, j'allais m'excuser, et j'espérais que l'inconnue se dégagerait un peu de ses nuages, lorsque Barbe-Bleue, me laissant au beau milieu de mon désastre, fit baisser le store et ordonna à son cocher de repartir au grand trot.

— La tentative était hardie, reprit le prince avec un sourire moqueur, mais elle eût été mieux imaginée si, au lieu d'être à vous, le tilbury avait appartenu à l'un de vos amis, et que vous eussiez été l'associé anonyme de son carrossier.

— J'aurais voulu vous y voir.

— Somme toute, continua le prince, vous avez suivi les traces de cette femme depuis trois semaines, et vous n'avez pas encore échangé une parole avec elle; tout ce que vous avez appris sur son compte est tellement contradictoire, qu'au fond cela se réduit à rien. Vous savez qu'elle est Anglaise, vous savez qu'elle est belle.

— C'est une miss Mortimer, une héritière fort riche, interrompit sir Blunt.

— Mille grâces, milord. Vous savez que cet homme exerce sur elle une influence tyrannique.

— Oh! pour cela, non, reprit laconiquement l'Anglais.

— Vous savez enfin, poursuit le prince, qu'elle est ou sa sœur, ou sa cousine, ou sa nièce, ou sa femme, ou sa maîtresse.

— Ni l'un ni l'autre, dit sir Blunt.

— Vous ignorez, il est vrai, la position que Barbe-Bleue...

— Pas le moins du monde Barbe-Bleue, intercala l'Anglais.

— ...Que Barbe-Bleue occupe dans le monde... Mais vous avez découvert qu'il est certainement Anglais...

— Pas plus Anglais que vous, dit sir Blunt.

— A moins, acheva le prince, que ce ne soit un Suédois, un Suisse, un Américain, un Danois ou un Allemand.

— Milord me paraît fort au courant, fit observer le comte Horace, et peut-être pourrait-il...

— Je n'en sais pas davantage, répondit le baronnet.

— Je conclus de là, mon cher... Chose, reprit le prince, que vous n'avez guère fait de chemin, et que si j'avais pris autant d'intérêt que vous à cette affaire, j'aurais été, au bout d'une heure, plus avancé que vous ne l'êtes à présent.

En ce moment, les rideaux de la loge mystérieuse s'écartèrent brusquement, et l'objet de cette inquiète curiosité se montra ouvertement aux regards de ceux qui avaient fait jusque-là de vains efforts pour l'entrevoir.

Ce fut comme l'apothéose d'un cinquième acte au boulevard, alors que la toile du fond se dégage et découvre à la foule ébahie tout un olympe de tuniques de gaze et de maillots couleur de chair, illuminés par des flammes du Bengale.

Un électrique murmure d'admiration vibra d'un bout de la salle à l'autre.

Miss Blanche Mortimer était en effet une forte belle personne : belle de ce genre et de ce degré de beauté qu'aucune dissidence ou aucune bizarrerie de goût ne peut contester. Les charmes de la jeune fille et ceux de la femme semblaient confondre en elle tout ce qu'ils ont de plus attrayant, comme ces rares journées de printemps où un ciel d'été rayonne sur un parterre encore humide de rosée et paré des premières fleurs d'une végétation nouvelle. Plutôt brune que blonde, sa carnation et son aspect étaient cependant d'une Anglaise. Des cheveux épais, noirs comme l'aile du corbeau (la comparaison est consacrée, trop consacrée même), contrastaient avec ses yeux bleus, doux, languissans et frangés de cils noirs. On reconnaissait bien en elle cette disposition romanesque particulière aux Clarisse Harlowe d'outre-Manche.

Ce serait peut-être le moment de hasarder une seconde comparaison tirée des vignettes de keepsake; mais nous espérons que le lecteur nous saura gré de ne pas la faire.

Quoi qu'il en soit, miss Mortimer paraissait radieuse ce soir-là; elle parcourait du regard, avec une ardente curiosité, le brillant spectacle qui se déployait autour d'elle. L'Ève tout entière se trahissait dans l'éclat de ses yeux, à ce point que les diamans de sa parure en étaient éclipsés. Cela venait-il de sa vanité satisfaite et de l'unanimité des hommages dont elle était l'objet? Fallait-il l'attribuer à quelque bonheur intime : un amour longtemps contrarié, je suppose, et maintenant sur le point d'être satisfait? La richesse et le bon goût de sa parure souriaient-ils en elle, à son insu, comme ces rayons de soleil qui, se jouant dans l'émeraude du feuillage, le rendent tout à coup joyeux et animé, de triste et sombre qu'il était tout à l'heure? Nous ne savons encore.

Blanche était maintenant seule dans sa loge; mais une canne, une lorgnette et un manteau déposés sur une chaise semblaient indiquer qu'un homme venait de la quitter et allait revenir.

— Bon! dit le prince, Barthélo n'a pas plutôt mis le pied dehors que voilà Rosine au balcon. Cette femme me paraît être de très bonne volonté, et je gage que le bel oiseau ne demande qu'à s'échapper de sa cage.

— Que n'essayez-vous de lui en ouvrir la porte? reprit la barbe noire en corset.

— Eh bien! je parie que je vais droit à sa loge et que j'en rapporte quelque gage de bienveillance.

— Comment cela? demanda le comte Octave.

— Supposons que je vous rapporte cette rose attachée à son corsage, et que je lui baise la main en présence de toute l'assemblée.

— Le premier butor venu, reprit le comte, pourrait entrer de force dans la loge d'une femme, lui arracher une rose et l'embrasser par surprise.

— Certainement, riposta le prince, et je suis sûr qu'il ne manque pas de drôles au parterre qui l'entreprendraient pour une poignée de louis, même avec la certitude d'être rossés et emprisonnés par-dessus le marché; mais ce n'est pas ainsi que je l'entends.

— Comment donc l'entendez-vous?

En ce moment, miss Mortimer fit au prince un signe de la main, puis s'arrêta tout à coup. Il était évident que quelque ressemblance fortuite l'avait induit en erreur. Le Moscovite, dans sa fatuité, n'en prit pas moins ce faux jeton pour de l'or en barre.

— J'entends, reprit-il, que je ne veux pas outrager mais conquérir; elle détachera de sa blanche main la rose dont elle est parée, et me la donnera; je prendrai place à côté d'elle, nous causerons pendant dix minutes, et je lui baiserai la main.

— Dites que vous vous ferez chasser comme un rustre!

— En ce cas j'aurai perdu.

— C'est vraiment trop de présomption, reprit le comte; je tiens le pari.

— Tout ce que vous voudrez.

— Cent louis. Une pareille forfanterie ne saurait être taxée à moins.

Pendant cette conversation, le baronnet s'était assoupi quelque peu : c'était sa manière de jouir du spectacle; de temps en temps, lorsque sa tête alourdie retombait sur sa poitrine, il se réveillait en sursaut et saisissait ainsi au passage quelque phrase décousue. A ce mot sympathique de *pari*, il se réveilla tout à fait, dressant l'oreille comme un cheval de bataille au son de la trompette, et demanda de quoi il s'agissait.

Lorsqu'on le lui eut expliqué, il reprit :

— Je regrette véritablement ce qui va se passer, et cela par considération pour miss Mortimer, que je sais être une personne honorable; s'il en avait été encore temps, je m'y serais opposé... Mais du moment qu'il y a un pari d'engagé, je n'ai plus rien à dire... les paris avant tout! Je tiens pour miss Annette...

— Comment! pour miss Annette?

— Oui, la jument de lord Seymour... Oh! pardon! je tiens pour le comte.

— Je vais donc vous gagner cent louis, reprit ce dernier en s'adressant au prince; mais que le diable m'emporte si, pour une pareille misère, je voudrais voir épouvanter cette charmante femme et la faire peut-être tenir plus étroitement encore par son farouche possesseur!

— Vous eussiez dû songer à cela plus tôt, répliqua le prince.

— Et si je vous offrais un dédit?

— Je ne l'accepterais pas, ayant pour habitude de boire le vin que j'ai tiré.

— Mais si le Barbe-Bleue revient pendant que vous serez là?

— Alors comme alors!... Toutefois, cela est peu probable, car elle aurait déjà refermé ses rideaux si elle savait que le personnage doit sitôt reparaître.

— Vingt contre un! marmottait sir Thomas Blunt, dont un choc réciproque menaçait de nouveau la poitrine et la tête; c'est la reine d'Epsom et de New-Market.

— Adieu donc, messieurs, reprit le prince; je vous donnerai à chacun une feuille de rose.

Et il disparut par le couloir.

II

OÙ LE PRINCE ISAAC ISAAKOOF INTRODUIT UN POINT D'ORGUE INUSITÉ DANS LA PARTITION DE GUILLAUME TELL.

Blanche était toujours seule.

En la quittant, les derniers mots de Matthéus (c'était le nom de son compagnon), avaient été ceux-ci : .

— Ma chère, je vous en prie, ne vous faites point voir; sinon nous serons encore harcelés et poursuivis.

Blanche avait répondu par un sourire qui pouvait s'interpréter comme une promesse. Elle était bonne, adorable et charmante au possible, cette chère Blanche; mais, nous ne savons trop comment dire cela, elle était... femme; et de cette imprudence, comme de la boîte de Pandore, il résulta bien des maux.

La porte de sa loge s'ouvrit, et un étranger parut devant elle : c'était le prince. Au premier aspect, elle le prit pour Matthéus, comme elle l'avait déjà pris pour lui lors du petit signe amical qu'elle lui avait envoyé de loin; mais l'erreur ne dura guère, car, s'il y avait une sorte de ressemblance générale dans la tournure et dans l'ensemble de ces deux hommes, elle s'évanouissait et se changeait bientôt en contraste devant un examen plus détaillé.

— Monsieur, dit vivement miss Mortimer, mais d'une voix remarquablement douce, vous vous trompez sans doute : cette loge est une loge particulière.

— Pas si particulière, madame, reprit le prince, que les yeux de toute la salle ne soient en cet instant fixés sur elle, ou plutôt sur vous.

— Monsieur !

— Madame, continua le prince en s'asseyant, le temps me manque pour les longs préambules. Vous voyez en moi un malheureux que vos charmes ont enivré, ébloui, fasciné.

Blanche, saisie de terreur et sur le point d'appeler au secours, voulut se lever; mais le prince, s'emparant de sa main, la retint sur sa chaise.

— J'ai pris soin d'éloigner votre laquais et l'ouvreuse de loge; écoutez-moi donc un instant, madame, un seul, ou vous allez être cause d'un esclandre.

— Matthéus !... oh ! Matthéus !... murmura Blanche en se renversant presque évanouie sur son siége.

— Votre Matthéus, dit le prince, vous a laissée seule comme Ariane, et, si vous l'exigez, je vais en faire autant tout à l'heure... mais il faut auparavant que vous m'écoutiez... Je suis un homme désespéré !... et si je n'emporte d'ici cette rose, dont je n'ose mettre la fraîcheur en parallèle avec l'incarnat de vos lèvres...

— Ah ! monsieur ! interrompit Blanche d'une voix éteinte, qu'ai-je donc fait pour que vous m'insultiez de la sorte?... Laissez ma main !... laissez-la, vous dis-je ! ou je vais invoquer contre vous toute cette assemblée.

— Madame, je vous l'ai dit, ma raison s'égare... je suis au désespoir... mais donnez-moi cette fleur et je pars.

— Encore une fois, monsieur, laissez ma main ; vous me brisez le poignet.

Le prince la laissa.

— O ciel ! reprit-il, moi qui voudrais mourir pour vous épargner un moment de peine.

— Qui que vous soyez, je vous en conjure, partez. Si Matthéus revenait...

— Eh bien ! prévenez donc ce danger. Vous êtes déjà un ange de beauté, devenez un ange de paix. Mais donnez-moi cette rose, pour que je la révère comme une relique dans mes heures solitaires, pour que j'aie au moins quelque chose de vous qui me rattache à la vie... pour que... pour que...

Ce pauvre prince suait sang et eau à se faire éloquent et persuasif, sans réussir à autre chose qu'à inspirer la crainte.

Blanche jeta précipitamment un regard autour d'elle, détacha la rose, et dit d'un ton suppliant :

— Partirez-vous?

— Sur mon honneur !

— Eh bien ! la voici... A présent, partez, partez, partez !...

Le prince, après s'être incliné profondément, tourna la fleur entre ses doigts et l'éleva en triomphe pour la montrer à ses amis, qui suivaient de loin toutes les péripéties de ce drame intime, puis il la porta à ses lèvres, la mit à sa boutonnière, et reprit tranquillement sa place auprès de Blanche épouvantée.

— Monsieur, dit Blanche, vous m'avez promis de partir si je vous donnais cette fleur.

— L'ai-je bien promis?

— Sur votre honneur.

— Eh bien ! sur mon honneur, je partirai... mais pas encore.

— Ah ! c'est une infamie !... je vais appeler si vous ne sortez à l'instant.

Mais telle était la terreur que cette opiniâtre persécution causait à la pauvre femme, que sa voix expirante donnait un démenti à sa menace.

— Tenez, madame, reprit le prince, je ne voudrais passer à vos yeux ni pour un brutal ni pour un manant; s'il faut tout vous dire, il s'agit d'une gageure...

— Miséricorde ! soupira Blanche, il va venir !

— Je n'ai plus que six minutes à rester, ajouta le prince en tirant sa montre.

— C'est là une lâche insulte que je n'ai point méritée, monsieur. Encore une fois, sortez ! car il va venir.

— Vous le craignez donc bien ?

— Moi ! craindre Matthéus !... C'est pour lui, c'est pour vous que je crains... Sortez ! je vous l'ordonne!

Et sa voix s'affaiblissait encore en même temps que son courage.

— Monsieur, ajouta-t-elle en joignant les mains, je vous en conjure, sortez !

— Madame, reprit le prince, daignez m'entendre. Je suis venu ici à la suite du plus extravagant de tous les paris ; j'y suis resté, parce que vous êtes si incomparablement belle que tous les rêves de mon imagination se trouvent dépassés... Que m'importe le pari, maintenant !... Il s'agit bien de cela, mon Dieu ! Dites un mot, pardonnez à mon audace, accordez-moi la faveur de vous revoir, où et quand vous le voudrez, et je me retire à l'instant même, faisant ainsi le sacrifice des quelques minutes qui me restent, et pour chacune desquelles je donnerais cependant ma vie entière.

La rougeur de l'indignation monta au front de Blanche et en effaça la pâleur; elle se leva avec tant d'impétuosité et de résolution, que la main du prince, qui étreignait la sienne, fut impuissante à la retenir sur sa chaise.

— Madame, dit le prince en la retenant toujours d'une main, pas de cris, pas d'esclandre...

En ce moment, la loge s'ouvrit et Matthéus parut.

Il y avait bien réellement entre Matthéus et le prince une ressemblance telle qu'ils auraient pu passer pour frères, mais comme deux chênes dont l'un se flétrit et s'effeuille, tandis que l'autre développe, haut et fier, sa vigoureuse ramure.

Cependant Matthéus était entré comme un ouragan, les poings crispés, l'éclair jaillissant de son orbite, prêt à terrasser, à écraser, à pulvériser ; et maintenant, après avoir regardé l'inconnu avec un muet étonnement, irrésolu, troublé, il demeurait immobile et les lèvres tremblantes.

Une douche venait de tomber sur sa fureur.

A peine déconcerté pendant une seconde, le prince avait à l'instant repris l'attitude d'un homme résolu à répondre de ses actions. Rien ne saurait rendre le calme et l'insolence du défi qu'exprimaient ses regards.

Le premier mouvement de Blanche, oublieuse d'elle-même et de l'outrage subi, avait été de se précipiter entre eux. Elle connaissait Matthéus, ou du moins croyait le connaître, et redoutait de sa part une de ces provocations implacables qui ne se lavent que dans le sang; aussi fut-elle saisie d'une inexprimable angoisse lorsqu'elle l'entendit parlementer froidement avec l'homme qui l'avait insultée.

— Que faites-vous ici? demanda Matthéus.

— Ce que je fais ici ? Je crois, Dieu me pardonne! que vous m'interrogez ? dit le prince.

— Sortez ! reprit Matthéus; sortez de cette loge à l'instant !

Il ne me plaît pas d'en sortir.

Toutes les illusions de Blanche furent alors sur le point de s'évanouir. Une douloureuse pensée traversa son esprit : l'homme à qui, dans l'exaltation de son premier amour, elle avait prêté toutes les grandes qualités qui font les héros ne serait-il qu'un lâche?

Les femmes sont ainsi : elles redoutent le courage, mais elles l'aiment et l'exigent dans celui qu'elles ont préféré.

Matthéus était d'une pâleur mortelle ; évidemment une crainte invincible paralysait la colère qui le suffoquait, à ce point que les paroles ne sortaient de ses lèvres que hachées et par saccades, comme l'écume de la bouche crispée des épileptiques.

— Apprenez donc à vivre, mon cher, et soyez plus poli, reprit le prince d'un air railleur à se faire tuer sous le bâton. Est-ce que l'on entre ainsi à l'improviste dans une loge sans frapper, sans saluer, sans...

— Encore une fois, que faites-vous ici? répéta Matthéus.

— Tenez, grâce à ce que je suis ce soir d'une charmante humeur, je veux bien vous le dire : je suis venu pour demander à madame la rose que voici.

Et, la détachant de sa boutonnière, il la porta insolemment à ses lèvres.

— Sortez ! s'écria Matthéus, râlant de fureur.

— Pas encore, mon cher, reprit froidement le prince en tirant sa montre. J'ai parié que je ne repasserais le seuil de cette porte qu'au bout de dix minutes... Tenez, il s'en faut de trois minutes encore.

— Sortez ! répéta Matthéus, ou les conséquences de cette obstination retomberont sur votre tête.

— A moins qu'elles ne retombent sur la vôtre, très cher.

— Pour la dernière fois, sortirez-vous?

— Ne me faites donc pas de questions saugrenues comme celle-là. Et ma gageure que je perdrais !

— Eh bien donc ! reprit Matthéus dont la patience était à bout, je vais vous faire sortir sans que vous passiez le seuil. De cette façon, vous gagnerez votre pari au lieu de le perdre.

— Vous visez à l'esprit, cher ami, reprit le prince ; mais la chose ne me paraît pas facile.

— Très facile, au contraire.

— Et de quelle manière vous y prendriez-vous ?

— De celle-ci ! s'écria Matthéus d'une voix tonnante.

Et il s'élança sur Ivan.

L'intérêt excité par cette scène étrange s'était étendu, de proche en proche, bien au delà du petit cercle d'intéressés dans lequel il avait été d'abord circonscrit. Tous les yeux étaient maintenant fixés sur la loge de Blanche avec un vif sentiment de curiosité.

L'exclamation de Matthéus retentit dans la salle comme un rugissement; le prince parut, luttant un instant, dans les bras nerveux de son adversaire, et fut précipité dans l'orchestre, la tête la première.

Ce fut comme un immense coup de tam-tam : lampes, pupitres, contre-basses et violons volèrent en éclats, et deux musiciens furent renversés du choc.

Le prince Ivan gisait pâle et sans mouvement ; le sang ruisselait de sa bouche à grands flots.

Blanche s'était évanouie, non pas de l'œil gauche, com-

me cela se pratique souvent, et dans l'attitude pittoresque et prévue d'un saule renversé, mais pour tout de bon, anéantie de douleur et d'effroi.

Quant à Matthéus, le regard flamboyant, et dans l'attitude du gladiateur romain, il semblait menacer encore son ennemi terrassé.

III

DANS LEQUEL, A PART SON NOM, SA POSITION ET SON PAYS, ON TROUVE SUR MATTHÉUS LES RENSEIGNEMENS LES PLUS POSITIFS.

Qu'était-ce que miss Mortimer ?

Qu'était-ce que Matthéus ?

Pour ce qui est de ce dernier, au risque de présenter tout d'abord notre héroïne sous un jour disgracieux, nous sommes forcés d'avouer qu'elle n'en savait rien.

Et cependant elle se préparait à échanger son nom contre celui de cet amant mystérieux ; d'où nous sommes autorisés à conclure qu'elle entamait un peu la vie comme on ouvre un roman, ou que quelque force majeure, quelque circonstance à part, expliquaient et légitimaient cette confiance aveugle.

Un peu de l'un et un peu de l'autre.

Ainsi, elle descendait d'une ancienne famille qui, de siècle en siècle, et de rejeton en rejeton, comme un tronc qui se dépouille graduellement, avait laissé çà et là quelques lambeaux de sa puissance et de sa fortune. Nous eussions pu nous contenter de dire la fortune, dont la puissance n'est que le très humble et très obéissant satellite.

Or, Blanche, avec un vieux levain de chevalerie dans le sang, avide d'émotions et de sympathie, venait de toucher à cette phase de la vie d'une femme où le cœur est près d'éclater, comme le nuage surchargé de fluide électrique, lorsque, deux années environ avant l'époque où commence cette histoire, elle avait rencontré Matthéus sur les bords du Rhin.

Orpheline et sans patrimoine, elle avait été élevée par les soins de sir Ralph Mortimer, son oncle, et voyageait alors sous sa tutelle.

Sir Ralph, lui-même, avait une fortune très restreinte ; mais, grâce à des arrangemens viagers, cette fortune lui suffisait sur le continent et lui permettait même d'y faire une certaine figure sans l'astreindre à avoir un état de maison, ce qui, en Angleterre, est toujours inséparable des autres dehors de la vie opulente.

Ainsi, il ne voyageait jamais que dans la plus commode et la mieux suspendue des berlines, suivi par le plus attentif des valets de chambre, et précédé par le plus habile cuisinier.

Un beau jour de rhumatisme et de pluie, une sensation d'isolement et de vide s'était emparée de son cœur; il avait entrevu avec effroi les infirmités, la vieillesse, la froide et douteuse consolation des soins mercenaires, et, se rappelant qu'il avait une nièce, il l'avait fait venir, moins par affection pour elle que par égoïsme, moins pour l'aimer que pour en être aimé, et au même titre qu'il faisait mettre des bourrelets à ses fenêtres pour se garantir des vents coulis.

Voyageur, et voyageur anglais, ce qui est tout dire, sir Ralph s'entendait admirablement, dans son parfait égoïsme, à s'assimiler, au moral comme au physique, tout ce qu'il rencontrait de bon et d'agréable. C'est ainsi que, à la suite de quelques excursions faites en caravane dans les gorges du Tyrol, excursions d'où naît naturellement une certaine intimité forcée de vie matérielle et de périls à courir, il s'était laissé séduire par les manières, l'esprit et la déférence gracieuse de Matthéus à ses principes et à ses avis. Dès lors il s'était attelé Matthéus, sans trop se préoccuper de savoir qui il était, absolument comme, quelques années auparavant, il avait fait sortir Blanche de pension sans se demander si son éducation aurait ou non à en souffrir, mais parce que son égoïsme y trouvait son compte.

Il est vrai que Matthéus était un homme de grandes manières et du meilleur ton; il parlait toutes les langues; il avait vu, et apprécié, ce qui est plus rare, tout ce qui mérite d'attirer l'attention dans tous les pays. Sa conversation, ses talens, ne permettaient pas un instant de douter qu'il appartînt à ce qu'on est convenu d'appeler la haute société, ou que, tout au-moins, il y eût été constamment mêlé. Mais il gardait un silence absolu sur tout ce qui aurait pu préciser sa position dans le monde.

Son passe-port le désignait comme citoyen des Etats-Unis; toutefois, il déclarait volontiers lui-même qu'il n'avait pris cette qualité qu'en raison de la protection qu'elle lui assurait. A l'égard de son pays véritable, ses réponses étaient toujours évasives et faites sur le ton de la plaisanterie. Il parlait à la vérité très purement l'anglais, le français, l'italien et l'allemand; seulement, à quelques nuances imperceptibles, je ne dirai pas d'accent, mais d'intonation, il était à peu près évident qu'aucune de ces langues n'avait été celle bégayée par lui sur le sein de sa mère. Ensuite, comme il ne pouvait pas être à la fois de toutes ces contrées, il n'y avait pas plus de raison pour qu'il fût de l'une que de l'autre.

Restaient le russe et le polonais, langues si différentes de toutes celles qui ne dérivent pas de la racine slave qu'il est fort rare de voir un étranger les bien posséder; c'est donc de ce côté que devait pencher l'opinion.

Cependant, rien de certain. Somme toute, la vie de Matthéus était un livre scellé.

Quelques éclaircies miroitaient bien çà et là, mais elles ne faisaient qu'agacer la curiosité sans la satisfaire.

C'est ainsi que, s'agissait-il d'oppression, lisait-il le récit de quelque châtiment infligé à des nègres, contemplait-il une statue de Spartacus ou de gladiateur mourant, son esprit s'exaltait, le sang montait à son front, une impétueuse ardeur faisait tout à coup place à ses habitudes indolentes; si alors, dans la chaleur de ses éloquentes philippiques, il rejetait en arrière les cheveux qui ordinairement ombrageaient son front, on y voyait le rouge sillon d'une profonde cicatrice. Interrogé un jour sur l'origine de cette blessure, il avait répondu que de là avait jailli le premier sang qu'il eût répandu pour la défense des opprimés.

C'était donc à la résistance contre l'oppression que se rattachaient les premiers événemens de sa vie.

Et puis un singulier mélange de défiance, nous dirions presque de peur, s'alliait à cette exaltation: il ne hasardait jamais le blâme sur une autorité établie sans promener autour de lui des regards soupçonneux, comme si, à l'égal du tyran de Padoue de Victor Hugo, il eût pressenti des oreilles et *entendu des pas dans les murs.*

Était-il donc l'objet d'une surveillance active?

Un jour qu'il avait, par hasard, tiré et ouvert sa montre, Blanche (sans le vouloir, nous l'accordons) y avait discerné, d'un coup d'œil rapide, une couronne ducale ou princière, avec cette inscription en français:

A Matthéus, mon enfant bien-aimé,
Varsovie 1824.

Était-il donc d'une naissance illustre?

Mais, en ce cas, d'où lui venaient ces aspirations vers la liberté, cette haine de l'absolutisme, ces rages contre la servitude?

On comprendra que c'était à déconcerter la moins Eve des femmes, et à lui faire cueillir la plus défendue des pommes, si elle l'avait pu.

Ralph Mortimer avait naturellement conclu, de ce faisceau d'indices assez disparates, que l'étranger devait être un prince de Pologne ou des provinces russo-polonaises, contrées où les princes abondent autant que les groseilles noires, et qu'il avait été condamné à l'exil en suite de quelque conspiration politique.

Mais pour Blanche, nourrie des chefs-d'œuvre de Shakespeare, de Walter Scott, de Byron, cette explication était un peu bien simple et bien prosaïque. Les preux du moyen âge, les corsaires tels que Conrad et Lara, les Amadis, les Roland, les Roméo, les libérateurs de peuples tels que Sobieski et Kosciusko, tout cela s'emmêlait dans sa tête exaltée, et devait nécessairement y produire une congestion amoureuse au profit de l'inconnu.

Inconnu! quelle magie dans ce mot! quel canevas à broder des arabesques les plus éclatantes! quel vaste champ aux rêves roses et bleu de ciel! quelle glu à laquelle ne manquent jamais de se prendre et de laisser quelques plumes les ailes fragiles de l'imagination!

La tendresse que Blanche avait prodiguée jusque-là à son lévrier et à ses oiseaux avait donc, tout doucement et comme à son insu, dérivé vers Matthéus, qui devint bientôt la personnification de son idéal.

Matthéus avait, du reste, la chevelure dorée, l'œil bleu et la forme athlétique du Nord. Il était encore jeune, bien qu'il eût dépassé d'assez loin la première jeunesse pour avoir gardé, des scènes actives et des ardentes passions de la vie, je ne sais quelle empreinte de méditation sérieuse qui obscurcissait parfois la sérénité naturelle de son front.

Mais les jeunes femmes aiment assez, en général, ceux qui reviennent un peu cicatrisés de la bataille humaine. L'homme fort et éprouvé excite leur attention d'abord, et ensuite leur curiosité.

Les unes se disent:

« Il a bien dû souffrir! Si je pouvais être le baume de cette douleur, l'Antigone de cet Œdipe, la Gaëtana de ce *Mutilé!* »

Celles-là sont bonnes.

Les autres pensent:

Pour captiver un homme qui a tant vu, tant comparé, tant éprouvé, il faut être nécessairement une femme supérieure, et... je suis cette femme.

Celles-ci ne sont que vaines.

D'autres enfin, comme van Hamburg et Carter, veulent un homme fort, dans la pensée de le dompter, un lion pour en faire un carlin. La question est de savoir qui l'emportera de l'ongle rose ou de la main velue, de la voix flûtée ou de l'organe sonore, de la force d'inertie ou de la force d'impulsion, des coups d'épingles ou des coups de boutoir.

Ces dernières sont despotes et méchantes.

Il n'y a que les femmes parvenues à leur automne qui préfèrent aux cœurs chevronnés les cœurs conscrits qui entrent en campagne.

Pour en revenir à Matthéus, il y avait entre lui et Blanche de grandes affinités sympathiques; elle admirait d'instinct tout ce qu'il admirait par raisonnement et conviction. Versé dans la lecture de ses poëtes favoris, il les relisait avec elle et les lui faisait apprécier sous un jour tout nouveau, car il y a, dans l'âme qui s'éveille à l'amour, des mystères de seconde vue, des puissances d'intuition que l'âme endormie ne soupçonnera jamais. Le vrai poëte, ce n'était ni Pope, ni Dryden, ni Byron... c'était Matthéus.

Et puis comme il chantait! comme sa voix basse, vibrante et harmonieuse, mordait, à l'égal d'un acide, dans le cœur de Blanche! Ballades des palikares ou des pêcheurs de la mer Ionienne, chants plaintifs des mauresques, airs d'Ecosse, cavatines d'Italie, boléros d'Espagne, chants si mélodieusement monotones des serfs russes, il avait tout retenu, et savait conserver à tout l'accent, la grâce, la couleur, le rhythme.

Qu'il y avait loin de lui à ces messieurs noirs outrageusement frisés, les bras arrondis, la bouche en cœur, le torse en arrêt, roucoulant au piano l'éternelle et plaintive romance!

Voyez-vous un homme tel que Matthéus tombant comme du ciel au milieu de l'existence vide, monotone, inoccupée d'une jeune fille vouée à la tâche ingrate de soigner un vieil oncle podagre, égoïste et gourmand. Voyez-vous soudain le désert de cette jeune fille se peupler, sa tige étiolée se redresser souple et vivace, son âme s'illuminer comme lorsque Dieu dit : Que la lumière se fasse !

Et, une fois la passion éclose dans ces conditions, dans cette serre chaude de l'isolement, de l'inaction, de l'ennui, connaissez-vous au monde une épidémie qui fasse plus vite et plus sûrement son chemin ?

Mais si tout dans les regards de Blanche et de Matthéus, dans leur maintien, dans le son de leur voix, parlait d'amour, la réserve en arrêtait naturellement l'expression sur les lèvres de la jeune fille, et, pour Matthéus, au moment où il allait se déclarer, quelque sombre réflexion, venant toujours appesantir sur lui sa main de glace, semblait éteindre l'élan de son cœur en une morne apathie.

Au bout de deux mois de pérégrinations, sir Ralph avait quitté l'Allemagne, puis il avait été successivement de Naples à Rome, de Rome à Florence, de Florence à Nice. A chaque départ, Matthéus prenait tristement congé de l'oncle et de la nièce ; ils semblaient se dire adieu pour toujours, et Blanche retombait de l'espoir dans le doute, du rêve enchanteur dans la triste réalité, des joies du ciel dans les angoisses du martyre.

Mais les voyageurs étaient à peine installés dans leur nouvelle résidence que sir Mortimer commençait à sentir que Matthéus lui manquait, d'autant que la mélancolie de sa nièce contribuait encore à rendre leur intérieur plus triste.

Alors Matthéus arrivait par aventure ; on se retrouvait comme par hasard, et je vous laisse à juger s'il était bien accueilli.

Comme on le pense, sir Ralph n'était pas sans s'apercevoir qu'il y avait de l'amour sous roche ; mais peu lui importait. Matthéus était assurément un homme comme il faut ; il avait toutes les apparences de la richesse. Qu'exiger de plus ? S'il demandait la main de Blanche, on la lui accorderait, et voilà tout. S'il ne la demandait pas, c'était encore bien ; c'était mieux même, en ce sens que sa chère garde-malade ne le quitterait pas pour suivre un mari ; et, après tout, les principes et la fierté de Blanche devaient la garantir, et cela était vrai, de ces faiblesses vulgaires qui tuent souvent à tout jamais l'avenir d'une jeune fille.

De toute façon, la tranquillité et les digestions de sir Ralph étaient assurées ; et pour un homme qui avait ainsi défini les conditions d'un bonheur parfait : « un mauvais cœur et un bon estomac, » ce devait être la chose essentielle.

Ajoutons qu'il avait besoin de Matthéus pour jouer au trictrac, pour le molester, pour n'être jamais de son avis et le ramener au sien par les chemins ardus et saccagés d'une discussion véhémente, sorte d'exutoire quotidien qu'il fallait à son humeur quinteuse pour le maintenir en santé. Or, il se rendait assez justice pour ne pas mettre sur le compte de ses beaux yeux, à lui, la déférence du patient, et n'ignorait pas qu'il faut à une potion maussade le palliatif d'une friandise.

Ne voilà-t-il pas une jeune fille bien gardée, bien chaperonnée ? Et ne trouvez-vous pas que Dieu aurait mieux fait d'enlever du même coup la mère et l'enfant, que de laisser l'une sans l'autre, au milieu de ce guet-apens qu'on appelle le monde ?

Mais sir Ralph avait compté avec les glaces de l'âge et non avec les ardeurs de la jeunesse. Il ne savait pas ou plutôt il avait oublié que l'amour comprimé acquiert en ressort et en force, comme la vapeur, tout ce qu'on lui ôte en expansion, et que la lave a bientôt fait de ronger le cratère, à moins qu'elle n'éclate.

Blanche s'alanguissait à vue d'œil ; ses yeux, cerclés de bistre, avaient cette expression profonde, ardente et maladive qui accuse les ravages intérieurs. Matthéus ne s'y trompait pas : vingt fois il s'était dit que ce qu'il faisait là était lâche ; vingt fois il l'avait laissé partir en jurant de ne plus la revoir et d'étouffer cet amour impossible ; mais le sable seul prenait note de tels sermens, c'est le calepin ordinaire de ces sortes de choses, et le lendemain le vent les avait balayés.

Parfois, Blanche, surtout depuis qu'elle avait surpris la couronne princière et l'inscription de la montre, se prenait à penser que l'orgueil du rang l'empêchait peut-être de se déclarer ; mais sa fierté de race reprenant le dessus, elle allait de ce doute à un autre, comme le voyageur égaré dans une nuit profonde, qui va et revient sans cesse sur ses pas.

Souvent elle dardait sur Matthéus ses grands yeux caves, et semblait lui dire :

« Mais qui êtes-vous donc ?... quel est ce mystère impénétrable et sombre qui vous enveloppe de toutes parts ?.. Ne voyez-vous pas que je meurs ?... »

Alors, étreignant sa poitrine comme pour y enfouir plus avant le secret qui allait s'en échapper, il prenait son chapeau, sortait avec une effrayante précipitation, et allait demander à l'âpre brise des falaises un peu de fraîcheur pour son front brûlant.

Mais tout a un terme en ce monde ; il y a une culbute au bout de chaque fossé, une bière au bout de chaque berceau, une désillusion au bout de chaque espoir, un quart d'heure de Rabelais au bout de chaque fête. Les choses en vinrent un jour à ce point que l'oncle dut nécessairement l'emporter sur le sybarite. Sir Ralph entrevit que sa nièce s'inclinait vers la tombe, ce qui menaçait de faire un grand vide dans son existence et dans sa maison, et comme il ne pouvait pas décemment la jeter à la tête de Matthéus, lequel ne la demandait pas, il résolut de l'éloigner, sous un prétexte quelconque, dans la prévision assez naturelle que l'absence, de deux choses l'une, ou stimulerait ce beau ténébreux à s'expliquer nettement, ou finirait par l'effacer du cœur de Blanche.

Voilà ce qui s'appelle un oncle, un bon oncle, n'est-ce pas ? C'était assurément un des plus grands sacrifices que son estomac eût jamais faits à son cœur, et la passion de trictrac à l'amour de la famille.

En conséquence, sir Mortimer envoya un soir très tard chez Matthéus, lui faisant demander un entretien particulier pour le lendemain matin. Matthéus passa cette nuit-là sur un oreiller bourré d'épines, et quel que fût l'empire qu'il eût sur lui même, il était d'une pâleur mortelle lorsqu'il entra dans le salon où sir Ralph l'attendait avec sa flegmatique urbanité des jours officiels.

Leur conversation dura deux longues heures, pendant lesquelles le valet de chambre de monsieur Mortimer fut appelé plusieurs fois ; on allait, on venait, on emballait comme pour un départ précipité ; enfin, au bout de ce temps, et quoi qu'il se fût passé dans cette entrevue, Ralph et Matthéus reparurent le visage rayonnant de satisfaction.

Blanche ne savait trop que penser de cette conférence diplomatique, où elle pressentait que se débattait la guerre ou la paix du monde. Bien entendu que le monde, pour elle, c'était son cœur.

Le déjeuner était servi ; on prit place à table.

— Mon enfant, dit Ralph après l'échange de quelques lieux communs, monsieur Matthéus a la bonté de partir sur-le-champ et de me rendre le service d'aller à Londres pour une affaire très urgente qui m'intéresse. La voiture sera prête dans une heure...

— Dans une heure ? demanda Blanche pâle comme un suaire.

— Oui, mon enfant, dans une heure ; et nous devons faire des vœux pour qu'il accomplisse heureusement ce voyage.

— C'est surtout pour la promptitude de mon retour que je vous prie d'en faire, reprit Matthéus.

— Et quand reviendrez-vous ? hasarda Blanche d'une voix tremblante.

— Pas avant quinze jours, reprit sir Ralph.

— Mais certainement pas un jour plus tard, ajouta Matthéus.

La berline de poste était au perron ; on avait à la hâte rempli un portemanteau. Le passe-port venait d'être régularisé par les soins du valet de chambre. Une caisse en fer, remplie de papiers appartenant à monsieur Mortimer, était sous le siége. Matthéus cherchait l'occasion d'avoir un instant d'aparté avec Blanche; mais l'oncle ne le quittait pas d'une minute, et semblait avoir pris à tâche d'empêcher toute explication. Il finit par le pousser, plutôt qu'il ne le conduisit, jusqu'à la voiture, lui donna un de ces *shake-hands* britanniques qui désarticulent le poignet, et, protestant qu'il ne voulait pas le retenir, il fit un signe au postillon, qui partit au galop.

— Dans quinze jours ! s'écria Matthéus en s'adressant à Blanche.

Et la voiture disparut dans un nuage de poussière.

IV

DU MALHEUR AU BONHEUR PAR UN CHEMIN D'ÉPINES.

Pendant les premiers jours qui avaient suivi le départ précipité de Matthéus, Blanche, perdue de douleur, s'était repliée sur elle-même, comme l'héliotrope au coucher du soleil. Alors, comme il y a dans certaines souffrances je ne sais quelles saveurs lugubres auxquelles l'âme se complaît, elle ne vivait plus que de ses souvenirs.

O chagrins ! ô larmes de la jeunesse ! qui glissez sur la joue sans y laisser de traces, que nous serions heureux si les pâles joies de notre automne pouvaient seulement vous valoir ! Un enfant qui pleure n'est-il pas plus gai et plus heureux qu'un vieillard qui rit ?

Cependant, la première semaine écoulée, il était entré un grain de raison dans son cœur, chose rare, et son deuil avait pris de légères teintes de lilas. En effet, Matthéus n'allait-il pas revenir ? Ce service rendu à son oncle, cette initiation à ses affaires d'intérêt, n'était-ce pas comme un acheminement vers la communauté et la famille ? Dans huit jours, dans six, dans quatre, demain il sera là. Femme, c'est-à-dire extrême en tout, elle variait maintenant à l'infini cette gracieuse cavatine du retour comme elle l'avait fait de la désolante mélopée du départ.

Enfin le quinzième jour se leva, radieux comme son cœur, et, de même qu'il y avait un sourire de plus à ses lèvres, elle ajouta un ruban à sa parure.

Mais la journée se passa heure à heure, siècle à siècle ; vingt fois le roulement d'une voiture la fit voler à la fenêtre. Mais toutes passèrent indifférentes, impassibles, sans ralentir ni hâter le pas, sans se douter qu'il y eût là une femme haletante qui les guettait au passage, et Matthéus n'arriva pas.

Sir Ralph, lui, souriait de son air sceptique et semblait se dire : « J'en étais sûr ! »

Le même intervalle de quinze jours s'écoula une seconde, puis une troisième fois, sans nouvelles de l'absent. Ralph ne manifestait ni inquiétude ni surprise, et l'on concevra sans peine que plus cette absence inexplicable causait à sa nièce de doutes affreux, d'insomnies dévorantes, de craintes exagérées, moins elle osait risquer d'y faire allusion en sa présence.

Une circonstance toutefois laissait encore à Blanche, comme une étoile dans la nuit, une lueur d'espoir. Elle savait que Matthéus n'avait emporté ni ses bagages ni ses livres.

Mais plus le temps s'écoulait, plus sir Mortimer avait de ces airs sardoniques et de ces apartés équivoques qui jetaient Blanche en toutes sortes de perplexités.

A la longue, la dévorante inquiétude à laquelle elle était en proie prit à ce point sur sa santé que Ralph ne put s'empêcher de le remarquer.

Un soir donc, après le dîner, lorsqu'il eut achevé de tourner pendant une heure, béatement assoupi, ses pouces inutiles sur son ventre de moine, il fit signe à Blanche de venir s'asseoir près de lui, et, sans autre préambule, sans avoir l'air de se douter le moins du monde que ses paroles fussent chargées à balles, il lui dit :

— Nous n'avons pas de nouvelles de Matthéus. Les lèvres de Blanche tremblèrent, mais elle ne put articuler une parole, tant son cœur était oppressé. — Il avait pour vous une grande admiration, ma chère enfant, continua sir Ralph ; il était ce qu'on appelle épris de vos charmes, et je crois que le moindre encouragement aurait suffi pour l'engager à me demander votre main. Blanche se dit, à part elle, que les encouragemens ne lui avaient cependant pas manqué. — Or, poursuivit sir Ralph, bien que Matthéus pût croire que sa recherche nous serait agréable à tous deux... à tous deux, n'est-ce pas, mon enfant ?... Blanche baissa les yeux, ce qui était répondre; — bien que son rang fût probablement élevé; quoiqu'il ne fût pas sans fortune, et qu'enfin il s'entourât de cette apparence de mystère et de singularité si bien faite pour provoquer votre jeune enthousiasme, je dois avouer que, instruit par l'expérience, connaissant le monde en général et les étrangers en particulier, je n'ai pu m'empêcher de soupçonner que ma réputation d'homme riche avait eu tout autant sinon plus d'influence sur ses sentimens que le mérite et la beauté de ma chère Blanche. A cette supposition, qui la blessait à la fois dans son amour-propre de femme et dans son culte pour Matthéus, Blanche eut toutes les peines du monde à maîtriser son indignation. — Il y a une chose que vous ne savez pas, et que vous ne pouvez pas savoir, reprit sir Ralph : c'est qu'il y a beaucoup de jeunes hommes, les uns sans fortune, les autres ruinés, qui partent, à une certaine époque, pour la pêche aux femmes, de même que les vrais pêcheurs vont à la pêche du hareng, de la sardine ou de la baleine ; les parages qu'ils affectionnent sont les bords du Rhin, les salons de conversation ; leurs filets consistent en quelques habits bien coupés, qu'ils payeront plus tard, si le hasard le permet ; en regard byroniens qu'ils étudient le matin, dans leur miroir, en se faisant la barbe. Ils ont un jargon, des frisures, des airs de tête, je ne sais quels filtres et quels nœuds de cravate qui séduisent tout de suite le cœur des pauvres femmes, et alors...

— Mon oncle, interrompit Blanche (mais si bas, que Ralph la devina plutôt qu'il ne la comprit), vous ne confondez certainement pas monsieur Matthéus avec de pareils aventuriers ?

— J'avoue, mon enfant, qu'il m'a semblé reconnaître en lui quelque chose de plus digne, de plus loyal et de plus sérieux que dans les muguets dont je viens de vous faire en deux mots la triste ethnographie. Remarquez ! toutefois que nous sommes toujours enclins à faire exception en faveur de ceux qui ont su nous plaire. Nous disons : « Ah ! quelle différence ! » Chacun en dit autant de l'oiseleur qui l'a apprivoisé, et il en résulte que, lorsque nous avons laissé tomber à terre notre fromage, comme le corbeau de la fable, nous avons presque toujours eu affaire à un renard qui prend la fuite et l'emporte. Blanche hochait la tête et molestait le parquet de son pied mignon, comme ces cavales impatientes qui piochent le sol, faute de pouvoir le franchir. — Cette fois, reprit Ralph, c'est moi qui ai tâché d'être le renard. Suivez bien ceci : Vous êtes-vous jamais rendu compte de la différence qu'il y a entre *avoir de la fortune et n'en avoir pas ?*

— Mon Dieu ! non, mon cher oncle.

— Les femmes de votre naissance sont si habituées à trouver leur bien-être tout fait, sans travail, sans efforts, sans frais, qu'elles croiraient volontiers que leurs robes poussent toutes seules aux branches de n'importe quoi, que les côtelettes naissent cuites et panées, et que les bijoux tombent du firmament, comme les œufs de Pâques le jour où l'on fait accroire aux enfans que les cloches reviennent de Rome.

— Mon oncle, je ne comprends pas...

— Aussi, ne vous ai-je jamais dit, poursuivit Ralph, car vous n'eussiez pas compris ces sortes de choses, que, depuis plusieurs années, ma fortune est réduite à ce point de ne plus même se trouver au niveau de ces dépenses de pure nécessité auxquelles vous voyez que je me suis borné. On sait ce que c'était que le pur nécessaire pour sir Ralph, qui résumait à lui seul tous les chanoines du *Lutrin*. — J'ai donc été forcé, reprit sir Ralph, d'aliéner toutes mes propriétés pour en obtenir un revenu suffisant, et ce revenu meurt naturellement avec moi. Ici la voix de monsieur Mortimer s'altéra légèrement; quelque chose comme de l'émotion remplaça un instant l'expression de malignité qui s'était cachée jusque-là sous ses paupières à demi fermées, et il ajouta : — Vous savez, ma chère nièce, que, tant que je l'aurai, ce revenu, mon bonheur sera de le partager avec vous; mais une fois mort... Blanche, perdue dans ce chaos de calculs sinistres et de déductions sépulcrales, regardait sans voir, écoutait sans entendre. — J'ai en conséquence pensé, reprit sir Ralph, que si je faisais connaître directement à Matthéus la véritable situation des choses, une fausse honte ou la vanité l'empêcherait peut-être de rétracter une offre qu'il aurait ensuite regrettée, et qui serait devenue pour toute votre vie une source de déceptions et de chagrins. Si au contraire il n'apprenait ces détails qu'à distance, et avec tout le temps devant lui de les mûrir et de les peser, j'étais parfaitement sûr, moi qui sais ce que vaut le désintéressement chez les hommes, que nous serions à tout jamais débarrassés de sa poursuite.

— A tout jamais ! s'écria Blanche, que ce mot frappa au cœur comme un coup de poignard.

— A tout jamais, répéta sir Ralph avec la lenteur impassible d'un glas de mort. C'est dans cette vue que je l'ai prié d'aller régler pour moi quelques affaires à Londres avec mon homme d'affaires ; car il ne pouvait manquer d'apprendre, pendant le cours de cette négociation, que vous n'avez pour toute fortune que la beauté et la vertu. C'est cependant un bel apport, ajouta sir Ralph avec un étrange sourire. Ici monsieur Mortimer sonna, demanda un grog, et, après l'avoir bu méthodiquement, à petite gorgées, comme l'orateur qui, cherchant une péroraison réfractaire, déguise sa stérilité sous les apparences de la soif, il reprit : — Monsieur Matthéus, ou quel que soit son véritable nom, car j'étais trop certain du résultat de l'épreuve pour prendre la peine de m'en informer, devait revenir au bout de quinze jours... *pas un jour plus tard*, te le rappelles-tu, petite Blanche ? Blanche fit, de bas en haut, un lent signe de tête, dans lequel il y avait une désolation si profonde, que c'était à fendre le cœur du plus indifférent.

— Il n'y a pas une seule jeune fille, reprit sir Ralph, pas une seule pensionnaire qui n'eût bravement aventuré ses vacances de Noël ou son premier bracelet pour répondre d'un résultat aussi infaillible ; et cependant... Mais vous le voyez, ma chère, tous les rêves dorés de l'imagination viennent se briser contre la prosaïque réalité ; c'est la fleur éclatante qui se courbe sous le sombre ouragan : il n'en reste bientôt plus que les pétales flétries et la tige mutilée. D'où je conclus que monsieur Matthéus le poëte, que monsieur Matthéus le ténébreux, que monsieur Matthéus l'enthousiaste, est absolument un homme comme les autres.

Blanche, jusqu'à ce jour, avait imaginé mille excuses au retard de Matthéus : les maladies, les accidens, les obstacles, que sais-je ! Elle avait même été jusqu'à croire possible qu'une autre femme l'eût remplacée dans le cœur de l'absent. Mais jamais elle n'avait songé qu'un si indigne motif pût déterminer son abandon... Il lui sembla que ses larmes, qui ne pouvaient s'ouvrir un passage, allaient retomber sur son cœur et la suffoquer. Et en effet, lorsque sir Ralph eut cessé de parler, elle avait entièrement perdu l'usage de ses sens. — Ah ! s'écria le vieillard avec impa-

tience, les scènes sont inévitables partout où il y a des femmes... Que le diable les emporte !

Il tira violemment la sonnette, prit son cure-dent, et se rassit de l'air le plus paisible.

Mais personne ne répondit à cet appel, et Blanche tomba comme une forme inerte du sofa sur le tapis.

Cette fois, Ralph sonna à réveiller un mort, et, se baissant vers sa nièce, il eut la charitable pensée de la prendre dans ses bras et de la relever. Mais en faisant ce suprême effort, il sentit que son sang se portait vers la tête ; des atomes noirs se prirent à danser une ronde infernale devant ses yeux troublés ; il lui sembla qu'il tournait, attaché aux ailes d'un moulin... C'est que son dîner avait été excellent ce jour-là, comme toujours, et que son appétit avait été meilleur encore que son dîner.

Voltaire était, d'aventure, incognito dans un couvent de capucins. Les révérends pères, reconnaissant en lui l'étoffe d'un prédicateur, voulaient absolument se l'attacher. Cela amusait beaucoup Voltaire, qui faisait çà et là quelques objections, entre autres celles-ci : « Mais je ne pourrai jamais m'habituer à être réveillé la nuit par vos cloches. — Bah ! reprenait le révérend, nous y sommes si habitués que nous ne les entendons plus. »

Il paraît que les domestiques de l'hôtel étaient un peu, quant aux coups de sonnettes, comme les capucins quant au son de leurs cloches ; ajoutez qu'une mouche volait dans la rue, et que, baguenaudant à la porte, ils étaient en train de jaser sur cette chose non moins nouvelle que bizarre, à ce qu'il semble.

Heureusement que le majordome laissa tomber ces mots :

— Il me semble que l'Anglais a sonné deux fois.

— Vous croyez ? demanda le valet de chambre de sir Ralph.

— Bah ! reprit une chambrière accoutrée comme Lisette et Marton ; s'il avait sonné, il carillonnerait maintenant, car il a tout juste assez de patience pour ne pas attendre une seconde.

— C'est ce qui vous trompe, mademoiselle, reprit le valet de chambre, mon maître ne sonne jamais trois fois.

— Pourquoi cela ?

— Parce que la sonnette se trouve toujours arrachée dès la seconde.

Et comme il avait quelque teinte de littérature et aussi la conscience de sa dignité, il se hâta lentement, selon le précepte de Boileau, de monter à l'appartement de sir Ralph.

Blanche fut bientôt rappelée à la vie ; mais on eut beaucoup de peine à la dégager de l'étreinte convulsive de monsieur Mortimer... car il était mort !

Orpheline, pauvre, trahie, sans appui, frêle roseau battu par le sort, Blanche se releva forte et courageuse après cette tempête. Elle était de ces natures qui supportent mieux les coups de hache que les coups d'épingle.

D'autres, grâce aux miettes laissées par sir Ralph, se fussent fait une indépendance de quelques mois, quitte à se mettre en face de l'avenir à la dernière bouchée du dernier morceau de pain. Miss Mortimer en jugea autrement : elle lut un jour, dans le *Galignani's Messenger*, que l'on demandait une sous-maîtresse anglaise pour un pensionnat de Versailles, et, les derniers devoirs rendus à son oncle, les comptes réglés, les domestiques partis, toutes choses en ordre, leste de bagages, mais du plomb sur le cœur, vouée aux débris et aux regrets du passé, elle était allée bravement, comme Denis à Syracuse, tendre son cou rond et satiné au collier de misère des sous-maîtresses de pension.

Des deux seuls êtres qu'elle eût jamais aimés, l'un avait cessé de vivre, et l'autre, s'il vivait, ne vivait plus pour elle.

Un jour cependant un étranger se présenta ; sa carte le nommait, mais son nom était inconnu. Il demandait miss Mortimer.

Ce fut naturellement l'institutrice qui se présenta.

— Monsieur, dit-elle à ce loup présumé qui faisait irruption dans la bergerie, je n'ai pas l'honneur de vous connaître; nous connaissons fort peu cette jeune personne elle-même... Il me semble que les convenances...

— Oh! madame, rassurez-vous, ce que j'ai à lui dire n'est point un secret. Je suis l'associé de la maison de banque de...

— Donnez-vous donc la peine de vous asseoir, monsieur, je vous en prie.

— Ne faites pas attention... nous avons depuis longtemps une importante communication à faire à miss Mortimer, et, par une circonstance singulière, nous venons d'en recevoir une autre d'une source diamétralement opposée, et qui paraît encore plus urgente. Ainsi, je suis d'abord chargé de remettre entre ses mains une somme due à la succession de son oncle; ensuite...

— Si monsieur voulait accepter quelque chose?

— Vous êtes mille fois bonne... Ensuite, disais-je, j'ai à lui remettre deux lettres et à lui communiquer la nouvelle qu'elle vient d'acquérir, par la mort d'un parent éloigné, des droits à une succession considérable.

— Un doigt de vin d'Espagne et un biscuit?

— Infiniment obligé.

— Cette chère enfant, monsieur, avait retrouvé ici plus qu'une famille. Si vous saviez toutes les bontés que nous avons eues pour elle!

— Je les devine, madame.

L'institutrice causa une très vive frayeur à Blanche lorsque, jetant ses bras autour de son cou sans la moindre explication préparatoire, elle l'embrassa avec toute la véhémence de la tendresse la plus passionnée. Jusque-là elle l'avait, en effet, plutôt mordue qu'embrassée.

Blanche écouta avec le plus grand calme le récit un peu confus de son changement de fortune. Pour elle, le bonheur n'était pas là.

— J'ai tant de choses à vous communiquer, miss Mortimer, que vous me permettrez de consulter mes notes.

L'institutrice ôtait pendant ce temps les housses des fauteuils.

— Ah! reprit le banquier, voici d'abord mille livres sterling dues à feu monsieur votre oncle. Seriez-vous assez bonne pour m'en donner un reçu?

— Qui donc pouvait devoir cette somme à mon oncle? demanda Blanche.

— L'une de ces deux lettres vous en informera.

L'institutrice jetait au foyer, surprise de tant de magnificence, un renfort de deux bûches.

Blanche regarda l'adresse; elle était de Matthéus. Alors, toute la dignité froide avec laquelle elle avait résolu d'affronter les sourires de la prospérité, plus irrésistibles souvent que les coups du destin, l'abandonna; elle brisa le cachet de la lettre et en dévora le contenu.

Matthéus l'aimait toujours... Son départ soudain et forcé pour un pays éloigné, d'où il avait chaque jour espéré revenir, la mort imprévue de monsieur Mortimer et l'exil de Blanche lui avaient longtemps fait perdre les traces de celle-ci... Il l'avait cherchée avec une persévérance infatigable... Il n'avait ni nom, ni rang, ni patrie à lui offrir; mais il mettait à ses pieds sa main, sa fortune et son dévouement éternel.

Ceci valait bien cela.

Il la prévenait négligemment, dans un *post-scriptum*, qu'il avait mis à ses ordres la somme de mille livres, du montant de laquelle il était redevable à son oncle.

Or, Blanche savait très bien que sir Ralph s'était vanté toute sa vie de ne jamais rien prêter à personne.

Elle eut à peine la patience de parcourir l'autre lettre, laquelle énumérait longuement ses droits à un très riche héritage, et contenait en même temps l'offre immédiate d'une somme considérable contre l'abandon de ces mêmes droits.

Cette lettre était postérieure de quelques semaines à celle de Matthéus; mais Blanche ne songea même pas à en comparer les dates; cette preuve n'eût rien ajouté à toutes celles qu'elle avait de son désintéressement.

Il était prêt à unir son sort à celui de l'orpheline dépendante et pauvre; celle-ci, riche héritière et libre, ne devait-elle pas l'accepter?

Voilà comment Blanche était allée du malheur au bonheur par un chemin d'épines. Nous savons si peu où nous allons, en ce monde, que peut-être allait-elle maintenant rebrousser chemin par une route fleurie.

Quoi qu'il en soit, c'était un mois environ après ces derniers événemens, et huit jours à peine avant l'époque fixée pour leur mariage, que Blanche et Matthéus étaient ensemble au théâtre de San-Carlo, à Naples, lorsqu'était survenue la catastrophe que nous avons racontée.

V

QU'IL NE FAUT PAS CONFONDRE LES LOIS DE LA GRAVITATION AVEC CELLES DU CODE PÉNAL.

Nous avons laissé le prince Isaac Isaakoff gisant au milieu des pupitres brisés et des musiciens de l'orchestre, les uns épouvantés, les autres meurtris par la chute de cet aréolithe d'une nouvelle espèce.

Retournons à lui au moment où l'on vient de le relever, non pas mort précisément, mais le sang jaillissant à gros bouillons de sa bouche, les membres disloqués et, privé de mouvement.

Il est étendu sur une banquette; ses amis l'entourent, et, derrière eux, la foule se presse en flots tumultueux. Les assertions les plus saugrenues volent de bouche en bouche, tronquées, brodées, exagérées selon les imaginations de ce peuple de badauds et de fantaisistes par excellence que l'on appelle les Napolitains.

Un homme entre deux âges, d'une tournure assez distinguée, vient de fendre la presse avec tous les signes de la désolation la plus profonde; il relève avec précaution la tête du prince, lui fait un oreiller de ses genoux, lève au ciel ses mains consternées, et demande avec des larmes dans la voix, sinon dans les yeux :

— Oh! est-il mort?... est-il mort?

Bien que ce Jérémie ne ressemblât pas trop mal à un homme du monde, il y avait comme un manque d'harmonie, comme une tare indéfinissable dans toute sa personne; ses regards obliques étaient tamisés par une visière de soie verte.

C'était néanmoins un spectacle touchant que de voir la douleur de ce père, de cet oncle, que sais-je! de ce tendre ami tout au moins.

Le médecin du théâtre, nécessairement absent au moment de la catastrophe, était accouru en toute hâte. Sa première impression avait été que le blessé ne tarderait pas à se trouver beaucoup mieux... à moins qu'il ne devînt décidément plus mal.

— Vous m'en répondez, disait l'homme à la visière verte; s'il meurt, je m'en prends à vous.

— Le crâne est intact, reprit le docteur; tous les membres me paraissent entiers... Il n'y a guère que les os du tronc... Déshabillons-le...

— Ce serait une inconvenance, objecta le commissaire de police, et je m'y oppose.

— Comment!

— Oui, monsieur, une inconvenance.

— Mais l'humanité?...

— La décence d'abord, monsieur, et l'humanité ensuite.

— S'il en reste, acheva le docteur. Puis il ajouta en levant les épaules et de l'air d'un homme qui se résigne :—Allons, ne perdons pas de temps à attendre un brancard, et transportons-le sur cette banquette, au foyer, dont on fermera les portes.

— Un moment, monsieur, reprit le commissaire. Pouvez-vous affirmer que cet homme n'est pas mort, ou qu'il n'est pas sur le point de mourir?

— Je déclare qu'il n'est pas mort, répondit le docteur en interrogeant l'artère du patient.

— Ce serait d'ailleurs une indignité de sa part! dit l'homme à la visière verte.

— Pour ce qui est de mourir par la suite, reprit le docteur, je n'oserais pas affirmer que, selon l'usage immémorial, cela ne lui arrivera pas tôt ou tard.

— C'est que, dans ce cas, fit observer le commissaire, mon devoir serait de verbaliser sur la position exacte du coup, sur le nombre des ecchymoses, et de mettre sous scellés les débris de lampes et d'instrumens destinés à convaincre le meurtrier de son crime : toutes choses qui, vous l'avouerez, importent bien plus à la justice que la vie ou la mort d'un homme... Parbleu! on en manque bien d'hommes!

Cette fois, cependant, Esculape vainquit Thémis, et le prince fut transporté dans le foyer.

— Voyez, s'écria l'homme à la visière, ses paupières ont fait un mouvement... il ouvre les yeux!...

— Je parie cent louis! balbutia Ivan, à moitié suffoqué par le sang qui sortait de sa bouche.

Et son regard retomba dans la nuit.

— Il est sauvé, dit le docteur.

— Vous êtes un grand homme! reprit l'homme à la visière en le pressant sur son cœur. Si jamais vous aviez besoin de... rien...

Cette fois le prince ouvrit les yeux de toute leur grandeur.

— Où suis-je? s'écria-t-il.

Le docteur approcha une potion de ses lèvres, tout en épongeant adroitement les traces de sang qui souillaient encore son visage.

— Ah! reprit le malade, que je souffre! Mon front est brisé, je crois.

— Félicitez-vous, dit gravement le docteur, d'avoir échappé aux graves résultats qu'un pareil accident devait nécessairement entraîner. C'est le seul cas de cette nature dont j'aie eu le bonheur d'être témoin depuis trente ans que j'exerce. J'en ferai l'objet d'un mémoire à l'Académie de médecine. Il n'y a rien de cassé, rien... à part l'os du nez.

— Vous appelez cela rien, reprit le prince en faisant une grimace qui se dissimula sous les contorsions de sa douleur.

— Moins que rien, cher monsieur. On pratique aujourd'hui l'opération de la rhinoplastie d'une admirable façon. Il y a longtemps que je cherchais un sujet.

— Enchanté de la circonstance, docteur.

— Ainsi votre nez était un peu court, n'est-ce pas?

— Je l'avoue.

— Eh bien! je vous en ferai un d'une régularité parfaite; vous choisirez entre celui de l'Antinoüs et celui de l'Apollon Pythien. Voilà l'avantage de l'art sur la nature.

— Au diable l'avantage, dit le prince. Puis apercevant l'homme à la visière verte, il ajouta : — Tiens, Cent-pour-Cent, c'est vous?

— Oui, c'est moi, reprit sévèrement celui à qui on venait de donner ce nom bizarre; et je suis étonné qu'on se permette de pareilles incartades lorsqu'on a pour cent mille écus de lettres de change en circulation.

Et il s'éloigna de l'air d'un père en courroux, dont le danger couru par un coquin de fils avait un instant désarmé la sévérité.

— Je m'explique sa sollicitude, dit le comte Horace.

— Vous voyez que, si j'en meurs, reprit le prince en souriant amèrement, on pourra mettre sur ma tombe que je suis *regretté*.

Suivons maintenant ce même homme à la visière verte dans la loge où Blanche Mortimer était plongée, pour la

seconde fois de sa vie, dans un évanouissement qui ne différait guère de la mort.

Matthéus, dans la réaction de la colère, et profondément abattu, était gardé à vue par deux soldats.

Le commissaire de police était allé de la victime au coupable, et lui dit :

— Je vous arrête au nom de la loi. Qui êtes-vous et quel motif a pu vous porter à commettre une pareille action?

Plusieurs étrangers s'étaient introduits dans la loge.

— Je suis sir Thomas Blunt, dit l'un d'eux, et je puis porter témoignage de la provocation dont monsieur a été l'objet. Je suis sûr, d'ailleurs, que l'homme n'est pas mort.

— Il n'est pas mort! dit Matthéus; ah! j'en rends grâce au ciel!

— Halte-là! s'écria le commissaire, en s'efforçant de repousser l'homme à la visière; personne n'entre ici.

Mais Cent-pour-Cent se coula comme un furet par l'entre-bâillement de la porte.

— Mattvei! dit-il en une langue que personne ne comprenait, mais qui fit tressaillir Matthéus, lequel devint d'une pâleur mortelle, est-ce bien vous qui venez de commettre un pareil crime? Oh! Mattvei! Mattvei! mieux vaudrait pour vous être au fond des mines de Nertchinsk qu'embarqué dans la fâcheuse affaire de ce soir. Voyons, pourtant, que donneriez-vous pour l'étouffer?

— Chez nous, où tout se vend, reprit Matthéus, ce serait possible; mais ici!...

— N'importe! dites-moi, sans aller par quatre chemins, ce que vous me donnerez à moi, pour obtenir de votre victime, sur laquelle vous savez que j'ai certaine influence, le seul mot qui puisse vous disculper et prévenir tout éclat?

— Tout au monde.

— Le chiffre?

— Dix mille roubles.

— Ce n'est pas assez.

— Vingt mille.

— Bonsoir. Et il fit semblant de sortir; mais il revint bientôt sur ses pas et reprit : — Songez-vous bien aux conséquences que cela peut avoir?

— Vingt-cinq mille.

— Tout grand seigneur qu'il est, le blessé n'en est pas moins dans ma dépendance autant que vous-même; et, si vous vous montrez raisonnable, je vous réponds du succès.

— Ah! s'écria Matthéus, vous êtes un démon!

— Allons, disons trente mille; c'est pour rien.

Et l'homme à la visière verte sortit.

Le commissaire ne tarda pas d'en faire autant, et, n'ayant pu obtenir aucune réponse du coupable, il s'en fut interroger la victime.

Le prince Ivan, parfaitement revenu à lui-même, était tout à la honte, à la rage et à la vengeance.

Le docteur lui pansait le nez, moins gravement atteint qu'on ne l'avait cru d'abord, et commençait à craindre de voir lui échapper encore cette fameuse opération de la rhinoplastie qu'il couvait depuis si longtemps.

— Monsieur, dit le commissaire au prince, puisque vous paraissez si bien remis de votre chute, je serais charmé d'entendre la relation des faits qui ont amené cet horrible attentat.

— Ah! oui, dit le prince avec une expression presque sauvage. Combien de morts allons-nous lui infliger, à ce brigand?

— Mais, reprit le commissaire, si malheureusement vous en réchappez, je ne vois pas qu'on puisse le condamner à autre chose qu'à une amende et à l'emprisonnement.

— Et si heureusement je n'en réchappe pas?

— Oh! alors...

— Docteur, reprit le prince, j'ai bien envie de n'en pas réchapper; cela vous regarde. Seulement, je voudrais assister au supplice du coupable; je m'engage à mourir ensuite.

— Cher prince, reprit le comte Horace, à sérieusement parler, je ne vois que deux partis à prendre qui soient dignes d'un galant homme.

— Lesquels, cher comte?

— L'un est de pardonner.

— Et l'autre?

— De vous venger personnellement.

— C'est bien ce que je compte faire tôt ou tard, reprit le prince en regardant son nez dans un miroir de poche. Mais, en attendant, œil pour œil, mortification pour mortification. Aussi veux-je poursuivre à outrance ce misérable assassin. Allons, monsieur le commissaire, écrivez.

— J'y suis.

— Moi, prince Ivan Ivanowich, sujet russe...

— Pardon, monsieur; mais ce n'est pas là la formule des procès-verbaux.

Et le commissaire écrivit :

« Le troisième jour de janvier de l'année 1828, entre » dix et onze heures du soir...

» — Etant au théâtre de San-Carlo, poursuivit Ivan, en » la ville de Naples...

» — Dans la loge n° 19, » ajouta le commissaire...

Sur ces entrefaites, Cent-pour-Cent, à qui les trente mille roubles de Matthéus ne suffisaient sans doute pas, s'était imperceptiblement rapproché du blessé.

— Prince, lui dit-il en langue russe, un mot, je vous prie.

Et, allongeant son cou de cigogne, il lui siffla je ne sais quoi dans l'oreille. Toujours est-il que le prince bondit comme s'il eût été mordu par une vipère.

« — Dans la loge n° 19, reprit le prince, ayant eu l'im- » prudence de m'asseoir sur le bourrelet de ladite loge, » j'ai, conformément aux lois de la gravitation... »

— Les lois de la gravitation? demanda le commissaire; je me permettrai de vous faire observer que ce code-là n'est pas reconnu dans le royaume.

— C'est égal, dit le prince, écrivez toujours : « J'ai, » conformément aux lois de la gravitation, perdu l'équi- » libre, et me suis laissé tomber comme un imbécile que » je suis. »

Le commissaire, stupéfait, promena autour de lui le plus comique des regards.

— Ajoutez, poursuivit Ivan avec un flegme parfait, que je suis infiniment redevable au dévouement d'un étranger que j'ai failli entraîner dans ma chute, et qui s'est donné toutes les peines du monde pour me retenir, service que je me propose de reconnaître convenablement en temps et lieu.

— Très bien! dit le comte Horace.

— *Very well!* dit sir Thomas Blunt.

— Mais cependant, monsieur, reprit le commissaire en se campant, la plume derrière l'oreille, tout à l'heure vous disiez... vous prétendiez...

— C'était le délire, dit le prince.

— J'en appelle à ces messieurs.

— C'était le délire, dit le comte Horace.

— J'en appelle au docteur lui-même.

— C'était le délire, dit la Faculté.

— Puisqu'il en est ainsi, messieurs, et que vous vous entendez tous pour soustraire le coupable aux poursuites de la justice, je ne vois pas pourquoi je le retiendrais plus longtemps prisonnier. Toutefois je songe à une chose, continua le commissaire en se frappant le front : c'est que, la culpabilité de l'autre écartée, monsieur le prince Ivan Ivanowich se trouve être responsable des lampes cassées, des côtes meurtries et des instrumens en compote. Je vais procéder à la constatation des dégâts. Reste à savoir comment les musiciens envisageront l'affaire. Je soutiens, moi, que c'est une agression, et qu'il ne vous est pas plus permis de vous servir de votre propre personne comme d'un projectile, que de lancer n'importe quoi de nuisible à la tête de quelqu'un.

— Soit! donnez-moi la carte, dit le prince, et je la payerai.

VI

SIR THOMAS BLUNT, BARONNET.

Quelques jours après les événemens que nous venons de rapporter, un matin que, seul, la tête languissamment renversée sur l'ivoire de ses mains, Blanche promenait sa triste pensée par les angoisses de la veille et les appréhensions du lendemain, sir Thomas Blunt se fit annoncer chez elle.

A ce nom, qui était celui d'un compatriote et avait comme un écho dans ses souvenirs d'enfance, elle fit un effort sur elle-même, appela de bien loin un semblant de sourire sur ses lèvres, et fit à ses boucles froissées cette prompte et instinctive réparation que les femmes n'oublient jamais, si éplorées qu'elles soient.

— Miss Mortimer, dit en entrant le gros baronnet, pardonnez-moi de me présenter chez vous sans en avoir demandé la permission.

— Soyez le bienvenu, monsieur, reprit Blanche, en indiquant un fauteuil; vous êtes en ce moment pour moi comme un rayon de la patrie absente, et il n'y a pas à mes yeux de recommandation qui vaille mieux que celle-là.

— J'ai voulu savoir par moi-même comment vous vous trouviez après la secousse de cette terrible soirée. J'espère que votre santé ne s'en ressent plus?

— Je vous remercie, reprit Blanche; je me sens beaucoup mieux, et suis excessivement touchée de votre attention.

— Toute femme, dans votre situation, n'eût pas manqué de provoquer mon intérêt; à plus forte raison vous, chère miss, qui appartenez au même canton que moi, et dont je suis même un peu le parent, s'il est vrai que vous soyez la fille d'Edward Mortimer de Hall; je l'ai parfaitement connu, ainsi que tous ses frères.

— En ce cas, reprit Blanche en joignant le geste à la parole, après vous avoir rendu mille grâces pour la bienveillance désintéressée que vous m'avez témoignée comme étranger, je veux vous serrer la main comme un ancien ami de mon oncle.

Sir Thomas était évidemment mal à l'aise, comme un homme qui, s'étant imposé un tâche délicate, tourne autour sans savoir par quel bout l'entamer.

— Et qu'est devenu votre oncle Georges? demanda-t-il.

— Il est mort aux Indes.

— C'est dommage, car il montait à cheval à ravir.

Rien n'est pénible comme d'avoir une idée fixe que l'on n'ose exprimer, et d'être obligé de parler de choses étrangères à cette idée; aussi ce pauvre sir Blunt pataugeait à faire pitié.

— Et William?

— Mort.

— Mort aussi! et Ralph?

— Il a rendu le dernier soupir auprès de moi, reprit Blanche, et c'est de lui que je porte le deuil.

— Juste ciel! que la mort fait de ravages! Quand je pense qu'il n'y a guère que huit, dix, douze.. permettez que je compte... ma foi! oui, il y a bien vingt ans que nous étions tous rassemblés... Et ont-ils laissé de la famille?

— Aucune, excepté moi, reprit tristement Blanche, à qui cette question rappelait son isolement.

— Quoi! vous seulement? Ici le baronnet se baissa pour ramasser une bobine de soie qu'un king's-charles s'amusait à dérouler par l'appartement; et, croyant avoir

trouvé le joint, comme on dit, il ajouta d'une voix émue :
— Alors, mis Mortimer, seule et privée d'appui naturel comme vous l'êtes... peut-être que la parenté, si éloignée qu'elle soit, que j'invoque ici, et surtout mes pures et loyales intentions, serviront d'excuse à la liberté que je vais prendre d'aborder un sujet excessivement... délicat. Blanche fit un signe de tête pour l'engager à continuer; toutefois ses joues s'empourprèrent un peu, car elle avait comme une perception instinctive de ce qu'on allait lui dire. — J'ajoute que je crois remplir un devoir, reprit sir Blunt, et si mes paroles vous affligent, vous apprécierez au moins, je l'espère, le motif qui les dicte.

— Achevez, monsieur, répliqua Blanche, dont l'embarras croissait en raison des précautions oratoires du baronnet.

— Ah ! pensa sir Blunt, voilà précisément le point difficile... elle veut que j'achève, et je n'ai pas encore commencé. C'était un excellent cœur, au fond, que sir Blunt; un peu trop adonné aux paris et à l'indigestion, mais incapable de tuer une mouche. Aussi hésitait-il, parce qu'il avait conscience de la blessure qu'il allait faire. Cependant il mit le doigt sur la gachette, et lâcha le coup en ces termes : — Quand je vous vis, par hasard, à San-Carlo, miss Mortimer... le soir en question... et que je fus assez heureux pour vous rendre quelques légers services qu'autorisait la circonstance, vous n'étiez pas seule... Un certain monsieur Matthéus vous accompagnait.

— Oui, monsieur, reprit Blanche avec dignité ; et je vous remercie en son nom de l'appui que vous lui avez si noblement prêté.

— Quand à cela, chère miss, je n'ai aucun droit à vos remercîmens, et pas plus aux siens qu'aux vôtres ; je me suis conduit selon l'équité, rien de plus. J'aurais certainement châtié comme lui l'insolent capable d'insulter une femme. Seulement, ajouta sir Ralph en faisant décrire un ellipse à ses poings britanniques, je crois que je lui aurais fait son affaire dans la loge, au lieu de le précipiter dehors... Du reste, monsieur Matthéus a été personnellement prodigue des expressions de sa reconnaissance.

— Vous l'avez donc revu ?

— Plusieurs fois, chère miss ; je le quitte même à l'instant. _

— Ah !

— Il n'est pas plus Anglais qu'Américain.

Blanche s'inclina en signe d'assentiment.

Le baronnet regarda le plafond, les gravures, le parquet, prit une pincée de tabac, et se moucha bruyamment. Après quoi, ne sachant plus comment retarder le moment fatal, il soupira et reprit :

— Savez-vous, miss, que je pourrais être votre père ?

— En vérité !... et que concluez-vous de là ?

— J'en conclus qu'il faut tout cela : nos liens de parenté, votre isolement, mon âge, mes cheveux blancs...

— Ah ! par exemple !

— Laissez-moi croire que j'en ai... eu égard à la circonstance ; oui, chère miss, il faut tout cela pour me faire pardonner cette question que je vous adresse : Connaissez-vous monsieur Matthéus ?

— Si je connais monsieur Matthéus ! quelle étrange question ! Et elle ajouta mentalement, comme pour se justifier à ses propres yeux : — Oh ! oui, je le connais !... son image n'est-elle pas depuis longtemps associée à tous mes rêves de bonheur ? Il n'en était pas moins difficile de faire comprendre cela à un étranger comme elle le comprenait elle-même.— Après tout, continua-t-elle, pendant que ses yeux bleus lançaient des éclairs et que ses traits passaient du rose tendre à l'incarnat le plus vif, après tout je ne vois pas pourquoi j'hésiterais à vous dire ce que je vais bientôt avouer avec orgueil à la face de tout le monde. Oui, monsieur, je suis sur le point de devenir sa femme.

— A la bonne heure ! voilà ce que j'appelle répondre nettement et comme doit le faire la fille d'Edward Mortimer... Et maintenant, ma noble enfant, écoutez Thomas Blunt, qui ne sera pas moins sincère que vous.

— Parlez, monsieur.

— Mais je voudrais d'abord vous raconter une histoire récente, qui ne manque pas jusqu'à un certain point d'analogie avec la vôtre.

— Racontez, monsieur, dit Blanche, qui eut de la peine à dissimuler un léger signe d'impatience.

— Une jeune personne belle, riche, accomplie...

— Cela me rassure, dit Blanche en souriant, ce n'est pas moi.

— ...Appartenant comme vous à une noble famille, poursuivit le baronnet, était sur le point d'épouser un étranger que je ne connaissais ni de près ni de loin, ni en bien ni en mal. C'était, ainsi que monsieur Matthéus, un homme élégant, de manières parfaites, joignant à un savoir profond un esprit charmant, et très bien fait, je l'avoue, pour jeter quelque trouble dans l'imagination d'une femme. Or, nous fûmes, lui et moi, mis en rapport dans une de ces circonstances graves qui font qu'un homme, noble ou croquant, est jaugé d'un seul coup. Figurez-vous qu'il avait fait à un de ses égaux, moi présent, une de ces insultes éclatantes et terribles qui ne peuvent se laver que dans le sang... c'est la formule consacrée.

— Quoi ! vous aussi, monsieur, vous défendez ce code absurde ?...

— Je ne suis point un duelliste, miss Mortimer, tant s'en faut ! La loi en vertu de laquelle l'offensé doit s'exposer encore, par-dessus le marché, à être tué par l'agresseur, est véritablement la plus déraisonnable du monde.

— A la bonne heure !

— Mais il n'en est pas moins vrai qu'elle est universellement reconnue, et que ceux qui ne s'y soumettent pas doivent encourir le mépris.

— Ah ! monsieur !

— Oui, chère miss, le mépris... et non-seulement le nôtre, non-seulement le mépris des hommes, mais plus sûrement encore le mépris des plus faible femmes, de celles qu'une araignée met en fuite, et qui se pâment aux coups de feu pour rire du théâtre.

Blanche descendit en elle-même, et y reconnut sans doute la vérité de ce que venait d'avancer sir Blunt, car elle n'objecta rien.

— J'avais consenti à être le témoin de cet homme, reprit le baronnet, non que j'espérasse un arrangement, impossible selon moi, mais parce que l'on peut jusqu'à un certain point, avec de la prudence et du sang-froid, amoindrir les chances sanguinaires d'une rencontre... Le défi, conçu dans les termes les plus outrageans, énonçait qu'aucune excuse ne serait admise, à moins que l'agresseur ne consentît à recevoir les *coups de fouet* que lui destinait l'insulté. A ces mots, la charmante tête de Blanche se redressa soudain ; il y eut comme une fanfare de guerre dans l'éclat de son regard, et nous croyons bien que, en ce moment, elle se fût volontiers battue en personne, comme firent autrefois mesdames de Nesle et de Polignac pour les beaux yeux de Richelieu. — Eh bien ! miss Mortimer, poursuivit sir Blunt, vous êtes une noble fille, et je suis un vieux gentilhomme très pacifique au fond, je vous l'assure, malgré l'apparence ; mais voudriez-vous que votre frère, voudrais-je, moi, que mon fils, fût-il unique, se résignât à l'infamie d'une pareille dégradation ?

— Non, assurément !

— Eh bien ! imaginez-vous que, le matin même du jour fixé pour la rencontre, je trouvai ce prétendu à l'eau de rose en proie à la plus violente agitation...

— Mais cela se conçoit.

— Là n'est pas le mal... J'admets qu'un pauvre diable ait peur de mourir, bien qu'il soit de mauvais goût de le laisser paraître... mais de voir un grand gaillard, jeune et vigoureux, pleurer comme une femme, protester qu'une mystérieuse fatalité pèse sur lui et l'empêche de se battre... Ah ! voyez-vous, miss Mortimer, c'est là un des plus lamentables spectacles qu'un homme puisse donner à son semblable. Et le brave baronnet appliqua, sans le vouloir, un si vigoureux coup de canne sur la patte du king's-

Charles que la pauvre bête, jappant et boitant, se réfugia sous le fauteuil de sa maîtresse. — Maladroit que je suis !

— C'est votre généreuse indignation qui en est la cause, reprit Blanche en donnant une friandise au blessé ; Stop et moi, nous vous pardonnons.

— Je me taxe à vingt-cinq gimblettes d'amende.

— A ce prix, Stop vous permettra d'être indigné tout les jours.

— Bref, miss Mortimer, pour en finir, j'eus beau répéter à ce malheureux qu'on nous attendait à la porte Capoue, que je n'étais ni un lecteur de roman ni une jeune fille exaltée pour me laisser prendre à ces fadaises de destinées fatales et de secrets terribles... c'est en vain que je lui représentai le déshonneur qui allait non-seulement l'atteindre mais rejaillir encore sur la crédule et infortunée jeune femme qu'il devait épouser... rien n'y a fait... L'heure du rendez-vous a sonné lentement, sans retentir dans le cœur qu'il n'a pas, et je l'ai laissé s'arrachant les cheveux de rage et de peur à la fois.

— Mais qu'a de commun...

— Et maintenant, miss Mortimer, pensez-vous qu'il était de mon devoir d'honnête homme de dévoiler à la fiancée de ce lâche l'abîme où elle allait tomber ?

— A coup sûr, monsieur.

— Et que croyez-vous qu'elle fit ?

— Pauvre abusée ! reprit Blanche en soupirant, que pouvait-elle faire, si ce n'est de chasser de son cœur cet indigne amour ! Puis elle ajouta avec un sourire plein de douce sécurité : — Mais, encore une fois, qu'a de commun ce misérable avec monsieur Matthéus ?

— Écoutez-moi, miss Mortimer, et armez-vous de courage. J'ai été choisi pour être le second de monsieur Matthéus.

— Oh ciel ! il a provoqué le prince !... j'en étais sûre !... Que faire pour empêcher ce duel ?... Ce maudit homme le tuera !

— Oh que non pas ! miss, car c'est le prince qui a envoyé le cartel, et comme j'ai laissé monsieur Matthéus très pacifique chez lui, le pire qu'il puisse en résulter sera de recevoir, à la première rencontre, les coups de fouet qu'on lui a offerts et qu'il mérite si bien.

— Dieu de miséricorde ! s'écria Blanche en se cachant le front dans les mains.

En ce moment, la porte s'ouvrit avec fracas et Matthéus apparut sur le seuil.

VII

PERSONNE DE MORT.

Matthéus, en habit de voyage, était enveloppé d'un manteau.

Ses regards en feu, son teint glauque, ses lèvres pâles et frémissantes, sa physionomie, son maintien, tout trahissait en lui une violente exaltation.

Il posa son chapeau sur un fauteuil, jeta son manteau sur une ottomane, et fit quelques pas vers Blanche et sir Blunt.

La révélation faite par ce dernier, dont l'honnêteté et la franchise étaient à l'abri de tout soupçon, venait de porter à miss Mortimer un coup terrible. Elle était comme penchée sur un précipice, dans un accès de vertige, et voyait tout tournoyer dans le vide.

Mais, à la vue de son amant, tous ses doutes, toutes ses certitudes se fondirent subitement en une honte et un regret immenses d'avoir pu le soupçonner.

L'amour est ainsi fait qu'il transfigure tout, éclaire tout, rayonne sur tout. C'est le soleil du cœur. On prête à son idée, à sa Galatée, à lui ou à elle, n'importe, tous les prismes possibles : cela chatoie comme le diamant, cela grise comme l'ambroisie, cela embaume comme une touffe de roses ; comment ne pas l'aimer ? D'autant que c'est sa création que l'on aime, c'est-à-dire soi-même. Avez-vous jamais vu que l'on se fasse la grimace dans son miroir ? et celui qui est aimé est-il autre chose qu'un miroir dans lequel se reflète celui qui aime ?

— Au nom du ciel ! s'écria Blanche en courant à Matthéus, expliquez cette cruelle méprise ?

Le baronnet gardait une attitude sévère et méprisante.

— J'ai entendu les derniers mots que monsieur à prononcés, reprit Matthéus avec un sang-froid affecté, et je devine le reste.

— Oh ! non ! reprit Blanche, il est impossible que vous le deviniez !

— Il vous a dit que j'ai refusé de me battre avec un homme que je déteste et que j'abhorre .. cela est vrai...

— Juste ciel !

— Il vous a dit que j'étais déshonoré aux yeux du monde, et désormais indigne de devenir votre époux... cela est encore vrai.

— Mais cela est impossible ! s'écria Blanche.

— Vous l'entendez, dit sir Blunt, dont la physionomie passait de la colère à la pitié, et du mépris au dégoût.

— Toutefois, continua Matthéus, cet homme s'est trompé en une chose : il a dit que j'étais un lâche, et, bien que les apparences soient contre moi, je dis, moi, qu'il en a menti !

— Hein ! s'écria sir Blunt d'une voix qui, semblable au mugissement d'un taureau, fit vibrer les fenêtres.

— Menti ! répéta lentement Matthéus.

Et il y avait dans son accent une telle persuasion, une telle autorité, qu'il commanda le silence, et, pour ainsi dire, le respect.

Blanche renaissait comme une plante, le soir, après les ardeurs du jour ou l'inclémence du ciel.

— Je le jure par tout le bonheur que suis sur le point de perdre, le seul tort que ma conscience me reproche est de vous avoir aimée, Blanche, et ce crime si c'en est un, je n'en implore pas le pardon, car j'en serai coupable jusqu'à mon dernier jour.

— Sornettes que tout cela ! interrompit le baronnet dont la canne cette fois, ne rencontra fort heureusemen, pas la patte du king's-Charles.

— Aujourd'hui, Blanche, reprit Matthéus sans s'émouvoir de cette interruption, nous devons nous séparer pour toujours.

— Que dites-vous ?

— Dans une minute, ce sacrifice suprême sera peut-être accompli ; mais quant à vous laisser l'idée que moi Matthéus je puis être un lâche ; quant à supporter que ces lèvres, qui m'ont parfois souri avec tant d'amour, m'écrasent sous une expression de mépris, cela ne sera pas !

— Je suis curieux de savoir comment vous vous y prendrez, dit sir Blunt.

Matthéus s'était approché d'une table ; il écrivit une seule ligne d'une main ferme et hardie, et l'ayant tranquillement saupoudrée de sable, il la tendit au baronnet, et reprit :

— Vous voyez ce fauteuil sur lequel est mon chapeau ; vous voyez là-bas l'ottomane sur laquelle j'ai jeté mon manteau... Eh bien ! chère Blanche, soulevez ou le chapeau ou le manteau, et vous aurez aussitôt la conviction que sir Thomas s'est trompé en vous disant que je craignais la mort.

Sir Blunt lut ces mots sans trop les comprendre :

« Quel que soit celui que Blanche aura choisi, je ferai usage de l'autre. »

Pendant ce temps, miss Mortimer courait au fauteuil et soulevait le chapeau.

— Que vois-je ! s'écria-t-elle, un pistolet !

Au même instant, Matthéus s'emparait vivement d'un autre pistolet caché sous son manteau, l'armait, et en dirigeait le canon vers sa tempe.

— Blanche ! s'écria-t-il, rappelez-vous que, pour n, pas perdre votre amour, je perds mon âme en commettant[e] un suicide.

Sir Blunt voulut s'élancer vers lui ; mais son pied s'embarrassa dans un tapis, il fit un faux pas, et Matthéus lâcha la détente.

On n'entendit que le claquement sec du ressort.

La main de Matthéus n'avait pas vacillé.

Le baronnet avait eu le temps de s'emparer du second pistolet, et tira sur la muraille. Cette fois l'arme partit, un éclair brilla dans l'espace, la balle ricocha du mur sur une glace, qui fut brisée en mille pièces.

Blanche poussa un cri de terreur.

Il a fallu dix lignes pour écrire cela ; il fallut dix secondes pour l'accomplir.

— Ah çà ! dit sir Thomas à Matthéus, vous êtes fou !

— Nullement, monsieur, reprit ce dernier avec calme ; mort, vous n'eussiez plus douté de mon courage, que je pense ; vivant, je vous demande si l'homme qui vient bénévolement de jouer sa vie et son âme à pile ou face pouvait craindre de se trouver en face d'un adversaire quel qu'il fût ?

— Eh ! de par tous les diables, reprit le baronnet, mieux vaut la peur qu'un pareil courage ! On y risque sa peau, et on a encore l'infamie par-dessus le marché.

— Ah ! disait Blanche qui s'était agenouillée pour faire monter une prière à Dieu, si j'étais allée à l'ottomane au lieu d'aller au fauteuil, je serais morte du même coup que lui !

Et n'écoutant que la voix de son cœur, elle se leva, et alla d'un bond river ses deux bras au cou de Matthéus.

— Allons ! dit sir Thomas d'un ton moitié bourru moitié railleur, je n'ai plus rien à faire ici.

— Vous partez ? demanda Blanche.

— Je pars, dit le baronnet en prenant son chapeau.

— Et reconnaissez-vous au moins l'injustice de votre accusation ?

— Je ne reconnais qu'une chose, miss : c'est que les têtes bouclées l'emportent sur les têtes chauves, et l'amour sur la raison. Puis, s'adressant à Matthéus : — Je voudrais vous voir seul à seul, monsieur.

— Je suis à vos ordres, reprit Matthéus.

— Quand ?

— Dans une heure.

— Où cela ?

— Chez moi, si vous le voulez bien.

— J'y serai.

Blanche suivit le baronnet jusque dans l'antichambre, et, saisissant sa main qu'il s'efforçait de retirer, elle lui dit de sa voix câline à laquelle rien ne résistait :

— Mille grâces, mon ami, pour votre noble démarche... mais, vous le voyez, celui à qui je suis sur le point d'unir ma destinée n'est pas le lâche que vous aviez pensé ; je le connaissais trop bien pour m'y méprendre. Soyez sûr que vous le trouverez toujours digne de votre estime, et plaignez-le, tout en respectant comme moi le mystère qui enchaîne sa parole et entoure ses actions.

— Ma pauvre enfant, reprit sir Blunt, j'ai bien peur que vous ne trouviez au fond de tout cela un échappé de Bedlam. Mais que ce soit un fou ou un aventurier, je le saurai avant deux heures d'ici... et que Dieu vous garde !

— Blanche, dit Matthéus, lorsque celle-ci fut rentrée dans l'appartement, soyez bénie pour la confiance que vous avez eue en moi, et laissez-moi m'agenouiller devant vous avant de vous dire adieu.

— Me dire adieu ! s'écria Blanche.

Matthéus glissa doucement à ses pieds, prit ses mains dans les siennes, et darda son triste regard sur l'azur de ses yeux, son seul ciel désormais.

— Blanche, reprit-il, il faut que je vous sache bien par cœur, trait par trait, afin de vous avoir sans cesse avec moi dans les jours d'exil. Quand mes regrets seront plus forts que ma raison, quand l'abattement survivra à la résignation, je m'isolerai en moi, je vous reconstruirai par

la pensée, je vous parlerai, et je vous verrai me sourire... Ce seront les seules fêtes de mon éternelle douleur... Mais il faut pour cela que, comme la dernière vibration de l'écho, votre dernier regard soit un sourire.

— Vous ne partirez pas !

— Je partirai, Blanche... Ne suis-je pas, à l'heure qu'il est, déshonoré aux yeux du monde ? Le misérable avec qui la colère de Dieu m'a suscité une querelle impossible...

— Impossible ! et pourquoi, Matthéus ?

— Ah ! reprit Matthéus en courbant le front, voilà où est l'abîme ! Il y a des millions d'hommes sur la terre, et, parmi ces millions d'hommes, un seul pouvait se mettre en travers de mon bonheur. Quand il allait d'un côté, j'allais de l'autre, et voilà que je heurte précisément l'unique grain de poussière qui pouvait me faire trébucher.

— Fuyons, Matthéus... Nous trouverons bien quelque coin sur la terre où nous enfouir à l'abri des injustes et des méchans.

— Jamais je ne consentirai à ce que vous ayez votre part de la réprobation qui va peser sur moi.

— Eh quoi ! reprit Blanche avec véhémence, parce que le monde, aussi impitoyable que stupide dans ses arrêts, vous poursuit de son mépris immérité, dois-je, moi qui sais qu'il vous calomnie, mettre son erreur en balance avec mon devoir ? Au lieu d'être à côté de vous, comme l'étoile sur la poitrine des braves, le témoignage vivant de votre honneur, au lieu d'être votre réhabilitation et votre appui, au lieu d'être la main secourable qui panse vos blessures, dois-je donc ajouter aux coups qu'on vous porte ?

Dieu sait qui allait l'emporter de ce roseau qui ploie mais se redresse, et qu'on appelle une *femme*, ou de ce chêne qui se brise et tombe, et qu'on appelle un *homme*, lorsque des voix tumultueuses éclatèrent à la porte de l'antichambre.

C'étaient les gens de l'hôtel qu'avait alarmés l'explosion d'une arme à feu.

Matthéus fit ouvrir, et coupa court aux interprétations en prétextant la décharge accidentelle d'un pistolet.

Et Matthéus profita de la circonstance pour sortir.

VIII

LE BARON DE BAMBERG, DIT CENT-POUR-CENT.

Quelques jalons sont ici nécessaires pour poursuivre notre route avec plus de sûreté.

Le matin même de ce jour marqué par l'échec diplomatique de sir Blunt et l'héroïque folie de Matthéus, le comte Horace se trouvait chez le prince Ivan.

Celui-ci pensait se battre, et le comte devait lui servir de témoin.

Le cabinet du prince ressemblait à un arsenal ; et si la vaillance, qui ne se mesure pas au nombre des années, se mesure à la grande mine des panoplies, ce devait être un formidable adversaire que ce Russe, allant des pistolets de Jose Manton à ceux de Christophe Kuchenreiter de Ravensburg, et des canons niellés de Lepage à ceux tout unis du vieux Wogdon, comme ces coquettes qui froissent vingt robes avant d'en choisir une, et demandent à leur femme de chambre ou à leur psyché :

« Mettrai-je celle-ci ou mettrai-je celle-là ? »

Seulement le prince se demandait, en visant le couvercle d'une terrine de Nérac :

« Le tuerai-je avec celui-ci ou avec celui-là ? »

— Mon cher, disait le comte, ni vos pistolets ni votre habileté ne vous feront défaut ; le tout est d'en faire usage avec sang-froid, et je vous garantis qu'à la première balle vous lui raserez le nez au niveau du visage. Ce sera la peine du talion.

Le prince fit la grimace qui lui était habituelle chaque fois qu'il était question de cette partie endommagée de sa physionomie.

— Ce coup est trop incertain, reprit-il, car si la peur le faisait seulement vaciller d'un demi-pouce, adieu ma vengeance ! C'est en plein cœur ou à la tête que je veux le frapper, à votre choix.

— Je n'ai pas de préférence à ce sujet, cher ami.

— Il n'y a pas moyen de vous faire une galanterie, reprit le prince, dont un sourire blafard vint crisper les traits.

Il achevait ces mots, lorsqu'on annonça le baron de Bamberg.

— Vous ne pouvez recevoir personne en ce moment, dit le comte.

— Pardonnez-moi, très cher ; la porte Capena est à cent pas, et nous avons encore une heure et demie à nous.

Et le prince Isaakoff, visiblement ému, passa dans une autre pièce de son appartement où l'attendait le baron.

Ce baron n'était autre que Cent-pour-Cent, sa visière verte en moins et une brochette à la boutonnière en plus.

Remontons un peu à son origine, sans faire du d'Hozier pour cela.

Valet d'un officier tué à Leipzig en 1813, et dont il s'était approprié l'équipage, croupier de tripot sur les bords du Rhin, pick-pocket à Londres, grec à Paris, ruffian à Naples, sbire à Venise, Bamberg avait fini par persuader à quelques gens crédules qu'il était le bâtard d'un noble suédois, moyennant quoi il était parvenu à être *élevé* aux fonctions d'espion de la police secrète de Saint-Pétersbourg, tant en Russie qu'à l'étranger, selon le cas.

Une fois là, le baron apocryphe s'était trouvé dans son élément, comme le poisson dans l'eau, et n'avait pas tardé à donner des preuves de sa turpitude, d'autres diraient de son habileté, tant une même chose a souvent plusieurs noms. Ainsi, le premier écu de sa fortune, rapidement accrue, datait d'une caisse remplie de papiers qu'il était parvenu à soustraire à l'un des conspirateurs fugitifs de 1825. De cette caisse miraculeuse étaient successivement sorties toutes les muscades qui l'avaient aidé à faire ses tours de passe-passe. Il n'en avait d'abord livré au tribunal secret que juste ce qu'il fallait pour peupler la Sibérie de quelques victimes de plus et se placer haut dans les bonnes grâces du gouvernement. Le reste lui avait servi à tenir dans sa dépendance un certain nombre de personnes qu'il rançonnait ou dénonçait tour à tour, aujourd'hui celui-ci, demain celui-là, selon qu'il éprouvait le besoin de raviver sa bourse ou de faire du zèle pour entretenir son crédit. Le malheur d'autrui était, en un mot, le capital sur lequel il s'était créé d'affreuses rentes.

Que de rentiers comme cela !

Une fois riche, quand il eut bien entassé la trahison sur l'exaction, le dol sur la fraude, et que de l'engrais de toutes ces boues furent sortis beaucoup de roubles, le baron de Bamberg voulut cumuler et enta l'usure sur ses autres industries. Une fortune faite ainsi ne pouvait avoir un plus digne emploi : l'impur remontait à sa source.

De là le surnom de Cent-pour-Cent que lui donnaient ses victimes, en manière de petite vengeance, et qu'il acceptait de son rire jaune, en le cotant au bordereau.

Il résultait, de ces deux cordes qu'il avait à son arc, que ceux qui échappaient aux filets de l'espion tombaient dans les nasses de l'usurier, et que, de façon ou d'autre, presque tous les jeunes nobles russes, en général conspirateurs ou joueurs, quand ils ne sont pas tous les deux, étaient à sa merci.

C'est ainsi que Matthéus, absent depuis fort longtemps de la Russie, avait en quelque sorte été surveillé par lui jour par jour, et que note était prise des opinions libérales fréquemment émises par l'amant de Blanche. Un mot du terrible baron, et le malheureux n'avait plus qu'à opter

entre l'expatriation perpétuelle ou les mines de Sibérie.

C'est peut-être ici le lieu de dire sommairement ce qu'est la police secrète en Russie, dont pas une au monde, depuis l'inquisition jusqu'à ce conseil des dix qui, avant qu'une serrure fût faite, en avait la clef dans sa poche, ne saurait donner une idée.

Ainsi, chaque Russe, à moins qu'il ne soit esclave ou militaire, et dans ce cas c'est mille fois pire encore, a sa biographie à la police, non pas quelque note sommaire, comme on pourrait le croire, mais sa biographie complète, où sont consignés ses démarches, ses relations, ses affaires, ses déplacemens, et jusqu'aux choses les plus insignifiantes de sa vie intime. Ce que nos chroniqueurs font ici pour les célébrités, qu'ils épluchent volontiers, contenant et contenu, de la tête aux pieds, la police russe a la délicate attention de le faire pour le plus humble des Moscovites.

Ces notes secrètes, analysées d'une certaine façon, donnent toujours le moyen de perdre le malheureux qui gêne ou offusque ; il suffit de laisser là le miel et d'en extraire le venin. En sorte que, à l'exception d'une dizaine de hauts personnages, dix tout au plus, la population entière de l'empire vit avec cette épée de Damoclès suspendue sur la tête.

Ceux qui espionnent sont eux-mêmes espionnés ; et le rédacteur de ces dangereuses annales, auxquelles des milliers de plumes sont nuit et jour employées, ignore si son voisin de droite ou de gauche n'est pas en train d'écrire sur son compte, pendant qu'il écrit lui-même sur le sien.

Si la malignité, le mensonge, la haine, la vengeance, les faux rapports, n'étaient pas inévitablement la base de cet espionnage, du moins la morale publique y gagnerait peut-être quelque chose ; mais, pratiqué comme il l'est, pour mettre chacun à la merci d'un supérieur, il n'engendre, de l'un à l'autre, que la servilité la plus abjecte, ou les complaisances les plus coupables, ou la résignation passive en face des oppressions les plus inouïes.

Qu'un individu disparaisse, personne, pas même la police, pas même la famille, à moins qu'elle ne soit très puissante, n'ose s'en occuper. Diable ! si l'absent avait été conduit en Sibérie, je suppose ; si la justice mystérieuse du czar ou la vengeance particulière de quelque boyard y était pour quelque chose, on vous trouverait fort curieux de vous en informer, et vous pourriez payer très cher les frasques de votre langue.

Un cadavre flotte sur l'eau ; il vient on ne sait d'où. Pendant huit, dix, quinze jours, tout le monde l'a vu, et personne n'a eu l'idée de lui donner une sépulture et de rechercher sa famille. Poussé par la vague, il a battu pendant des jours entiers le sable de la grève, et tout le monde s'est éloigné de lui en se signant trois fois ; il s'arrête parmi les ronces ou les roseaux qui bordent les berges, et il y pourrit, il y est dévoré par les animaux de proie ; nul ne s'en inquiète. Que si la police daigne enfin s'en apercevoir et venir sur les lieux, ce n'est ni pour constater l'identité ni pour verbaliser, mais surtout pour le dépouiller, et subsidiairement le faire jeter dans quelque trou creusé au hasard, là, ici, n'importe où, sans plus de cérémonies ni d'informations.

La police ne s'occupe sérieusement que d'une chose : savoir ce qui se passe dans l'intérieur des familles, ce qui s'y dit, ce qui s'y fait, ce qui s'y pense ; elle étend ses oreilles partout, et partout où il y a trois personnes réunies, disent les Russes eux-mêmes, il y a deux espions, souvent davantage. Ce n'est que par cette terreur universelle que, tel qu'il est, le gouvernement du czar est possible. Telles sont l'exactitude et la minutie des renseignemens qui lui parviennent, qu'il envoya un jour un de ses aides de camp chez une dame de la cour pour l'engager à ne plus recevoir à l'avenir son amant avant que son mari fût endormi. Ce mari était un homme brutal, et n'eût peut-être pas supporté doucement cette mésaventure. Or, le gouvernement tolère la licence, mais non pas le scandale.

Que l'on juge maintenant de la valeur des considérations que, pour l'empêcher de se battre, Bamberg avait fait valoir auprès de Matthéus, de chez qui il sortait, et qu'il avait en effet laissé s'arracher les cheveux d'impuissance et de rage, ainsi que l'avait rapporté sir Blunt à miss Mortimer ! Hâtons-nous cependant d'ajouter que, si graves qu'elles fussent, ces considérations n'eussent pas un instant arrêté Matthéus, si un obstacle plus impérieux mille fois, et que nous ne pourrions dévoiler ici sans anticiper sur le développement de cette histoire, n'était venu corroborer les argumens du baron.

Maintenant, quel intérêt pouvait avoir ce dernier à empêcher Matthéus de se battre ? Que lui importait cette mort ou cette vie ? La seule humanité pouvait-elle guider un tel homme ?

A quoi nous répondons que Cent-pour-Cent s'était engagé à étouffer, juridiquement parlant, l'affaire de San-Carlo moyennant trente mille roubles ; que, Matthéus mort, le payement de cette somme pouvait devenir problématique, et que nous ne voyons pas pourquoi l'humanité n'aurait pas suffi à inspirer Bamberg... alors surtout que cette humanité devait lui rapporter trente mille roubles.

Lorsque le prince entra dans le salon où l'attendait Bamberg, il trouva ce dernier carrément assis dans une bergère, avec l'insolence et l'aplomb d'un créancier qui se croit à moitié chez lui, sinon tout à fait. C'est un peu la traite des blancs que l'usure. Aussi longtemps qu'il y aura des débiteurs et des usuriers, l'abolition de l'esclavage ne sera qu'imparfaite.

— Je n'ai que cinq minutes à vous donner, dit le prince au baron.

— Rien ne presse, reprit ce dernier ; nous avons à causer...

— Comment, rien ne presse ! Monsieur de Cent-pour-Cent saurait-il, par hasard, mieux que moi ce que j'ai à faire ?

— Lorsque j'ai mon abat-jour vert, reprit le baron, et que je suis à ma caisse...

— A votre coupe-gorge, voulez-vous dire ?

— ...Et que je suis à ma caisse, répéta Bamberg sans s'émouvoir de cette variante, il m'importe assez peu que l'on m'appelle Cent-pour-Cent ; mais aujourd'hui c'est le baron de Bamberg qui a l'honneur de se présenter chez le prince Ivan Isaakoff, et je serais charmé qu'on ne l'oubliât pas.

— Diable ! alors ce n'est donc pas pour me réclamer de l'argent, et à titre de... comment dirai-je cela ?... de... de Cent-pour-Cent ?

— C'est à titre d'attaché à la chancellerie russe.

— Votre chancellerie, très cher, me fait l'effet de ressembler un peu à ce que l'on appelle ici, à Naples, la vicaria, et à Rome le saint-office. A ce compte, les sbires, les alguazils et les nadziratells ne seraient rien moins que des diplomates.

— Allons au fait. Vous rappelez-vous la conspiration de 1825 ?

— A quel propos ?

— Je vous demande si vous vous la rappelez ?

— Je me rappelle que l'heure se passe et que l'on m'attend, reprit le prince en se dirigeant vers la porte.

— Pour vous battre, n'est-ce pas ?

— Que vous importe ?

— Comment, que m'importe !

Et le baron lui barra résolûment le passage.

— Voilà qui est inouï ! s'écria le prince.

— Vous ne vous battrez pas.

— Il n'y a pas de puissance au monde qui puisse m'en empêcher.

— Sauf moi.

— Vous !... Ne croyez-vous pas bonnement que je vais sacrifier mon honneur à la sûreté d'une centaine de mille écus que je vous dois, ou plutôt que je suis censé vous devoir, car Dieu sait si j'en ai reçu le quart ! Je vous ai

souscrit des lettres de change, mais vous n'avez pas d'hypothèque sur ma peau, que je sache.

— Qui vous parle de cela ? demanda Bamberg.

— Mais il me semble...

— Il vous semble mal. Ne vous ai-je pas dit que c'était le baron de Bamberg, et non le banquier, qui se présentait chez vous ?

— Le *banquier* est joli.

— Raillez, cher ami, raillez. Vous avez raison de profiter du moment, car il ne durera guère... Et tenez, pendant que vous êtes en train de rire, parlons un peu de vos amis Khaowski, Mourawieff et Pestel.

— Mes amis ! s'écria le prince qui faisait de vains efforts pour cacher son trouble.

— Tiens, voilà que vous ne riez plus !... Je sais bien qu'il est d'usage de renier des amis qui ont été pendus comme conspirateurs.

— Vous perdez la tête, reprit le prince ; au revoir.

Et il fit un pas pour sortir.

— Eh bien ! répliqua le baron en ouvrant lui-même la porte, partez ! Seulement rappelez-vous que vous avez écrit deux lettres à Mourawieff, et une autre à Pestel...

— Hein ? fit le prince, cloué au parquet par cette simple phrase.

— Que ces lettres sont en ma possession, poursuivit Bamberg ; qu'elles contiennent de quoi vous faire cravater de chanvre vingt fois pour une, et que, si vous vous battez, elles seront expédiées ce soir même au czar.

— Tout ce que je possède pour la restitution de ces lettres ! dit le prince qui frémissait de rage et de peur à la fois.

— Vous êtes ruiné, ou peu s'en faut.

— Insolent !

— A bas les mauvaises paroles, ou je vous fais pendre haut et court ; rien que cela !

Ivan bondissait par l'appartement comme un tigre dont l'impuissance se heurte de toutes parts à d'infranchissables barreaux.

— Et je supporterais cela !... moi !...

— Cela et tout ce qu'il me plaira de vous imposer, prince Isaakoff.

— Et si je vous tuais ? demanda ce dernier.

— Je vous en crois parfaitement capable... à cela près que je suis armé et que vous ne l'êtes pas.

— Damnation !

— D'ailleurs, vous me tueriez que vos lettres n'en iraient que plus sûrement au czar... Je crains même qu'elles ne soient déjà parties. Le baron tira sa montre et ajouta : — Non ; elles ne doivent être expédiées qu'à neuf heures... si je ne suis pas rentré d'ici là.

— Cent mille roubles, dit le prince, non plus pour mes lettres, mais pour que vous me laissiez me battre. Le baron tendit la main. — Vous savez bien que je ne les ai pas, mais que je les aurai, bourreau que vous êtes !

— Des héritages, n'est-ce pas ?... Du sable, des nuages, du vent, une chimère bâtie sur une hypothèse, un *si* doublé d'un *peut-être*, moins que rien !... Que vous mouriez avant le prince votre père, je suppose ?

Ivan eut un étrange mouvement d'épaules ; peut-être n'exprimait-il que son désappointement, mais on pouvait s'y tromper.

— Je sais bien, reprit Bamberg, que l'on s'étrangle très proprement en Russie, surtout dans les grandes familles ; mais cela ne me semble pas une garantie suffisante... Ainsi, vous ne vous battrez pas, c'est entendu.

— Mais avez-vous réfléchi que je suis dans l'impossibilité de reculer ?

— Bah !

— Et que si j'évite cette rencontre, le déshonneur...

— Comment dites-vous cela ?

— Le déshonneur...

— Bagatelle, cher ami !

— Et ma vengeance ?

— Ne savez-vous pas que la vengeance se mange très

bien froide !... Tenez, il y a mille moyens, aussi adroits que charmans, de vous tirer de là.

— Je n'en demande qu'un.

— Si à l'instant même je vous faisais arrêter pour dettes?

— Autre chose, je vous prie.

— Autre chose, soit.

Et le Bamberg se pendit à la sonnette.

— Que faites-vous, baron ?

— Vous allez le voir, cher ami. Puis au valet de chambre qui venait d'entrer : — Dimitri, il y a un médecin dans ma maison; faites-le monter au plus vite.

Le laquais s'inclina et sortit.

— Si j'y comprends un mot... dit le prince.

— C'est simple comme bonjour... Étendez-vous sur ce canapé... là... très bien !

— Ah ! sans ces maudites lettres !...

— Il faut toujours se défier des lettres, cher ami ; les plus oubliées, les mieux avalées, brûlées ou déchirées, repoussent un beau jour, tout à coup, comme des champignons ; et alors, ma foi !... Tâchez donc d'être un peu plus pâle que cela !

Le médecin venait d'entrer. C'était un savant qui paraissait réunir les qualités les plus précieuses, c'est-à-dire un habit noir pour avoir l'air grave, une main blanche et potelée pour tâter le pouls, une tabatière d'or pour y puiser des inspirations, un brillant au petit doigt pour faire croire aux patiens que c'était là la rémunération d'une cure miraculeuse, et enfin une phraséologie douce, vide, méthodique et illustrée de termes techniques qui jetaient dans le vague et l'assoupissement comme l'inhalation de l'éther.

— Docteur, dit le baron, le prince Isaakoff, voulant me reconduire, a fait un faux pas ; il est tombé du haut en bas des escaliers, et souffre horriblement.

— Horriblement, répéta le prince en essayant de faire une grimace, ce qui lui était assez facile, eu égard à son nez en compote.

— Il faut le saigner, poursuivit le baron, lui appliquer des sangsues, des ventouses, des moxas...

— Diable ! et où est le siége du mal?

— Où vous voudrez, docteur, nous n'y tenons pas.

— Comment ! où je voudrai ?

— Parbleu ! il me semble que lorsque l'on roule du haut en bas des escaliers, c'est à la Faculté de savoir ce qui doit en résulter.

— C'est selon ; quelquefois on se tue.

— Ce n'est pas le cas, docteur.

— Il peut aussi en résulter de graves meurtrissures, ou de légères contusions, ou quelque dérangement dans l'économie...

— Allez toujours.

— Ou rien du tout.

— Nous y voilà, docteur. Cette fois vous avez mis le doigt sur le mal.

— Sur quel mal?

— Sur le mal que nous n'avons pas...

— Mais que nous voulons faire semblant d'avoir, ajouta le prince, qui fut en un tour de main couché, cataplasmé et entouré de bandelettes comme une momie d'Égypte. On ferma rigoureusement les persiennes, et une épaisse litière fut étalée aux abords de l'hôtel pour étouffer les bruits de la rue.

Tout le monde crut à une catastrophe, sauf le comte Horace, qui, à la grande mortification du prince, s'en alla le mépris au cœur pour une telle couardise, comme sir Blunt s'en était allé de chez Matthéus.

D'où il suivit qu'aucun des deux adversaires n'alla au rendez-vous, et que chacun crut, avec des transports de rage, y avoir seul manqué.

Lorsque, à l'expiration des deux heures convenues, sir Blunt se présenta chez l'amant de Blanche pour y avoir une explication, il se trouva que Matthéus venait de partir en poste.

Enchanté de cette fuite inattendue qui semblait donner gain de cause à ses soupçons, l'excellent baronnet n'eut rien de plus pressé que d'aller chez miss Mortimer, qu'il allait vraisemblablement trouver dans les larmes, et à laquelle il devait, en bonne justice, des consolations.

Cela vous aurait charmé de voir marcher sir Thomas d'un pas allègre, se frottant les mains, se félicitant d'avoir arrêté sa compatriote sur le bord de l'abîme, et préparant, chemin faisant, les discours les plus propres à l'entraîner, à la convaincre et à effacer de son cœur jusqu'au souvenir de cet indigne aventurier qui avait failli écarteler, Dieu sait comme ! le blason des Mortimer.

Sir Thomas était l'éloquence et la persuasion en personne, avant le dîner surtout ; la chambre des communes gardait encore un souvenir formidable de ses speechs aux séances du matin, fort heureusement compensés par ses ronflantes siestes aux séances de nuit. Il est donc vraisemblable qu'il n'aurait pas manqué de produire sur Blanche une vive impression... si, en arrivant chez elle, il n'avait trouvé ses femmes de chambre en train de faire des malles et d'emballer des chapeaux.

— Miss Mortimer ? demanda-t-il.

— Monsieur, elle est partie, il y a vingt minutes à peine.

— Partie ! et pour où ?

— Pour l'Écosse, monsieur.

— Diable ! et que peut-elle ainsi aller faire seule en Écosse ?

— Elle n'est pas partie seule, monsieur.

— Avec qui donc? demanda le baronnet, qui se fût mieux résigné à perdre sa montre que l'occasion de prononcer son discours.

— Avec monsieur Matthéus, monsieur.

— Eh bien ! reprit sir Blunt en assénant sur le parquet un de ces coups de canne destructeurs qui avaient failli rapporter à Stop des rentes de gimblettes, qu'elle aille donc à tous les diables, puisque c'est là un voyage que tant de femmes font tôt ou tard !

IX

EN CHAISE DE POSTE.

Quelques mois après ce départ, une poudreuse voiture de poste courait sur la route de Saint-Pétersbourg.

Selon l'usage du pays, cette voiture était traînée par six chevaux maigres, à la crinière inculte, au poil hérissé, à l'œil sauvage, et attelés de front. Le postillon, selon l'usage encore, était une manière de paysan à longue barbe, vêtu d'un cafetan (1) brun, et coiffé d'un chapeau de feutre bas de forme et à larges bords.

Blanche et Matthéus étaient dans cette voiture.

Un changement notable s'était opéré en ce dernier, que nous avons laissé partant avec Blanche pour l'Écosse, au grand dépit de sir Blunt, qui les envoyait au diable. Des rides précoces sillonnaient son front, son œil cave accusait de fiévreuses insomnies, et ce corrosif qu'on appelle le chagrin s'était incrusté sur ses traits comme l'eau forte sur l'acier.

Quand à Blanche, elle reflétait son époux, c'est-à-dire qu'elle était triste parce qu'il l'était, et cela d'autant plus que, ne sachant rien, ses appréhensions n'avaient pas de bornes puisqu'elles n'avaient rien de précis. Elle parcourait tout un monde de suppositions douloureuses, les adoptant et les repoussant tour à tour, comme le voyageur

(1) Le cafetan est une sorte de tunique attachée au défaut de l'épaule droite par un bouton, serrée à la taille par une large ceinture de cuir, et taillée en rond au-dessous du cou, qui reste ainsi découvert.

égaré qui hasarde quelques pas par une route, puis par une autre, et revient à son point de départ, plus incertain que jamais, pour aller s'égarer encore.

— Cher Matthéus, disait-elle en prenant sa main qu'elle pressait doucement dans les siennes, vous savez si je suis confiante et dévouée ; vous savez que jamais une plainte, jamais un murmure, jamais un soupçon ne sont sortis de mes lèvres ; et cependant...

— Blanche, reprit Matthéus en bâillonnant gracieusement la jeune femme du dos de sa main fine et blanche, oubliez-vous votre promesse ?

— L'oublier ! oh ! non, Matthéus ! Le souvenir de cette promesse me poursuit jour et nuit ; mille fois il a fermé mes lèvres, alors que cependant mon cœur se brisait en vous voyant, et en vous sachant une douleur qu'il m'était interdit d'adoucir et de partager.

Matthéus se pencha vers elle et lui ceignit le front d'une couronne de baisers ; seulement à cette couronne il y avait une épine, car une larme brûlante tomba de ses yeux en même temps que les baisers s'envolaient de ses lèvres.

— Au nom de ma tendresse, reprit Blanche, déliez-moi de cette promesse imprudente, et, dussiez-vous ensuite m-condamner pour toujours au silence, laissez-moi vous ouvrir une seule fois mes pensées !... L'amour, n'est-ce pas la confiance ? n'est-ce pas deux âmes qui se mirent l'une dans l'autre et ne se cachent rien ?

— Parlez ! dit Matthéus.

— Ne croyez pas, mon ami, que ce soit une impatiente curiosité de femme qui me guide, si naturelle et si vive que puisse être cette curiosité alors qu'il s'agit de l'homme que j'aime et à qui j'ai lié ma vie... Vous m'êtes apparu bon, noble, généreux, et je suis allée à vous comme le fer vers l'aimant, sans savoir qui vous étiez, d'où vous veniez, où vous alliez, ni quels étaient vos plans, vos espérances ou vos craintes... Je n'en sais rien encore, et néanmoins je me repose à ce point sur vous, j'ai une telle foi dans mon Matthéus bien-aimé, que je ne me repens pas, et que, si c'était à refaire, je le ferais encore...

Des flèches aiguës et empoisonnées décochées sur sa poitrine eussent moins fait souffrir Matthéus que ces derniers mots, dits avec le simple accent de la vérité.

— Si je parle aujourd'hui, continua Blanche, ce n'est donc pas parce que les affreux pressentimens qui me torturent le jour se reproduisent la nuit dans mes songes ; ce n'est pas parce que, en me réveillant de ces cauchemars, je vous retrouve vous-même oppressé, inquiet, haletant ; ce n'est pas parce que je me révolte d'être exclue de votre secret comme si vous me jugiez indigne de le partager... Non. Sachant que, en parlant, je vous afflige, rien de tout cela n'aurait suffi pour me faire parler. Mais, vous le dirai-je, Matthéus ? une terreur sans nom m'a saisie et s'accroît à mesure que nous approchons de Saint-Pétersbourg ; il me semble que chaque tour de roue nous rapproche d'une crise fatale, et qu'il y a là-bas un abîme sans fond dans lequel nous courons nous engloutir.

— Chère Blanche, reprit Matthéus en attachant sur ses yeux bleus un regard doux et triste, vous rappelez-vous que, la veille du jour qui a lié votre sort au mien, j'ai noblement fait un dernier effort, un effort surhumain pour vous détacher de moi ?

— Oui, Matthéus.

— Ne vous ai-je pas dit que je ne devais pas mêler votre destinée à la trame obscure et compliquée de la mienne ? Ne vous ai-je pas dit que mon passé était triste et sombre, mon avenir menaçant et incertain ? que mon nom, ma famille, mon pays, devaient être, pour celle qui deviendrait ma femme, comme s'ils n'étaient pas ?

A chacune de ces interpellations, Blanche baissait la tête en signe d'acquiescement.

— Insensé que j'étais ! poursuivit Matthéus. Au lieu de fuir résolûment et sans regarder en arrière, j'ai voulu vous demander un dernier regard ; je me suis cru fort et maître de moi-même, je me suis dit : « Je partirai ensuite »,

et voilà que toutes mes résolutions ont sombré devant ce regard que j'espérais vaincre et qui m'a vaincu !

— Oui, reprit Blanche, et je vous ai répondu que, que que fût votre sort, je serais heureuse de le partager ; que votre famille, votre nom, votre pays, le passé, l'avenir, que tout cela n'était rien pour moi ; que vous étiez tout, et que je défiais la destinée de m'envoyer un malheur qui ne fût pas largement compensé par ton amour.

— Et c'est ainsi, Blanche, c'est en troublant ma raison, en me grisant aux mélodies de ta tendresse, en couvrant l'abîme de fleurs, en faisant chatoyer dans le ciel sombre un rayon de soleil, que tu m'as entraîné au crime de t'attacher à mon sort !

— Oui, je l'ai voulu, et je le veux encore... Périssent ton nom, ta famille, ta fortune !... N'ai-je pas assez pour nous deux ?... Mais un danger t'attend à Pétersbourg, n'est-ce pas ?... je le pressens, je le sais... cela est !... un danger qui peut-être n'est pas inévitable. Cher Matthéus, il en est temps encore, retournons sur nos pas...

— Je ne suis menacé d'aucun danger, Blanche, je vous l'assure.

— Tu me trompes ! Toi-même, toi si courageux, d'un esprit si juste, si élevé, si pénétrant, tu ne peux cacher les craintes qui t'agitent. Ecoute mes présages ! fuyons ce péril inconnu, dont je ne chercherai jamais à pénétrer le mystère... Que sais-je, moi ! le sort de ces conspirateurs dont tu m'as parlé tant de fois, ces vengeances muettes et terribles d'un despote que tu as peut-être offensé et auquel tu vas te livrer en aveugle, tout cela me revient à l'esprit, me torture, me tue !...

— Si ce n'était que cela ! pensa Matthéus.

— Eh bien ? demanda la jeune femme en baissant le store, comme pour enjoindre au postillon de rebrousser chemin.

— Impossible ! reprit Matthéus ; ma fortune dépend de ce voyage.

— Ah ! voilà bien les hommes ! l'orgueil d'abord, l'amour ensuite, quand toutefois l'orgueil lui laisse quelque place.

— Oui, reprit Matthéus avec un ricanement sombre, et comme pourrait le faire un monstre parlant de sa beauté, cela me va bien l'orgueil !

— J'ai beau lui dire que je l'aime tel qu'il est, continua Blanche en s'exaltant peu à peu ; que, paysan ou noble, pauvre ou riche, humble ou glorieux, je n'eusse jamais choisi que lui ; que, si fière que je sois moi-même d'appartenir à une race illustre, je n'en ai pas moins la certitude de ne m'être point mésalliée, rien ne fait !

— Je vous répète, chère Blanche, qu'il n'y a aucun danger.

— Alors cessez donc de trembler vous-même.

— Et qui vous dit que je ne tremble pas à la seule pensée que, d'ici à quelques heures, vous ne m'aimerez peut-être plus ?

— Est-ce possible, cela ! s'écria la jeune femme en levant au ciel ses mains jointes.

— Oui, poursuivit lentement Matthéus, en se parlant plutôt à lui-même qu'il ne répondait à Blanche. Figurez-vous un damné sorti par hasard des ténèbres de son éternelle prison : le ciel est bleu, le soleil rayonne, les oiseaux chantent, les fleurs embaument, la vie est belle, enivrante, joyeuse ; le condamné oublie son enfer et la misère sans terme qui doit être désormais son partage... Un ange lui tend la main sans défiance, et il ne craint pas d'y mettre la sienne ; il marie ses griffes noires à ses ailes blanches, sa malice à sa candeur, son opprobre à sa pureté, sa mort à sa vie... une union bien assortie, n'est-ce pas ? puis arrive le jour où le maudit doit retourner à ses chaînes et à ses flammes éternelles ; le gouffre s'est rouvert ; et la pauvre immaculée, qui croyait à une éternité de bonheur, tombe dans une éternité de tortures...

— Mais vous voyez donc bien que j'ai raison ! Puis glissant doucement aux genoux de son mari, l'implorant du regard, et prenant ses mains dans les siennes. — Matthéus! reprit-elle, au nom du ciel, dites-moi tout. Vous n'avez à redouter de ma part ni reproches ni larmes puériles ; le sang d'où je sors ne connaît pas la peur... Que je connaisse seulement le péril, et je le braverai.

— Demain, Blanche, le jour se fera dans cette nuit qui t'entoure... demain décidera de mon sort... Mais, encore une fois, quant au danger, je n'en cours aucun.

— Eh bien ! je vous crois... Vous ne voudriez pas me tromper, n'est-ce pas ?

Matthéus répondit par une étreinte : défaite fréquente de ceux dont les lèvres répugnent à mentir.

— Si dans quelques jours, reprit-il, je n'ai encore ni nom ni rang à t'offrir, nous repasserons par cette route avec une fortune qui nous permettra d'aller vivre selon nos goûts, sous un ciel plus doux et dans un pays plus clément.

— Ce que nous pourrions faire dès aujourd'hui, si mon amour suffisait à ton ambition.

— Là, poursuivit Matthéus sans répondre à cette interprétation, dans cet Eden que nous aurons choisi, je trouverai des inspirations dans ta tendresse, de la persévérance dans ta voix qui me criera : « Courage ! » et peut-être pourrai-je conquérir encore, dans ce monde ouvert devant moi, un nom plus glorieux que celui qu'on m'aura refusé.

— Un nom, un rang ne sont donc pas, dans ce maudit pays, des propriétés inaliénables que les lois garantissent ? il y a donc une omnipotence, un dieu ou quelque chose d'approchant qui bouleverse à son gré l'état social, commande à la nature, et peut faire que ce qui est ne soit pas ?

— Celui qui d'un seul mot peut fixer notre sort, chère Blanche, est le meilleur, le plus généreux, le plus noble des hommes. J'ai d'ailleurs sa promesse solennelle, et il n'y a jamais manqué.

— Que craindre en ce cas ? demanda la jeune femme.

— Rien, reprit Matthéus ; tout, peut-être ! ajouta-t-il mentalement.

Il achevait ces mots, lorsque la voiture s'arrêta à la poste aux chevaux de Strelna, le dernier relais avant Saint-Pétersbourg, où Matthéus ne voulait entrer qu'à la nuit.

X

L'ESCLAVE D'UN CHINOVNIK.

À Strelna, où le grand-duc Constantin avait une résidence d'été, le pays commençait à prendre des airs coquets qu'il était loin d'avoir eus jusque-là. Ainsi la route était droite, large, macadamisée ; de distance en distance, des piliers de marbre noir, incrustés de lettres d'or, indiquaient les distances ; la poste elle-même, que l'on reconnaissait aux trois raies diagonales, blanche, noire et rouge, qui estampillent toutes les propriétés du gouvernement, avait l'apparence d'une auberge spacieuse et convenable. C'est que la capitale rayonne sur Strelna. Peu importe qu'il y ait au loin des millions de verstes de déserts glacés, de routes effondrées, de marais impraticables, de *kabaks* (1) sans nom ; l'essentiel est que les abords de Saint-Pétersbourg soient bien mis, frais, vernis, galonnés comme des laquais de bonne maison qui baguenaudent dans l'antichambre et donnent ainsi une haute idée du boudoir et du salon. Tout est de superficie dans ce pays de clinquant. Ce sont de perpétuels trompe-l'œil, des *dessus du panier*, comme à l'étalage des fruitières. Grattez à un millimètre, et la boue apparaît sous l'or, de même qu'il n'y a que l'é-

(1) Cabarets.

paisseur du drap entre les consciences vénales et corrompues de certains fonctionnaires russes et les décorations qui les plâtrent ; ce qui est justifié par ces tristes paroles tombées un jour des lèvres de l'empereur Nicolas : « On me volerait mes canons et mes vaisseaux si on savait où les cacher et à qui les vendre. »

Les voyageurs furent reçus, à leur descente de voiture, par une espèce de valet d'écurie vêtu d'une robe de drap gris grossièrement faite. Un vieux bonnet de peau de loup, au poil éraillé, lui couvrait la tête ; les joues pâles et creuses de cet homme, âgé à peine de trente ans, son dos voûté, sa démarche pénible et fatiguée, tout accusait en lui une maladie récente et cruelle.

L'ameublement du salon public, vaste pièce située au premier, consistait en sophas, chaises, buffets et tables d'acajou. Un *pech*, ou grand poêle d'hiver, en briques habillées de faïence, trônait au milieu ; çà et là, des crachoirs et des pipes ; dans un angle, l'image du saint patron, produit burlesque et laborieux de l'enfance de l'art, caché en grande partie sous des feuilles d'or ou d'argent, et dont on n'aperçoit fort heureusement, à travers trois ouvertures pratiquées *ad hoc*, que le visage et les mains. Au-dessous, dans une lampe de bronze suspendue par une triple chaîne, tremblote une mèche, flottant sur de l'huile d'olive.

Ces pénates sont universels en Russie. Chaque chambre a le sien, mélange de somptuosité et de laideur, devant lequel ceux qui entrent ne manquent jamais de s'incliner dévotement. Demi-dieux sculptés par Phidias, Vénus de Milo, Madeleine repentante née du marbre de Paros au souffle de Canova, madones de Murillo, vierges d'Holbein et de Raphaël, je comprends que l'on vous adore et qu'on se prosterne à vos pieds... mais devant ces types aussi affreux que vulgaires !...

Du reste, ces patrons, trois fois saints, sont invoqués sous des formules qui ne donnent pas une très haute idée de la rigidité de leurs principes. Ainsi, un marchand qui viendra d'en tromper un autre et notez qu'il y a autant de fraudes que de transactions, s'exprimera, je suppose, en ces termes :

« O saint patron ! un tel avait bu, hier soir, beaucoup » d'eau-de-vie, lorsque j'ai fait avec lui un marché de » peaux d'ours ; je vous demande en grâce qu'il ne s'a» perçoive pas qu'il n'y en a que onze par douzaine et que » le reste est avarié. Moyennant quoi, je brûlerai pendant » quinze jours de l'huile la plus pure en votre honneur, » et ne vous tromperai pas sur la qualité. »

Cela rappelle un peu Louis XI disant à Dieu : « Que » votre volonté soit faite... et la mienne aussi. »

Le garçon de salle était un peu moins crasseux que le palefrenier : Il portait une chemise de couleur sur de larges pantalons de velours de coton noir, retroussés dans ses bottes jusqu'au dessous du genou ; ses cheveux épais et gras étaient partagés par le milieu et retenus par une lanière de cuir, en guise de *ferronnière* : coiffure inventée pour les fronts purs et nacrés des jeunes femmes, et qui, mariée à la physionomie basse, servile, déprimée de ce rustre, grimaçait à l'excès.

Ces détails, et bien d'autres, ne sont pas indispensables à l'action ; nous espérons toutefois qu'ils trouveront grâce devant le lecteur, en raison de l'intérêt qui s'attache aujourd'hui aux mœurs et aux habitudes de ce peuple mi-sauvage et mi-policé.

Blanche et Matthéus achevaient un dîner assez convenable, illustré d'un melon de Tambof, de pommes transparentes de Crimée et de ces énormes framboises si parfaites qu'elles font le désespoir des climats tempérés, lorsque leur attention fut distraite par l'entrée d'un mauvais droshki dans la cour de l'auberge.

Le voyageur qui en descendit, petit, maigre, chafouin, à la figure en lame de couteau, à l'œil de furet, était de ceux appartenant à quelque service civil, et désignés en Russie sous l'appellation générale de *chinovniks* ou *homme ayant un rang*. Il portait l'éternelle capote gris-pâle, indistinctement affectée à tout ce qui est attaché au service impérial, depuis le feld-maréchal jusqu'au plus humble commis. Sous cette estampille universelle dont le czar marque son monde, brillait un habit noir à boutons dorés et à collet de velours clair : la grande livrée sous la petite.

— Ah ! te voilà donc enfin ! dit-il au valet d'écurie qui s'avançait à sa rencontre.

Celui-ci, plus pâle, plus fiévreux, plus tremblant que jamais, se prosterna de toute sa longueur, à la manière des Turcs, et baisa avec une ferveur digne d'une idole plus gracieuse les pieds poudreux de l'étranger.

— Que fais-tu ici ? demanda le chinovnik à cette chair rampante qui lui léchait les bottes.

— Vous le voyez, mon père : je suis au service du maître de poste.

— Ainsi, misérable coquin que tu es ! tu gagnes de l'argent alors que j'avais la bonhomie de te croire à l'hôpital ; tu me dois trois mois *d'obrok* (1), quarante-cinq roubles : où sont-ils ?

— O mon père ! j'ai été en effet très malade, et je souffre encore beaucoup. Comme je ne mourais pas assez vite, on m'a mis à la porte de l'hospice. Il y a six semaines que je suis ici, où je ne gagne que ma nourriture.

— Si tu manges, c'est que tu te portes bien.

— Oh ! si peu, mon père ! Tenez, ajouta l'esclave en relevant la manche de son cafetan, regardez mes bras... Qui voudrait accorder des gages à de pareils membres ?

Et le malheureux montra une sorte de fuseau grêle, livide, anguleux, auquel il ne manquait que le cadre blanc d'un suaire pour faire croire à l'apparition d'un fantôme.

A l'aspect de *cette chose à lui* en si pitoyable état, le chinovnik parut se radoucir un peu.

— Allons, reprit-il, je me contenterai pour aujourd'hui de vingt-cinq roubles, et t'accorderai un mois pour me payer le reste.

— O mon père ! par le Tout-Puissant ! aussi vrai que j'espère être sauvé, je n'ai pas seulement vingt-cinq *copeks* !... (1)

— Misérable ! s'écria le chinovnik en levant le tuyau de cerisier du *troubka*, ou longue pipe, qu'on s'était empressé de lui servir dès son arrivée.

— C'est déjà bien dur, reprit l'esclave en courbant l'échine sous cette menace, c'est déjà bien dur de payer une taxe de quinze roubles par mois, car il est impossible d'extraire davantage de la sueur d'un homme fort et bien portant qui trouve de l'ouvrage ; mais lorsque l'on a été comme moi à deux doigts de la mort, que faire, si ce n'est supplier votre miséricordieuse grandeur d'attendre un peu !

— Comment, coquin ! voleur ! chien ! et tu crois que je me contenterai d'entretenir un troupeau de misérables qui ne m'apportent que des excuses dont je n'ai que faire au lieu d'argent dont j'ai besoin ?

Cette fois la miséricordieuse Grandeur laissa retomber sur la tête de l'esclave le tuyau de son troubka, qui, au quatrième ou cinquième coup, s'échappa de sa main.

— Va le chercher ! dit le maître.

Le caniche à face humaine s'empressa d'obéir ; et, rapportant la verge qui devait le fouetter, il se recoucha aux pieds de son bourreau. Alors les coups redoublèrent, jusqu'à ce que le tuyau eût volé en éclats. Puis, après lui avoir préalablement asséné un coup de sa grosse botte dans le visage, le chinovnik posa son pied sur la nuque du misérable, et lui incrusta de toute sa pesanteur la tête dans la poussière.

— O mon père ! s'écria l'esclave en crachant du sable mêlé de sang.

Par une atroce dérision de l'usage et de la langue, les serfs sont obligés de donner le nom de *père* à leur propriétaire.

Les gens de l'auberge assistaient à cette exécution avec la plus complète indifférence, et comme à une chose toute naturelle.

Le chinovnik parut seul s'en émouvoir, et reprit avec une sorte de compassion dans la voix, en le regardant, le tâtant, et lui faisant ouvrir la bouche comme à un cheval que l'on veut acheter :

— J'espère au moins que je ne t'ai ni crevé un œil ni cassé une dent ? Cette compassion n'était pas à l'adresse du battu, comme on le pourrait penser, mais bien à celle du bourreau lui-même, dont le patient était la propriété ; or, le chinovnik craignait d'avoir avarié son bien, sa chose, sa machine, et il en faisait fonctionner les rouages pour voir si rien n'y manquait. Rassuré sur ce point, il reprit : — Ote ton cafetan, maintenant.

Heureusement pour Blanche qu'un mouvement d'horreur lui avait fait détourner la tête, et que, pour n'en pas voir davantage, elle s'était jetée toute tremblante dans les bras de son époux, car il n'y avait pas un seul lambeau de vêtement sous le cafetan du serf décharné, grelottant nu comme le jour où la colère de Dieu lui avait imposé la vie.

Le chinovnik fouilla le cafetan, n'y trouva rien, et reprit, avec une mauvaise humeur qui ne faisait rien présager de bon, ni pour le second tuyau de pipe qu'on lui avait apporté, ni pour les épaules de l'esclave :

— Ote tes bottes et donne-moi ton couteau.

L'esclave hésita un instant et n'en ôta qu'une, avec cet air penaud des gens pris à un trébuchet quelconque.

— L'autre, demanda le chinovnik sans daigner seulement regarder la première, tant c'était un perquisiteur de flair et de tact.

En effet, dans celle-ci était le trésor du malheureux : un scapulaire, un peu de tabac dans du papier, un billet bleu de quatre roubles déchiré et recousu de fil blanc, plus deux *grivniks* d'argent (huit sous de notre monnaie), le tout pouvant valoir cinq francs et quelques centimes.

— Bon ! s'écria le chinovnik en s'appropriant cette humble dépouille ; d'ici à un mois tu m'apporteras un à-compte de vingt-cinq roubles.

— Je tâcherai, reprit le serf en courbant la tête.

— De plus, tu passeras au bureau de police de mon quartier, où tu diras que, pour avoir tenté de voler ton seigneur, tu viens, de sa part, recevoir cinquante coups de bâton.

— Oui, maître.

— Il est bien entendu que tu les payeras de ton propre argent, que tu m'en apporteras un reçu, et qu'ils seront d'ailleurs assez visibles sur ton dos pour que je m'en rapporte à toi sur la stricte observation de mes ordres.

— J'obéirai, mon père, reprit l'esclave en s'inclinant de nouveau, et je vous remercie humblement pour tant de faveurs.

Et le chinovnik remonta dans son droschki, pendant que le pauvre garçon d'écurie se retirait dans un coin pour y raccommoder tant bien que mal la botte que son *père* s'était donné le malin plaisir de fendre d'un bout à l'autre.

— Le monstre ! s'écria Blanche révoltée de tant d'horreurs.

— C'est un officier civil, reprit Matthéus ; je reconnais à la nuance de son collet de velours qu'il est attaché au ministère de la justice.

— De la justice ! et il ose fouler aux pieds cet homme avec une brutalité sans exemple ?

— C'est que cet homme n'est pas un homme... à ses yeux du moins ?

— Qu'est-ce donc ?

— Un esclave.

Ce mot parut stranguler Matthéus, qui devint pâle comme un mort, et dont la voix trahissait une émotion qu'il essayait vainement de maîtriser.

— Et il n'y a pas de lois qui défendent ces cruautés ?

— Il y en a quarante-cinq volumes *in-quarto* ; l'empereur Paul en a promulgué une qui prohibe les chapeaux

____

(1) Tribut que l'esclave paye à son maître.
(2) Centième partie d'un rouble.

ronds, pareils à celui d'un Anglais qui avait agacé les nerfs du czar ; une autre loi défend les gilets à la Robespierre...

— Et c'est à cela que se borne la législation ?

— Non pas, chère Blanche ; mais à quoi voulez-vous que servent les lois qui ne peuvent atteindre les coupables? Ainsi un esclave ne peut accuser son maître ; ensuite, pourvu qu'il s'écoule trois jours entre la bastonnade et la mort d'un serf, l'impunité est acquise au bourreau.

— Et si le malheureux meurt sur place ?

— Le résultat est à peu près le même, puisque personne au-dessus de la quatorzième classe ne peut être soumis à une punition corporelle sans avoir été d'abord dégradé. Or, on ne dégrade qu'en cas d'offense envers le souverain ou d'attentat contre le gouvernement. Resterait l'emprisonnement dans monastère ; mais il suffit de glisser quelque argent dans les serres de la police pour qu'il n'en soit pas question. Le fonctionnaire que vous avez vu à l'œuvre tout à l'heure est probablement parvenu, après de longs services, à s'élever au-dessus de la quatorzième classe, et à acquérir le privilége d'acheter des serfs. En rendant la justice, en rapinant, en extorquant çà et là, il aura amassé, copek à copek, quelques milliers de roubles qu'il aura placé en achats d'esclave ; maintenant il faut que ces esclaves rapportent, et cela d'autant plus qu'ils sont moins nombreux. Un riche propriétaire se contente d'un *obrok* de vingt à quarante roubles par tête et par an ; mais un misérable comme ce chinovnik harcèle les siens, les pressure, les accable, et leur fait suer à chacun un revenu de cent à deux cent roubles.

— Ah ! s'écria Blanche, remercions Dieu de ce que nous ne sommes pas esclaves.

— Ah ! reprit Matthéus, dont les yeux lançaient des éclairs, dont les poings se crispaient comme lorsqu'il avait précipité le prince Ivan de sa loge dans l'orchestre, s'il se trouvait seulement un Spartacus !

En montant en voiture, Blanche mit cinq pièces d'or dans les mains du pauvre serf tout meurtri encore des rudesses de son maître.

Deux pensées présidèrent à cette bonne action : la première, que cet argent aiderait le malheureux à payer son tribut ; la seconde que Dieu, en faveur de cette aumône, écarterait peut-être de Matthéus les périls inconnus qu'il venait affronter.

Il n'y a pas de plus grand superstitieux que l'amour. Si on pouvait faire le dénombrement des largesses données en son nom, il l'emporterait assurément sur la charité pure et simple.

L'esclave regarda la jeune femme avec un vague et muet étonnement ; puis avisant Matthéus, qui achevait de terminer ses comptes avec le maître de poste, loin des regards de Blanche, il courut à lui et lui tendit la main.

— *Na chaï*, pour boire ! demanda-t-il.

Matthéus lui donna une pièce d'argent, que l'avide palefrenier mit dans sa poche, en pensant qu'elle représentait juste le prix des coups de bâton qu'il devait aller recevoir et payer au bureau de police.

Voilà ce que l'esclavage fait des hommes.

Blanche et Matthéus continuèrent leur route à travers une double haie d'élégantes *datchas* (maisons de campagnes) doriques, corinthiennes, gothiques, et arrivèrent à la nuit devant un arc de triomphe surmonté d'une colossale statue de bronze, laquelle semble guider un groupe d'autres figures attelées sous le joug et traînant un char : allégorie transparente s'il en fut.

C'était la porte de la ville, que ni les sentinelles, ni les piquets, ni la sévérité des consignes, ni la vigilance tenue en éveil par le son d'une perpétuelle clochette, ne suffisent sans doute pas à garder, puisque, même en plein jour, une énorme poutre transversale peinte des trois couleurs impériales, barre chacune des entrées de Saint-Pébourg.

La poutre se souleva, et la voiture des voyageurs fut admise ; puis un sergent de piquet se présenta raide et

sinistre, leur demandant leurs noms et leurs passe-ports.

Quiconque franchit les portes de la capitale, aussi bien pour entrer que pour sortir, dans quelque voiture que ce soit, doit décliner son nom. Il est vrai que les gens *de peu*, les allans et venans, peuvent, moyennant un *grivnik* (environ huit sous) gracieusement offert, se dispenser de descendre dans la boue pour aller s'inscrire au corps de garde. Mais il n'en est pas de même pour les voyageurs, ni pour tout ce qui a le malheur de porter un uniforme militaire ou civil ; rien ne peut les dispenser de figurer sur la liste, que l'empereur parcourt chaque soir avec une minutieuse attention.

Matthéus dut donc descendre ; il paya largement le sergent, le greffier, tout le monde, et fut promptement expédié, tant il est vrai qu'il y a une langue universelle qui s'étend partout et que l'on appelle l'argent : ce que nous eussions pu nous dispenser de dire, tant c'est une chose avérée et connue.

Enfin, après avoir traversé de longs espaces de terrains vacans, des rues bordées de jardins de maraîchers et de baraques en charpente, après avoir franchi le canal et la perspective *Nevski*, passé sous un autre arc de triomphe surmonté de je ne sais quelles figures allégoriques et de chevaux de bronze caparaçonnés, longé l'interminable palais d'hiver, puis celui de l'*Hermitage*, la voiture s'arrêta devant une maison princière.

— C'est ici, dit Matthéus.

La lourde porte roula sur ses gonds.

Blanche, à qui il sembla que la pierre d'un sépulcre se refermait sur elle, trembla d'émotion, de peur, de curiosité, de froid, de tout et de rien.

XI

LA DOULEUR D'UN HÉRITIER.

La veille de ce jour, le prince Ivan et le comte Horace étaient arrivés, de leur côté, à Saint-Pétersbourg.

L'un, venant recueillir la riche succession du prince Ivan-Georgievitch Isaakoff, son père ;

L'autre, ne sachant que faire, insoucieux de la latitude sous laquelle s'usait sa vie, allant en Russie comme il serait allé en Chine si le hasard l'eût voulu, et s'étant laissé remorquer par son ami, lequel s'était lavé, tant bien que mal, du soupçon de lâcheté que son duel négatif avec Matthéus avait un instant fait planer sur lui.

C'est le matin.

Les deux amis sont dans l'appartement du prince ; rien ne manque sous le rapport de l'élégance et du comfort. De chaque côté du lit règne une porte de bois de noyer richement sculpté, dont les panneaux, aussi bien que les murs, sont peints dans le style de Lemoine et de Blanchard.

Diane et Actéon, des nymphes se jouant dans l'eau, indiquent, d'un côté, la salle de bain.

Psyché, des sirènes nattant leurs chevelures, indiquent, de l'autre côté, le cabinet.

La cheminée est en marbre de Carrare délicatement travaillé ; une pendule massive, deux grands vases en malachite remplis de fleurs, d'élégans fauteuils, de ces fauteuils bourrés de pavots où l'on s'endort malgré soi, sont rangés autour du foyer, où flambe un plantureux brasier de charbon de terre. Les rideaux des fenêtres, les portières, tout est double, et le froid le plus intense, même celui qui fait geler le feu, comme on dit, serait mal venu à vouloir pénétrer cette ouate ambiante.

Sous les croisées, la majestueuse Néva soulève légèrement ses flots argentés. Le ciel est clair et radieux comme sur les bords de la Méditerrannée ; il réfléchit sa voût bleue, sans nuages dans la pureté cristalline des eaux froides, et rapides. Plus loin miroitent au soleil les aiguilles dorées de la forteresse ; au delà, dans le faubourg de Pétersbouskoï-Storiné, on aperçoit les dômes verts, semés d'étoiles d'or, d'une multitude d'églises byzantines, et la statue de Pierre le Grand, la main droite étendue vers le nord. Le sculpteur s'est trompé sans doute ; il a pris le nord pour l'orient.

Des centaines de gondoles peintes de mille couleurs, avec tentes et hautes poupes, comme les galères, montent et descendent pour entretenir les communications entre les bords opposés de la rivière.

Le prince Ivan, en robe de chambre, est couché sur un sopha ; les draps, les oreillers et la couverture de satin annoncent qu'il y a passé la nuit.

Ces messieurs prennent le thé ; un homme, une chose, qu'on pourrait nommer l'esclave de la pipe, vient d'apporter une boîte contenant des cigares de toutes les couleurs, de toutes les dates et de tous les crus ; voici des pipes allemandes de corne de cerf ou de Kummer, des narghilehs, des boukahs indiens, et ces pipes turques au fourneau d'argile rouge pour lesquelles les Russses ont une si grande prédilection.

La conversation suivante s'établit entre nos deux personnages.

— Eh quoi ! cher prince, dit le comte Horace, vous avez passé la nuit sur ce sopha ?

— Cela vous étonne ? répondit le prince Ivan.

— Mais il me semble que, en général, les lits sont faits pour que l'on y dorme.

— Partout ailleurs, je vous l'accorde ; mais, en Russie, une fois faits, on ne les défait plus.

— Diable ! je vous prie, en ce cas, d'ordonner qu'on ne fasse jamais le mien.

— Il y a beaucoup de raison, cher comte, pour préférer une chaise longue.

— Je serais curieux...

— Dimitri, êtes-vous là ? demanda le prince. Dimitri n'y était pas. — J'aurais voulu, reprit le prince en riant, que mon valet de chambre vous expliquât lui-même ses idées sur la coutume aussi onéreuse que fatigante de dormir dans un lit.

— Fatigante pour lui, j'imagine ?

— Ces idées sont absolument les mêmes que celles du grand-duc Constantin sur l'emploi d'une armée au point de vue de la guerre.

— Et quelles sont-elles, je vous prie ?

— Dimitri prétend que d'y dormir cela gâte les lits ; et, selon le grand-duc, les soldats, en se battant, salissent leurs uniformes.

— Tandis qu'à la parade...

— Justement. Mais, plaisanterie à part, dormir ainsi est un luxe que vous ne comprenez pas encore.

— Je ne vois pas trop...

— Ah ! c'est que vous n'avez pas encore éprouvé le charme qu'il y a à souper en robe de chambre et en pantoufles. A Paris, vous avez l'infirmité d'endosser un habit noir pour cela... ici, au contraire, vous vous mettez à table, vous vous enivrez naturellement un peu, peut-être beaucoup, puis vous êtes tranquillement traîné sur des roulettes là où il vous plaît de dormir.

— S'il reste toutefois assez de raison pour que le choix soit possible.

— A défaut de la raison, il y a l'instinct.

— Voilà une glorieuse conquête de l'homme sur la bête.

— C'est au moins une compensation aux caniches, qui font irruption dans le domaine des mathématiciens.

— Et toute à notre avantage, n'est-ce pas ?

— Raillez tant que vous voudrez, mais je vous prédis que vous y viendrez.

— Peut-être.

— Un autre agrément, c'est que vous êtes tout prêt le lendemain, comme je le suis aujourd'hui, à prendre votre thé ou à recevoir une visite sans vous déranger.

En ce moment, un cri rauque sortit de dessous la couverture du prince, et une tête monstrueuse, hérissée de sourcils épais et de cheveux grisonnans, se montra menaçante et grognant sourdement comme un dogue en colère.

— Qu'est-ce que cela ? demanda le comte en se jetant en arrière.

— C'est un édredon, dit le prince.

— Cette créature, un édredon ?

— Rien de plus, rien de moins ; à bas, Archib ! Et d'un coup de pied Isaakoff refoula le pauvre nain sous la couverture. — Mon père, reprit-il, s'en est servi vingt ans pour se réchauffer les pieds.

— Mais c'est affreux, cela !

— Pourquoi donc ? Remarquez bien ceci, cher comte : le corps humain marque toujours, en moyenne, trente-cinq degrés au-dessus de zéro ; on a calculé que, l'homme respirant vingt fois par minute, la chaleur qui résulte en vingt-quatre heures de cette respiration suffirait pour faire bouillir 40 kilog. 25 d'eau prise à zéro.

— Très joli, dit le comte.

— Trouvez-moi donc un duvet quelconque qui vaille Archib. A propos, poursuivit le prince en s'adressant négligemment à un homme vêtu de noir qui venait d'entrer ; à propos, Dietrich, n'est-ce pas sur ce même sopha que mon père a rendu l'âme ?

L'homme vêtu de noir, à la physionomie doucereuse, insinuante et servile, était l'intendant du prince ; il se courba jusqu'à terre.

— Oui, très puissant et très noble seigneur, reprit-il, c'est sur ce même sopha que feu le prince, votre père à jamais regretté, a rendu l'âme dans les bras de votre humble serviteur.

— Et cela s'est bien passé ? demanda Isaakoff en jouant avec la cordelière de sa robe de chambre.

— Ce sera une mélancolique mais douce compensation pour vous, mon très puissant et très noble maître, de savoir qu'il a été visité, dans ses derniers momens, par Son Altesse Impériale le grand-duc Constantin Paulowitch.

— Diable ! cela me fait, en effet, le plus grand plaisir.

— Il était couché depuis deux heures, et se plaignait sans interruption, serrant la main du docteur avec tant de force que celui-ci faisait une grimace affreuse et ne pouvait se dégager, lorsque je vis, de la fenêtre, Son Altesse Impériale descendre de voiture.

— Lui-même ?

— Oui, monseigneur.

— De sa personne ?

— De sa personne.

— C'est bien, cela !

— Quand je l'annonçai à votre père, il se mit brusquement sur pied.

— Malgré ses souffrances ?

— Malgré ses souffrances. « Dietrich, me dit-il, mon bon et digne intendant, dépêche-toi ! vite mon uniforme de sénateur ! Tous mes ordres sont-ils dessus, Dietrich ? Mon Saint-Vladimir, mon Saint-Stanislas, mon Saint-Georges et ma décoration de Sainte-Anne ? »

— En sorte qu'il est mort en grande tenue ?

— Oui, monseigneur. Seulement il est arrivé un grand désastre.

— Lequel ?

— Le grand-duc était ici avant que nous eussions pu attacher la dernière agrafe.

— Mais c'est terrible ce que vous me dites là !

— Hélas ! monseigneur... Mais ce fut le dernier reproche qu'il eut à m'adresser.

— Parbleu ! s'il est mort tout de suite.

— Je vis en frémissant les yeux du grand-duc s'arrêter sur le col non agrafé ; mais Son Altesse, remplie d'indulgence, ne fit aucune remarque.

— L'excellent prince !

— Quelques heures après, mon noble maître expira, et ses dernières paroles furent celles-ci : « Dietrich, ce n'était pas dans les formes, ce n'était pas selon l'étiquette... Un bouton détaché conduit souvent un homme à sa perte... Puisse le grand-duc ne pas se souvenir lorsqu'il trouvera mon fils sur son chemin ! Oh ! Dietrich, Dietrich, ce n'était pas dans les formes... » Et, en parlant ainsi, monseigneur, il ferma les yeux pour toujours.

— A propos, monsieur Dietrich, reprit le prince, je vous préviens que j'examinerai vos comptes de très près.

— Ce sera un heureux moment pour moi, monseigneur.

— En vérité ?

— Il y a quarante mille âmes sur la propriété, et j'oserais presque dire que, pendant les quatorze ans que je l'ai gérée, pas une vache n'a mangé une livre de foin, pas une poule n'a pondu un œuf, dont je n'aie rendu compte. Mais bien que, pour amuser ses loisirs, je misse toujours sous ses yeux les comptes de chaque fin d'année, votre illustre et regrettable père n'a jamais voulu les regarder.

— Ne vous inquiétez pas, dit le prince, nous les éplucherons chiffre par chiffre.

Ici Dietrich ouvrit la porte d'un cabinet contigu, tapissé de tablettes qui fléchissaient sous le poids de liasses de papiers, de livres de comptes et de piles de manuscrits qui atteignaient le plafond.

— Quoi ! sont-ce là les comptes des quatorze années de votre administration, que vous avez rangés en bataille pour m'effrayer ?

— Oh ! non, reprit Dietrich d'un ton mielleux, ce ne sont que les documens relatifs aux rentrées et aux dépenses du dernier trimestre.

— Ah ! vraiment ?

— Si mon gracieux maître voulait commencer à les vérifier tout de suite...

— Je crois qu'il serait prudent de déjeuner d'abord, reprit le comte en riant.

— C'est que, lorsqu'on a épargné, surveillé, ménagé toutes choses ; lorsque l'on s'est dit pendant des années : « Dietrich, mon ami, serait-ce parce que ton maître a quarante mille esclaves et un million et demi de roubles de revenu ; serait-ce parce qu'il redoute la seule vue des chiffres, que tu souffrirais qu'un rat rongeât seulement une croûte de fromage ? oh ! non, Dietrich, tu en es incapable. » Lorsqu'un intendant est intègre et pur, monseigneur, comme l'or passé à trois creusets, c'est bien le moins que pour sa récompense son maître daigne voir ses comptes, et lui rendre justice.

— Puisque vous me dites qu'ils sont là, reprit le prince, je les vois parfaitement ; mais quant à l'examen, ce sera pour plus tard ; demain.

— Ou jamais, ajouta le comte.

— Je serai toujours, corps et âme, dit Dietrich en saluant jusqu'à terre, aux ordres de mon très noble et très illustre seigneur.

— Allez ! reprit le prince en faisant un geste impérieux, je me passerai du corps pour le moment.

— Excellent ! excellent ! dit l'esclave en sortant à reculons, que d'esprit ! comme cela est bien dit !

— Vous voyez bien ce Caton, cette vertu, cet homme probe, cet or sans alliage ? demanda le prince au comte, lorsque Dietrich fut sorti.

— Oui.

— Eh bien ! si nous avions seulement regardé d'un autre côté, tout en sachant qu'il risquait par là de perdre une place où il gagne en me pillant une somme supérieure au traitement de M. de Nesselrode, il n'aurait pu s'empêcher de voler deux ou trois morceaux de sucre dans ce sucrier.

— Bah !

— Jugez du reste. Aussi je vais lui faire suer ses rapines.

— Par quel procédé ?

— Le knout.

— Vous m'en direz tant !

— Que c'est bon, reprit Isaakoff en se pâmant d'aise sur son divan, que c'est bon d'avoir à remuer à la pelle des châteaux, des terres, des mines, des paysans !... Où est le temps où ma porte était assiégée par les créanciers, et où j'en étais réduit aux expédiens pour soutenir mon crédit ébranlé !

On vint annoncer au prince que quelques amis l'attendaient au salon.

— Vous le voyez, cher comte, voilà les abeilles qui accourent vers le miel. Autrefois, tous ces faquins affectaient de m'éviter, de crainte que je ne leur empruntasse de l'argent. Je vais leur donner à déjeuner jusqu'à demain matin, et, grâce à ce que le chemin du cœur passe par l'estomac, vous verrez qu'ils se disputeront à qui m'offrira ce dont ils savent que je n'ai plus besoin.

Isaakoff et le comte Horace traversèrent une galerie, où deux à trois cents serfs, barbus ou non barbus, avec ou sans livrée, attendaient leur seigneur. Cela ressemblait assez aux rois de l'ancien régime allant à leur chapelle entre deux espaliers de courtisans avides de recueillir un sourire en échange de leurs courbettes.

Tous tombaient prosternés, baisant les bords savoureux de la robe de chambre d'Ivan.

— Vous le voyez, dit le prince à Horace, ils sont tous impatiens d'adorer le soleil levant... Or, le soleil levant, c'est moi ; mon père, pour ces manans, est désormais au rang des vieilles lunes. Ne dirait-on pas que la nature prévoyante a protégé leurs genoux par des callosités, comme ceux du chameau ?

Il y avait au salon trois ou quatre jeunes gens qui attendaient l'héritier. On en annonça successivement quelques autres : le peintre français Lesseps, le poëte Pushkin, le lieutenant Lochadoff, Jakof, d'Urakoff, tous en *off*, en *icht* ou en *nim*.

— Des mouches, disait le prince au comte Horace à mesure que l'on annonçait un nouveau venu, toujours des mouches attirées par le sucrier.

Les présentations et les salamalecs échangés, on passa dans la salle du festin.

Nous sautons naturellement le premier service pour arriver au second, où les fourchettes commencent à céder la parole aux langues imprudentes qui se délient peu à peu.

— Messieurs, dit Jakof, je bois au retour d'Isaakoff à Saint-Pétersbourg.

— Buvez plutôt à son prompt départ, reprit Lochadoff, et plût au ciel que ce fut aussi au mien !

— Mes très chers, répliqua Isaakoff, je suis infiniment sensible à votre empressement et à vos tendresses ; excusez-moi si je n'en pleure pas, mais ce n'est pas l'intention, ce sont les larmes qui me manquent.

— L'intention suffit ; d'ailleurs, le vin aidant, vous pleurerez peut-être au dessert.

— Vous savez tous, poursuivit le prince Ivan, que je viens d'hériter d'une grande fortune par la mort d'un père entre lequel et moi il s'était moralement élevé quelque chose comme une montagne de glace... Les pères ont l'incorrigible tort d'être toujours plus âgés que leurs fils.

— Il est plus que temps que cela finisse, dit Pushkin.

— Le mien, reprit Ivan, était sans doute un excellent homme à sa manière, et si je pouvais le rappeler à la vie à la condition de partager ma fortune avec lui, je le ferais volontiers.

— Rien pour lui, et tout pour vous, interrompit Lesseps.

— Mais, considérant que cela est impossible, continua le prince ; que la mort est notre lot à tous ; que les regrets sont inutiles, et qu'il y a d'ailleurs plusieurs circonstances de nature à adoucir l'amertume des miens, j'ai résolu de ne pas faire de mon palais une maison de deuil.

— Je suis bien aise de voir que vous le prenez si phi-
losophiquement, dit Jakof.

— Qu'il prend quoi ? demanda Pushkin, les millions ?

— Ensuite, poursuit Ivan, ce serait mal exercer les lois
de l'hospitalité que de vous affliger du spectacle de ma
douleur profonde...

— Artésienne.

— Babylonienne.

— Incommensurable.

— Une douleur comme il n'y en a pas.

— Maintenant que vous voilà riche, dit Jakof, faites
comme moi : ne jouez jamais gros jeu, ne prêtez jamais
d'argent : empruntez des femmes plutôt que d'en avoir à
vous, et n'achetez jamais rien de vos amis ; je donne parfois à dîner aux miens chez Dulong, et je les noie dans le
champagne ; mais, à part cela, votre serviteur très humble.

— Il serait plus économique encore de supprimer le
champagne, fit observer le prince.

— J'ai essayé, reprit Jakof, mais alors ils ne restaient
pas, et s'en allaient jouer ailleurs.

— Ce qui prouve bien qu'ils vous aiment pour vous-
même, dit Pushkin.

— Mais qu'a donc le lieutenant Lochadoff ? demanda le
prince ; il dort debout.

— J'étais à la parade ce matin à six heures, en sorte
qu'il m'a fallu m'éveiller à deux pour mettre mes pantalons de peau, et je n'ai pu ensuite me rendormir.

— S'il vous faut tant de temps pour vous habiller, demanda le comte Horace, j'ai bien peur que, en cas d'alar-
me, vous n'arriviez trop tard.

— Mon cher monsieur, reprit Lochadoff, je vois bien
que vous n'avez aucune idée de l'importante affaire de
nos peaux de daim ; figurez-vous que, pour les faire aller
convenablement, nous sommes obligés de les mettre
mouillées...

— Mouillées, juste ciel !

— Oui, monsieur, mouillées, et de les laisser sécher sur
nous.

— Je vous déclare, reprit Horace, que, pour ma part,
j'irai à la parade avec une paire de hauts-de-chausses à
la mameluck plutôt que de me soumettre à un pareil
martyre.

— Très bien ! reprit le lieutenant ; mais croyez-vous
qu'il soit bien agréable d'être mis aux arrêts pendant une
semaine pour chaque pli ?

— A propos, Pushkin, le colonel Vosili vient d'être envoyé au Caucase pour avoir porté des gants de che-
vreau.

— Vous n'avez aucune idée de notre service, particulièrement dans la garde ; ainsi, dans mon régiment, autant de cérémonies et de manœuvres, autant de tenues :
habit en drap blanc, cuirasse noire et or, le casque, les
grosses bottes et la peau de daim, et d'une ; — une autre
sans les bottes et la cuirasse ; — trois variétés de petite
tenue ; — l'uniforme de palais en écarlate, avec bas de
soie... Ainsi, dans la même matinée, il nous arrive d'être
obligés de porter tour à tour le bonnet, le casque et le
chapeau à plumes de coq, et malheur à qui n'est pas
selon l'ordonnance !

— Oui, c'est un joli pays que le vôtre, reprit Lesseps.
Tel que vous me voyez, je sors de prison.

— Et pourquoi cela ?

— Pourquoi j'en sors ?

— Non, pourquoi vous y a-t-on mis ?

— Parce que j'ai rencontré hier le czar dans le jardin
de Peterhof, et que Sa Majesté m'a fait le dangereux honneur de m'adresser la parole.

— Nous ne comprenons pas.

— Vous savez qu'il y a toujours une douzaine de boutoushniks qui louvoyent sur ses talons sous un déguisement quelconque, et dont la mission est d'empoigner quiconque s'adresse au czar dans la rue. S'il arrive que ce
soit lui qui vous parle, ils fondent sur vous aussitôt qu'il

a le dos tourné, et vous enferment provisoirement, jusqu'à ce qu'ils sachent si vous avez été l'accosteur ou l'ac-
costé.

— Et vous avez été la victime de leur méprise ?

— Justement.

— Mais quand le czar l'a su ?

— Parbleu ! c'était bien le moins : quand le czar l'a su,
il a ordonné mon élargissement ; il m'a même fait appeler au palais d'hiver, et m'a dit : « Mon cher monsieur,
je suis désolé de ce qui est arrivé ; que voulez-vous ! tous
ces gens-là pèchent par trop de zèle... Demandez-moi une
grâce, quelle qu'elle soit, et je vous l'accorderai. — Sire,
ai-je répondu, la seule faveur que je vous demande, c'est,
lorsque vous me rencontrerez à l'avenir, de faire comme
si vous ne me connaissiez pas. »

— Quoi ! vous avez osé ?... demanda Jakof.

— Oh ! nous sommes très bien ensemble, et lorsqu'il
vient à mon atelier, nous causons comme une paire d'a-
mis. Il m'a fait remarquer dernièrement que l'habit d'un
général dont je venais de faire le portrait avait dix boutons au lieu de neuf qu'il fallait, et que le schako avait
trois lignes de trop en hauteur.

— Quelle sagacité !

— Nos discussions tournent même parfois à l'orage.
Figurez-vous qu'il m'a demandé un jour si les invalides,
ces soudards en bonnets de poil d'ours qui montent la
garde aux portes du palais, ne valaient pas bien la vieille
garde de feu Napoléon. « Ils sont aussi bien habillés,
aussi bien équipés, aussi bien disciplinés, me dit-il, aussi
fidèles et aussi braves, et, après tout, ils ont battu les vôtres. — Battus ! ai-je repris ; oui, avec le secours de vingt
degrés de froid, et grâce à ce qu'ils étaient trois contre
un. »

— Mon cher Lesseps, dit Jakof en regardant autour de
lui avec défiance, ne pourriez-vous vous dispenser de ces
dangereuses allusions ?

— Qui est-ce qui a peur ici ? demanda Lesseps.

— Chut ! chut ! chut ! firent d'une seule voix tous les
assistans, sauf le comte Horace.

— Et pourquoi me tairais-je ? J'ai mon franc-parler, e
je le garde ; mes tableaux sont à ce prix. « Oui, sire, ai-je
repris, grâce au froid et à ce que vous étiez trois contre
un. Je conviens que vos invalides sont aussi bien mis
que disciplinés ; mais, pour valoir les nôtres, il ne suffit
pas d'avoir des broderies de laine et des médailles d'argent sur la poitrine, il faudrait encore que Votre Majesté
les fît nourrir avec quelque chose de plus solide que du
pain de seigle et des choux. — Mais n'ont-ils pas de la
viande ? — Oui, sire, à peu près autant en un mois que
peut en avaler un Anglais d'une seule bouchée... » Contre
son habitude, le czar faisait la grimace. Cependant, comme il était venu pour concerter avec moi un sujet de tableau tiré de l'histoire de Napoléon, il me demanda si j'en
avais trouvé un. « Pas encore, sire. — Eh bien ! reprit-il avec
une maligne intention, que ne choisissez-vous par exemple l'épisode de la retraite de 1812 ? — J'ai un meilleur
sujet, sire. — Lequel, Lesseps? — Napoléon sur le radeau
de Tilsit. Voyez-vous cela d'ici ? L'empereur votre frère à
sa droite, l'empereur d'Autriche à sa gauche, car vous
vous rappelez qu'ils lui avaient cédé la préséance, et Napoléon commençant à leur raconter l'anecdote suivante :
« Quand j'étais officier d'artillerie, au siège de Toulon... »

— Si vous continuez sur ce ton, interrompit Jakof, je
vais m'en aller.

— En ce cas, reprit Lesseps, vous ferez justement ce
que fit le czar, qui me tourna les talons sans demander
son reste.

— N'avez-vous pas été militaire avant d'être peintre ?
demanda Ivan.

— Légèrement, cher prince.

— Et qui vous a fait quitter l'épée pour le pinceau ?

— Ceci est toute une histoire. Vous saurez d'abord que
j'ai débuté dans la vie comme Bacchus, à califourchon sur
un tonneau, suspendu aux épaules d'une cantinière qui

était ma mère ; de là à être d'abord tambour, puis sergent et maître d'escrime, il n'y avait que la main. Sous-lieutenant après l'affaire du Trocadéro, je fus envoyé, par je ne sais quel malentendu, dans un régiment de la garde royale ; les officiers de ce régiment étaient tous de brillans fils de famille qui n'avaient vu que de loin les guerres de l'empire. Dès le second jour, ils affectèrent de me tenir à distance ; je ne parus pas m'en apercevoir...

— Comment, vous ! interrompit Jakof.

— Attendez donc, trembleur que vous êtes ! Le régiment était caserné aux environs de Paris ; le colonel, à qui on avait fait un rapport de l'affaire, vint le lendemain soir, et m'envoya l'ordre de me présenter devant lui. « Monsieur, me dit-il, je sais ce qui s'est passé ; vous comprenez sans doute la nécessité de quitter le régiment ? — Nullement, colonel... — Mais vous vous êtes laissé grossièrement insulter ? — Colonel, je ne pense pas avoir jamais laissé une insulte impunie ; veuillez m'expliquer ce dont il s'agit. — Mais vous avez donc perdu tout sentiment de honte, malheureux que vous êtes ! Le comte de B..., le chevalier de C..., et mon neveu vous ont tourné hier publiquement le dos ; or, si vous ne quittez pas sans bruit le régiment, je vous en ferai chasser. — Mais, colonel, ces messieurs m'ont donné satisfaction, et, pour ma part, je suis très satisfait. — Le comte de B... ? — Je l'ai très dangereusement blessé ce matin à neuf heures. — Le chevalier de C...? — Je viens de lui passer mon épée au travers du corps. — Et mon neveu ? grand Dieu ! qu'avez-vous fait de mon neveu ? — A l'heure qu'il est, colonel, il doit m'attendre sur le terrain. — Je vous défends de vous y rendre, et je vous inflige les arrêts. — Peu m'importe, colonel, car voici ma démission... » Le neveu fut enterré le lendemain. Transporté de rage, le colonel leva sur moi sa cravache ; je sautai sur lui les poings crispés ; nous nous battîmes, et, deux jours après, le colonel était mort comme le neveu... Depuis ce temps, je ne puis plus voir une épée. Et voilà pourquoi, de militaire que j'étais, me voici peintre aujourd'hui.

Jakof, qui était à côté de Lesseps, crut prudent de changer de place, tant ce voisinage le faisait frémir.

XII

UN COUP DE FOUDRE.

Quelques heures se sont ainsi rapidement passées. Les convives du prince sont assis autour d'une table de jeu couverte de son tapis vert tout maculé de chiffres, la coutume russe étant de placer devant chaque joueur un morceau de craie taillé en pointe et une petite brosse avec lesquels on efface et marque tour à tour les points du jeu, le nombre des parties, les sommes dues et celles que l'on doit.

Le jeu est à l'état de rage et d'épilepsie ; des paquets de billets de banque, des monceaux d'or passent de main en main, plus négligemment jetés que la poussière au vent. Qu'est-ce, en effet, que l'argent au jeu ? C'est de l'eau puisée à pleins doigts dans un puits sans fond, et qui s'éparpille en mille gouttes par toutes les fissures. On lésinera demain pour un rouble ; on en estime aujourd'hui cent mille à l'égal d'un cigare fumé.

Quelques joueurs n'ont plus rien devant eux ; la rafale a tout emporté ; ils ont recours aux fétiches, précurseurs d'enjeux plus considérables encore : ce bijou vaut un château, ce gant une ferme, cette clef cinquante serfs.

Le punch, le champagne, les liqueurs roulent, comme l'or, leurs flots enivrans. Toutes les passions mauvaises, la haine, l'envie, la cupidité, la colère, dansent autour de la table une sarabande infernale. Satan plane sur le lustre et s'en lèche les griffes.

Le prince, à qui monsieur le comte Horace a gagné des sommes folles, n'en a pas moins encore un bénéfice considérable. Peut-être est-ce pour cela qu'il est tout disposé à faire cesser le jeu, car, au moment où Dimitri vient de lui parler à l'oreille, il se lève et s'écrie :

— Messieurs, les tsigani ! (les bohémiens !)

— Les tsigani ! les tsigani ! répètent les joueurs, oubliant pertes et gains.

Au même instant, les deux battans de la porte s'ouvrent avec fracas, et les bohémiens font irruption dans la salle avec leurs grelots, leurs guitares et leurs tambours de basque.

Jakof affirme, en chancelant sur ses jambes, qu'on lui doit quelque chose comme une terre de mille paysans ; aussi n'imagine-t-il rien de mieux à faire que de couper tranquillement le morceau de drap qui se trouve devant lui, remettant au lendemain de le déchiffrer, et sans réfléchir, tant sa raison l'abandonne, que les chiffres à la craie vont s'effacer dans sa poche. Les mille paysans ne seront plus que poussière.

Tout le monde connaît ce peuple mystérieux, cette race errante de sorciers, de bateleurs et de filous, chantée par Béranger et gravée par Callot ; ces nomades sans feu ni lieu, ces menteurs qu'on écoute, ces voleurs qu'on pourchasse, ces sages qui portent tout avec eux, ces Hindous expatriés, pour tout dire, qui gardent pieusement depuis tant de siècles la sainte horreur du travail, l'amour du soleil, la religion des guenilles, l'insouciance de tout, sauf de la liberté. Ont-ils la conscience du bien et du mal, une religion, des lois, un culte quelconque ? Qui le sait ! Toujours est-il qu'un bohémien condamné, en Autriche, à une mort cruelle, se tourna vers le prêtre grec, puis vers le prêtre catholique, qui l'exhortaient tour à tour, et promit d'embrasser la croyance de celui des deux qui lui procurerait une pipe de tabac. C'était une âme de bonne volonté à conquérir, et pas chère... Nous ne savons qui l'emporta.

Il n'y a pas de pays où la condition des bohémiens soit plus prospère que la Russie, non que les lois y soient moins sévères contre eux que partout ailleurs, mais, comme l'argent y est plus fort que la loi, et qu'ils en gagnent beaucoup, ils peuvent la muscler.

En Angleterre, les bohémiens disent la bonne aventure ; en Espagne, ils font le commerce des mules, c'est-à-dire qu'ils en volent plus qu'ils n'en achètent ; en Russie, ils chantent et ils dansent. Les bohémiennes de quelque beauté y font fureur ; et, de même que l'aristocratie anglaise et la nôtre vont quelquefois chercher leurs femmes parmi les illustrations du théâtre, il est arrivé à plus d'un boyard d'affubler une tsigana de sa fortune et de son nom. Elles entrent alors chez leur époux comme Judith chez Holopherne ; et si elles ne lui coupent pas précisément la tête, elles détourneront tout au moins ses richesses au profit de ceux de leur tribu.

Gracieuses, souples, vigoureuses, agiles comme la gazelle, elles serpentent comme la torpille, et bondissent comme le cerf. Cendrillon ne mettrait pas leurs souliers. Leurs tailles ont des contours, des ondulations, des cambrures qui auraient fait mordre Adam dans toutes les pommes du verger céleste. Leurs dents, d'un émail chaud et opaque, pures, aiguës, petites, faites pour être gourmandes et pour mordre au besoin, tranchent comme une rangée de perles sur l'olive clair de leur teint. Les paupières frangées de bistre, à l'orientale, encadrent un œil brun, étincelant, profond, d'où jaillissent comme des rayons de flamme ou des pointes d'acier, tant chez elles l'amour ressemble à la haine, et la haine à l'amour. Leur costume est celui des bayadères : des oripeaux, des paillettes, de la gaze indiscrète, des couleurs tranchées.

Les danses sont voluptueuses, les poses provocantes, les chants grisent, ce qui n'empêche pas les vins de circuler toujours. Si bien que, lorsque, frénétiques comme des bacchantes, elles viennent tomber aux pieds des spectateurs fascinés, c'est à qui leur jettera des poignées de bijoux d'or et de billets.

Jakof lui-même ne peut résister à la tentation : il ajoute un billet de banque à toutes les richesses amoncelées sur le tapis... mais, se ravisant aussitôt, il reprend en pièces d'or les trois quarts de ce qu'il vient de donner.

En ce moment, l'un des convives rentrait dans la salle, et annonçait au prince qu'il venait de voir une délicieuse femme descendre d'une voiture de voyage sous le vestibule du palais.

— Seule ? demanda Ivan.

— Il m'a semblé reconnaître avec elle un de vos esclaves de confiance.

— De ceux sans doute que mon père, dans sa rage philanthropique, élevait et faisait vivre à l'étranger comme des gentilshommes, tandis que moi, son fils, j'en étais sans cesse réduit aux expédiens pour échapper aux recors. Et cette femme, dites-vous ?

— Est une ravissante créature.

— Je vais voir ce que c'est, dit le prince.

— Voilà une brebis, dit Lesseps, qui me paraît bien près de tomber dans la gueule du loup.

Nous avons dit que lorsque Blanche avait entendu se refermer sur elle la lourde porte de l'hôtel, il lui avait semblé que c'était la pierre d'un sépulcre.

Matthéus avait remarqué que des droschkis et d'autres voitures attendaient au dehors. Les fenêtres donnant sur la Néva étaient ouvertes, et quelques personnes prenaient l'air au balcon ; des bruits de fête, des accords de danse, arrivaient jusqu'à lui.

Le suisse, vêtu de noir, chamarré d'une large bandoulière, la hallebarde au poing, se tenait raide et grave à son poste officiel ; des valets de pied en grande livrée gravitaient autour de lui.

— Cela est étrange ! pensa Matthéus ; comment se fait-il que, à son âge et lorsque sa santé décline, il change ainsi les habitudes solitaires qu'il avait contractées depuis tant d'années ? — Puis, serrant la main de Blanche, il lui dit, non sans quelque émotion : — Je suis heureux de vous voir si belle, mon amie ; car, dans un instant, vous allez vous trouver en présence du plus noble et du plus généreux des hommes, et il me paraît bien impossible que vous ne le captiviez pas tout de suite.

— Ici ? demanda Blanche, à la fois surprise et charmée en voyant, comme la montagne, cet effroyable mystère accoucher d'une humble souris. — Toutefois, à ce premier mouvement de joie succéda bientôt une sorte d'émotion craintive, bien naturelle chez une jeune femme sur le point de subir l'examen d'un beau-père dont la première impression pouvait peut-être tout perdre ou tout sauver. Aussi ajouta-t-elle bien vite : — Ne ferai-je pas un peu de toilette avant de lui être présentée ?

À cette nouvelle preuve que le naturel, un instant chassé, revient toujours au galop, Matthéus ne put réprimer le dernier sourire qui, de longtemps, dût s'épanouir sur ses lèvres.

— Soyez le bienvenu, Mattvei, dit en langue russe le suisse en se rangeant de côté avec un air mêlé de déférence et de respect.

— Bonjour, frère, répondit Matthéus. Il paraît que tout est en fête ici.

— Oui, Mattvei.

— J'en conclus que le vieux prince Ivan Georgievitch est en bonne santé.

— Il y a six semaines qu'il est mort.

— Mort ! — A ce cri suprême de terreur, de désolation, de surprise, il sembla que sa poitrine s'était déchirée comme les entrailles du sol sous l'éruption d'un cratère. — Mort ! répéta-t-il plusieurs fois, comme incapable de trouver un autre mot dans le désordre de sa raison.

Et, portant instinctivement les mains à son front, comme pour en comprimer les veines sur le point d'éclater, il chancela, ses genoux fléchirent, et, sans songer à Blanche,

qui, tremblante et consternée, ne comprenait rien à cette scène, il se laissa tomber sur un banc dans un abattement complet.

— Oui, dit le nain Archib, il est mort. Il était froid comme glace..... mais la boîte où on l'a couché était si étroite que je n'ai pu m'y glisser pour lui réchauffer les pieds.

L'intendant Dietrich était accouru.

— Mattvei, dit-il, vous êtes arrivé trop tard ; le vieux prince vous attendait avec impatience... Il a espéré jusqu'au dernier moment que vous viendriez... Votre lettre ne nous est parvenue qu'il y a dix jours, en sorte que celui à qui elle était adressée n'a pu la lire. C'est là sans doute votre femme ?... Bonté divine ! qu'elle est belle !... Mais modérez votre douleur, et venez avec moi.

Toujours obséquieux et empressé, Dietrich guida Blanche et Matthéus, non par l'escalier de marbre du palais Isaakoff, que le lecteur a reconnu sans doute, bien que nous ayons négligé de le lui dépeindre, mais, à travers plusieurs pièces du rez-de-chaussée, vers une salle commune où les bouffées de tabac le disputaient aux âcres parfums du rhum et de l'eau-de-vie.

Là, deux hommes, l'un vêtu d'un cafetan usé et portant une longue barbe, l'autre habillé de noir et rasé, mais ni moins russe pour cela, ni moins esclave que l'autre, se faisaient vis-à-vis le verre à la main.

A en juger par les bouteilles vides, il y avait longtemps qu'ils causaient ; si longtemps, que leurs discours en étaient devenus aussi vides que les bouteilles.

— Mort !... mort !... répétait Matthéus dont toutes les pensées se résumaient en celle-là.

— Voici Mattvei et la femme étrangère dont nous parlions justement tout à l'heure, dit Dietrich.

— Ah ! Mattvei !... bonjour, Mattvei ! dirent les deux Russes en se levant tant bien que mal.

Et ils furent barbouiller Matthéus de leurs accolades vineuses.

Mais Matthéus demeurait immobile, morne, abattu, et tous les habitans de toutes les Russies, Grande, Petite, Noire, Blanche, Rouge, l'eussent successivement accolé qu'il ne s'en fût pas aperçu.

— Ah ! c'est là votre épouse étrangère ? s'écria le plus âgé, dont le cœur s'était attendri à mesure que sa raison se troublait ; c'est, ma foi ! une charmante petite mère, une vraie colombe.

Et le vieil esclave, essuyant du revers de sa manche sa barbe infectée, saisit Blanche par la taille et voulut approcher son ignoble face, repoussante et tannée, du visage frais et pur de la jeune femme. Représentez-vous un limaçon sur une rose.

L'Anglaise, fière et pudique, la fille de race, fit un mouvement pour échapper à cette ignoble étreinte, et se trouva dans les bras de l'esclave petit-maître, qui n'était autre que Dimitri le valet de chambre.

Moins grossier peut-être, mais plus impertinent, on reconnaissait en lui la suffisance présomptueuse du faquin sur la vulgarité duquel se sont greffés les vices de son maître.

En vain Blanche appelait Matthéus à son secours.

— Quoi ! pensait-elle, il ne s'élance pas, furieux et rugissant, pour venger l'affront fait à sa femme dans son propre palais !

Matthéus, prosterné au contraire comme l'esclave du chinovnich qu'elle avait vu, le matin même, à la poste de Strelna, frappait de son front humilié les planches poudreuses du parquet.

— Oh ! Blanche ! Blanche ! dit-il enfin, voici l'heure où mon crime retombe sur ma tête ! Il n'y a plus pour nous ni espérance ni rémission ! Mon père, celui qui était plus que mon père et qui aurait tout sauvé, mon père est mort !

— Ne crains rien, reprit Blanche, dont les yeux brillaient des trois éclats réunis de la fièvre, de l'amour et de l'indignation. Relève-toi, mon bien-aimé ! que nul ne puisse dire qu'il a vu mon Matthéus dans cette posture humiliante, pas même aux pieds de Blanche. Si quelque grande infortune nous a frappés, je puiserai dans le sang dont je sors et dans ma tendresse pour toi la force de la supporter...

Le front de Matthéus continuait à faire résonner sur le sol les *mea culpâ* de son désespoir.

— Relève-toi, reprit Blanche, regarde-moi, Matthéus!... Vois si l'adversité m'a refroidie pour toi. As-tu commis quelque crime irrémissible? L'échafaud, la prison, les tortures, la Sibérie t'attendent-ils? Parle... Ton crime est le mien... je l'excuse, je l'aime, j'en veux ma part.

Elle était admirable ainsi, cette femme héroïque et dévouée, qui trouvait dans son cœur des baumes pour toutes les blessures et des pardons pour tous les forfaits.

Matthéus s'était lentement relevé, comme le patient qui marche à l'échafaud et veut mettre une seconde de plus entre lui et le supplice. Il plongea en elle un profond, un indéfinissable regard, comme doit en avoir le banni qui quitte pour jamais sa patrie, et reprit d'une voix creuse comme si elle fût sortie de dessous terre :

— Ainsi, Blanche Mortimer consentirait à être la femme d'un esclave?

— D'un esclave! répéta Blanche, et, comme foudroyée, elle tomba de toute sa hauteur sur le parquet.

Fou de douleur, Matthéus se précipita vers elle pour la relever à son tour.

On a peine à se figurer l'abattement d'un cœur enthousiaste et confiant, lorsque, préparé à regarder en face les plus grandes calamités, quelque malheur plus affreux encore que tout ce qu'il s'était imaginé vient à le frapper. La misère et les angoisses d'une mort douloureuse, la séparation avec ses cruels déchiremens, tout ce que, selon elle, les hommes pouvaient accumuler de coups d'épingle ou de hache sur la tête de leur semblable, elle l'avait prévu et accepté. Mais, à cette écrasante ignominie, l'énergie de sa résolution fut brisée en un instant et sans retour.

— Mattvei ! s'écrièrent à la fois Dietrich et les deux esclaves, voici monseigneur !

A ces mots, Blanche releva la tête, les yeux de Matthéus se tournèrent vers le prince, et tous trois, comme pétrifiés, se reconnurent mutuellement pour les acteurs de la catastrophe du théâtre de San-Carlo.

Rien, pendant le cours de sa vie si agitée, ne s'était aussi fortement gravé dans l'esprit d'Ivan que le sentiment de la vengeance, inassouvie jusque-là, qu'il voyait tout à coup en son pouvoir d'exercer. Il se sentait comme un homme qui, s'étant endormi dans la pauvreté, se réveille en possession d'une fortune immense et ne sait par où commencer pour en jouir. Il y avait dans tout son maintien un air de triomphe impérieux et de foudroyante supériorité auquel il était impossible de se méprendre.

Matthéus était là, la tête inclinée et les bras croisés sur sa poitrine, comme pour désarmer la colère du maître.

Une horrible lumière se faisait dans l'esprit de Blanche.

— Il me semble que nous nous sommes vus ailleurs, dit ironiquement le prince à Matthéus... Vous rappelez-vous ceci? ajouta-t-il en mettant le doigt sur la cicatrice qu'il avait au front. Eh bien! marque pour marque...

Et, décrochant un knout pendu à la muraille, il lui en cingla le visage de toute la force de son bras.

Blanche ferma les yeux, comme pour ne pas voir son époux sauter sur le prince et lui broyer la tête.

La sûreté de Blanche, la sienne propre, eussent peut-être dû imposer à Matthéus la surnaturelle abnégation d'accepter cette injure. Les esclaves et les coups ont si fréquemment de ces rencontres, que cela ne tire à aucune conséquence. Mais Matthéus n'était plus un esclave dans l'acception habituelle du mot. L'éducation, les voyages, le grand air de la liberté lui avaient donné la conscience de sa valeur et des droits que toute créature tient de Dieu. Son premier mouvement fut donc de se précipiter vers le prince, que ses bras robustes allaient mettre en lambeaux,

lorsque, sur un signe de Dietrich, les deux serfs s'emparèrent de sa personne et le garrottèrent en un tour de main.

— Lâche! s'écria le malheureux.

— Madame, dit courtoisement le prince en s'adressant à Blanche, vous voudrez bien vous rappeler que votre présence seule le préserve pour le moment d'un châtiment plus sévère... et, quant à l'avenir, je ne vois que votre intercession...

— Moi intercéder pour lui! reprit Blanche avec un geste écrasant de mépris.

Qu'était-ce que le knout à côté de cette frêle voix de femme qui pénétrait dans le cœur de Matthéus comme un fer brûlant.

— Oh! si mon père vivait encore!

— Quel père? demanda Ivan.

— Le vôtre, qui était le mien.

— Quoi! vous êtes frères? s'écria Blanche.

— Quelle plaisanterie! reprit Isaakoff en haussant les épaules. On prétend, je le sais, que vous seriez le fils d'une esclave, d'une misérable...

— Monsieur ! s'écria Matthéus.

— Le « monsieur ! » me paraît charmant!... D'une misérable, ai-je dit, — mille pardons, madame ! — pour laquelle mon père aurait eu autrefois quelques bontés. Mais qu'y a-t-il, pour cela, de commun entre vous et moi ?

— C'est cependant à ce lien qui nous unit que vous devez de vivre encore, reprit Matthéus.

— En vérité !

— Oui, car si vous n'aviez pas été le fils de mon bienfaiteur, de mon père... mon frère, pour tout dire, et que j'eusse pu me battre avec vous à Naples, je sens que je vous aurais tué.

— Trève à cela! dit le prince, qui croyait avoir été le seul à refuser ce duel. Qu'on le déshabille, qu'on le rase, et qu'on lui mette les vêtemens de sa condition.

— Pouvez-vous ainsi méconnaître les intentions de celui qui vient de mourir! reprit Matthéus, en qui vivait encore une dernière et mourante lueur d'espoir.

— Quelles intentions? demanda le prince visiblement inquiet.

En même temps quelque chose de blafard et de plus faux encore que d'habitude traversait la physionomie de Dietrich.

— Ne savez-vous pas, continua Matthéus, que sa volonté était de m'affranchir, et que, s'il ne l'a pas fait...

— L'essentiel est qu'il ne l'ait pas fait, reprit Ivan, à qui ce sujet de conversation paraissait peser. Au surplus, brisons là.

En ce moment arrivait Jakoff armé d'un énorme bouquet. Jakoff ne sortait jamais de chez ses amis sans en emporter quelque chose ; en traversant le salon, il avait cueilli ce bouquet dans un vase, qui s'était naturellement laissé faire.

— Elle est vraiment charmante, glissa-t-il à l'oreille d'Ivan. C'est une Italienne, n'est-ce pas ?

— Madame, reprit le prince, je retrouve en vous deux beaux yeux qui m'ont déjà, à une autre époque, fort ravagé le cœur...

Blanche le toisa d'un de ces regards de bas en haut qui résument à eux seuls tous les mépris possibles.

— Vous rappelez-vous ce bouton de rose que vous m'avez donné?

— Donné? reprit Blanche ; oui, comme on donne sa bourse aux brigands embusqués sur la route et qui vous la demandent l'escopette à la main.

— C'est décidément une Espagnole, dit Jakoff.

— Seriez-vous donc farouche pour tout de bon? demanda le prince.

— Autant que vous êtes insolent, riposta l'Anglaise.

— Ou une Romaine, dit Jakoff ; il y a de la Lucrèce et de la Cornélie dans cette femme.

— Allons, chère belle, pas de rancune. Admettons que

je vous ai pris cette rose, et acceptez en échange ce bouquet.

Et, s'emparant du bouquet de Jakoff, il le jeta sur les genoux de Blanche, que l'émotion avait forcée de s'asseoir.

Matthéus fit un suprême effort pour se dégager de l'étreinte des trois hommes qui le gardaient à vue ; mais il ne réussit qu'à se faire garrotter plus ferme et surveiller de plus près.

— Monsieur, reprit Blanche d'une voix ferme et en se levant tout d'une pièce comme la statue de l'Imprécation, je ne sais lequel est le plus méprisable du maître ou de l'esclave. Quant à moi, je suis Blanche Mortimer.

— A en juger par le nom, fit observer Jakoff, ce serait une Anglaise.

— Et je ne reconnais à personne, poursuivit la jeune femme, le droit de me retenir ici. Laissez-moi passer, je l'exige... je ne suis pas votre esclave, moi !...

Et, jetant à terre le bouquet d'Ivan, elle le foula aux pieds.

— C'est ce qui vous trompe, chère belle, dit Isaakoff ; selon la loi russe, toute femme libre qui épouse un esclave devient esclave comme lui... Vous êtes donc à moi... à moins que vous ne vouliez que je sois à vous.

— Grand Dieu ! s'écria Blanche, moi !

Et, s'affaissant sur elle-même, Dieu lui fit la grâce de lui envoyer pour quelques instans l'oubli de toutes choses.

— Qu'on jette ce drôle aux écuries, dit le prince à Dietrich, en indiquant Matthéus ; je pourrais le faire mourir sous le bâton, mais je préfère le garder à l'état de pelote, pour y enfoncer chaque jour une épingle.

— Et cette femme ? demanda Dietrich.

— Vous lui ferez donner un appartement, et l'on aura pour elle les plus grands égards.

— Le joli pied ! dit Jakoff ; c'est une danseuse, n'est-ce pas ?

XIII

UN GROOM PUR SANG.

Nous allons laisser un instant Matthéus à sa douleur, Blanche à son indignation, et le prince Ivan à la joie de mordre à belles dents dans la vengeance, pour faire entrer en scène Bob Bridle, dont le rôle ne sera pas sans quelque importance dans la suite de cette histoire.

Bob Bridle est un petit homme maigre, aux traits durement accentués, sec, fort et nerveux comme un terrier d'Ecosse. Sous la toge du juge, sous la mitre d'un évêque ou sous la cuirasse d'un soldat, il eût toujours été impossible de ne pas associer mentalement l'idée de sa personne à celle d'un cheval.

Elevé dans toute la sévérité monastique des haras de New-Market, il était ponctuel comme une horloge et discret comme une tombe.

Nul, excepté son maître, n'aurait pu arracher de lui l'aveu que tel cheval qu'il montait était positivement bai ou gris, un cheval hongre ou une jument. C'était un serviteur fidèle, sinon avenant, et sa suprême morale consistant à pratiquer la justice envers les chevaux, il en était insensiblement venu à faire également son devoir à l'égard de ses maîtres.

Bien que sa taille n'atteignît que la moitié de celle d'un homme ordinaire, il s'en était fallu de dix kilogrammes et demi (stone 1/2) qu'il pût faire son chemin dans le monde, c'est-à-dire sur le turf. En vain avait-il employé tous les moyens connus et inconnus pour se réduire à une plus simple expression ; en vain avait-il été, dès son enfance,

émondé, élagué, entraîné, rien n'avait fait ; si bien qu'il avait fini par être renvoyé du haras comme une de ces mauvaises herbes qui grandissent quoi qu'on fasse.

Bob était alors resté sur le pavé sans autre fortune qu'une cape de velours, des favoris roux rasés de très près, des cheveux coupés en brosse, une cravate blanche, des culottes noisette et des bottes à revers, le tout d'une propreté irréprochable. Aussi aurait-il volontiers trouvé l'occasion d'offrir à un Schylock quelconque les vingt livres de chair qu'il pesait en trop. Mais les Schylocks d'aujourd'hui ne prêtent plus rien sur ce genre de dépôt.

C'est dans ces conjonctures que Bob, comme pis-aller, était entré au service des deux doubles poneys de sir Ralph Mortimer.

C'était déjà bien déchoir, mais Bob, sans qu'un second Bossuet dût jamais faire pour cela son oraison funèbre, était prédestiné à toutes les extrémités des choses humaines.

Ainsi, sir Ralph, forcé de restreindre son train de maison, avait un beau jour vendu ses chevaux, et Bob était descendu au vulgaire emploi de nettoyer la voiture de voyage, ce qu'il faisait néanmoins avec un soin méthodique : polissant les cuivres, soufflant sur les panneaux vernis, qu'il frottait ensuite avec une peau de buffle souple et sèche à la fois, et sifflant pour lui imposer de rester en repos, si par hasard elle reculait ou avançait un peu sur ses roues.

Cependant, sir Ralph dégringolant de plus en plus, il arriva de la chaise de poste ce qui était arrivé des chevaux, et Bob n'eut bientôt d'autre spécialité que d'entretenir la coutellerie, de cirer ses bottes et de bayer aux corneilles. Nous disons ses bottes, parce qu'il avait trop la conscience de sa dignité de groom pour consentir à cirer celles des autres.

Si vous avez jamais vu de pauvres canards traînant leur existence décolorée sur une route poudreuse, loin de la mare natale où s'est écoulé leur jeune âge, vous aurez une idée de la profonde tristesse de Bob ainsi sorti de son élément.

Enfin, de même que la voiture avait suivi les chevaux, le groom suivit la voiture, et Bob se trouvait en fourrière à l'hôtel de la *Ville-de-Paris*, à Strasbourg, attendant qu'une condition lui tombât du ciel, lorsque le hasard y avait amené le comte Horace, lequel venait d'acheter un cheval anglais pur sang réunissant à lui seul tous les vices rédhibitoires imaginables ; à ce point que l'on avait fini par considérer comme chimérique la prétention de le monter.

Ce cheval s'appelait Lucifer, comme un diable qu'il était. La robe grise, les narines dilatées, les yeux de feu, le col arqué, la crinière luxuriante, son hennissement ressemblait à un défi.

Bob Bridle avait vu le cheval, et ses yeux, qui depuis si longtemps se détournaient avec mépris de tout ce que n'appartenait pas à la vraie race anglaise, n'avaient plus pu s'en détacher. Il le trouvait doué de mille perfections jusque-là fort cachées ; à ce point que, l'ayant vu mordre et jeter sous ses pieds un palefrenier, il l'avait déclaré adroit comme un singe et gai comme un jeune chat.

Naturellement le palefrenier n'avait pas été de cet avis, que Bob avait failli appuyer d'argumens tirés de ses poings vigoureux.

Cette même nuit, il avait rêvé de cheval gris ; il lui sembla voir le noble animal dans une stalle propre, large et commode, pendant que lui Bob Bridle lui préparait une litière abondante et fraîche, car son imagination n'allait pas au delà de ces magnificences, et, selon lui, le seul, le vrai paradis, devait exhaler des parfums de foin et contenir de magnifiques chevaux de toutes les couleurs.

Le jour suivant, Bob se mit en position à la porte de l'hôtel, de façon à ne pas perdre de vue l'écurie de Lucifer. Sa veste à longue taille, son gilet rayé de rouge et de blanc, sa culotte de peau faite par Hammond, et ses bottes à revers par Thomas, je ne sais quel soin minutieux de sa personne, et jusqu'à sa cravache qu'il tenait à la main, tout dénotait qu'il s'était armé en guerre à la suite d'un plan longuement médité.

Le comte Horace fit sortir son cheval anglais, et ses yeux tombèrent naturellement sur le groom, dont la nationalité était aussi évidente que celle du cheval.

— Vous êtes Anglais, ce me semble ? demanda-t-il.

— Oui, monsieur le comte, reprit Bob en ôtant poliment sa cape.

— En ce cas, poursuivit le comte, vous allez me dire votre avis sur cette bête.

Comme un indomptable taureau, Lucifer était conduit par quatre hommes qui, disposés deux à deux, le tiraillaient de chaque côté par une corde attachée à la têtière. Il fouillait le sol de ses pieds impatiens.

— N'est-ce pas que c'est un bel animal ? demanda le comte.

— Je crois qu'il a de grandes qualités, répliqua Bob. Est-il réellement pur sang ?

— Ne le voyez-vous pas ?

— Non, monsieur le comte ; personne ne peut dire, au premier aspect, qu'un cheval est pur sang ou demi-sang. Or, c'est dans le presque ou le tout à fait que gît toute la question. Un cheval de race aux trois quarts peut paraître plus pur sang qu'un pur sang lui-même.

— Cependant...

— Ainsi, monsieur le comte, en voyant un fouet bien monté, pourriez-vous dire s'il y a, dans l'intérieur un jonc ou une baleine ?

— Mais en ce cas, mon ami, si le demi-sang ressemble si fort au cheval de race, qu'importe alors qu'il le soit ou non ?

— Ah, voilà ! reprit Bob.

— Celui-ci, dit le comte, est né d'un étalon et d'une jument fort estimés en Angleterre... Je dois avoir leurs noms quelque part, ajouta-t-il en fouillant dans son portefeuille.

— C'est que, voyez-vous, monsieur le comte, je le dis à regret, mais les marchands anglais ne se font aucun scrupule de tromper les étrangers, surtout lorsqu'ils ne s'y connaissent pas. On leur dit qu'un cheval est né de Mousetrap (1), je suppose, et de Blacking-Bottle (2) ou de quelque autre nom semblable qui ne se trouve pas plus dans le stud-book (3) que dans la Bible, et le tour est joué.

— Attendez, dit le comte en cherchant toujours, attendez...

— C'est que, voyez-vous, monsieur, continua Bob, une erreur dans l'arbre généalogique d'un homme ne signifie absolument rien ; il n'en est pas moins, pour tous et pour lui-même, ce qu'il paraît être... le nom et l'habit font le moine... tandis qu'un croisement de race mal entendu doit nécessairement avoir les conséquences les plus déplorables, vu que, pour le cheval, l'éducation ne peut suppléer le sang qu'il n'a pas, ni imposer silence à celui qu'il a.

— Lucifer est de Swap, dit le comte.

— Un fameux cheval ! interrompit Bob.

— Et de Léda, acheva le comte ; voici le certificat, ainsi que la page, et le volume du stud-book où sa naissance est constatée.

— En vérité ! s'écria Bob, qui sembla comme délivré d'un grand poids et s'avança décidément pour examiner le cheval, auquel il avait d'abord craint d'accorder une sympathie imméritée.

Lucifer aspirait bruyamment l'air par ses narines noires et dilatées ; il bondissait comme un cabri, sans trop se soucier des quatre cordes qui avaient la ridicule prétention de l'immobiliser.

Bob, tenant le licol d'une main, commença par le frap-

per de son poing fermé, puis l'apaisa ensuite en le caressant doucement.

— Vous vouliez donc me mordre ? dit-il. Allons *stop* (1)... *be quiet* (2) ! Les inflexions d'une voix anglaise, ces sons bien connus de l'oreille chevaline et l'adresse des grooms eurent bientôt réduit la rage de Lucifer à de folâtres tentatives pour mordre Bob et lui lancer d'amicales ruades.

— Otez-lui ces cordes qui le déshonorent, dit le groom, j'en fais mon affaire. Et, le détaillant muscle à muscle, il ajouta : —C'est un cheval d'une rare beauté, et aussi sain qu'un hareng.

— Un hareng est-t-il plus particulièrement sain que tout autre animal ? demanda le comte en riant.

— Il n'y a jamais eu de hareng, que je sache, reprit gravement Bob, qui ait eu un éparvin, une tumeur calleuse au paturon, ni qui ait été poussif, ni qui ait souffert d'une molette.

— Je le croirais assez, dit le comte. Mais quel dommage qu'il soit si rétif !

— Il n'est pas rétif ; il s'amuse, voilà tout. C'est de son âge.

— Si l'on pouvait au moins l'étriller.

— Je l'étrillerai, si monsieur le comte veut bien le permettre.

— Cela me fera plaisir, dit Horace.

— Et à moi aussi, reprit Bob. Mais ne pourrait-on lui ajuster une selle sur le dos ?

— Pour la selle je ne dis pas... mais quant au cavalier...

— Ce sera Bob, dit le groom.

— Qui est-ce Bob ? demanda le comte.

— Moi-même, monsieur le comte.

— Essayez, mon brave ; mais je ne réponds pas de vos os.

— Seulement, il vaudrait mieux la plaine que le pavé. Ce que j'en dis est plutôt pour le cheval que pour moi, bien qu'il soit plus sûr de tomber sur le gazon.

— A vous entendre, fit observer le comte, je vous aurais pris pour un de ces hommes qu'il est impossible de désarçonner.

— Il n'y a pas de cheval, si enragé qu'il soit, reprit le groom, que je ne sois prêt à monter, mais quant à prétendre qu'on ne peut être désarçonné, c'est là une fanfaronnade dont Bob est incapable... Et, après tout, si j'étais un gentleman comme monsieur le comte, je ne garderais jamais un cheval qui ne pourrait pas me jetter par terre si la fantaisie lui en prenait. Le tout est de la lui ôter.

— Mais que faire, après tout, d'un méchant animal qui vous jette par terre ?

— Remonter dessus, reprit tranquillement le groom.

Il ne fallut rien moins que l'assistance d'un postillon, d'un vétérinaire et de deux gendarmes qui passaient là, par hasard, pour seller Lucifer pendant que Bob le caressait et lui tenait la tête.

Le cheval fut conduit sans trop de difficulté hors de la ville, dans une plaine environnée d'un mur.

Les gendarmes et le vétérinaire avaient suivi par curiosité.

Lucifer piochait le gazon et manifestait en quelque sorte son étonnement par une aspiration bruyante.

Bob bouclait ses éperons.

Pendant ce temps, le vétérinaire cherchait à prouver que les étriers étaient trop courts, ce à quoi les gendarmes ripostaient par de longues remontrances sur la folie de monter une bête aussi rétive sans gourmette ; conseils sur dissertations et dissertations sur conseils.

Bob avait assez bien l'air d'un écolier qui reçoit les leçons de vingt maîtres à la fois et ne sait plus auquel entendre.

— Monsieur le comte, demanda Bob, est-ce moi qui dois le monter ?

— Certainement.

— A moins que le cœur n'en dise à monsieur, reprit Bob en présentant l'étrier au vétérinaire.

— Grand merci.

— Voulez-vous? continua le groom avec une politesse moqueuse en se tournant vers les gendarmes.

Mais en ce moment Lucifer fit un bond si violent qu'il enleva Bob à un pied de terre, et que les conseilleurs jugèrent prudent de se tenir à distance.

— Maintenant, messieurs, reprit Bob, ma peau y étant engagée et non la vôtre, vous me permettrez peut-être de procéder à ma manière.

Et il mit le pied à l'étrier. Lucifer poussa un cri sauvage et fit un bond furieux. Mais, cette fois, il bondit sous le poids de Bob Bridle solidement affermi sur sa selle.

Il y eut alors un moment plein d'anxiété, non pour Bob, mais pour les spectateurs. Le cheval semblait pétrifié d'étonnement, et faisait entendre un gémissement sourd comme celui d'un chien.

Mais bientôt il se cabra, fit le plongeon, hennit et s'élança comme un cerf sur les quatre pieds à la fois.

Bob et le cheval n'en restaient pas moins soudés l'un à l'autre, comme une statue équestre.

Lucifer fit alors un effort désespéré pour saisir le groom au moyen de ses dents, et se cabra si haut qu'il fut sur le point de se renverser sur lui-même.

Qui l'emportera de la sauvage et infatigable ardeur de l'animal ou de l'adresse et de l'obstination de l'homme?

A la fin, couvert d'écume et secouant la mousse qui blanchissait son mors, le cheval s'arrêta pendant quelques minutes, haletant, l'œil en feu, les narines dilatées et fumantes.

Pendant ce temps, l'imperturbable groom était sur sa selle comme dans un fauteuil; calme, recueilli, presque beau dans son admirable sang-froid; il dégagea un instant sa main droite d'entre les rênes pour rajuster les plis de sa cravate blanche.

Le comte allait le féliciter, lorsque Lucifer se remit à bondir, à se dérober et à essayer de s'abattre, ce qui, de la part d'un cheval, était un procédé très fin pour renverser du même coup le cavalier.

Mais, cette fois, le sang jaillit sous l'éperon. Au lieu de se rouler par terre, Lucifer fit un bond de douleur, et, après une autre pose de quelques secondes, comme pour combiner le tour qu'il allait jouer à son adversaire, il s'élança vers l'extrémité de la plaine, dans la gracieuse intention de lui broyer la jambe contre le mur.

Une nouvelle morsure d'éperon le contraignit à s'éloigner.

Cette idée cependant souriait à son imagination de cheval, car il revint plusieurs fois pour renouveler la même tentative. Mais Bob à la fin se fatigua de ce jeu, et, le tenant en bride de manière à l'empêcher de s'écarter à droite ou à gauche, il lui serra les flancs de ses talons armés, et le dirigea droit au mur, élevé de cinq pieds.

La vitesse était telle qu'il fallait absolument se briser contre l'obstacle ou sauter par-dessus.

Lucifer le franchit, en l'ébréchant seulement de quelques pouces, et se mit alors à galoper vers une colline, passant à travers champs, franchissant toutes les haies de clôture, ivre de rage, de douleur, de vengeance, et soulevant tout sur son passage, comme le simoun du désert.

La colline ne l'arrêta pas dans sa course désordonnée.

En vain criait-on à Bob qu'il y avait au sommet de la montagne le gouffre béant d'une carrière, le vent seul recueillait l'avertissement, et l'hippogriffe volait toujours.

Ce cheval furieux, courant vers la mort, cet intrépide écuyer que rien n'étonnait, que nul péril ne faisait pâlir, formaient une de ces magnifiques horreurs qui font que l'on admire et que l'on frémit à la fois.

Tout à coup, Lucifer s'arrêta court à la vue de l'abîme ouvert sous ses pas. Bob le caressa, l'encouragea, lui parla; puis descendant et remontant tour à tour, il guida l'animal tremblant à travers les chemins effondrés. On voyait que le cheval comptait maintenant sur son conducteur, dont la voix et les précautions habiles parvenaient peu à peu à le rassurer.

Parvenu au bas de la montagne, le groom remonta en selle, galopa de nouveau à travers champs, ressauta pardessus les haies jusqu'à ce que Lucifer ne manifestât plus que de rares caprices, et le ramena enfin triomphant à son maître, après une heure entière d'un exercice à tuer mille fois tout autre cheval que Lucifer et tout autre écuyer que Bob Bridle.

— Que dites-vous de cela? demanda le comte aux assistans.

— Ce n'est pas là de l'équitation, dit gravement le vétérinaire.

— Qu'est-ce donc, je vous prie?

— C'est s'attacher sur le dos s'un cheval comme ferait un singe, ou comme un insecte à la laine d'un mouton.

— Sans compter, reprit un gendarme, que cela doit gâter un cheval, car c'est contre tous les principes de l'art.

— Diable! riposta le comte, vous êtes difficiles.

Il s'agissait ensuite de bouchonner et d'étriller Lucifer, et il était visible que le groom avait obtenu déjà, par sa première victoire, un merveilleux ascendant sur l'humeur farouche du cheval. Il n'était toutefois pas entièrement dompté, car il opposa encore assez de résistance à cette opération pour qu'il fût extrêmement difficile de l'exécuter.

Mais ce fut tout, et Bob déclara que, à part un peu de vivacité, c'était un animal aussi pacifique qu'on pouvait le souhaiter.

— Il a cependant un tic fort déplaisant, dit le comte: c'est de donner des coups de pieds de derrière, comme une vache.

— Monsieur le comte, répliqua le groom, les chevaux ont leur singularité aussi bien que les hommes. Mon grand-père, et tous ceux de la famille avant et après lui, avaient et ont encore la manie de prendre du tabac avec le pouce et le petit doigt de la main gauche: habitude à laquelle on aurait reconnu un Bridle, fût-ce au bout du monde. Eh bien! monsieur, rien qu'à la singularité du coup de pied que lance ce cheval, j'aurais affirmé qu'il est de la race des Swaps. J'ai connu une douzaine de Swaps dans ma vie, et tous avaient ce même tic... C'est son signe de noblesse, et cela ne fait qu'ajouter à sa valeur.

— Allons, dit le comte, puisqu'il en est ainsi, je suis enchanté de ce coup de pied, et si jamais je vends Lucifer, j'aurai soin de le faire valoir comme une de ses plus précieuses qualités.

— D'ailleurs, reprit le groom, ces sortes de ruades ne peuvent faire de mal à personne.

A même instant, comme pour réfuter cette théorie, Lucifer donna un si violent coup de tête à Bob que ce dernier en fut étourdi; puis, tournant sur lui-même, il lui administra en pleine poitrine une série de ces horions dont on conviendra que l'éloge aurait pu être fait dans un moment moins inopportun.

Le vétérinaire soigna Bob, lequel se laissa faire, car la douleur lui avait ôté la parole; puis on le porta dans son lit, et le comte fut lui-même chercher un médecin.

En revenant auprès du malade, il le trouva très pâle et visiblement affaibli; il y avait sur la table deux boîtes de ferblanc ouvertes, l'une remplie de petits morceaux oblongs semblables à des mèches de veilleuses, et l'autre d'une sorte d'onguent vert. Une trousse en veau marin étalait à côté de cela des lancettes et quelques instrumens de vétérinaire. Bob tenait à la main une vieille Bible de poche dont les feuillets maculés accusaient les pouces dévotieux de deux ou trois générations.

— Comment vous trouvez-vous? dit le comte; le docteur va venir.

— Qu'il s'en garde bien, reprit Bob, je ne veux pas le voir.

— Mais, mon pauvre Bob...

— Je suis encore un peu étourdi, mais cela va mieux; ce n'est qu'un coup dans l'estomac, un de ces horions qu'on attrape au moment où on s'y attend le moins. Demain, à cette heure-ci, je serai guéri d'une façon ou de l'autre, sans que les médecins s'en mêlent.

— Il faut que vous vous laissiez examiner, mon ami, insista le comte. Je prétends que l'on épuise, s'il le faut, toutes les ressources de l'art pour hâter votre rétablissement.

— Je viens d'ailleurs d'avaler une médecine de cheval, poursuivit le groom, une vraie, manipulée à New-Market; je me suis ensuite fait appliquer un vésicatoire de James sur la poitrine... Quel est le médecin qui en aurait fait autant?

— Pas un seul en effet, reprit le comte Horace, effrayé des résultats que pouvait avoir un pareil traitement.

Le docteur arriva, mais Bob lui tourna le dos.

Du reste, comme c'était un homme de bon sens, tout en exprimant son étonnement sur la singularité des remèdes employés, il déclara que pour le moment, et le mal étant fait, il n'y avait rien autre chose à faire. Il y avait d'ailleurs à espérer que le vésicatoire agirait en sens inverse de la drogue et en neutraliserait l'effet.

— De sorte que...? demanda le comte.

— De sorte que, acheva le docteur, il ne peut manquer d'être, d'ici à quelques heures, beaucoup mieux ou beaucoup plus mal.

Et il sortit, promettant de revenir bientôt.

— A propos, demanda Bob en virant de bord dès que la Faculté l'eut délivré de sa présence, j'espère bien que l'on n'a pas donné au gris son sceau d'eau froide à boire?

— Ah! s'écria le comte, maudit soit le cheval! Je lui ferai brûler la cervelle demain.

— Brûler la cervelle! reprit Bob en faisant, malgré son vésicatoire, un effroyable bond sur son lit. Un pur sang, six pieds de haut, vif et léger sous le poids de son homme et aussi sain qu'une cloche!... parler de lui brûler la cervelle comme à une vieille rosse morveuse ou poussive!

— Jamais je ne remettrai la vie d'une créature humaine en balance avec la vaine et stupide satisfaction de garder une pareille bête.

— Lui brûler la cervelle! répéta Bob. Ah! monsieur le comte, si vous commettez un pareil crime à cause de moi, je ne pourrai jamais vivre tranquille si je dois vivre, ni m'en aller en paix dans l'autre monde si je dois mourir.

— Nous verrons, dit le comte.

— Considérez, monsieur, poursuivit le groom, combien de chevaux sont ruinés et molestés par ceux qui les montent, pour un malheureux cheval qui, par accident, blesse ou tue un homme... Du reste, si les choses allaient plus mal, ajouta-t-il tristement, il faudrait avoir la bonté de faire remettre de ma part cette Bible à une certaine miss Mortimer, 12, Bond-Street, à Londres... J'ai été longtemps au service de son oncle... ce sera un dernier souvenir de Bob, pour lequel elle a toujours été si douce et si bonne.

— Je le ferai, dit le comte, qui avait de la peine à cacher l'émotion que lui causait ce brave homme. Mais rassurez-vous, mon ami, il n'y a pas le moindre danger.

— Mon père me l'a donnée, il y a cinq ans, avec cette boîte de pilules que voici, reprit Bob en baisant la Bible avec attendrissement. « Bobby, me dit-il, tu vas en pays étranger; mais c'est égal, mon garçon, ne néglige jamais les chevaux, aie la crainte de Dieu, et tiens-toi toujours bien en selle. »

Le lendemain matin, le comte Horace et le médecin entrèrent de bonne heure chez le malade.

Les rideaux de Bob étaient soigneusement fermés.

— Chut! dit en sortant de cet éternel assoupissement des gardes-malades celle que l'on avait préposée à sa garde; chut! vous allez le réveiller! il dort comme un bienheureux.

Le docteur s'avança sur la pointe des pieds et entrouvrit les rideaux... Bob avait disparu.

On le trouva dans l'écurie, où il s'était traîné on ne sait comment, et où il était en train d'étriller le *gris.*

Quelques jours après, le groom et Lucifer étaient deve-nus des inséparables, et voilà comment Bob Bridle était entré au service du comte Horace.

XIV

LA FUITE.

Le voile qui cachait Matthéus est maintenant levé. On sait quelles légitimes espérances avaient dû faire naître en lui son éducation et sa naissance, et par quel coup du sort il venait de retomber de la liberté dans l'esclavage, et quel esclavage! de l'illusion dans la réalité, et de cet égoïsme à deux qu'on appelle l'amour dans le mépris et l'abandon.

Le vieux prince avait été le meilleur et le plus bien-faisant des hommes: aussi avait-il pris un éloignement toujours plus marqué pour son fils légitime, lequel résu-mait tous les vices, et finit-il par concentrer en quelque sorte la meilleure part de sa tendresse sur Matthéus, que la nature, par une de ces bévues assez vulgaires, avait doté en prince qu'il n'était pas, alors que du vrai prince elle faisait un croquant. Les fées s'étaient trompées de berceau.

Ivan Georgiewich, selon que quelques-uns de ses serfs étaient heureusement doués, en avait fait des médecins, des architectes, des artistes, et leur avait enfin donné un capital et cette possession d'eux-mêmes sans laquelle ses bienfaits n'eussent été pour eux qu'un malheur de plus.

Il en avait établi d'autres qui, par son assistance et sa protection, étaient devenus des marchands à l'aise ou de riches négocians.

A plus forte raison devait-il avoir préparé à Matthéus un brillant avenir. C'est ainsi que, ses études terminées à l'université de Dorpat, ce dernier avait pu voyager dans les principales contrées de l'Europe, car l'empereur Nico-las n'avait pas encore publié l'ukase qui, sous peine de confiscation des propriétés et de punitions plus sévères encore, interdit à tout sujet russe de demeurer plus de trois ans hors du territoire de l'empire s'il est noble, et plus d'un an s'il ne l'est pas.

Nous ne parlons pas des cas, très nombreux, où les passe-ports pour l'étranger sont absolument refusés.

Glissons ici que Matthéus avait une sœur, Nadetcha, que le vieux prince avait fait élever avec le même soin, dans un pensionnat français établi à Moscou, et qui ne tardera pas à venir prendre sa place importante dans la suite de cette histoire.

Que ces deux chères parts de lui-même fussent affran-chies dans un temps donné, cela ne faisait aucun doute. Or Matthéus avait attendu, d'année en année, cette heure de la délivrance, de laquelle daterait seulement, selon lui, sa véritable entrée dans la vie. Il s'était donc pénétré des idées, des lumières, des sentimens les plus élevés, non comme de choses qui eussent rien **de** commun avec un esclave, mais pour s'en servir lorsqu'il serait en possession de la liberté vers laquelle il était sur le point de s'élancer. Cette éblouissante perspective venait de s'abîmer tout à coup dans un avenir ténébreux.

Maintenant, par suite de quelles lenteurs imprévoyantes la mort était-elle venue surprendre le vieux prince avant que ses intentions fussent réalisées? Là est le nœud gor-dien que nous couperons en temps opportun.

Nous avons dit que le prince Ivan avait fait reléguer Matthéus aux écuries; on trouvera peut-être que c'était là une vengeance bien douce; mais le prince, pour ne pas casser tout de suite les vitres, avait les raisons que voici: tous les voyageurs qui arrivent à Saint-Petersbourg doi-vent se présenter, dans le délai de trois jours, au bureau de la police secrète, où, soit étrangers, soit Russes, ils sont invariablement soumis au plus strict examen.

Or, le prince jugeait que s'il se livrait à un acte de nature à trop exaspérer Matthéus, celui-ci pourrait fort bien profiter de cette entrevue pour en appeler au grand-maître; non pas que cette protection eût la moindre chance d'être efficace, tant il est convenu qu'un seigneur a le droit de maltraiter son esclave, mais parce que c'eût peut-être été pour le saint-office russe l'occasion de se rappeler les millions d'Ivan, et de lui faire payer un peu plus largement qu'il n'aurait voulu le luxe princier d'assommer son semblable.

Quant à Blanche, on avait eu pour elle tous les égards possibles; la czarine de toutes les Russies daignant visiter un de ses sujets n'aurait pas été traitée avec plus de magnificence et de courtoisie. Ivan la jugeait d'après les femmes faciles qu'il avait connues jusque-là, et se figurait qu'avec des joyaux, des fleurs, des dentelles et le miel des louanges il ne tarderait pas à la réduire, comme ces citadelles dans les quelles, selon Philippe de Macédoine, il est toujours facile de pénétrer avec une clef d'or.

Après une crise nerveuse des plus violentes, Blanche, revenue à elle, avait renvoyé les femmes qui lui imposaient leurs services. Tout autour d'elle lui était un sujet d'horreur et d'alarmes; il lui semblait que les murs la voyaient, qu'il y avait des trappes sous ses pas, et que le sommeil même, si elle s'y livrait, lui cachait des piéges que sa pensée n'osait définir, mais que son instinct devinait.

Aussi, après tant de secousses et de fatigues, lorsque sa paupière s'alourdissait malgré elle, était-elle obligée, pour ne pas succomber, d'avoir recours au mouvement et au grand air.

Le jour commençait à poindre, et Blanche venait d'ouvrir sa fenêtre pour la vingtième fois peut-être, lorsqu'elle se trouva face à face avec une tête qui, perchée au haut d'une échelle, l'épiait depuis quelque temps.

Son premier mouvement fut de se jeter en arrière, et le cri qu'elle allait jeter fut fort heureusement étouffé au passage par la peur.

— Ma chère demoiselle, dit la tête, ne craignez rien; je suis Bob.

— Bob? demanda Blanche, à qui ce nom, cette voix, ce visage rappelaient cependant quelque vague souvenir.

— Oui, chère demoiselle, Bob en personne, l'ancien groom de sir Ralph Mortimer.

— Et que me voulez-vous, mon ami? demanda tristement la pauvre femme, dans l'esprit de laquelle, à cette évocation, défilaient maintenant toutes les douces réminiscences du passé.

— Je veux vous sauver, reprit Bob.

Blanche leva les yeux au ciel, comme pour le prendre à témoin que c'était là une chose impossible.

Bob raconta alors en deux mots que, étant au service de Lucifer et du comte Horace de Montressan, il les avait naturellement suivis tous les deux en Russie, où les appelaient leurs affaires; qu'il jouissait dans l'hôtel, en sa qualité d'homme libre et d'Anglais, du privilége d'aller et de venir à toute heure; qu'il allait tous les matins, au petit jour, promener Lucifer hors de l'enceinte des murs; qu'une fois lancé, Lucifer était incapable de se laisser rattraper par n'importe qui ou n'importe quoi; que si miss Mortimer daignait tout simplement descendre l'échelle et se fier à lui, il se faisait fort, en quelques jours, de la déposer saine et sauve à la frontière de Prusse; et que, au surplus, si quelqu'un tentait de l'en empêcher, il entamerait avec lui une de ces conversations à coups de poing dans lesquelles il avait toujours eu le dernier mot.

Le brave homme croyait qu'il n'était pas plus difficile de sortir de cet empire muré, bouché, cacheté, bâillonné, que de sortir de chez soi en demandant : « Le cordon s'il vous plaît! »

Blanche elle-même, tant le désir et l'espoir d'échapper au sort qui l'attendait se confondaient en elle, ne songea pas un instant aux impossibilités d'un pareil projet. D'ail-

leurs, que pouvait-il lui arriver de pire que de rester à la merci d'Ivan?

Elle s'empressa donc de souscrire à tout, pressant dans ses petits doigts les mains nerveuses de Bob, et ne faisant qu'ajouter ainsi à cette téméraire vaillance des cœurs généreux en qui se confient la faiblesse et la beauté.

Le groom l'affubla du premier cafetan venu, de pantalons grossiers, d'un bonnet carré, orné d'une grosse croix de cuivre; il enfouit ses petits pieds tout chaussés dans des bottines de cuir jaune; et, la faisant monter sur Lucifer, qu'il tenait en laisse, il se fit ouvrir la porte de l'hôtel sous le prétexte de profiter de sa promenade de chaque jour pour donner une leçon d'équitation à je ne sais quel jeune mougik dont il jeta le nom au suisse endormi.

Blanche, ainsi déguisée, avait en effet l'air d'un bambin do douze ans. Son cœur battait la chamade, et il nous paraît évident qu'elle se serait évanouie de frayeur si les circonstances l'eussent permis. Ceci, au premier coup d'œil, a l'air d'une méchanceté; mais nous demandons au lecteur s'il a jamais vu une femme tomber en syncope autrement qu'à portée d'un fauteuil et dans une pose favorable.

Le groom du comte Horace était déjà connu aux portes de la ville, qu'il put franchir sans obstacles.

Une fois hors de vue, Bob enfourcha Lucifer, mit en croupe le prétendu mougik, et prit le petit galop, autant pour ne pas avoir l'air d'un homme qui fuit que pour ménager les forces du *gris*, qu'il allait devoir mettre à une rude épreuve.

Du reste, la naïve intention de Bob était de ne courir que la nuit, et de se tenir caché, le jour, dans quelque misérable *kabak*, où l'on ne songerait pas, selon lui, à chercher le dernier rejeton de la noble famille des Mortimer.

Ils suivaient cette même route de Strelna que Blanche, se regardant comme veuve aujourd'hui, avait parcourue la veille avec Matthéus.

Arrivés à la poste, Bob jugea prudent de s'y arrêter; il faisait d'ailleurs grand jour, et cette pauvre Blanche tombait de sommeil et d'épuisement.

Elle prit un bouillon et s'endormit bientôt, dans un coin de l'écurie, sur quelques bottes de foin soigneusement arrangées par le groom.

Ce devoir accompli, Bob donnait la provende à son cheval, après quoi il songerait à songer à lui, lorsqu'il vit entrer un soldat dans le désordre et avec la précipitation d'un homme poursuivi et que l'on est sur le point d'atteindre.

Le pauvre diable s'était hasardé à s'écarter de quelques lieues de sa garnison pour porter à son père une paire de souliers qu'il avait faite lui-même. Il revenait en nage, le col de cuir défait, sa lourde et poudreuse capote déboutonnée, lorsqu'il avait, de loin, aperçu le grand-duc Constantin, que l'on savait d'une inflexibilité sauvage pour la plus insignifiante infraction à la discipline militaire.

De là sa terreur et son irruption dans l'auberge.

Si le soldat n'avait fait que parler russe, Bob n'aurait pas compris grand'chose, ou, pour être plus exact, il n'aurait rien compris du tout à ses lamentations. Mais il est un autre langage, celui des yeux, de la pâleur, du geste, auquel personne ne se trompe, et qui mit, à peu de chose près, Bob au courant de la situation.

Évidemment ce soldat fuyait; or, Bob se trouvait précisément dans une circonstance à avoir pour les fuyards une grande sympathie. Il le conduisit donc au fond d'un petit jardin entouré d'une assez haute palissade, lequel jardin donnait sur les champs; et, lui faisant de ses bras vigoureux ce qu'on appelle la courte échelle, il le hissa par-dessus l'obstacle et lui souhaita bon voyage.

Au même instant, le grand-duc, dont l'œil perçant avait reconnu un soldat d'aussi loin que le soldat l'avait reconnu lui-même, entrait au galop le plus furieux dans la cour du traktirchik (1).

____

(1) Celui qui tient un cabaret ou une taverne.

XV

DE L'ÉTRANGE FAÇON DONT BOB S'ATTIRA LES BONNES GRACES DU GRAND-DUC

Le grand-duc était suivi de quelques officiers et d'une demi-douzaine de cosaques.

— Où est le soldat qui vient d'entrer ici? demanda-t-il d'une voix tonnante.

Attiré par le galop des chevaux, le traktirchik s'était empressé d'accourir. S'inclinant presque jusqu'à terre, il allégua son ignorance à l'égard du fugitif, et en appela à tous ses serviteurs de la sincérité de ses paroles.

En effet, chacun étant occupé ailleurs, Bob n'avait pas eu de complice dans cette bonne action.

— Fourbe! coquin! voleur! hurla le grand-duc, tu as favorisé sa fuite.

Le traktirchik se prosterna aux pieds du cheval du prince, en protestant de son innocence.

— Brigand! scélérat! continua Constantin, en essayant de forcer son cheval à fouler sous ses pieds le traktirchik prosterné, tandis que le cheval, moins cruel ou plus raisonnable que l'homme, se refusait obstinément à marcher sur le corps de la victime terrifiée.

— Ainsi donc, reprit le grand-duc, tu vends ici du vin, des liqueurs, du vodtka, pour séduire et exciter à la dépense les soldats de l'empereur lorsqu'ils passent devant ta bicoque? Tu leur donnes asile; tu te fais le complice de leur désobéissance et de leurs folies?

— Moi, Votre Altesse!

— Lève-toi, chien maudit, et apporte ici tout ce qu'il y a dans ta cave.

Le traktirchik, le cabaretier, si vous le préférez, s'était levé; mais en voyant le grand-duc sauter à bas de son cheval et tirer son grand sabre, il retomba sur ses genoux.

— Obéis! s'écria Constantin. Et vous, ajouta-t-il en s'adressant au général aide de camp qui l'accompagnait, ne restez pas là cloué sur votre cheval comme une statue, mais dégaînez votre sabre et venez m'aider.

Le général mit respectueusement pied à terre, ne sachant trop à quelle exécution sanglante il allait concourir.

Les autres officiers de la suite du prince, tout chamarrés de décorations, d'épaulettes, de plumets, d'aiguillettes, se précipitèrent dans les caves, suivis de quelques cosaques, et eurent bientôt fait d'aider le traktirchik à en monter le contenu dans la cour.

— À présent, dit le grand-duc dès qu'il eut une rangée de bouteilles alignées devant lui comme une file de soldats, je vais t'apprendre à mentir et à favoriser les déserteurs.

Puis il se mit à décapiter les flacons à coups de sabre, et, sur un signe qu'il fit au général, celui-ci s'empressa de suivre un aussi noble exemple.

Ce fut bientôt à qui ferait le plus de carnage parmi ces étranges et inoffensifs ennemis.

— C'est ainsi que je t'apprendrai à vivre! vociférait Constantin.

— C'est ainsi que nous t'apprendrons à vivre! répétait le général, un ou deux tons plus bas.

Et bientôt, sous leurs efforts réunis, vins du Rhin, porter, champagne, soda-water, eau-de-vie, firent de la cour un immense bol de toutes couleurs, auquel il ne manquait que du feu et des citrons.

Le malheureux traktirchik s'écriait à chaque nouvelle exécution :

— Ah! mon cliquot qui me revient à sept roubles! ah! mon johannisberg que j'ai payé quatre salkories!

— Voilà une singulière chassé! se disait Bob en exami-

nant tranquillement cette scène, les mains sur le dos; je crois que mon ami à la capote brune l'a échappé belle!

— D'autres bouteilles! tonnait le grand-duc, dont le sabre, ébréché comme une scie, dégouttait du sang de la treille.

Et le traktirchik d'accourir, apportant autant de victimes que les pans retroussés de son cafetan pouvaient en contenir.

Blanche, éveillée en sursaut, était accourue, tremblante, au seuil de l'écurie.

Bob lui fit un petit signe amical dont le double but était de la rassurer et de la tenir éloignée de la bagarre.

Après trois quarts d'heure de cet exercice violent, le grand-duc et le général purent reprendre haleine et s'essuyer le front... Le combat finissait faute de combattans.

Cependant les cosaques trouvèrent encore çà et là une ou deux bouteilles entamées, des bocaux de conserves, les burettes d'huile et de vinaigre, et quelques fioles de sirops, qui furent impitoyablement passés au fil de l'épée.

— La vaisselle? demanda le grand-duc.

— Bon! voilà que la vaisselle va y passer! fit observer Bob; je me doutais que son tour allait venir.

Lorsque tout fut anéanti, brisé, pulvérisé, le prince remit son épée dans le fourreau, et, s'adressant à l'un des officiers de sa suite :

— Vous veillerez, lui dit-il, à ce que la patente de ce drôle lui soit retirée.

Le traktirchik se plia en équerre, et rendit humblement grâce au prince pour tant de miséricorde.

L'attitude parfaitement calme et assez peu respectueuse de Bob Bridle avait attiré deux ou trois fois l'attention du grand-duc, mais il en avait toujours été distrait par des supplémens de bouteilles qui venaient se livrer à ses coups.

Or, c'était un spectacle aussi nouveau qu'alarmant pour les personnes de la suite du grand-duc, que de voir, au beau milieu de cette tempête, un homme quelconque aussi indifférent et aussi complétement de sang-froid que Bob paraissait l'être. Jupiter aimait assez que ses foudres fissent trembler les simples mortels, et le grand-duc tenait beaucoup de Jupiter sous ce rapport.

Un officier s'était donc approché du groom, et lui avait demandé s'il connaissait la personne devant laquelle il avait l'honneur de se trouver.

Bob avait secoué la tête en signe de négation.

— C'est Son Altesse Impériale le grand-duc Constantin.

— Tant pis pour lui, reprit Job. Je suppose qu'il appartient à une société de tempérance ou qu'il a quelques amis qui vendent des bouteilles...

— S. A. I. le grand-duc, répéta l'officier, s'imaginant que Bob n'avait pas entendu.

— Grand-duc tant qu'il voudra, dit le groom; que m'importe!

— Taisez-vous, malheureux!

— Soit, reprit Bob. Après tout, il n'est guère raisonnable de perdre mon temps à regarder de pareilles extravagances, dont rougirait chez nous un enfant de dix ans.

Et Bob sauta en selle, dans l'intention de conduire Lucifer à une espèce d'abreuvoir qu'il avait avisé dans les environs de l'auberge.

Le grand-duc était également remonté à cheval, ainsi que sa suite.

Bob passa devant lui sans plus de façon.

— Quel est ce drôle qui ose me dépasser? Arrêtez! cria Constantin.

— Comptez là-dessus, se dit Bob en embarquant le galop de chasse.

— Arrêtez! arrêtez! arrêtez! crièrent toutes les voix.

— Amenez-le moi! dit le grand-duc aux cosaques, lesquels s'élancèrent à toute bride après lui.

— Si ces messieurs aux longues perches et aux chapeaux sans bords m'attrapent jamais, se dit Bob, je consens de grand cœur à être traité comme les flacons de liqueurs et les bouteilles d'ale.

— Poursuivez-le ! arrêtez-le ! frappez-le ! hurlait toujours le grand-duc.

Mais Lucifer dépassait d'aussi loin ceux qui le poursuivaient qu'un agile lévrier dépasse une meute de gros chiens de basse-cour.

Quant à Bob, toujours calme et froid, il se retournait de temps à autre comme pour répondre par son air de mépris à leur sauvage *hurra*.

Malheureusement, un détachement d'artillerie à cheval qui changeait de résidence parut tout à coup sur la route, venant à sa rencontre ; en sorte que Bob eut un instant la pensée de faire volte-face et de se précipiter tête baissée à travers ces cosaques ; car, selon lui, des hommes qui se tenaient aussi mal à cheval ne devaient pas être des adversaires bien redoutables.

Toutefois il se rappela que le salut de Blanche reposait sur lui, et, avisant dans les champs une grande palissade hérissée de pieux en manière de chevaux de frise, il piqua des deux et la fit franchir à son puissant étalon, aussi facilement que s'il se fût agi d'un ruisseau de deux pieds de large.

Un cri d'admiration échappa aux cosaques, dont les petits chevaux eussent en vain tenté de suivre le même chemin que Lucifer. Cependant ils songèrent à tourner la palissade, et repartirent au galop en poussant des cris et en agitant leurs piques sans banderoles.

— Donnez-moi une lance ! s'écria le grand-duc, qui, mieux monté que sa suite, et doué d'ailleurs d'un véritable courage, lança résolument son cheval sur la palissade ; il ne put la franchir, mais, le bois vermoulu ayant cédé, il força le passage et partit comme un trait en avant de tous ses cosaques.

Pendant ce temps, Bob était parvenu au sommet d'une de ces ondulations que l'on appelle montagnes en Russie, et collines partout ailleurs. Il regardait autour de lui avec le sentiment du triomphe et de la sécurité, prenant pour un terrain sec l'espace perfide, couvert de broussailles et de gazon, qui s'étendait devant lui. Mais lorsque le grand-duc n'était plus qu'à une courte distance, Lucifer reprit son élan ; il ne fit plus que d'enfoncer de fondrière en fondrière et de marais en marais.

— Allons, Lucifer, disait Bob, en avant ! Ah ! si nous avions seulement cinq minutes de ce beau *turf* de New-Market qui a deux milles de long ! Ceci est bon pour les grenouilles et pour les crapauds, mais non pour un brave cheval anglais ayant un écuyer chrétien sur le dos.

Comme il achevait ces mots, Lucifer enfonça dans une mare jusqu'à l'épaule.

Bob entendit un cheval souffler derrière lui ; il tourna la tête, et vit à quatre pas le grand-duc courant sur lui avec tant de furie que Dieu seul sait ce qui serait arrivé si le groom ne se fût adroitement jeté de côté : le fer de la lance effleura sa veste ; mais, saisissant la hampe avec une rare présence d'esprit, il la retint de toute la *vigueur* de son poignet.

— Que le diable emporte votre manche à balai ! s'écria Bob en relevant son cheval du bourbier où il venait d'enfoncer, et sans se dessaisir de la lance que le grand-duc ne lâchait pas de son côté.

Il était évident que l'un des deux allait être désarçonné : mais Bob semblait cloué sur sa selle, en sorte que le grand-duc, se sentant près de perdre l'équilibre, laissa aller la lance et tira vivement son sabre.

— Ah ! dit le groom ; si je savais seulement quel est le bon côté de votre bâton, je vous ferai bien reculer !

Mais Lucifer s'embourba de nouveau, et Constantin, plus furieux que jamais, lui asséna sur la croupe un grand coup de sabre d'où le sang jaillit avec abondance.

La patience de Bob était épuisée ; il jeta la lance avec dédain, rassembla son cheval par un violent effort, et s'élança comme la foudre en franchissant d'un seul bond la distance de seize à dix-huit pieds qui le séparait du grand-duc.

Sa force était ainsi multipliée par la vitesse, il le prit par le flanc, et la vitesse du choc fut telle que prince et cheval roulèrent sur le sol comme s'ils eussent été renversés par un boulet de canon.

— Eh bien ! demanda Bob, quelle excuse avez-vous à alléguer maintenant pour que je ne vous marche pas sur le corps comme vous vouliez marcher tout à l'heure sur celui du maître de poste ?

Mais le grand-duc, encore étourdi de sa chute et le visage plongé dans la fange, n'avait pas encore retrouvé assez de voix pour répondre.

— On vous appelle Altesse ! continua le groom exalté. Si ce n'est pas une dérision ! Mais vous êtes à mes yeux le plus vil des hommes ! Blesser Lucifer sans rime ni raison ! Et que vous avais-je fait pour que vous me poursuivissiez avec ce long bâton, comme si j'étais un ours du jardin *théologique* ?... (C'est zoologique que Bob voulait dire.) Et qu'aviez-vous besoin de me porter des coups à la tête ? poursuivit-il. J'ai bien envie d'entamer un peu la vôtre, Altesse que vous êtes !

Mais les cosaques avaient enfin tourné la palissade ; ils entouraient le marais, et Bob était sur le point de payer cher son triomphe, lorsque, se soulevant sur une de ses mains, le grand-duc s'écria avec un effroyable juron :

— Non ! non ! non ! que l'on ne touche pas à un seul cheveu de sa tête !

Le soleil succédant tout à coup à une pluie d'avril n'offre pas un contraste plus frappant que la physionomie du grand-duc, maintenant souriante et charmée, après l'expression furibonde et sauvage qui l'animait tout à l'heure.

— Voilà un cheval et un cavalier ! s'écriait-il avec admiration. Et dire que ce petit diable, armé seulement d'une paire de gants, s'est moqué de ma lance et de mon sabre ! Qui êtes-vous, mon ami ?

— Bob Bridle, jockey anglais.

— Voulez-vous prendre du service ? Je vous donnerai un escadron avant un an d'ici... Si vous étiez seulement trois ou quatre fois plus grand, je vous ferais colonel.

— Que dit-il ? demanda Bob à un officier qui écorchait un peu l'anglais, car il n'avait que fort imparfaitement compris le grand-duc.

— Son Altesse juge que vous êtes plus digne de manier l'épée que l'étrille...

— Peu s'en est fallu que je l'étrille elle-même, reprit Bob, qui ne dédaignait pas de jouer parfois sur les mots.

— Et elle vous propose de quitter la livrée pour l'uniforme, acheva l'officier.

— Voyons, que puis-je faire pour vous ? demanda le grand-duc.

— Faire pour moi ? reprit Bob, à qui on avait enfin fait comprendre qu'il avait affaire au frère de l'empereur. Ce que vous pouvez faire pour moi ? Eh bien ! soyez assez bon pour poursuivre votre route et me laisser continuer la mienne.

Puis, portant la main à sa cape avec une déférence tant soit peu contrainte, il reprit le chemin de l'auberge, où la pauvre fugitive devait sans doute l'attendre dans la plus vive anxiété.

XVI

MATTHÉUS.

Que dire de Matthéus qui puisse donner une idée de sa douleur et de sa prostration ?

Toutefois, Dietrich n'avait pas obéi littéralement aux ordres de son maître. Au lieu d'envoyer Matthéus aux écuries, il l'avait enfermé dans une chambre ayant appartenu autrefois au directeur des haras du feu prince, qui, dans les dernières années de sa vie, avait laissé cet emploi vacant dans sa maison.

Dietrich avait toujours été témoin de l'affection du vieux seigneur pour son fils apocryphe ; il n'avait jamais conçu de doute sur l'affranchissement formel de ce dernier dès qu'il serait de retour. Il s'était donc, en habile politique, maintenu avec soin dans les bonnes grâces de Matthéus par des offres de service et des protestations d'amitié, surtout lorsqu'il s'était aperçu que, avec les habitudes et l'éducation d'un gentilhomme, le favori absent avait pris ou affectait de prendre en souveraine indifférence ses intérêts pécuniaires.

Or, bien que la mort du vieux prince et l'animosité d'Ivan contre Matthéus vinssent de changer complètement l'état des choses, Dietrich n'en avait pas moins été avec ce dernier dans de tels rapports de bienveillance et de bon vouloir mutuels, qu'il lui était fort difficile de le désavouer complétement dans son infortune.

De plus, Dietrich n'ignorait pas que Matthéus avait épousé une belle et riche étrangère dont il se disait, avec son éternel sourire de recors apportant un exploit, qu'il y aurait peut-être, dans une circonstance donnée, à tirer pied ou aile.

Ensuite, rien n'empêchait Dietrich d'avoir d'autres motifs, plus graves et que nous ne connaissons pas encore, pour ménager autant que possible la chèvre et le chou.

Qui a jamais pu lire dans cet abîme de chiffres biscornus, d'additions bancales et de complicités ténébreuses que l'on appelle un intendant ?

Matthéus arpentait donc sa chambre, sa prison veux-je dire, heurtant de son front la porte et les barreaux pour y chercher une issue, comme ces panthères effarées qui gravitent, le mufle au vent et l'œil injecté de sang, le cercle incessant de leurs loges.

Sa première sensation fut le regret amer de ne plus avoir à recommencer l'heure qui venait de s'écouler, et l'impatience poussée jusqu'au délire de se retrouver face à face avec le prince Isaakoff. Il l'étranglait en imagination dans sa cravate brodée, et jetait son cadavre aux pieds de Blanche, qui, en ce cas, n'aurait peut-être pas eu pour lui le regard de mépris dont elle l'avait écrasé.

On l'aurait ensuite tué lui-même, c'est vrai ; mais qu'importe ! Songeait-il seulement à vivre désormais ?

Cette justice faite mentalement, le prince assommé, piétiné, défiguré par lui, il en déduisait les conséquences probables, et se demandait quel eût été le sort réservé à Blanche. Or, Blanche fût évidemment devenue la propriété de quelque héritier collatéral d'Ivan, et sa condition n'en eût été guère améliorée pour cela.

De là à conclure qu'elle ne pouvait elle-même sortir que par la mort du déshonneur où il l'avait entraînée, il n'y avait qu'un pas. Et saisissant, toujours en imagination bien entendu, un des yatagans suspendus à la muraille, il la frappait au cœur, comme Virginius avait autrefois frappé sa fille convoitée par le décemvir Appius Claudius.

Il voyait ses beaux yeux bleus étinceler d'enthousiasme et le remercier avec un noble orgueil de lui avoir épargné la honte.

— Oui, se disait-il, je me fusse ainsi relevé de l'infamie jusqu'à l'héroïsme ; elle aurait pu me plaindre, me haïr, mais non pas me mépriser.

Puis il évoquait les ombres de Thrasybule, de Brutus, de Guillaume Tell, et à mesure que ses pensées s'arrêtaient sur les grands exemples de l'antiquité, qu'il était déterminé à suivre à la première occasion, il lui semblait se réhabiliter dans sa propre estime, car alors l'esclave échangeait peu à peu les stigmates de la servitude contre l'auréole des martyrs.

Ce que c'est que l'imagination lorsqu'elle a la fièvre !

Mais les heures succédaient aux heures, et, comme toujours, l'orage tournait au calme et le torrent se faisait ruisseau.

Ses bras ne menaçaient plus des fantômes absens ; sa tête s'était affaissée sur sa poitrine, son regard s'était adouci, la barre de fer cédait au marteau, et, se sentant défaillir, un doute terrible, qui l'avait assailli plus d'une fois, traversa son esprit.

— Y aurait-il donc, se demanda-t-il, certaines races maudites ou incomplètes, marquées d'avance pour la servitude, comme les moutons qui vont à l'abattoir, et auxquelles les plus nobles aspirations ont été données en vain, puisqu'elles sont toujours destinées à voir sombrer leur courage à l'heure décisive ?

Comme des gouttes de pluie sur un front brûlant, de salutaires réflexions vinrent alors rafraîchir sa pensée ; l'ordre et la méthode se rétablirent, si je puis le dire, dans sa raison un instant dévastée, et il comprit que son grand, son unique, son impérieux devoir était de se vouer désormais à la délivrance de celle qui n'avait recueilli que l'esclavage et la honte en échange de l'aveugle confiance qu'elle avait mise en lui.

Or, il n'était pas impossible, moyennant une forte somme en billets de banque qu'il avait cachée sur lui, et grâce à de vieilles amitiés dont il invoquerait le concours ; il n'était pas impossible, disons-nous, non pas précisément d'assurer, mais de tenter au moins la fuite de Blanche.

Une fois ce projet conçu, projet qu'il était loin de penser qu'un autre mît en ce moment même à exécution, Matthéus l'étudia, le creusa, l'envisagea sous toutes ses faces et avec toutes ses chances, bonnes ou mauvaises, et attendit le jour avec impatience.

Quand Dietrich vint le délivrer, il ne reconnut plus le Matthéus de la veille, tant les tortures de cette nuit fiévreuse s'étaient creusées sur sa physionomie en lignes indélébiles, qu'aucun sourire, à supposer qu'il lui en fût encore réservé dans l'avenir, ne pourrait plus effacer.

Dietrich, selon son parti pris de naviguer entre deux eaux jusqu'à ce qu'il sût au juste quel flot devait absorber l'autre, Dietrich le rassura sur la santé de Blanche, lui insinua que, grâce à son intervention, à lui Dietrich, la colère du prince s'était un peu calmée, et, lui faisant mille protestations de dévouement et de sympathie, consentit de bonne grâce à ce qu'il allât sur l'heure se présenter au bureau de la police secrète.

C'était tout ce que voulait Matthéus.

XVII

Une fois sorti, Matthéus s'achemina vers la perspective Newsky, principale rue de la métropole, et la suivit pendant la longueur d'environ deux milles, et, arrivé au point où la splendide capitale européenne se perd dans la ville orientale, il s'arrêta devant le vaste bazar de Gostinoï-Dvor.

Le Gostinoï-Dvor est un vaste quadrilatère présentant à l'extérieur l'aspect d'une double galerie couverte, l'une bâtie sur l'autre, et laissant entrevoir à chaque étage, à travers d'étroites arcades, une longue suite de cellules. Ces cellules servent de magasins à quelques milliers de marchands à longue barbe, qui n'ont pas là leur habitation, mais seulement leur comptoir.

Quelques-uns de ces magasins ont maintenant des fenêtres et se sont accommodés à l'européenne ; mais la plupart restent ouverts à tous les vents et ne sont fermés, le soir, que par de lourds panneaux de fers verrouillés et cadenassés comme des bastilles.

Matthéus traversa la foule bigarrée qui circulait sous les arcades, coudoya les vendeurs ambulans de thé froid, de caviar et de lamproies salées, et entra dans le magasin, autant dire sous l'étal ou l'échoppe, de Nicolas Petrowitch (*Nicolas, fils de Pierre*).

Des pièces d'étoffes, suspendues en sautoir, indiquaient ce que nous appelons une maison de draperie.

A l'intérieur se tenait un jeune homme orné de cheveux roux partagés par le milieu, et d'une barbe naissante de la même couleur ; il portait un cafetan doublé de renard rouge, lequel, sous une graisseuse cravate de satin bleu de ciel, enrichie d'une épingle en mosaïque et parsemée de boutons de roses, laissait galamment entrevoir une de ces chemises sans nom qui naissent et meurent sur le dos des patiens, dans la plus profonde horreur des blanchisseuses et de l'eau : la prétention parisienne unie au costume moscovite.

A ses pieds était un *samovar*, l'urne à thé nationale, en cuivre poli.

Ce jeune homme faisait trois choses à la fois, contrairement à tant d'autres qui n'en font pas une seule : il surveillait l'ébullition de l'eau, guignait le repas qui s'achevait sans lui dans l'arrière-boutique, et recommandait aux passans les marchandises confiées à sa surveillance.

Lorsque Matthéus entra, le rusé courtaud s'inclina profondément, et il se mit à psalmodier, de sa voix la plus insinuante, toute la kyrielle de mensonges usités pour séduire les acheteurs.

— Dites-moi, mon ami, demanda Matthéus, Nicolas Petrowitch est-il ici ?

— Le voilà, dit le jeune homme en l'introduisant dans l'arrière-boutique.

Nicolas Petrowitch portait un cafetan de drap sombre, lequel, naturellement plus léger que les vêtemens de fourrures grossières en usage parmi les paysans, indiquait à l'œil exercé de Matthéus quelque chose comme un bourgeois.

Petrowitch était sensuellement en train de plonger une cuillère de bois dans une écuelle en argent, où grouillait du marc d'huile de chènevis non clarifiée, dont le parfum rance et nauséabond vous serre à la gorge.

En entendant prononcer son nom, Petrowitch se leva vivement, et, s'adressant à Matthéus, qu'il ne reconnaissait pas :

— Quel est votre bon plaisir ? lui demanda-t-il.

— Eh quoi ! Nicolas Petrowitch, vous ne vous souvenez plus de Mattvei ?

— Mattvei ! s'écria le marchand, Mattvei que j'ai si souvent fait sauter sur mes genoux !... Oui, je savais que vous étiez arrivé hier soir, et je vous attendais... Soyez le bien venu, mon fils !

Ce disant, le marchand lui jeta les bras autour du cou, et l'embrassa successivement sur les joues, sur la bouche et sur les yeux ; après quoi il passa galamment sa manche sur sa barbe, pour en extraire la graisse dont son accolade ne l'avait que très imparfaitement débarrassé au profit de Matthéus.

Puis, le prenant par la main, il l'invita à se mettre à table.

Mais dix années de voyage avaient civilisé l'estomac de Matthéus à ce point qu'il refusa l'invitation.

Ajoutons que l'échantillon du repas resté sur son visage n'était guère fait pour l'encourager.

Petrowitch était déjà au courant de la disgrâce de son hôte : ce qui prouverait que, à Saint-Pétersbourg comme ailleurs, les mauvaises nouvelles ont les bottes de sept lieues du Petit-Poucet.

— Ah ! Mattvei ! dit le marchand, voilà donc où t'ont conduit la science et les idées étrangères ! A quoi cela t'a-t-il servi d'arriver à l'âge mûr avec un habit en queue de morue et un menton rasé ? Je crois, Dieu me pardonne ! que la raison s'en va avec la barbe.

Matthéus baissa la tête comme un coupable qui renonce à se disculper.

— Nos pères ont prospéré, j'ai prospéré, mes voisins prospèrent avec nos vieilles maximes et nos longues barbes moscovites ; mais les jeunes gens veulent renverser

tout cela. Déjà même dans ce *dvor*, dans ce bazar, il y a des marchands qui singent le langage et le costume des étrangers. Aussi qu'arrive-t-il ? Ils font banqueroute au lieu de réussir. Ah çà mais ! dis-moi, Mattvei, le feu prince t'aimait trop pour ne pas avoir placé quelque part, sur ta tête, une bonne somme ronde dont ce gueux d'Ivan ne pourra pas s'emparer ?

Et le vieux Petrowitch qui, depuis l'allusion qu'il venait de faire aux longues barbes ne cessait de caresser la sienne avec complaisance, examina d'un air plein de ruse la physionomie de son hôte.

— Je l'ignore, reprit Matthéus, m'en étant toujours rapporté à lui du soin de mon avenir.

— Voilà bien la jeunesse ! reprit le vieillard... Vois-tu, mon fils, mets ta confiance dans la protection de ton saint patron et dans la sûreté de l'endroit où tu cacheras ton argent... si tu en as ; mais ne te fie ni à Dieu, ni aux hommes, ni au czar... Dieu est trop haut, le czar est trop loin, et l'homme est trop changeant et trop sujet à la mort... Feu notre maître, Dieu veuille avoir son âme ! était bien certainement le meilleur et le plus affable des seigneurs. « Nicolas Petrowitch, avait-il coutume de me dire, pourquoi me caches-tu le montant de ta fortune, dont tu sais bien que je ne voudrais pas m'approprier un copek ?... » Et moi je lui répondais : « Mon père, je suis pauvre, pauvre comme Job ; on me calomnie... Je fais un grand commerce, c'est vrai ; mais j'y perds plus que je n'y gagne. »

Matthéus écoutait à peine ; ses pensées étaient ailleurs.

— Voilà comme j'ai mené ma barque, reprit le marchand, et je m'en suis bien trouvé ; tandis que toi !... Ainsi, je ne sais pas lire, j'ai l'air pauvre, je porte un cafetan rapiécé, mais je n'en ai pas moins assuré ma fortune et obtenu ma liberté.

— Votre liberté ? demanda Matthéus.

— Depuis hier, reprit Petrowitch ; cela m'a coûté vingt-cinq mille roubles, que j'ai comptés hier à cet Ivan de malheur ; mais je ne les regrette pas... Malheureusement, ce n'est pas encore tout. Vous voyez bien ce petit paquet ?

— Eh bien ?

— Eh bien ! il y a là cinq cents roubles pour payer les bonnes grâces du chef de police du quartier.

— Ah ! oui, reprit amèrement Matthéus, je comprends : si tu ne te rendais pas favorable, il te ferait appeler tous les jours à son bureau, te renverrait sans te donner audience, te ferait attendre huit jours pour avoir un passe-port si tu voulais aller seulement à vingt milles d'ici, et trouverait peut-être un prétexte pour te faire balayer la rue ou administrer des coups d'étrivières, à moins que tu ne parvinsses, moyennant le double du prix, à corrompre ceux qui sont au-dessus de lui.

— Il est certain, reprit Petrowitch, que si je n'avais pas de quoi l'acheter, il pourrait me faire beaucoup de mal.

— Et c'est là ce qu'on appelle ici la liberté ! pensa Matthéus. C'est là ce que je suis réduit à envier aujourd'hui !

Puis, s'adressant au marchand :

— Je te félicite, lui dit-il, de ta nouvelle condition... mais ton cœur n'a-t-il pas changé ?

— Mes frères sont toujours mes frères, reprit Petrowitch. S'il y a quelque chose que je puisse faire pour toi, dis-le.

Matthéus lui raconta alors son mariage, la position de Blanche et la sienne vis-à-vis d'Ivan, et finit par lui demander s'il consentirait à ce que sa femme se cachât chez lui jusqu'à ce qu'il fût possible de la faire sortir du territoire de l'empire.

— Diable ! reprit le vieillard, vous me demandez là une chose dangereuse.

— Je le sais ; mais le mérite augmente en raison de la difficulté.

— L'homme pauvre, vois-tu, ne peut exposer que sa peau, tandis que l'homme riche expose à la fois sa peau et son argent. Ainsi, si le prince Ivan venait à découvrir chez moi ta femme fugitive... Je tremble d'y penser !...

Non, décidément, je ne veux pas tremper dans cette affaire... Demandez-moi autre chose...

— Qui ne coûte rien et n'expose à rien, pensa Matthéus.

—... Et je vous l'accorderai, ajouta Petrowitch.

Alors Matthéus tira un portefeuille de sa poche et reprit :

— Il y a là la valeur de cinquante mille roubles en billets de la banque d'Angleterre... C'est la fortune de ma femme... Voulez-vous me les garder ?

— Il n'y a pas de plus grande folie que de laisser de l'argent entre les mains des femmes, dit le marchand en s'empressant de tendre sa main crochue. Donnez-les moi.

— Les voilà ; je vous les remets en présence de votre saint patron, comme un dépôt sacré.... je puis être envoyé aux mines de Perm ou de Viatka... ou je ne sais où, et il est possible qu'elle et moi nous ne nous revoyions plus de ce côté de la tombe... Il serait imprudent que je les gardasse plus longtemps.

— Certainement.

— Mais jurez-moi que si je viens à lui manquer, vous me remplacerez auprès d'elle.

— Je le jure, reprit Petrowitch.

— Que vous lui tiendrez compte de cette fortune que je vous confie ?

— Je le jure.

— Que vous ne reculerez devant rien pour la soustraire aux injures du prince Ivan, et pour lui procurer les moyens de regagner l'Angleterre ?

— Je le jure ; et pour vous prouver que je suis un frère, ajouta le marchand, en qui venait de surgir la pensée qu'une femme de cinquante mille roubles ne lui causerait pas grand surcroît de dépense ; pour vous prouver que je suis un frère, amenez-la-moi, si vous parvenez à la soustraire à la surveillance dont elle est nécessairement l'objet de la part d'Ivan.

— Je savais bien que je trouverais en vous un appui ! dit Matthéus en serrant avec effusion la main du vieillard dans les siennes.

Petrowitch enleva, de l'index, un grain de poussière qui lui tracassait le coin de l'œil, et qui passa pour une larme.

— Je n'y mets qu'une condition, reprit-il, c'est que Katinka...

— Katinka, dites-vous ?

— Oui, c'est que Katinka, une jeune et jolie femme que je viens d'épouser, pas mal jalouse et assez violente, n'y mette pas d'obstacle. Venez après-demain.

— Soit, je puis m'assurer encore un jour de liberté en prétextant que l'examen de mes papiers au bureau de police a été remis à un autre jour.

— Vous verrez ma femme, reprit Petrowitch. Si belle que soit votre Blanche, je gage que Katinka est plus grasse qu'elle. Donc, à après-demain ; c'est le *prasnik* (jour de fête), nous tâcherons de nous réjouir un peu.

— Nous réjouir ! pensa Matthéus.

Et il reprit tristement le chemin du palais Isaakoff.

<h2 style="text-align:center">XVIII</h2>

UN BIENFAIT N'EST JAMAIS PERDU QUAND ON
LE RETROUVE.

Soit que, ainsi qu'il arrive souvent, la résistance et les obstacles eussent fait de son caprice une passion sérieuse; soit que l'heure eût enfin sonné pour lui de solder par le talion les inconstances et les trahisons du passé, Ivan ce mécréant, ce don Juan hyperboréal, ce démolisseur par excellence de réputations et de vertus, se trouvait mainte-

nant pris, pour Blanche, d'un de ces amours rongeurs qui laissent dans le cœur la même trace que la lave brûlante aux flancs des cratères.

Aussi, ce jour même, à l'heure où Blanche, guidée par Bob, fuyait vers Strelna, et où Matthéus entamait avec le marchand Petrowitch la négociation que nous avons rapportée, le prince s'était-il levé d'une humeur charmante, faisant des rêves couleur d'émeraude et de saphir, car la Providence venait de lui amener, à l'état d'esclave et comme par la main cette Anglaise rebelle qui avait eu le mauvais goût de ne pas l'adorer.

A quelles sauces bizarres ne la met-on pas, cette Providence bénévole, qui s'accommode un peu de tout, comme la *Bonne fille* de Béranger !

Tout à coup cependant les yeux d'Ivan s'arrêtèrent sur le miroir de sa toilette, et la vue de son nez légèrement en compote, en même temps que la circonstance à laquelle il devait cette disgrâce, vinrent faire une tache à sa joue.

Il eût tout à l'heure fait élever à Blanche des autels, il l'eût maintenant fait brûler à petit feu et scalper fibre à fibre, passant ainsi par tous les extrêmes, se déchirant de ses propres ongles, ce qui était justice, et couvant dans sa poitrine un vautour à côté duquel celui de Prométhée n'était qu'une colombe.

— Et ce Matthéus ! pensait-il. Ah ! s'il savait jamais !... Sa vue me fait mal. Bah ! je le ferai mourir sous le knout ou je l'enverrai aux mines, et tout sera dit.

Puis, faisant, à l'aide de Dimitri, une de ces toilettes assassines, tirées à quatre épingles, auxquelles certains hommes se figurent que rien ne résiste parce qu'il y a en effet certaines femmes qui ne se prennent qu'au plumage, comme les alouettes au miroir, il allait se faire annoncer chez Blanche, lorsque Dietrich accourut de l'air le plus effaré du monde lui apprendre qu'elle avait disparu.

— Disparue ! s'écria le prince.

— Complétement, mon noble maître.

Ici le noble maître entra dans une de ces tempétueuses colères d'enfans gâtés de la fortune qui, après avoir demandé la lune à leur bonne, finissent par croire que Dieu lui-même ne doit plus être que le très humble serviteur de leurs caprices.

— Et Matthéus ? demanda-t-il lorsqu'il fut entré un peu d'eau dans l'ivresse de sa rage.

— Matthéus, reprit Dietrich, est allé, selon les prescriptions de la loi, faire viser son passe-port au bureau de la police secrète.

— Que l'enfer vous confonde ! Et vous avez donné làdedans, vous, un intendant, c'est-à-dire la ruse, la fraude, la diablerie incarnées !

— Monseigneur...

Ivan frappa dans ses mains à la façon orientale ; système bien supérieur à celui des sonnettes, qui se cassent ou s'enrhument.

Un esclave sembla sortir de terre comme sous l'impulsion d'un ressort.

— Mon drowski ? demanda le prince. Il est évident, ajouta-t-il en pointant sur Dietrich un regard chargé à balles, il est évident que la sortie de l'un se rattache à la sortie de l'autre.

— Je ne crois pas, hasarda Dietrich.

— Qui vous permet de croire quelque chose ?... D'ailleurs, ne vous avais-je pas prescrit d'enfermer ce Matthéus ?

— Oui, monseigneur, mais j'avais pensé...

— Qui vous permet de penser, triple manant que vous êtes !

Dietrich, en apparence très humble, ne tremblait cependant que fort médiocrement devant la colère de son maître. On voyait que sa peur n'était qu'une comédie assez mal jouée, et que, semblable à ces gros chiens débonnaires qui se laissent volontiers terrasser par un carlin, il savait fort bien qu'il n'avait qu'un coup de patte à donner pour que les rôles changeassent.

— Ce qui me fait penser, reprit-il, que Matthéus il est

pour rien dans cette disparition, c'est que Bob Bridle, le groom de monsieur le comte de Montressan, est sorti ce matin, au petit jour, emmenant sur son cheval je ne sais trop qui ou quoi qui me paraît fort suspect. Or, Bob n'est pas encore rentré à l'heure qu'il est, et, selon les indices que j'ai recueillis...

— Si je ne retrouve pas la fugitive, c'est à vous que je m'en prendrai, interrompit le prince à qui l'on venait d'annoncer que le drowski l'attendait ; c'est-à-dire que je compte faire régulièrement tenir sur vos épaules, à coups d'étrivières, le compte des heures qui s'écouleront d'ici à son retour.

— Essaye ! pensa Dietrich, en s'inclinant traîtreusement comme le fit Jacques Clément pour assassiner plus sûrement Henri III.

Ivan partit au galop de ses deux chevaux, s'arrêtant toutefois, de distance en distance, pour demander aux gardes de la police à quelle heure et dans quelle direction ils avaient vu passer le groom, dont il leur donnait d'ailleurs le signalement fort reconnaissable.

Ces gardes de police, armés d'une hache d'armes, occupent au coin de chaque rue une guérite rayée des trois couleurs impériales.

Par ce fil d'Ariane, de même que, en temps de neige, on poursuit un sanglier jusqu'à dans sa bauge, une fois sur la trace d'un fuyard, vous êtes sûr de ne vous arrêter que là où il s'est arrêté lui-même. C'est plus infaillible que le télégraphe, qui peut quelquefois manquer le but en le dépassant.

Le prince Isaakoff, guidé ainsi jusqu'à la barrière par où Bob était sorti de la ville, arriva bientôt, grâce à quelques indications recueillies en chemin, jusqu'au relais de poste de Strelna.

Il y avait un quart d'heure à peine que le groom en était parti, traqué par le grand-duc et sa meute de cosaques. La cour était encore jonchée de goulots épars et de bouteilles décapitées.

Blanche, couchée sur la pauvre litière improvisée par Bob, dormait de ce sommeil de plomb que procure parfois l'excessive douleur aux patiens épuisés.

Informé que Bob venait de repartir, le prince était sur le point de reprendre sa course, et Blanche allait peut-être lui échapper, lorsque le garçon d'écurie, cet esclave du chinovnik si maltraité par son maître il y a sept ou huit chapitres, s'avisa de le tirer respectueusement par le pan de l'habit.

C'est que le pauvre diable avait remarqué deux choses :

La première, que le mougik imberbe couché dans l'écurie n'était autre que la belle dame qui la veille avait fait pleuvoir le Pactole dans ses mains calleuses ;

La seconde, que ce monsieur si inquiet, si interrogateur, si pressé, devait nécessairement être en quête de quelqu'un.

Or, de ce mougik qui était une femme, de cette femme qui se cachait, de ce monsieur qui cherchait, il avait assez naturellement conclu à la possibilité pour lui de rendre un service et d'en empocher le produit.

Peut-être aurait-il dû se dire que, en obligeant l'un, il s'exposait à désobliger l'autre ; mais comment de tels hommes auraient-ils de pareils scrupules ? Ensuite ne devait-il pas quarante-cinq roubles d'*obrok* à son maître, sans compter les cinquante coups de bâton qu'il devait payer de sa bourse ? Et ne faut-il pas avoir à son arc le plus de petites cordes possibles pour subvenir à tant de besoins ?

— Monseigneur ne cherche-t-il pas quelque *voyageur* ?

Pour éviter les redites, nous laissons une fois pour toutes les génuflexions de côté.

— Parbleu ! reprit le prince, tu le vois bien.

— Une jeune dame déguisée en mougik, peut-être ?

— Déguisée ? demanda Ivan, dont les oreilles se dressèrent comme celles du cheval au son du clairon. Oui, c'est bien cela... Où est-elle ? que dit-elle ?... l'as-tu vu ?...

— Elle ne dit rien, reprit l'esclave, ce qu'il faut peut-être attribuer à ce qu'elle dort depuis son arrivée. Quant à la voir, si monseigneur veut me suivre...

Et l'imprudent, nous allions dire le traître, mit le bourreau en présence de la victime.

Le prince eut alors une de ces inspirations délicates dont nous ne l'eussions pas cru capable : au lieu de réveiller Blanche, de l'accabler, de la railler sur sa folle tentative de lui échapper, il ordonna au contraire à la femme du traktirchick, qu'il laissa seule avec elle, de lui faire ôter, le tout avec les plus grands égards, les vêtemens d'homme qui recouvraient ceux de son sexe, et de la préparer à le suivre sans trop de larmes et de honte.

Il comprenait qu'une femme ne pardonne pas à un homme de l'avoir surprise dans une situation fausse ou sous un costume disgracieux.

Puis, plongeant généreusement toute sa main dans sa poche, il en tira les trente deniers de Judas.

Que de bienfaits perdus en dépit du proverbe ! Si l'argent avait du cœur, il est évident que les guinées de Blanche et les roubles du prince, Montagus et Capulets, n'eussent pu vivre dans la même bourse sans s'y livrer à des luttes acharnées ; mais non, l'argent est lâche : il s'accommode indistinctement de toutes les sources, pures ou impures, et de toutes les mains qui le touchent.

Le prince s'était trompé en cela qu'il redoutait les larmes de Blanche. Pour beaucoup de femmes, les pleurs sont une arme : c'est tout simplement de la rouerie, que l'on appelle sensibilité par euphémisme ; celles-là pleurent pour vaincre, pour succomber, pour obtenir, pour refuser : d'où il résulte qu'elles ne pleurent jamais que devant quelqu'un.

Blanche, au contraire, nature fière, volonté ferme, roseau noueux, ne pleurait jamais que seule et en face d'elle-même.

Lorsque le désordre de sa toilette fut réparé, elle monta froidement dans le drowski du prince, sans répondre à son salut respectueux, sans toucher la main qu'il lui offrait, et sans daigner même le regarder. Une grande dame n'eût pas traité avec plus d'indifférence le dernier de ses laquais. Puis, la lèvre dédaigneuse et les bras croisés sur sa poitrine, elle s'absorba dans le deuil de ses pensées, comme si rien dans tout cela ne l'eût concernée.

Le prince l'escortait, monté sur le cheval du piqueur qui l'avait suivi.

Dans l'impatience du départ, nous n'avons pas songé à dire ce qu'est un drowski. Maintenant que nous revenons, que le prince ronge son frein et que Blanche réfléchit, rien ne nous empêche de nous acquitter de ce devoir.

Le vrai drowski russe a l'air de quelque chose moitié cheval et moitié voiture. Figurez-vous un banc étroit, recouvert d'un coussin, élevé sur quatre roues et suspendu sur ressorts. On s'assied à califourchon sur ce banc, une jambe de-ci, une jambe de-là, adossé à une planchette rembourrée, et les pieds appuyés de chaque côté sur un petit marche-pied protégé contre la boue par un espèce de rempart de cuir demi-circulaire. Le cocher, placé de même à l'autre extrémité, tourne le dos à son maître.

Il va sans dire que les femmes, dans les cas fort rares où elles sont réduites à se servir de ce véhicule primitif, montent en drowski comme elles montent à cheval, c'est-à-dire assises de côté.

Deux chevaux au poil doux et lustré étaient attelés au drowski du prince : l'un, noir et robuste trotteur de la race d'Orloff, était dans le brancard surmonté d'un arc de bois de bouleau auquel s'attache la bride ; l'autre, plus *léger*, à l'épaisse crinière et la queue très longue, sortait des haras de Kourakin ; attelé à la gauche à une traverse en bois, la tête cruellement maintenue dans une courbure forcée, il galopait en biais de toute sa vitesse pour rester au niveau du trotteur.

Le cocher, à longue barbe aussi noire que le jais, portait un ample cafetan du bleu de ciel le plus pâle, serrée à la taille par une ceinture de soie orange brochée d'un filet d'argent. L'été, le bonnet carré fait place au chapeau de castor à forme basse.

Matthéus rentrait à l'hôtel en même temps que le drowski.

La vue de Blanche escortée du prince, et la supposition, assez naturelle, qu'ils venaient de faire une promenade, lui firent un mal affreux.

— Quoi ! se dit-il, déjà !

Et, pour que pas une des souffrances infligés aux hommes ne lui échappât, le scorpion de la jalousie le mordit au cœur.

XIX

CE QUI ARRIVA DE BOB, D'UN BOUTOUSHNIK ET D'UNE PIPE DE TABAC.

Revenons à Bob, dont la déconvenue fut grande lorsque, de retour à la maison de poste, il apprit que le jeune mougik arrivé à cheval venait de repartir en drowski sous les apparences d'une femme.

Rendons-lui la justice d'ajouter qu'il ne songeait qu'à Blanche et nullement aux conséquences fâcheuses que devait avoir pour lui-même cette tentative avortée. Le prince pouvait en même temps lui demander sérieusement compte de sa conduite, et le prier, à la façon moscovite, de ne plus intervenir à l'avenir dans ses affaires particulières.

Il est vrai que le groom ne connaissait pas la peur, et que, le cas échéant, il avait dans la vigueur de ses poings une confiance souveraine. Ensuite, un homme qui venait de tenir tête au grand-duc ne devait pas craindre un simple boyard.

Bob rentrait donc à Saint-Pétersbourg au pas de son cheval, et poussait lentement au ciel de mélancoliques bouffées de tabac. Bob fumait toujours dans les cas extrèmes lorsqu'un *boutoushnik*, (quelque chose comme un sergent de ville) prit Lucifer par la bride et l'arrêta sans cérémonie.

Bob levait le bras pour répondre ; mais, voyant des nuées de boutoushniks accourir de toutes parts à l'aide du premier, il eut la sagesse de se contenir.

Des soldats de police, sortis du *boudtke* ou corps de garde le plus voisin, vinrent se joindre aux premiers, et, après avoir contraint Bob à mettre pied à terre, le poussèrent rudement devant eux.

Il était évident qu'on l'arrêtait ; mais pourquoi ? Les demandes étant faites en anglais et les réponses en russe, il devenait difficile de le savoir, lorsque le boutoushnik, rappelant les soldats, lui fit comprendre par un signe des moins équivoques, le pouce frotté contre l'index, que, moyennant finances, on le relâcherait.

— Ah ! dit Bob, c'est comme cela que vous rançonnez les étrangers ? Je commence à comprendre ; allons, brigands, marchez devant, que je vous suive ! Si j'ai commis quelque crime, nous le verrons bien. Mais, quant à soutirer à Bob un penny, c'est une autre affaire.

Le boutoushnik, voyant qu'il n'y avait rien à attendre de l'obstination de l'Anglais, fit signe aux soldats de poursuivre leur route.

Bob, pour se consoler, allait porter sa pipe à la bouche, mais on la lui aracha vivement.

Bob eut une seconde fois la démangeaison de se servir de ses poings, et peut-être allait-il y succomber, lorsque le sombre cortége s'arrêta fort à propos au bureau de police, que l'on reconnaissait à sa haute tourelle de bois, où l'on arbore en guise de signaux autant de lanternes chinoises qu'il y a de *chasts* ou divisions de la ville dans lesquels le feu s'est manifesté.

Le groom traversa plusieurs salles infectes, sombres, fumeuses, remplies de marchands et de mougiks, vêtus à dessein de leurs plus sordides habits, pour ne pas trop exciter la convoitise des justiciers dont ils attendaient le bon plaisir.

Après trois heures d'attente pendant lesquels il lui avait été interdit de s'asseoir, la cause fut appelée par un homme qu'il reconnut, à son chapeau retroussé, pour un *naziratel*, ou commissaire de police. Mais ce magistrat parut bientôt renoncer à s'occuper de cette affaire, la trouvant sans doute trop grave pour une juridiction secondaire.

Après une autre mortelle heure d'attente, Bob parut en présence du chef du bureau de police en personne. Les soldats produisirent leur témoignage avec une grande volubilité, et, en apparence du moins, avec un vif sentiment de l'énormité commise par le délinquant.

Bob commençait à croire qu'il s'agissait de l'évasion de Blanche, et, à part la sollicitude que lui inspirait Lucifer, dont on l'avait naturellement séparé, n'en paraissait ni plus ni moins inquiet pour cela.

Le tout, nous ne savons trop quoi, fut inscrit dans un livre, après quoi la pipe du groom fut exhibée, examinée, tournée, retournée, et minutieusement décrite dans le procès-verbal.

Le chef du bureau de police regardait tour à tour la pipe et Bob en fronçant les sourcils d'un air menaçant.

— Ne croirait-on pas, se disait Bob, que j'ai commis un meurtre avec cette pipe, ou que je m'en suis servi comme d'une mâchoire d'âne, à la manière de Samson !

Enfin Bob fut interrogé, et comme il ne comprenait pas un mot de ce qu'on lui disait, il se contenta de hocher la tête et de siffler en sourdine le *Rule Britannia*. Toutes ces circonstances étaient consignées dans le procès-verbal à mesure qu'elles se produisaient.

— Très bien, pensait Bob ; il paraît qu'ils prennent plaisir à écrire leurs propres questions.

A la fin, cependant, il fut congédié d'un signe de main et jeté dans un cachot, après avoir été préalablement allégé du contenu de ses poches. Or, Bob étant sorti le matin dans la pensée d'escorter Blanche jusqu'à la frontière de Prusse, il se trouvait, à la satisfaction générale, que ses poches étaient des mieux habitées qui fussent jamais tombées sous la griffe judiciaire.

Une vingtaine de malheureux grouillaient pêle-mêle dans ce repaire où Bob, la propreté incarnée, fût resté debout pendant l'éternité plutôt que de s'y asseoir.

A la tombée de la nuit, les portes roulèrent sur leurs gonds. Bob eut un instant le ridicule espoir qu'on venait le délivrer. C'était au contraire une seconde fournée de prisonniers, des balais à la main, chaîne ou corde aux pieds, que l'on ajoutait à l'autre : douleurs sur douleurs, haillons sur haillons, vermine sur vermine.

Un de ces malheureux, la tête rasée, couvert de boue, vêtue d'une peau de cheval à long crins, s'approcha tout à coup du groom, qui se trouvait naturellement le centre de l'attention générale.

— Vous êtes anglais ? lui demanda-t-il en anglais le plus pur.

— Oui, vraiment ! reprit Bob stupéfait ; et je voudrais bien n'avoir jamais quitté ma patrie pour ce pays d'esclaves.

— Savez-vous pourquoi vous êtes ici ?

— Comment le saurais-je ?

— Racontez-moi quand et comment vous avez été arrêté.

Bob fit le récit de ce qui lui était arrivé.

— Je comprends, reprit l'inconnu : vous avez été surpris fumant dans la rue ; or, sous peine d'une amende de mille roubles en papier (1,125 fr.), il est défendu de fumer dans toute ville où il y a un palais impérial.

— Deux années de mes gages ! s'écria Bob stupéfait.

— Si vous aviez offert un rouble d'argent au boutoushnick qui vous a arrêté, poursuivit l'inconnu, il vous aurait laissé aller.

— Plus souvent ! reprit Bob.

— Quand ensuite le naziratel vous a interrogé, cent roubles auraient encore pu vous tirer d'affaire.

— Les brigands ! reprit Bob.

— Lorsqu'enfin vous avez comparu devant le chef du bureau de police, vous l'eussiez désarmé moyennant la moitié de l'amende, qu'il eût mise dans sa poche, bien entendu.

— Et que faire à présent ? demanda le groom.

— Payer, voilà tout.

— C'est facile à dire, cela.

— Ecrivez un mot à votre maître ; un des soldats de police consentira peut-être à le porter moyennant un pourboire.

— Ils m'ont tout pris, fit observer Bob.

— Tenez, reprit l'inconnu, voici quelques *grivenicks* d'argent ; offrez-les lui.

Deux heures après, Bob était libre et l'amende payée.

— Et maintenant, reprit Bob en tendant la main à l'étranger, que je sois pendu si je ne regrette pas de laisser ici un brave homme comme vous... d'autant que vous parlez l'anglais comme John Bull lui-même ! J'espère que vous serez bientôt tiré de peine.

— Jamais en ce monde, reprit tristement l'inconnu.

— Y a-t-il au moins quelque chose que je puisse faire pour vous ?

— Rien, mon ami ; que Dieu vous garde ! Je suis heureux d'avoir obligé un Anglais.

Et tandis qu'il serrait la main du groom, une larme brillait dans ses yeux.

Rob, moyennant cinq schellings, se fit rendre sa pipe, à laquelle il tenait beaucoup, parce qu'elle était *illustrée*.

— C'est drôle, se disait Bob en songeant à son étrange compagnon d'infortune, il me semble que la voix et la figure de cet homme ne me sont pas inconnues.

Hélas ! comment aurait-il reconnu l'ami de sir Ralph, l'élégant Matthéus, sous les haillons qui le couvraient !

De même qu'il est défendu à un père ou à un mari russe, s'il habite à une distance donnée d'un bureau de police, de châtier lui-même sa femme ou ses enfans, il est interdit au maître de châtier son esclave. Mais le père, l'époux, le seigneur peuvent envoyer à la police ceux qu'ils veulent faire punir, et cela sans rendre aucun compte des motifs qui les font agir : privilége dont on abuse journellement.

Cette punition consiste à recevoir un certain nombre de coups de knout, ou à balayer la voie publique pendant quelques jours.

Or, le prince Ivan, en revenant de Streina, s'était passé la fantaisie de faire subir cette humiliation à Matthéus, qui, désormais voué au salut de Blanche, s'y était soumis comme à un martyre expiatoire.

Il arrive souvent que, dans l'attente d'une peine à subir, on prenne soi-même l'initiative des reproches. Celui qui allait se plaindre, réduit à répondre au lieu d'interroger, se trouve ainsi dépaysé dans sa colère et ne sait plus par quelle bout l'entamer.

Ainsi arriva-t-il de Bob et du comte Horace.

Ce dernier, bien que fort loin d'approuver la conduite du prince à l'égard de Blanche et de Matthéus, se disposait cependant, ne fût-ce que par condescendance pour son hôte, à tancer vertement le groom de son escapade du matin.

Mais Bob, indigné du traitement qu'il venait de subir, jeta si bien feu et flamme en comparaissant devant son maître, que le comte, en qui toute noble action trouvait d'ailleurs un écho, finit par le plaindre au lieu de le gronder.

XX

PÉTERHOFF.

Le lendemain de ce jour si fécond en événemens, il y avait fête à la résidence impériale de Péterhoff (jardin de Pierre).

Péterhoff, situé à environ vingt milles de Pétersbourg, sur un monticule qui a vue sur le golfe de Finlande, est le Versailles de la Russie : le Versailles d'autrefois, bien entendu, lequel n'a rien de commun avec celui d'aujourd'hui.

Autour du palais s'est élevé peu à peu une petite ville exclusivement composée d'habitations pour les courtisans et la noblesse, à qui le soleil impérial est aussi indispensable pour vivre que le vrai soleil l'est à la vigne et aux moissons.

Ces habitations, en général fort exiguës, construites en sapin, comme les cercueils, se donnant à grands frais des airs de sculpture gothique et de pierre de taille, coûtent naturellement un prix fou.

Le soleil ne peut trop se payer.

Consignons en passant qu'il y a deux classes de courtisans russes, trois classes de moins qu'à l'Institut.

L'une, la noblesse pauvre, qui gravite autour du pouvoir pour en ramasser les miettes dont elle a besoin pour vivre ;

L'autre, plus radicalement russe, et qui brigue les charges de la cour, non pour les émolumens, qu'elle dédaigne et dont elle n'a que faire, mais parce que ces charges la protégent contre les vexations de tout genre dont ceux-là seuls sont exempts qui tiennent par un bout quelconque à la famille impériale.

Péterhoff est à moitié chemin de Pétersbourg à Cronstadt, en sorte que de là le czar a un œil sur la capitale de son empire, et l'autre sur le port principal de sa flotte.

La garde est à quelques milles plus loin, au camp d'été de Zark-Zelo.

Là est aussi l'école des cadets, composée de quelques milliers de jeunes gens, fils d'officiers ou nobles, forcés de servir quand même, en vertu d'un inextricable dédale de règlemens plus vexatoires les uns que les autres. Ils ont des canons de Lilliputiens, couchent sous des tentes de pygmées, et manœuvrent sous les yeux du czar avec des joujous de trois pieds de haut que l'on appelle des fusils.

Une flotte en miniature, destinée aux cadets de famille, se pavane dans la rade.

Une grille et un corps de garde barrent nécessairement la grande route qui conduit à Oranienbaum et traverse le territoire de la résidence impériale.

Une fois cette grille franchie, garde à vous ! vous ne devez ni fumer, ni courir, ni rire, ni parler. Quant aux allées et aux rues, elles sont entretenues comme en Hollande, où nous nous souvenons d'avoir vu une vieille femme sortir de sa maison pour ramasser une feuille morte et la jeter dans le canal.

Le czar chasse parfois dans le parc de Péterhoff, et voici comment la chose se pratique. Des groupes de *jagers* ou chasseurs sont disséminés çà et là. L'un tient un faisan, l'autre un lièvre, l'autre un renard, quelquefois même un cerf ou un loup. Il en résulte que, à chaque pas, le czar voit sortir un animal d'entre les broussailles, et n'a, pour ainsi dire, qu'à étendre la main pour le tuer.

Bien entendu que les pourvoyeurs sont cachés, et que l'empereur met sur le compte de son adresse et du hasard ce qu'il ne doit qu'à la délicate attention de son grand-veneur.

Nous avons dit qu'il y avait fête dans les jardins de Péterhoff.

Toutes les classes, le mougik, le marchand, le banquier, le noble, le noble surtout, dont l'absence pourrait être enregistrée dans quelque livre noir, sont admises à ces réunions bigarrées. Les visages blêmes, les joues creuses et les vêtemens trop sordides en sont seuls exclus. Le czar veut, avant tout, de la santé et de la joie.

Nous retrouvons naturellement là le prince Ivan, le comte Horace, Durakoff, Lesseps le peintre, Pushkin le poëte, et le lieutenant Lochadoff.

Jakoff seul manque à la pléiade.

— Cher Ivan, dit Pushkin, vous êtes triste, ce me semble?

— Je n'ai jamais été plus gai, dit le prince en exhumant un sourire pâle comme le soleil d'automne.

— Aurait-il attrapé l'amour? demanda Lesseps; un vilain mal!

— C'est cela même, reprit le comte; on parle d'une esclave...

— Qui aurait elle-même réduit son maître à la servitude, acheva Durakoff. C'est très adroit.

— Une grande dame, dit Pushkine.

— Une Anglaise, ajouta Lochadoff.

— Dont le mari... insinua Lesseps.

— Messieurs, dit le prince, parlons d'autre chose, je vous prie.

— Comment, c'est à ce point? En ce cas, cher Ivan, reprit Durakoff, puisque votre cœur a parlé...

— Qui aurait jamais cru cela de la part d'un muet? dit Pushkin. C'est le moment ou jamais de vous faire une demande...

— De quoi s'agit-il? demanda le prince.

— D'un de vos esclaves que je voudrais acheter.

— Son nom?

— Nicolas Petrowitch, un vieux marchand dont vous n'avez peut-être jamais entendu parler.

— Et que voulez-vous faire de ce Petrowitch?

— Je vais vous le dire. Le vieux bonhomme vient d'épouser la petite chanteuse Katinka...

— L'imbécile! dit Pushkine.

— Il l'enferme dans une boîte, continua Durakoff, comme un Savoyard fait de sa marmotte. Or, j'ai juré de l'en faire sortir, dussé-je pour cela révolutionner l'empire.

— Pas de plaisanteries là-dessus, dit Lochadoff en regardant avec défiance autour de lui.

— Une fois mon esclave...

— Une fois votre esclave, vous deviendrez peut-être le sien, comme cela arrive à ce pauvre prince.

— Lesseps, je vous en prie! dit Ivan d'un air de reproche.

— Eh bien? demanda Durakoff au prince.

— Ce que vous désirez est impossible.

— Pourquoi?

— Parce que quelqu'un vous a devancé. Petrowich est vendu.

— A qui? demanda Durakoff. J'offrirai à l'acquéreur un tel bénéfice...

— Il refusera, j'en suis sûr.

— Il n'est donc pas intéressé?

— Oh! extrêmement.

— En ce cas, je réponds du succès. A qui l'avez-vous vendu?

— A lui-même, reprit Ivan.

— Ah! c'est désespérant!

— J'avoue, poursuivit Ivan, que je ne me doutais pas qu'il eût épousé une si jolie fille; sans cela... Je joue vraiment de malheur depuis quelque temps!

— N'importe, reprit Durakoff, je jure par les bésicles de Jakoff que la petite ne m'échappera pas.

— Tiens, mais à propos de Jakoff, où est-il donc? demanda Lesseps. Je me disais bien qu'il nous manquait quelque chose.

— Chut! dit Pushkin; il lui est arrivé un grand malheur.

— Bah!

— Lequel?

— Deux grands malheurs même.

— Commencez par le premier.

— Ou par le second, à votre choix; mais ne nous faites pas languir.

— D'abord, reprit Pushkin, je vous demande le secret.

— C'est entendu.

— Vous le demanderez également à tous ceux à qui vous raconterez la chose.

— Très bien.

— Ceux-là en feront de même à l'égard de leurs confidens.

— Cela va sans dire.

— En sorte que j'espère bien que tout le monde le saura ce soir.

— Soyez tranquille... Eh bien?

— Vous savez tous que Jakoff porte perruque, n'est-ce pas? commença Pushkin.

— Je ne m'en suis jamais aperçu, interrompit Lesseps. Il y a plus, c'est qu'il me semble bien qu'il s'est fait couper les cheveux devant moi.

— Raison de plus.

— Comment, raison de plus?

— Suivez-moi bien, reprit Pushkin. Jakoff porte perruque, mais il a la faiblesse de s'en cacher.

— Je trouve qu'il a raison.

— Il a tort.

— Tort ou raison, poursuivit Pushkin, il n'en est pas moins vrai qu'il donne annuellement une petite fortune à Léonard, ce coiffeur français de la perspective. Figurez-vous qu'il a une trentaine de perruques dont les cheveux sont de longueurs progressives, et qui imitent la nature de manière à s'y tromper, depuis le poil ras de Brutus, qu'il met lorsqu'il veut faire croire qu'on vient de le tondre, jusqu'aux longues boucles qu'il laisse flotter un peu à la Louis XIV.

— C'est charmant! dit le comte Horace en éclatant de rire.

— Lorsqu'il en est là, reprit Pushkin, il dit à tout le monde, promenant ses doigts dans sa frisure: « Il faut absolument que je me fasse couper les cheveux. » Que s'il vous arrive alors de le regarder d'un air soupçonneux, il y a dix à parier contre un que la première fois que vous irez le voir il trouvera moyen de se les faire tailler devant vous, de façon à lever tous vos doutes. C'est ce qui sera arrivé à l'égard de Lesseps.

— Sans doute, reprit ce dernier.

— Mais ce malheur? demanda Lochadoff.

— Ce malheur, le voici: Je ne sais quel mauvais plaisant a envoyé des boucles de cheveux...

— De perruque?

— De perruque soit, à une vingtaine de dames de la cour.

— Jusqu'ici je ne vois pas...

— Attendez donc! Chacune de ces boucles était accompagnée d'un tendre billet signé Jakoff, à qui toutes ces belles courroucées se sont naturellement empressées de les renvoyer. Jugez de la situation d'un homme portant perruque, qui fait tout au monde pour le cacher, et à qui l'on restitue de vingt côtés différens des cheveux qu'il n'a jamais eus!

— Le fait est que c'est désagréable.

— Ce n'est pas tout. Certains maris, certains frères, certains amans sont venus lui demander compte de son audace.

— Pauvre Jakoff! dit Lesseps; de lui à l'audace il y a loin.

— Si bien que, pour se disculper et les convaincre, il n'a rien eu de mieux à faire que de leur exhiber l'ivoire poli de son crâne.

— Voilà un homme perdu, dit Lochadoff.

— Avec cela, reprit Pushkin, qu'il sortait à peine d'une autre aventure où sa maîtresse a failli lui arracher les yeux.

— Aveugle et chauve, c'est trop à la fois.

— A propos ! mais Jakoff a donc une maîtresse ?

— Apparemment.

— A lui ?

— Il n'y a qu'un homme comme Jakoff pour avoir une maîtresse à soi...

— Parce que...

— Vous et moi ne préférons-nous pas celles des autres ?

— C'est ma foi vrai ! dit Lesseps ; je demande son nom.

— Impossible !

— Pushkin fait le discret.

— Il n'y a pas là de discrétion, au contraire. En la nommant je ne compromets qu'elle ; en ne la nommant pas, je laisse le champ libre à vos suppositions et j'en compromets peut-être une demi-douzaine : c'est toujours cela de gagné. Or, l'objet de Jakoff avait vu dans le *Journal des modes* le modèle d'une robe délicieuse qui l'empêchait de dormir ; elle était parfaite, divine, ravissante ; il n'y avait plus que cette robe au monde. Que ne donnerait-on pas pour l'avoir !... que de jalouses on ferait !... Et les yeux langoureux de se lever au ciel... et les soupirs d'aller leur train... et les nerfs de s'insurger... Bref, Jakoff finit, après une héroïque résistance, par amener pavillon.

— Et c'est nous qu'on appelle le sexe fort ! fit observer Lesseps.

— Jakoff promit donc à la dame qu'elle aurait cette terrible robe pour le jour de sa fête, et, comme il n'y avait plus que vingt-deux jours, il expédia un courrier à Paris, lequel devait la commander, l'attendre et la rapporter. « O ciel ! disait la dame, si elle n'arrivait pas pour ce jour-là, que mettrais-je, bon Dieu ! — C'est vrai, chère amie, reprenait piteusement Jakoff, car vous n'avez absolument rien à mettre... à part une centaine de robes qui... — Sont-ce là des robes ? — J'avais cru jusqu'ici... — De vrais sacs, sans grâce, sans fraîcheur. » Enfin, la robe arriva... Une douzaine d'ennemies intimes avaient naturellement été invitées.

— C'est juste, dit le prince ; il s'agissait de les faire crever de dépit, sous le prétexte de danser au piano et de prendre du thé.

— Eh bien ! demanda Pushkin, savez-vous ce qui arriva ?

— Ma foi, non.

— La première ennemie qui se présenta avait absolument la même robe que la maîtresse du logis.

— Diable !

— La seconde aussi, la troisième aussi.

— Diable ! diable !

— A la quatrième, la pauvre femme suffoquait à ce point qu'elle faillit se trouver mal.

— Je n'aurais pas voulu me trouver sous la perruque de Jakoff, dit Lesseps.

— A la sixième elle se trouva mal tout à fait. Enfin, à la douzième, elle sauta de rage sur Jakoff, et ce fut à grand'peine qu'on l'arracha de ses mains ; l'œil gauche du pauvre diable faillit y rester.

— Et le mot de l'énigme ? demanda Durakoff.

— Il paraît que le mauvais génie de Jakoff, celui-là même, je suppose, qui vient de dévoiler ses perruques, avait expédié, de son côté, un exprès à Paris, avec ordre d'en faire douze pareilles, qu'il avait ensuite distribuées aux douze invitées... Voilà tout le mystère.

Pushkin achevait ces mots lorsque, ayant aperçu de loin sa femme, sa sœur et son beau-frère, il quitta brusquement ses amis pour aller les rejoindre.

— Pauvre Pushkin ! dit Lochadoff.

— Vous le plaignez ? demanda Horace. Il m'a cependant paru fort gai.

— Oui, par saccades, mais il y a un crêpe sur tout cela.

— N'est-il pas honoré à ce point que le czar lui laisse la liberté de tout dire, alors que les autres ont la langue enchaînée ?

— Je trouve d'abord que cette indulgence ressemble fort à une humiliation.

— Comment cela ?

— Le czar a des oiseaux de toute espèce dans sa volière de Péterhoff... Il les laisse user leurs ailes et leur bec contre les barreaux de leur cage. Eh bien ! il a de même voulu un poëte, et il l'a. Seulement ses barreaux, à lui, sont les ciseaux de la censure.

— Cela m'inspire une idée, dit le prince.

— Laquelle ?

— C'est d'envoyer un esclave à Rome pour en faire un grand poëte.

— Si vous pensez qu'il n'y ait que cela à faire !...

— Mais, reprit Lochadoff, ce n'est pas seulement à cause de cette servitude dorée, de cette liberté muselée, que je plains Puskhin : c'est parce que je sais que la jalousie lui tenaille le cœur...

— En ma qualité d'étranger, demanda le comte Horace, vous devriez bien me mettre au courant.

— Voici. Il soupçonnait à tort sans doute, un jeune officier de faire la cour à sa femme sous l'apparence de rendre des soins à la sœur de celle-ci. Un jour que tous les quatre dînaient ensemble, il commença par souffler une bougie, puis, sous prétexte de moucher l'autre, il l'éteignit encore. Tirant alors de sa poche un bouchon brûlé, il s'en frotta les lèvres et embrassa madame Pushkin dans l'obscurité. Il sortit ensuite pour aller chercher de la lumière, laissant les deux femmes avec le jeune homme. A son retour, il se trouva que ce dernier avait pris l'empreinte fatale sur les lèvres de l'épouse. L'officier s'excusa, jura qu'il s'était trompé et que toutes ses attentions ne s'adressaient qu'à la jeune fille. « En ce cas, épousez-la, » dit Pushkin. Le mariage s'est fait, mais cela n'empêche pas le malheureux de flotter sans cesse entre ses doutes et son affection pour son beau-frère. Aussi, voyez comme il s'est mis à leur poursuite dès qu'il les a vus.

Le prince Ivan, de son côté, s'était élancé à la poursuite d'une femme entrevue de loin dans la foule, et qu'il avait cru reconnaître pour Blanche, bien que, selon toute vraisemblance, Blanche dût être, à cette heure, scrupuleusement surveillée dans son appartement.

Il est vrai que l'imagination est souvent dupe d'étranges mirages, sans compter que le hasard se complaît parfois à de miraculeuses ressemblances.

Lochadoff, Durakoff et Lesseps s'étaient éparpillés dans le parc, allant à leurs intrigues ou à leurs plaisirs.

Perdu dans cette foule, le comte Horace se promenait seul dans une contre-allée assez obscure, lorsqu'il vit à son approche Lesseps saluer profondément une jeune femme, et s'en aller d'un côté pendant qu'elle s'éloignait en sens inverse.

— Bon ! se dit le comte, voilà deux tourtereaux que je fais s'envoler... Ce monstre de Lesseps !

Au même instant, un personnage, les yeux à demi cachés sous d'épais sourcils, passait à côté de lui en jetant un regard farouche, et rejoignait la dame avec je ne sais quels sourds grognemens qui témoignaient moins d'un homme que d'un ours.

— C'est assurément le mari, pensa Horace. Le comte suivait machinalement des yeux ce couple dépareillé, dont l'un entraînait l'autre avec une vivacité brutale, lorsqu'il vit la dame laisser tomber un billet sur le sable de l'allée. Horace fit précipitamment quelques pas, posa son pied sur la lettre et la ramassa. — A merveille ! se dit-il. Qu'on me parle encore de Venise et de son joyeux carnaval !... C'est ici le véritable pays des intrigues. Le billet, dont le cachet était intact, portait cette suscription : *A madame la duchesse de Lowicz.* — Hélas ! continua le comte en se parlant à lui-même, ce n'est pas pour moi. Mais c'est égal, madame, croyez-bien que si je confie ceci à une autre personne que vous, ce sera à celui avec qui vous causiez tout à l'heure, et non à ce pacha furibond que vous avez pour mari.

Le prince Isaakoff continuait à arpenter le parc, comme une âme en peine, sous l'empire de sa vision.

Il se trouva nez à nez avec le comte.

— Pardieu ! dit ce dernier, puisque vous êtes là, vous allez m'aider à résoudre un problème que je cherche.

— Volontiers, pourvu qu'il ne s'agisse ni de conspiration, ni de politique.

— Il s'agit d'une femme.

— A la bonne heure ! voilà un sujet sur lequel on peut tout dire, et qui se prête admirablement à tous les mensonges de l'amour-propre et de la fatuité.

— Qu'est-ce que la duchesse de Lowicz ?

— Eh ! mon cher, quelle rage est la vôtre de vouloir toujours pêcher en eau trouble ! La duchesse de Lowicz est... la duchesse de Lowicz.

— Grand merci pour ce renseignement, que j'ai lieu de croire très précis. Je sais déjà qu'elle est belle, et que la figure de son mari ne conviendrait pas mal pour un marteau de porte. Mais encore une fois, qui est-elle ?

— Une jeune paysanne polonaise.

— Que le rang et la fortune de son mari ont achetée ?

— Il l'a payée plus cher que cela.

— De quel prix ?

— D'une couronne.

— Entendez-vous par là un écu de six livres ?

— Non, mais de la couronne de toutes les Russies.

— Quoi ! son mari serait...

— Le grand-duc Constantin, qui, pour épouser Jeanne Grudzinika, a sacrifié ses droits au trône autocratique... Mais qu'avez-vous à démêler avec la duchesse de Lowicz ?

— Mon Dieu ! rien du tout. Et quelle femme est-ce ?

— C'est un ange de douceur et de vertu ; le dévouement le plus entier, l'affection la plus tendre dont le cœur d'une femme soit capable à l'égard d'un homme capricieux, cruel, intraitable, et que personne n'approche qu'en tremblant.

— Pauvre femme ! pensa le comte. Mais comment Lesseps...

— Elle seule, poursuivit le prince, a le don de l'adoucir, de l'apprivoiser, de voir le lion rugissant se coucher à ses pieds, et baiser avec humilité ses belles mains qui se joignent pour demander au ciel de le calmer. Bon ! ajouta le prince, voilà un agent de la police secrète qui vient à nous. Plaise à Dieu que, sans le vouloir, vous ne m'ayez pas fait tomber dans quelque embarras !

Notre ancienne connaissance, le baron de Bamberg, dit Cent-pour-Cent, s'avançait en effet vers eux, et tendit au prince une main que celui-ci saisit avec un empressement mêlé d'une involontaire répulsion.

Cette fois la brochette de croix remplaçait l'abat-jour vert. C'était le diplomate et non l'usurier.

— Voulez-vous me présenter à votre ami ? demanda-t-il au prince.

— Très volontiers, dit Ivan. Comte Horace de Montressan, je vous présente le baron de Bamberg.

Le comte se redressa et regarda le baron en face d'un air de hauteur dédaigneuse.

— Pardonnez-moi si je vous quitte, reprit Ivan sans trop d'égards pour les convenances et en reprenant sa course vers le fantôme qu'il cherchait.

Horace tourna sur lui-même pour s'éloigner à son tour ; mais il sentit au même instant que le baron le saisissait par la boutonnière de son habit.

Le comte ferma le poing et allait mettre en pratique les leçons de Bob Bridle...

Le baron ne lui en laissa pas le temps.

— Mille pardons, monsieur, lui dit-il ; mais vous avez ramassé une lettre qui m'appartient.

— A vous ? Cela est faux.

— Je vous somme de me la donner, reprit le baron, sur qui les démentis avaient appris à glisser parfaitement.

— Je ne vous la donnerai pas, dit résolûment Horace.

— Vous refusez ?

— Je refuse.

— En ce cas, veuillez me suivre ; c'est au grand-maître de la police lui-même que vous allez avoir affaire.

— Allons, dit le comte ; j'aime mieux le maître que les valets.

XXI

LE COMTE HORACE.

Horace suivit donc le baron.

Une troisième personne, surgie on ne sait d'où, comme l'Homodeï du *Tyran de Padoue*, leur emboîtait le pas, prête, je suppose, à s'opposer à toute tentative de fuite de la part du comte, ou à ramasser ce qu'il pourrait croire adroit de laisser tomber sur son passage.

Ce métier n'ayant qu'un assez vilain nom dans toutes les langues, nous nous dispensons de le désigner plus clairement.

Le grand-maître tenait sa cour de justice dans un pavillon peu éloigné.

Bamberg y entra d'abord, et glissa quelques mots à l'oreille de son chef, après quoi il introduisit le comte Horace et se retira discrètement.

Un officier de gendarmerie, vêtu de son uniforme bleu de ciel et blanc, sortit à son tour sur un signe du grand-maître.

On voyait sur une table, devant laquelle était assis le comte de Benkendorf, des plumes, du papier, des enveloppes, de la cire à cacheter et une bougie allumée : tout ce qu'il faut pour faire, dûment et légalement, d'un homme libre un homme arrêté.

— Ah ! dit le grand-maître à Horace en lui tendant la main (Horace lui avait été naturellement présenté), je ne m'attendais pas à la bonne fortune de vous servir si tôt...

— Ni moi, reprit Horace, mais je...

— Allons, monsieur de Montressan, vous portez une tête plus mûre que je n'aurais cru la trouver sur de si jeunes épaules ; je vous en fais mon compliment.

— Il n'y a vraiment pas de quoi, dit Horace, et je ne sais...

— Comment ! vous trouvez une lettre, vous la ramassez, ce qui est tout simple, et, au lieu de la livrer au premier venu, comme un étourdi eût pu le faire, c'est à moi-même que vous voulez la remettre ! Je répète que cela est très bien.

— De quelle lettre veut parler monsieur le comte ?... Je ne comprends pas bien...

— Bon ! voilà que vous faites le discret, même avec moi !... Sachez, du reste, que le fait est constaté, bien que vous ayez mis très adroitement le pied sur la lettre.

— Et quand cela serait ? demanda Horace.

— Vous ne pouvez deviner que cet écrit est absolument sans importance ; peut-être même y croyez-vous l'honneur d'une femme engagée, et jusque-là je vous approuve.

Horace s'inclina.

— Pour tout vous dire, continua le grand-maître, la duchesse de Lowicz, qui l'a laissé tomber, sachant combien la médisance est prompte à attaquer les personnes de son rang, m'a chargé de vous le redemander... Elle n'a en cela d'autre but que de le remettre à son mari, qu'il concerne spécialement, ainsi qu'elle l'a reconnu du premier coup d'œil, ce qui l'a même empêché de lire jusqu'au bout.

En parlant ainsi, monsieur de Benkendorf pointait sur Horace son regard des grandes circonstances, mitigé toutefois par un ton de franchise et de bonté auquel le jeune comte aurait cédé peut-être si le grand-maître, pris dans la toile qu'il ourdissait, ne s'était trahi lui-même en insinuant que la duchesse *avait ouvert* le billet, dont Horace savait, au contraire, que le cachet était intact.

Cette finesse maladroite le mit donc sur ses gardes.

— En supposant, reprit-il, que la duchesse de Lowicz, comme vous l'appelez, eût laissé tomber une lettre et que je l'eusse ramassée, croyez bien que je ne me serais permis d'attacher à un incident aussi simple que l'interprétation la plus respectueuse.

— Bref, reprit le grand-maître en fronçant légèrement les sourcils, c'est par ordre de la duchesse que je vous redemande son billet.

— J'en doute, dit Horace.

— Vous en doutez ! s'écria le grand-maître en sautant debout. Mais se calmant aussitôt et reprenant sa place en même temps que son air bénin : allons, jeune homme, soyez raisonnable.

— Quoi ! monsieur le comte, que je remisse un billet que j'aurais trouvé à tout autre que celui ou celle qui l'aurait perdu, mais vous n'y pensez pas !

— C'est au contraire vous, monsieur, qui paraissez oublier quelle est la nature de mes fonctions. Admettons que la première femme venue ait égaré une de ses boucles d'oreilles...

— Eh bien ?

— Eh bien ! ne serait-il pas de mon devoir de la faire rechercher ?

— Certainement.

— Bien plus, ne serais-je pas obligé de punir celui qui, l'ayant trouvée, ne serait pas venu la rapporter au bureau de police ?

— Qui le conteste, monsieur ?

— Et vous, vous ramassez un document écrit, important ou non, vous devez l'ignorer ; vous l'avez vu tomber des mains d'une personne auguste qui vous le réclame par ma voix.

— J'ai déjà eu l'honneur de vous dire que j'en doute, répéta tranquillement Horace.

— Oh ! voilà qui est trop fort ! s'écria le grand-maître... Voudriez-vous donc que la femme du grand-duc vous le demandât en personne ?

— Pourquoi pas ?

— Vous oubliez...

— Je ne le rendrais jamais qu'à cette condition... à supposer que je l'eusse.

— Ecoutez ? dit le comte de Benkendorf, qui commençait à perdre toute patience, savez-vous que sur un simple signe je puis vous faire fouiller de fond en comble ?

— Ah !

— Savez-vous que, s'il le fallait, pour rendre les recherches plus efficaces, je puis faire dépouiller votre chair de sa peau ?

— Vraiment !

— Que je puis vous faire languir dans une prison pour tout le reste de votre vie ?

— Savez-vous, à votre tour, reprit Horace, que je suis citoyen français, et que vous ne devriez pas me confondre avec l'humble bétail que vous avez, à ce qu'il paraît, le droit de torturer à plaisir ?

— La France, monsieur, ainsi que tous les pays, reconnaît l'incontestable droit que nous avons chez nous d'appliquer nos lois à ceux qui les enfreignent.

— Il est une loi, reprit Horace, une loi de l'honneur et de la chevalerie à laquelle tout gentilhomme doit d'abord obéir..... Je défie quelque autorité, quelque despotisme que ce soit au monde, de me la faire jamais violer volontairement.

Le grand-maître n'était guère accoutumé à rencontrer des natures aussi coriaces que celle du jeune comte. Il lui suffisait, en général, de dire « Je veux ! » pour que cela fût. Donc, si homme du monde qu'il fût, commençait-il à éprouver des titillations qui ne présageaient rien de bon.

— Il me faut cette lettre, dit-il en se levant, et je l'aurai.

— Vous ne l'aurez pas, reprit Horace.

Et, tirant le papier de sa poche, il l'alluma au flambeau qui brûlait sur la table.

Le comte de Benkendorf appela d'une voix éclatante, pendant qu'il s'efforçait d'arracher au téméraire jeune homme le billet enflammé.

Mais Horace, l'écartant de la main gauche, tint résolûment de la droite le billet à portée de la flamme, jusqu'à ce que, se brûlant les doigts jusqu'au vif, il finit par froisser et avaler ce qui en restait.

En ce moment l'officier de gendarmerie accourait aux cris du grand-maître.

— Qu'on apporte une pompe aspirante ? s'écria ce dernier au comble de la colère.

Puis, comme Horace regardait froidement et dédaigneusement l'épée que le gendarme avait tirée, le terrible inquisiteur reprit avec plus de calme :

— Non, c'est assez ; ce fragment ne nous apprendrait rien... il est trop petit... Et maintenant, monsieur, sachez bien une chose : c'est que vous venez de briser votre avenir, à moins que vous ne soyez disposé à atténuer autant que possible le mal que vous avez fait.

— Quant à cela, reprit Horace, satisfait de sa victoire, puisque la question est tranchée, je suis disposé à tout faire pour vous être agréable.

— Il s'agit, non pas de m'être agréable, monsieur, mais de vous sauver... Que savez-vous de cette lettre ? qui vous l'avait remise ? D'où vient-elle ?

— Après ce qui vient de se passer, monsieur, reprit Horace, comment pouvez-vous croire que moi, comte de Montressan, je serais disposé à remplir le rôle ignoble que vous me proposez ?

Le grand-maître réfléchit un instant, puis, ayant dit quelques mots à voix basse à l'officier de gendarmerie, dont la flamberge était pacifiquement rentrée dans sa gaîne, il ajouta en s'adressant au jeune comte :

— Monsieur, veuillez me suivre chez le grand-duc.

— Va pour le grand-duc ! répondit Horace qui venait comme de renifler la poudre, et que de nouvelles batailles n'effrayaient pas.

Le comte de Benkendorf, Horace et l'officier de gendarmerie montèrent dans une voiture, qui, attelée de six chevaux de front, fut rapidement emportée vers le palais de Strelna.

Le grand-maître de la police était visiblement irrité de se voir ainsi vaincu par l'adresse du jeune étranger à ce jeu du fort contre le faible auquel il n'avait jamais perdu. De sinistres lueurs éclataient dans ses regards, et la route s'acheva sans qu'une seule parole daignât tomber de ses lèvres.

Il va sans dire que le gendarme modelait sa contenance sur celle de son chef.

Tous les domestiques du palais de Strelna étaient de vieux soldats serrés, boutonnés, raidis dans leurs uniformes comme des automates assez mal articulés.

Le grand-duc, un des meilleurs et des plus hardis cavaliers du monde, était à son manège de guerre, où il inspectait la tenue à cheval de quelques officiers et cadets.

Le comte et le grand-maître attendirent à distance.

Or, le grand-duc était dans un de ses mauvais momens, les bons étant d'ailleurs fort rares ; la journée avait été marquée par de violens orages, et rien ne faisait présager un ciel plus serein. Ainsi un officier venait d'être dégradé pour avoir porté son chapeau la corne en avant, au lieu de le porter en largeur, selon l'ordonnance. Un autre, ayant eu la maladresse de laisser poindre une chemise trop fine, avait dû l'ôter, séance tenante, et rentrer ainsi dans les rangs.

Les châtimens pleuvaient avec une profusion sauvage ; tout le monde tremblait ; la voix de Constantin retentissait, irritée et formidable, comme les clameurs de la tempête qui menace de tout engloutir.

46

Une barrière qu'il s'agissait de franchir venait d'être dressée.

Quelques hommes à cheval, victimes désignées, la regardaient avec consternation, demandant intérieurement à s'en aller, fût-ce en Sibérie, où il reste au moins quelque chance de ne pas se casser le cou, lorsque le grand-duc eut la fantaisie de la faire exhausser de deux crans.

— Je pense, dit-il en s'adressant à l'un de ses aides de camp, que cela suffira.

— Monseigneur, reprit le colonel d'une voix intérieurement suppliante, elle me paraît... bien haute.

— Un cran de plus ! ordonna le grand-duc.

Plus épouvanté encore de la colère du prince que de l'élévation de la barrière, le colonel enfonça ses éperons dans les flancs de son cheval et prit son élan.

L'obstacle était évidemment hors de proportion avec la vigueur du cheval, qui, en dépit du cavalier, fit prudemment un demi-tour et passa à côté, ainsi que vous vous rappelez sans doute l'avoir vu faire aux clowns du Cirque dans les exercices de voltige.

Il y a toutefois cette différence que, au Cirque, cela fait habituellement rire le public, et que le grand-duc en prit de la rage à mourir d'apoplexie.

Prompt comme l'éclair, il s'élança sur son cheval de bataille, qu'un soldat tenait en bride à quelques pas de lui, et passant et repassant par-dessus la barrière, il vint droit au colonel et lui cracha au visage...

Que le lecteur croie bien que nous n'oserions pas inventer de pareilles choses.

— Eh bien ! s'écria-t-il, est-ce trop haut ? Retournez aux casernes, chien ! et aux arrêts pour un mois.

Le colonel essuya son visage, et se retira tout confus.

— Un cran de plus ! dit le grand-duc.

Et, sur un signal donné, un autre pauvre diable s'avança pour tenter le saut périlleux. Mais le cheval, une fois, deux fois, trois fois, refusa d'obéir.

— Lancez-le ! criait Constantin ; donnez de l'éperon !

Le cavalier tremblait comme une feuille et suait des gouttes d'épouvante ; il ne pouvait plus ni avancer ni reculer ; la barrière était devant, mais la voix tonnante du grand-duc était derrière ; enfin le cheval trancha la question : il se mit à ruer violemment et jeta l'homme par-dessus sa tête.

— Oh ! l'imbécile !... Remontez à cheval !

L'infortuné voulut obéir, mais son bras était cassé.

— Emmenez-le, reprit le grand-duc ; c'est bien fait ; je suis charmé de ce qui lui arrive ; je voudrais qu'il se fût rompu le col... Un cran de plus !... A vous, monsieur.

Une douzaine d'hommes furent ainsi successivement voués à cette tâche impossible, rêvée par un homme qui, dans toute autre position sociale que celle où le hasard maladroit l'avait placé, eût assurément usé plus de camisoles de force que d'habits brodés.

Tous, hommes et chevaux, tombaient brisés, contusionnés, ensanglantés, blessés.

Enfin un homme, un Lithuanien, en qui le cœur battait encore dans un coin de sa poitrine, osa faire une observation.

— Votre Altesse trouve donc qu'elle a trop de soldats ? demanda-t-il.

— Je l'ai bien franchie, moi, cette barrière ! dit le grand-duc.

— D'abord, reprit le Lithuanien, elle a été élevée d'un cran ; ensuite Votre Altesse est mieux montée.

— Je crois qu'il raisonne. Allons, aux casernes ! et cinq cents coups d'étrivières !

Sur ce, le grand-duc fit une formidable sortie, assez semblable à celle du Gaveston de la *Dame blanche*, alors que, le château ne lui ayant pas été adjugé, il s'esquive après avoir chanté pendant une demi-heure :

Craignez ma rage et ma fureur !

Horace et le comte Benkendorf le suivirent à sacramentelle distance.

Le grand-maître gardait un farouche silence, car, en vertu des ricochets de la hiérarchie, de même que l'officier de gendarmerie se décalquait sur lui, il était obligé de se décalquer à son tour sur le grand-duc.

Horace songeait à l'aimable homme dont il allait faire la connaissance.

Après avoir traversé une longue suite d'appartemens dont les parois disparaissaient complétement sous une foule de petites croûtes représentant pour la plupart des soldats de divers régimens dans cette attitude d'immobilité complète que l'on est convenu d'appeler le *plus beau mouvement*, ils parvinrent à un salon d'attente où les généraux Rhoda et Legendre, le premier, chef d'état-major, le second, général de cavalerie, étaient de planton.

— Gardez-vous d'entrer, dirent à voix basse les deux personnages en s'adressant au grand-maître, et en lui montrant d'un air significatif la porte d'un cabinet dont l'un des battans était entr'ouvert.

— Qu'y a-t-il donc ? demanda Benkendorf.

— Il est dans un de ses accès.

— Vraiment ! reprit le grand-maître fort effrayé lui-même.

— Il paraît que je tombe bien, pensa le jeune comte.

Le silence, un silence craintif et guindé, régna pendant quelques instans.

A la fin, une voix rude et saccadée sortit du cabinet.

— Qui est-là ? demanda-t-elle.

C'était le grand-duc, dont l'oreille, d'une finesse extrême, avait entendu résonner les éperons du grand-maître.

Le comte de Benkendorf, jugeant que l'accès était à son déclin, prit le parti d'entrer. Il est bon d'ajouter que le grand-maître de la police a un pouvoir immense, une autorité entière, même sur les membres de la famille impériale, lorsque le czar est absent.

On entendit alors pendant quelque temps le murmure insaisissable d'une conversation à voix basse, interrompue çà et là par le coup de tam-tam d'une colère furieuse.

— Qu'il entre ! dit enfin le grand-duc.

Et le directeur de la police, ouvrant le battant de la porte, fit signe au jeune comte d'approcher.

Horace eut comme un éblouissement pendant lequel la Sibérie, les mines, les cachots défilèrent dans son esprit avec des murmures de chaînes, de malédictions et de plaintes étouffées ; mais il n'en entra pas moins chez le duc d'un pas résolu, l'œil fier et la contenance assurée.

La porte se referma sur lui.

Constantin, son uniforme ouvert, le col ravagé, les cheveux en désordre, était assis sur un divan ; son corps, replié sur lui-même, oscillait comme le balancier d'une pendule ; ses yeux, injectés de sang, étincelaient sous des sourcils de porc-épic. De sa bouche, blanche d'écume, s'exhalaient des hurlemens sourds qu'il était affreux d'entendre sortir d'une poitrine humaine.

Peu à peu cependant la raison lui revint.

— Voici le gentilhomme français, insinua le comte de Benkendorf, comme pour ramener le grand-duc à la situation.

A ces mots, Constantin se leva, et Horace, qui l'avait à peine entrevu dans les jardins de Péterhoff, put l'examiner à loisir.

C'était un homme d'une haute stature, à l'air imposant, et qu'un exercice acharné avait empêché de grossir au-delà de certaines bornes. Une espèce de courbure donnait à son cou de taureau des apparences de difformité. En somme, bien qu'il eût le front très bas, son visage ne manquait pas de noblesse, et l'on reconnaissait que de hautes qualités dormaient sous ce volcan.

— Ah ! c'est vous ? demanda le prince en faisant vers Horace un pas de géant.

— Maintenant, dit tout bas le grand-maître au jeune

comte, répondez franchement, promptement et avec soumission.

— Votre nom, votre grade, votre régiment ? Puis rappelant sa pensée errante, le grand-duc ajouta :—Ah ! oui, je me souviens, vous êtes l'homme qui ramassez les billets que laissent tomber les femmes, et qui refusez de les rendre quand on vous les demande... Où est cette lettre ?

— Il l'a brûlée en ma présence, dit le grand-maître.

— Comment, il a osé !

— J'ai osé, dit Horace.

— Le mal étant fait, hasarda le grand-maître, il ne lui reste plus qu'à le réparer autant que possible... Depuis l'instant où Votre Altesse Impériale a appelé mon attention sur cette affaire, il a été fort strictement surveillé ; ceux qui l'ont vu ramasser le papier savent qu'il ne l'a pas lu... Il y a cependant mille raisons de croire qu'il pourrait fournir quelques indications sur ce qui a précédé, sur la personne qui a remis le billet: sur...

— Comptez là-dessus ! pensa le comte Horace.

— Bien que, ajouta finement le grand-maître dans le but d'écarter les scrupules d'Horace, Votre Altesse Impériale sache parfaitement ce qu'il contient, puisqu'elle l'a lu.

— Moi ! s'écria le prince dans sa naïve rudesse, c'est un infâme mensonge ! je n'ai rien lu.

Le comte de Benkendorf haussa les épaules et se tut.

— Mais qu'on y prenne garde, poursuivit Constantin, je sais qu'il y a des gens qui ne craignent pas d'exploiter son ignorance, et sa sensibilité de femme, dans l'espoir d'émousser dans ma main le glaive de la justice militaire... Ce sont des traîtres qui cherchent à faire se relâcher les liens de la discipline... toutes les fois que je suis sur le point de faire un exemple, on s'adresse à *elle*, on l'endoctrine, on la circonvient... Malheur à eux !... Qui sont-ils, Benkendorf ?... Il me semble que c'est à vous de le savoir.

—Voici un témoin qui peut parler, dit le grand-maître, enchanté de mettre sa responsabilité à couvert sous un autre manteau que le sien.

— Allons, monsieur, que savez-vous ? demanda Constantin. Qui a osé s'approcher de la duchesse pour lui donner ce billet ?

Le prince, dans l'emportement de sa colère, s'exprimait en russe avec beaucoup de véhémence et de volubilité. Il en résultait que ses paroles étaient parfaitement inintelligibles pour Horace, lequel continuait à croire que la fureur du grand-duc n'avait d'autre cause que ses doutes sur la fidélité de sa femme.

Aussi, malgré les périls de la situation, résolut-il de ne trahir à aucun prix la duchesse, qui, d'après ce qu'on lui en avait dit, lui inspirait d'ailleurs le plus profond respect.

Il reprit donc avec une certaine solennité dans la voix :

— Comment se peut-il que Votre Altesse Impériale, dont j'honore si profondément le rang, n'ait pas été informée du mien ?

— Que voulez-vous dire ?

— Je veux dire que si Votre Altesse Impériale savait que je suis le comte de Montressan, gentilhomme français, c'est-à-dire responsable envers mon pays et ma famille de l'honneur du nom que je porte, elle ne me proposerait pas l'indigne action d'espionner une illustre dame au profit de son mari jaloux.

— Un mari jaloux ! s'écria Constantin saisi d'étonnement. Que voulez-vous dire ? Parlez donc, misérable ?

Et il porta sa main furieuse à la cravate d'Horace, qui, perdant alors tout empire sur lui-même, repoussa si soudainement et si rudement le grand-duc, que celui-ci chancela et ne dut qu'à l'obstacle fortuit d'un fauteuil la chance de ne pas être renversé.

— Monseigneur ! s'écria Horace en serrant son poing mis à vif par la brûlure qu'il avait subie, ce traitement est infâme ! Je ne me suis pas écarté jusqu'ici des bornes

du respect que l'on doit à votre rang... mais malheur à quiconque mettra la main sur moi !

Le regard d'Horace cherchait à découvrir une arme quelconque dont il pût s'emparer.

Le prince devina son intention, et, faisant au grand-maître, qui allait appeler, le signe de ne pas bouger :

— Vous cherchez une épée ? demanda-t-il avec moins de colère que de surprise. Mais au nom du ciel ! pourquoi faire ?

— Afin de rendre coup pour coup.

— Et vous refusez de me répondre.

— Quand la terre devrait s'ouvrir sous mes pieds.

Alors, avec toute la mobilité de son père Paul, et se calmant soudain, il se mit à détailler le jeune comte avec attention et sans la moindre colère.

— Savez-vous, dit-il en russe, à Benkendorf, que voilà un homme après tout ! Puis, s'adressant au jeune comte, il ajouta en français : Quelle est votre taille ?... Cinq pieds onze pouces, je présume ?... Mais qu'avez-vous à la main ?

— Une juste conséquence de son obstination, reprit le grand-maître. Il se souviendra d'avoir tenu sa main au feu jusqu'à ce que la lettre fût consumée.

— Obstination ! dites fermeté, Benkendorf. Vous appelleriez donc ce romain... celui que représentent les sculpteurs... comment donc ?... Mutius Scœvola, je crois... vous l'appelleriez donc obstiné ? Allons, continua le grand-duc avec une cordialité si franche et si naturelle que l'irritation d'Horace s'en apaisa tout de suite, j'ai oublié ce que je devais à vous et à moi-même. Je suis allé trop loin ; pardonnez-moi. Quant au désordre de votre cravate, vous n'êtes pas en uniforme. Voyez du reste dans quel état je suis moi-même. Et il lui tendit une main qu'Horace pressa dans la sienne. Vous ne m'en voulez plus ?

— Nullement, monseigneur.

— Mais vous avez là une mauvaise brûlure... Benkendorf, un docteur.

— Je rends grâce à Votre Altesse... ce n'est rien... J'envelopperai ma main dans l'ouate de mon manteau, et si vous permettez que je me retire...

— Si je le permets, j'exige que ce soit dans ma propre voiture et avec mes meilleurs chevaux ; quant à l'ouate, coupons la doublure du manteau de Benkendorf.

Et à la parole il joignit l'action.

— Là ! maintenant que vous êtes pansé, adieu. Rappelez-vous que vous avez en Constantin un ami.

Horace salua profondément, et se disposait à sortir, lorsque le grand-duc, le rappelant au moment où la porte allait se refermer sur lui :

— Attendez ! s'écria-t-il ; oui, ma foi ! il a six pieds, je le parierais...

— Votre Altesse Impériale a daigné me rappeler ?

— Vous n'avez aucune intention de prendre du service ?

— Pas la moindre, monseigneur.

— Tant pis ! allons, adieu, et pas de rancune... Benkendorf, si on touche à un seul cheveu de sa tête je le considérerai comme fait à moi-même.

En rentrant au palais Isaakoff, le comte Horace y trouva un écrin et un billet à son adresse.

L'écrin renfermait une magnifique émeraude.

Le billet ne contenait que ce mot :

« Merci. DUCHESSE J. DE L... »

— Oh ! dit le jeune comte, je suis content de moi. Ce seul mot d'une femme m'émeut plus que n'ont pu le faire les menaces réunies du grand-maître et du grand-duc.

XXII

OU LE PRINCE IVAN SE DONNE DES PASSE-TEMPS DE TIGRE.

Était-ce réellement Blanche que le prince Ivan avait entrevue dans les jardins de Péterhoff, et, en ce cas, pourquoi et comment y était-elle allée?

On se rappelle qu'Ivan avait ordonné à Dietrich d'avoir pour l'Anglaise les plus grands égards, ce à quoi l'intendant n'avait pas manqué de se conformer, en surenchérissant même un peu sur les gracieuses intentions de son maître, et cela en raison de certains calculs d'avenir, de certaines prévisions plus ou moins fondées, qui lui faisaient une loi d'avoir un pied dans chaque camp, afin de participer à la victoire, de quelque côté qu'elle se déclarât.

Cela s'appelle indifféremment s'asseoir entre deux selles, nager entre deux eaux ou manger à deux râteliers.

La tentative avortée de Blanche n'avait même apporté aucune restriction aux prévenances dont elle était l'objet, tant le prince avait à cœur de dorer le piège où il espérait la prendre, et tant il savait d'ailleurs que toute fuite sérieuse était impossible.

C'est ainsi que, pour le cas où elle voudrait jouir des agrémens de la promenade, une voiture avait été mise à ses ordres, avec cette seule précaution de lui choisir un cocher dont la fidélité ne fût pas suspecte.

Or, Blanche connaissait de longue date les douces vertus, l'angélique bonté, la commisération profonde de la duchesse de Lowicz pour toutes les souffrances ; cent fois Matthéus lui avait chanté ses louanges, si bien que, sans la connaître, elle avait appris à l'aimer.

On comprendra donc que, dans cet abîme où elle était tombée, après s'être heurté l'esprit à mille projets insensés ou impraticables, le souvenir de la duchesse lui fût apparu comme une étoile dans le ciel noir, comme une épave tutélaire à celui qui se noie, comme le rivage au navire qui sombre.

Rien de plus simple que de lui écrire et d'implorer sa protection ; mais à quelles mains sûres confier sa lettre? et à supposer même qu'elle trouvât cet intermédiaire discret, Bob, par exemple, quelle certitude que sa requête ne resterait pas accrochée à quelqu'une des mille entraves que l'étiquette, la hiérarchie et souvent le mauvais vouloir d'un subalterne mettent entre les grands de la terre et le commun des hommes?

Aller au palais, demander une audience, attendre, l'obtenir, passer sous les fourches caudines des dames d'honneur et des chambellans, c'était là une autre difficulté dont il était fort douteux qu'elle triomphât.

Or, dans sa position, toute démarche fausse pouvait entraîner les conséquences les plus fatales, et restreindre encore le cercle déjà si étroit de sa liberté.

C'est au milieu de ces doutes, de ces irrésolutions, de ces craintes, de ces projets tour à tour conçus et abandonnés, que lui était venue la nouvelle d'une fête dans les jardins de Péterhoff, fête à laquelle devaient indistinctement assister toutes les classes de la société russe, depuis le mougik jusqu'au czar, et à la faveur de laquelle il lui serait peut-être possible, perdue dans la foule, de parvenir jusqu'à la duchesse, et de lui dire, en un cri suprême, toute l'horreur de son sort.

Blanche, on le sait, ne manquait pas de résolution ; elle savait que le ciel n'assiste que ceux qui commencent par s'aider eux-mêmes, et, faisant un signe à Bob, qui se hâta d'accourir, elle lui demanda s'il connaissait un moyen de mener à bien le projet qu'elle avait conçu.

Bob se caressa un instant le menton du pouce et de l'index, ainsi qu'il avait coutume de le faire dans les cas qui demandent réflexion, et répondit comme la sibylle de Cumes, par ces mots équivoques :

— Sortir en voiture, aller dans une direction quelconque opposée à celle de Péterhoff, et ne pas vous occuper du reste.

— Opposée? demanda Blanche.

— Opposée, reprit Bob.

Et il alla se promener du côté des écuries, sifflant son petit air et les mains dans ses poches.

Bob était fort bien vu aux écuries, le cocher en chef s'étant bénévolement chargé de tous ses achats, sur lesquels il ne prélevait qu'une simple commission de deux cent cinquante pour cent; non pas que Bob s'abstînt jamais de vérifier scrupuleusement les additions et de débattre les prix dans l'intérêt de son maître, mais parce qu'il ne distinguait pas le rouble-papier du rouble d'argent, lequel a trois fois la valeur de l'autre, et que son cher ami ne jugeait pas à propos de le tirer de cette erreur dont il profitait.

L'heure calculée, Bob invita son collègue à boire du champagne, ce qui est une séduction à laquelle on ne résiste pas en Russie. La politesse était à peine faite et vidée que le cocher voulut la rendre, et ainsi de suite; à ce point que, de bouteille en bouteille et de politesses acceptées en politesses rendues, ces messieurs en étaient déjà à se donner des poignées de main acharnées et à pleurer d'une mutuelle tendresse, lorsque Blanche demanda sa voiture.

Le cocher se hissa tant bien que mal sur le siége, et partit au train le plus échevelé, ainsi qu'il convient à un homme à qui le vin donne le mépris de toutes choses en général et de son cou en particulier.

Deux secondes après, Bob montait sur Lucifer, prenait par-ci, coupait par-là, et finissait, au bout d'une demi-heure, par se rencontrer avec la voiture, à une demi-lieue de la ville.

— Johann!

— Bob !

— Quelle chance!

— Quel hasard !

On devine qu'ils avaient trop bu pour ne pas avoir soif; de tels amis pouvaient-ils d'ailleurs, après une si longue absence, ne pas fêter une pareille rencontre?

Le temps était magnifique, la route engageante. Blanche déclara qu'elle voulait se promener un peu à pied; et permit aux deux camarades de l'attendre sous la treille d'une taverne qui se trouvait là tout exprès.

Le vin appelle le vin; il y a mille raisons pour qu'un homme à moitié gris se grise tout à fait. L'eau-de-vie avait d'ailleurs remplacé le champagne, et s'engouffrait à pleines rasades dans le gosier de Johann, pendant que le groom la jetait sous la table.

— Encore! disait ce dernier.

— Toujours ! balbutia Johann.

— Tu recules ?

— Jamais !

Et sa lèvre abusée s'égarait à côté du verre, que vidait son gilet.

Déjà tout commençait à danser autour de lui une ronde infernale ; les syllabes pataugeaient dans sa bouche comme une mouche qui a les pattes prises dans une flaque de lait; ses regards hébétés s'éteignaient dans le vague... et après quelques oscillations préparatoires, son buste s'affaissa lourdement sur la table.

— Bon ! se dit le groom, il en a au moins pour sept à huit heures. Et s'adressant au traktirchick, il ajouta : S'il vient à se réveiller, vous lui donnerez à boire.

— Et s'il demande où vous êtes?

— A boire.

— Et s'il veut s'en aller?

— A boire, toujours à boire... il comprendra tout de suite. Voici de l'argent.

Blanche remonta en voiture. Bob prit la place de Johann, t, en moins de deux heures, il était à Péterhoff, où la pauvre femme se mit à demander vainement la duchesse à tous les échos du parc, plus habitués à redire la joie que la douleur.

Aussi étaient-ils sourds, et rien ne lui répondait.

Cependant le temps s'écoulait, et il s'agissait de rentrer à Pétersbourg avant d'avoir éveillé les soupçons. Déjà quelques personnes avaient remarqué sa course précipitée, sa démarche inquiète; déjà même elle avait cru entrevoir dans un groupe le prince Isaakoff, à la présence duquel, dans la soudaineté de sa résolution, elle n'avait pas songé. Que faire? que résoudre? Fallait-il renoncer encore à cette chance de salut si chèrement conquise?

Blanche s'était laissé tomber sur un banc, épuisée, haletante, irrésolue, lorsque Lesseps vint à passer... L'allée était presque déserte; Blanche était belle; tout en elle trahissait une de ces émotions violentes auxquelles il ne faut qu'un peu de sympathie pour qu'elles débordent à grands flots.

Soit comme peintre, soit simplement comme homme, Lesseps s'arrêtait volontiers devant les jolies femmes, ce qui lui faisait plaisir et ne leur déplaisait pas.

Les yeux de Blanche suppliaient; ceux de Lesseps semblaient répondre : Disposez de moi.

Tout à coup la jeune femme sembla prendre un parti et fut droit à l'artiste.

— Monsieur, lui demanda-t-elle, connaissez-vous la duchesse de Lowicz?

— J'ai eu l'honneur de faire son portrait, madame, répondit Lesseps.

— Est-elle ici?

— Je ne l'ai pas encore aperçue.

— Viendra-t-elle?

— C'est probable.

— Ah! c'est que l'heure s'écoule... c'est que je ne puis rester... c'est que chaque seconde me pèse comme un siècle entier!...

— Si je pouvais...

— Ecoutez, monsieur; vous êtes un galant homme, n'est-ce pas?

— Je le présume, madame.

— Vous ne voudriez pas trahir une femme, vous?

— D'aucune façon, je vous le jure.

— D'ailleurs vous n'êtes pas Russe, je le reconnais à votre accent... vous êtes Français.

— Oui, madame, pour vous servir... et pour vous peindre, si vous vouliez bien le permettre.

— Un artiste! s'écria Blanche, je suis sauvée!... Et tirant de son corsage une lettre qu'elle avait préparée à tout hasard : Monsieur, ajouta-t-elle, voulez-vous vous charger de remettre ceci à la duchesse de Lowicz?

— Certainement, madame.

— Aujourd'hui?

— Aujourd'hui même.

— Sans que personne le voie ou le sache?

— Sans autre témoin que Dieu entre elle et moi.

— Retenez qu'il y va de la liberté et de l'honneur d'une femme!

— C'est plus que la vie, alors. Est-ce là tout ce que je puis faire?

— Oui, monsieur.

— C'est bien peu.

— C'est tant, reprit Blanche en lui tendant la main, que je vous demande votre nom pour l'enchâsser dans ma mémoire et le bénir à jamais!

— Lesseps, madame, reprit le peintre en baisant respectueusement la main qu'on lui tendait.

— Merci! mille fois merci! répéta Blanche.

Et elle prit la fuite, comme la Cendrillon des *Contes de Perrault* au premier coup de minuit.

Seulement, au lieu d'une pantoufle, elle laissait une lettre.

C'est au moment même où Lesseps venait de s'acquitter de la tâche qu'il avait acceptée que le comte Horace l'avait vu prendre congé de la duchesse et la saluer jusqu'à terre.

Ce qui prouve que les interprétations sont parfois de grandes sottes, qui jugent à tâtons et croient voir des lanternes là où il n'y a que des vessies.

On sait maintenant que cette lettre perdue par la duchesse, recueillie et si courageusement brûlée par le comte Horace, sans que personne au monde, si ce n'est Blanche, en sût le contenu, ne pouvait pas aboutir.

Blanche, pendant ce temps, regagnait sa voiture, reprenait en route le cocher Johann, que Bob hissait tant bien que mal sur le siège, et rentrait à l'hôtel, un espoir dans le cœur et presque heureuse d'avoir réussi.

Réussi!...

Que d'espoir nous caressons ainsi, comme s'ils étaient pleins de vie, et qui ne sont déjà plus que des cadavres!

La première chose qui, en rentrant dans son appartement, frappa les yeux de Blanche, fut une lettre placée en évidence sur la table, et qui devait sans doute à la complicité de Dietrich de s'être ainsi introduite on ne sait ni par où ni comment.

Elle la prit, et reconnut en tremblant l'écriture de Matthéus.

Son premier mouvement fut de la repousser, et peut-être y aurait-elle cédé s'il y avait eu là un témoin de sa faiblesse ou de son courage; mais sa fierté s'était déjà bien amollie durant ces trois jours de désolations suprêmes; le cœur, ce despote de la femme, avait repris un peu de son empire; il n'y avait pas jusqu'aux humiliations subies par son époux pour l'amour d'elle qui ne l'eussent comme revêtu de cette triste auréole de résignation et de souffrance à laquelle finissent toujours par se laisser prendre les âmes bien faites. Non pas qu'elle eût absous Matthéus, mais elle en était déjà arrivée à discuter sa conduite, à y trouver du pour ou du contre, et c'était beaucoup. Aussi était-ce un de ses remords que d'avoir ajouté le mépris à cette peine du talion que lui avait infligée le prince lors de leur dernière entrevue.

De là à ouvrir la lettre de Matthéus, de l'ouvrir à la lire, de la lire à en dévorer le contenu, comme on dit, on comprend qu'il n'y avait pas bien loin.

« Blanche, disait-il, mon crime n'a pas été de vous aimer, car je le commettrais encore si c'était à refaire. Ce dont je ne mérite ni implore le pardon, car ce crime-là est irrémissible, c'est, en vous liant à moi, de vous avoir réduite à ce honteux abaissement sous lequel vous êtes courbée... mais était-ce donc de ma faute que vous fussiez si adorable et si belle! Je voulais fuir, vous le savez... votre sourire nous a perdus... Si je vis encore, ce n'est que pour préparer et assurer votre fuite; cette tâche remplie, les liens qui vous attachent à l'esclave seront bientôt brisés... J'éprouve comme une joie lugubre et sauvage à ne pas avoir besoin de vous dire de m'oublier; c'est une douleur de moins que je vous sais, et dont j'hérite... mais qu'importe!... je ne compte pas plus les souffrances que le rivage ne compte ses grains de sable et la mer ses gouttes d'eau... J'ai déposé votre fortune en mains sûres. Afin que les mesures prises et à prendre pour votre salut soient efficaces, il faut, de nécessité absolue, que vous subissiez une dernière fois ma présence, et que je me concerte avec vous. Ce soir, à minuit, je serai dans une barque sous vos croisées, qui donnent sur la Néva. Vous me jetterez du fil, des cordons, que sais-je? auxquels j'attacherai une échelle de cordes que vous hisserez ensuite, et par laquelle j'arriverai jusqu'à vous. Ne craignez rien, ce sera l'esclave et non Matthéus. »

Cette lettre produisit sur Blanche une étrange sensation. Matthéus ne lui demandait rien, pas même son pardon; il ne songeait qu'à elle, et séparait désormais si bien sa vie à lui de la sienne, que l'on ne se serait pas douté qu'elles eussent jamais dû n'en faire qu'une.

Elle s'attendait à toute autre chose, et elle en était agacée; voilà que cet homme, au dernier degré de l'abjection, cravaché, rasé, dépouillé, réduit, la veille encore, à balayer les rues; voilà que cet homme trouvait le moyen de se purifier par le martyre et de ressaisir une certaine grandeur par l'abnégation.

Ajoutez que les femmes accordent volontiers ce qu'on ne leur demande pas, sauf à refuser, par contre, ce qu'on leur demande; si bien que, dans quelques jours, ce serait peut-être le tour de Blanche d'implorer la grâce de Matthéus.

En effet, lorsqu'on se raccommode, c'est à qui assumera tous les torts dont on ne voulait pas, la veille, avouer un seul.

Franchissons quelques heures.

Blanche est assise, le front dans les mains; elle vient d'évoquer tous les fantômes du passé; les sourires de sa mère qu'elle a à peine connue, ses joies d'enfant, sa chambre de jeune fille, ses chagrins d'autrefois qui n'étaient que des bonheurs déguisés, la mort de sir Ralph, l'amour de Matthéus, son mariage et ces mille incidens de la vie qui font de la mémoire un livre toujours ouvert où chacun lit tour à tour en rose ou en noir, selon que le soleil rayonne ou que l'orage gronde dans le cœur.

Elle a congédié ses femmes; les verrous sont mis; le silence, un de ces silences qui donnent la chair de poule aux personnes nerveuses et les font frissonner d'une peur inexpliquée, règne partout.

Soudain le premier coup de minuit résonne dans l'espace; les autres lui succèdent lentement, uniformément, sans hâte ni retard, comme des heures insoucieuses qui n'espèrent et ne redoutent rien.

Blanche s'est levée et a ouvert la fenêtre.

La lune, froide et pâle, troue çà et là les nuages, qui ressemblent à des groupes de fantômes errans dans le ciel.

Quelque chose d'invisible clapote dans le fleuve : c'est la barque de Matthéus.

Les mains blanches et glacées de la jeune femme déroulent un long cordon qu'elle est parvenue à se faire en mutilant toutes ses robes. Elle sent bientôt que quelque chose de lourd vient d'y être attaché, et remonte une échelle qu'elle est obligée d'assujettir à l'une des colonnes en marbre de la cheminée, car la fenêtre n'a ni appui ni balcon.

Puis elle fait un signal, et, se penchant au dehors, elle cherche à ajouter encore la fragile protection de ses mains délicates à toutes les précautions qu'elle a prises.

Matthéus s'est élancé; il s'aide des aspérités du mur et a déjà franchi la moitié des quarante pieds qui séparent le fleuve de sa fenêtre.

Elle va donc le revoir, et ne sait trop encore qui elle écoutera de sa tendresse ou de sa fierté.

Tout à coup Blanche se retourne et pousse un de ces cris que la terreur strangule au passage.

Ivan est chez elle, tranquillement assis, un poignard à la main, et achevant de lire la lettre de Matthéus restée sur la table.

— Pas un mot, lui dit-il, ou c'est fait de vous deux!

Blanche joint les mains et tombe à genoux. Ce n'est pas pour elle qu'elle implore, ce n'est pas non plus pour Matthéus, c'est pour le père de son enfant... car cette crise vient de lui révéler qu'une autre existence est désormais attachée à la sienne.

— Aimez-moi, disait le prince, et je lui sauve la vie.

— Grâce !

Le prince commençait à couper la corde qui attachait l'échelle au pilier de la cheminée.

— Grâce! grâce!

Et, se traînant sur ses genoux, elle s'accrochait aux mains d'Ivan, qui la couvait de son infernal regard.

Matthéus montait toujours.

La corde ne tenait plus qu'à un fil.

— Vous ne voulez pas? demanda le prince.

— Plutôt la mort!

— Eh bien! madame, rassemblez donc vos forces pour sauver cette vie précieuse suspendue sur l'abîme.

Et il coupa du tranchant de son poignard le dernier fil déjà prêt à céder.

Un éclair d'énergie, dernier jet de la vie qui s'éteint, venait de rayonner chez Blanche. Elle sauta sur la corde, la tordit autour de son débile poignet, et chercha à la tirer à elle avec l'énergie désespérée de l'amour et de la terreur.

Ivan la regardait, les bras croisés, comme pour jouir de ses angoisses et de ses efforts; toutefois la jalousie le rongeait de ses ongles impitoyables, et peut-être eût-il échangé son sort contre celui de l'esclave qu'on lui préférait.

Connaissez-vous un supplice comparable à l'agonie de cette malheureuse femme?

L'horrible sensation de la défaillance commençait à s'emparer d'elle.

Et Matthéus montait toujours; seulement il n'avançait plus, car l'échelle cédait peu à peu.

Que d'efforts héroïques pour prolonger sa résistance d'une seconde, puis d'une autre encore!

Enfin le sang se retira de ses poignets engourdis, ses mains se détendirent..., et, sentant qu'elle allait irrévocablement lâcher cette corde, dont l'abandon était un meurtre, elle voulut parler, supplier, crier, supplier encore.

Mais ses lèvres glacées refusèrent de se mouvoir, un nuage obscur flotta sur ses yeux, et elle retomba inanimée sur le parquet, pendant que le bruit sourd d'une terrible chute ricochait dans les profondeurs de la Néva.

Quelques cercles ridèrent un instant la surface du fleuve, lequel reprit bientôt son calme et sa limpidité.

DEUXIEME PARTIE

I

D'UN AVARE QUI TOURNE AU SARDANAPALE.

Nous avons laissé Blanche au moment où, lâchant, après de suprêmes efforts, la corde à laquelle était suspendue la vie de son époux, elle s'abîmait aux pieds du prince en une prostration complète.

Matthéus, précipité de trente pieds de haut, meurtri aux arêtes du mur, venait de rouler dans la Néva, dont les flots insoucieux venaient de se refermer sur lui.

Quelques semaines ont passé sur cette catastrophe.

Blanche est à peine convalescente d'une fièvre cérébrale qui l'a mise à deux doigts de la tombe.

Matthéus a eu l'énergie de lutter contre la mort, qui s'offrait à lui toute facile et toute prête. Il voulait cette mort, il l'appelait, il l'aimait comme l'unique refuge inaccessible aux misères qui l'accablaient. Il n'avait qu'à fermer les yeux, se croiser les bras sur la poitrine, et se laisser aller doucement au gré des flots, vers ce point d'interrogation que l'on appelle l'éternité; mais c'eût été lâchement fuir la bataille en laissant Blanche aux prises avec l'ennemi. On ne dispose d'ailleurs pas de ce qui est à autrui; or, sa vie appartenait à Blanche, ou pour mieux dire au salut de Blanche.

Mutilé, anéanti, brisé, Matthéus avait donc lutté contre le fleuve et l'avait vaincu ; puis il s'était traîné jusqu'au palais Isaakoff. Ses blessures l'avaient contraint à garder le lit, pendant que, de son côté et comme par une mystérieuse sympathie, sa femme côtoyait la tombe, qui refusait de s'ouvrir pour elle.

Mais toutes choses, l'excès même du malheur, ont leur bon côté en ce monde. On a déjà bien souffert, on croit avoir épuisé les larmes, et voilà que survient un nouveau désastre, une crise dernière, qui, de même que dans certaines maladies arrivées à leur paroxysme, sauvent tout au lieu de tout perdre.

Ainsi cette secousse suprême avait eu pour résultat, non pas d'éteindre les haines, mais de les adoucir et de faire succéder une trêve forcée à cette lutte inégale d'esclaves à maître.

Le prince lui-même, par certain bons jours où sa conscience très dormeuse se réveillait un peu, avait honte de ses excès, et gravait sur le sable les plus beaux sermens, que la première bourrasque devait emporter.

Bob allait librement de Matthéus à Blanche, apportant à l'un les consolations de l'autre, servant d'interprète, de trait d'union à leurs projets, à leurs espérances, à leurs tendresses, et les guérissant ainsi plus à lui seul que toute la Faculté réunie n'eût pu le faire.

Dietrich, en sa qualité d'amphibie, tolérait tout ce que, sans se compromettre, il pouvait tolérer.

Quant à Ivan, il va sans dire que les dédains de la noble Anglaise tombaient sur sa flamme, excusez le mot, qui n'a pas même ici le prétexte de rimer avec âme, comme autant de gouttes d'huile.

On se rappelle que, lors de leur entrevue au Gostinoï-Dvor, il avait été convenu entre Nicolas Petrowitch et Matthéus que ce dernier irait le surlendemain, jour de *prasnik*, s'entendre avec lui sur les moyens de soustraire Blanche aux obsessions du prince Isaakoff.

Les événemens que nous avons racontés avaient rendu cette démarche non-seulement impossible, mais inutile.

Impossible, par la chute de Matthéus dans la Néva et les conséquences qu'elle avait eues ;

Inutile, parce que Blanche avait failli sortir de l'esclavage, non par une fuite hérissée de dangers et d'obstacles, telle qu'il s'agissait de la lui préparer, mais par cette fuite certaine que l'on appelle la mort, et que ni sbires ni frontières ne peuvent entraver.

La première chose que fit Matthéus, lorsqu'il put sortir, fut donc d'aller renouer les négociations entamées avec le marchand du Gostinoï-Dvor. Blanche était du reste convalescente, bien que, pour forcer le prince à plus d'égards, elle affectât toujours d'être fort souffrante.

Matthéus, pour être plus sûr de rencontrer Petrowitch, non à son comptoir, mais à son domicile officiel et conjugal, avait choisi un jour de *prasnik*.

Petrowitch demeurait dans une de ces rues non pavées que la neige et la boue rendraient tour à tour impraticables l'hiver et l'été sans une espèce de trottoir en bois, élevé d'environ trois pieds au-dessus du sol, et sur lequel, au risque de tomber à travers les planches vermoulues, on réussit assez généralement à marcher à pieds secs.

A son arrivée chez le marchand, Matthéus fut introduit dans une espèce de salle basse dont les meubles d'acajou sombre et massif étaient relevés par des ornemens de bronze doré. Deux mauvais paysages, richement encadrés, étalaient le cadran d'une véritable horloge sur la tour d'une église rustique. L'inévitable patron reniflait son huile habituelle, contenue dans une lampe d'argent.

Petrowitch, assis devant une table, fumait son *troubka*. Une robe neuve, d'un bleu obscur, avait fait place à son sordide cafetan.

La table gémissait sous une profusion désordonnée de sorbets, de lamproies marinées, de melons d'eau, de bœuf de Hambourg, de caviar sec, d'ananas, de pâtés en terrine, de gingembre confit et de mille autres choses entassées dans une glorieuse confusion, au milieu de cruches de kirsch, d'anisette, de noyau, et de flacons de sauces anglaises, de tous les calibres et de toutes les couleurs.

Le principale mérite de ces assaisonnemens aux yeux des Russes de cette classe est d'être fort chers, de venir de loin, et d'être bouchés d'une certaine façon, dans des bouteilles d'une certaine forme plus ou moins bizarre.

La raison de ces splendeurs inaccoutumées chez Nicolas Petrowitch était qu'il fêtait à la fois son mariage et son affranchissement. Aussi les vides de la collation devaient-ils être successivement comblés, pendant toute la journée, au profit de tous ceux de ses confrères qui viendraient le féliciter.

Le malaga, le tokay, le porto, le champagne, le xérès, versés à profusion, attestaient d'une manière plus éclatante encore l'hospitalière générosité du marchand.

Comme tous les avares à qui il arrive, une fois par hasard, de sortir des gonds rouillés de leur ladrerie, cet homme, qui possédait à peine deux chemises et autant de paires de bas, poussait, en cette circonstance, la prodigalité et l'ostentation jusqu'aux dernières limites de l'extravagance et du ridicule ; ce qui ne l'empêcherait pas de reprendre, le lendemain, son vieux cafetan troué, et de s'asseoir avec ses garçons de magasin devant une écuelle de bois, dépensant trente-six sous par semaine pour sa nourriture, et tenant, par économie, un petit morceau de sucre candi dans la bouche, destiné, bien à tort, à tempéré l'âcreté des sept ou huit timbales de thé qu'il absorbait coup sur coup.

Il n'est peut-être pas un seul marchand russe qui ne soit taillé plus ou moins exactement sur ce patron ; et qui voit Nicolas Petrowitch les voit presque tous.

Matthéus reçut naturellement de son hôte un accueil cordial et proportionné aux cinquante milles roubles dont il l'avait fait dépositaire.

— Frère, sois le bienvenu, dit Petrowitch ; il y a longtemps que je t'attendais...

— Oui, reprit Matthéus, de nouveaux malheurs, la maladie.

— Je sais, je sais... Mais ton argent n'en est pas moins toujours là, sous la garde de saint Sergius...

— Et sous la vôtre, ajouta Matthéus, à qui cette dernière garantie paraissait plus sûre que l'autre.

— Tu arrives bien, reprit le marchand ; je jette aujourd'hui la maison par la fenêtre... Assieds-toi, bois et mange.

— Merci, reprit Matthéus. Les momens sont précieux, et je voudrais...

— Comment ! tu refuserais de fêter le bonheur qui m'arrive ?

— J'y prends, au contraire, la part la plus vive.

— De partager ma joie ?

— La joie est bannie de mon cœur, reprit Matthéus, bannie sans retour.

L'amphitryon fit alors place au propriétaire, jaloux d'étaler ses richesses et de passer pour un astre éclatant aux yeux de Matthéus, qui n'était plus qu'une étoile parfaitement éteinte.

— Comment trouvez-vous cet angora ? demanda-t-il en désignant un chat qui, à un signal de son maître, sauta sur la table et se mit à faire le gros dos. J'en ai refusé deux cents roubles.

Matthéus était dans un trop grand abattement d'esprit pour contester sur ce point. Il était d'ailleurs convaincu que le plus court était de laisser cette vanité de parvenu jeter ses gourmes et s'éteindre ensuite de sa belle mort, faute d'aliment et de controverse. Il se laissa donc conduire devant la cage d'un rossignol, le *second* de la ville, et qui avait été payé six cent roubles, puis à l'écurie, d'où l'on fit sortir devant lui un trotteur orloff, payé six mille roubles... C'était toujours là le refrain.

— A présent, reprit Petrowitch, vous allez voir ma femme, qui vaut encore mieux que tout cela... Voilà une femme !... Elle n'est pas encore très grasse, mais tout annonce que, d'ici à quelques années, elle sera comme une vraie petite boule.

— Allons, tant mieux, tant mieux ! dit Matthéus qui écoutait sans entendre, de même qu'il avait regardé sans voir.

— Er quel cœur ! poursuivit le marchand ; un vrai cœur d'or !... Je l'ai trouvé au marché aux femmes, dans les jardins d'été... Quand je la vis, je me dis : Cette femme sera à moi... Je demandai alors à la vieille qui faisait l'office de courtière de me donner des renseignemens sur Katinka, et je les ai eus excellens. C'était une chanteuse de chœurs, une allemande, une étrangère comme votre femme, Mattvei... Un nuage sombre passa sur le front de l'esclave. — Beaucoup de jeunes seigneurs chassaient sa piste, continua le marchand, mais je l'ai emporté sur eux. Je dis moi, car je suis plus que persuadé que les bijoux, les fourrures et mon argent n'y ont absolument rien fait.

— Absolument rien, répéta machinalement Matthéus.

— Aussi suis-je très satisfait, et, pourvu qu'elle engraisse encore...

— Vous êtes en vérité un heureux mortel.

— Non pas heureux, Mattvei, mais sage. C'est en cachant ma lumière sous le boisseau que je suis parvenu à acquérir des richesses, à les garder, et à me payer la fantaisie d'avoir la plus jolie femme de la ville. Bah ! il faut bien s'amuser un peu ! Qu'est-ce que cela fait à mon patron saint Sergius, pourvu que sa lampe soit bien tenue, que l'huile en soit pure, et qu'elle n'en manque jamais ?

— En effet, reprit Matthéus, je ne pense pas que ça puisse lui faire grand'chose.

Katinka fit en ce moment son entrée triomphale. C'était une petite femme, à l'air coquet et mutin, et dont la fraîcheur d'emprunt résultait évidemment de ce qu'elle avait mis du rouge. Je ne sais quelle expression de sensualité froide et calculatrice accusait la créature habituée à ne considérer les hommes que comme des pourvoyeurs de cachemires et de joyaux. Comment elle avait consenti à se soustraire à ses nombreux admirateurs pour devenir la femme d'un serf à la fois vieux et repoussant, c'est là une détermination qui ne peut s'expliquer que par la rage qu'ont certaines filles équivoques de faire peau neuve et de s'appeler légitimement du nom d'un mari quelconque.

Peut-être aussi ne passait-elle jamais aux environs d'un cimetière sans comparer, avec une sorte d'impatiente résignation, sa jeunesse florissante à l'âge avancé de Petrowitch.

Bien qu'il fît très chaud, Katinka s'était affublée d'une pelisse de satin de couleur d'ambre pâle, doublée de martre. Son *katsaveika* bleu tendre tranchait sur une robe de soie plus sombre et richement brodée ; ses pieds étouffaient dans des souliers de satin blanc trop étroits, d'où sortaient des bourrelets de chair qui devaient faire le bonheur du marchand. Elle arborait en outre, sous prétexte de colliers, de broches et de boucles d'oreilles, une grande quantité de diamans monté à la mode du siècle dernier, et sur lesquels le brocanteur avait sans doute commencé par prêter quelque somme chétive, quitte à s'en trouver ensuite le possesseur à la fois légitime et frauduleux, comme cela arrive toujours. Enfin, et pour brocher sur le tout, elle portait sur le bras un cachemire d'un grand prix.

Figurez-vous une châsse surchargée des *ex-voto* les plus disparates.

Katinka avait entendu parler de Matthéus comme d'un homme distingué, élevé dans le meilleur monde. C'était de plus un fort beau garçon, qui portait ses vêtemens d'esclave de façon à leur ôter toute vulgarité ! Elle savait en outre qu'il aimait une femme à l'idolâtrie, ce qui inspire toujours à ce sexe charmant la belliqueuse idée d'entrer en lice, et de détrôner l'idole, si la chose se peut.

Malheureusement, ici la chose ne se pouvait pas, et toutes les agaceries de l'ex-chanteuse vinrent s'émousser contre la tristesse et la préoccupation de Matthéus.

— Savez-vous que ma femme a là au moins pour dix mille roubles d'habits et de bijoux sur elle ? demanda le marchand en se frottant les mains de satisfaction.

— En vérité ! reprit Matthéus ; je vous félicite.

— A quoi bon ? demanda Katinka.

— Comment, à quoi bon !

— Si encore vous me permettiez d'aller me promener au jardin d'E-té.

— Il ne manquerait plus que cela.

— On se dirait : « Voilà la femme de Nicolas Petrowitch ; comme elle est richement mise ! » et cela vous ferait honneur...

— Sans compter le profit, acheva le marchand ; car la police se dirait de son côté : « Il doit être bien bon à pressurer, ce Petrowitch ! » et de là à me ruiner, il n'y aurait pas loin.

— Vous êtes insupportable.

Les maris sont toujours traités d'insupportables en face d'un homme plus jeune qu'eux.

— Ensuite, poursuivit le marchand, vous seriez bien vite entourée de jeunes officiers éperonnés et à plumes de coq.

— Le beau malheur !

— Je ne veux pas de cela.

— Quand on a de la vertu...

— On ne s'expose pas, pour être plus sûr de la garder.

— J'irai malgré vous.

— C'est ce que nous verrons.

— Allons, Petrowitch, hasarda Matthéus, un peu d'indulgence.

— Frère, reprit ce dernier, je t'ai déjà dit que ta raison s'en est allée avec ta barbe. Si j'en juge par les résultats, je mène ma barque mieux que toi : le mousse n'en montre pas au pilote.

Matthéus baissa la tête et ne répondit rien.

— Oui, reprit Katinka rouge de colère et de fard combinés, j'irai malgré vous.

— Katinka ! dit le marchand en détachant un knout pendu à la muraille, et que Matthéus lui prit, moitié de gré, moitié de force.

— Je vous en défie ! s'écria Katinka en se dressant sur les pelottes qu'elle appelait ses pieds. La loi ne vous permet plus de nous battre.

— C'est vrai, reprit le marchand, la loi a eu cette simplicité de vous soustraire à notre justice.

— Dites à votre tyrannie.

— Mais elle nous a laissé au moins la prérogative de vous envoyer au bureau de police pour y être flagellées.

— Il faut un motif, et vous n'en avez pas.

— Un motif ! Voyez-vous un mari faisant châtier sa femme et forcé de dire : « C'est pour ceci, ou c'est pour cela ! » Ce serait un peu fort !

— J'en mourrai de chagrin, soupira Katinka ; j'en maigrirai à ce point de n'avoir plus que la peau sur les os. Ce sera bien fait !

Cette dernière menace toucha fort Petrowitch.

— Voyons, petite colombe, demanda-t-il d'une voix adoucie, que te manque-t-il ici ?

— Tout ! répondit Katinka, en tordant son mouchoir dans ses doigts crispés.

— Je ne parle pas même du nécessaire, petite chatte, mais le superflu n'abonde-t-il pas ici ? — On ne peut se dissimuler que, à part le bureau de police, il y a une grande analogie entre les ménages russes et ceux de... partout ailleurs. — Ainsi, poursuivit Petrowitch en analysant ses richesses, ne voilà-t-il pas de l'acajou, des bronzes, des tableaux, un magnifique angora de deux cents roubles ?

— Je me moque bien de votre angora.

— Un rossignol, le second de la ville, et qui a coûté...

— C'est, en effet, fort divertissant. Ah ! que je suis malheureuse !

Et Katinka se laissa tomber sur une chaise, absolument comme une Parisienne du meilleur genre.

— Vous êtes couverte de bracelets, poursuivit le marchand.

Elle se leva d'un bond furieux, comme une faible femme qu'elle était, et arrachant un à un ses joyaux, elle les jeta au nez de son époux.

— Les voilà, vos bracelets !

— Katinka !

— Et vos colliers !

— Chère amie !

— Et vos boucles d'oreilles !

— Mais tu vas tout briser !

— Voilà le cas que j'en fais !

— Madame, je vous en prie.... hasarda Matthéus.

Mais Katinka le terrifia d'un regard fulminant qui cloua sa langue au palais. Et lançant enfin son cachemire à la tête de Petrowitch, ce qui prêta un instant à ce dernier des semblans de pacha, elle sortit de la salle en affectant de pleurer des larmes dont elle ne pensait pas seulement une seule goutte.

Mille fois plus ému qu'elle, le vieillard la suivit, laissant Matthéus en proie aux tristes réflexions que lui suggérait la pensée de voir Blanche exposée à de pareils contacts et cachée chez de pareilles gens.

Heureusement que, grâce aux recherches et à l'activité de Bob, l'espoir d'une délivrance plus immédiate s'était offert à lui.

Nous dirons tout à l'heure comment elle devait s'effectuer.

Petrowitch rentra au bout de quelques minutes.

— Eh bien ? demanda Matthéus.

— Quand je vous disais que c'est la douceur même.... La voilà heureuse et calme comme un agneau.... Elle a repris ses bijoux, et vient de partir pour les jardins d'été.

— Ah !

— Elle ne voulait plus y aller, mais je l'ai formellement exigé, et elle a fini par obéir. Pour faire des femmes tout ce qu'on veut, il n'y a qu'à leur montrer qu'on a de la tête.

— Fort bien, reprit Matthéus, dont la patience venait d'être mise à une longue épreuve ; vous plairait-il maintenant que nous nous occupions un peu de mes affaires ?

— Certainement, Mattvei.

— J'ai réfléchi que, de cacher ma femme ici, cela pourrait avoir de grands dangers pour elle et pour vous.

— Peut-être bien, Mattvei.

— Ensuite votre femme, que vous devriez consulter....

— Ma femme ? reprit Petrowitch, qui sentait le besoin de réhabiliter sa puissance, je voudrais bien voir qu'elle n'approuvât pas tout ce que j'approuve !

— Nous ne la soumettrons pas à cette épreuve difficile, poursuivit Matthéus en remettant à Petrowitch un papier.

— Qu'est-ce que cela ?

— Il y a ici un courtier allemand, lequel a de fréquentes relations avec le port de Cronstadt.. Je me suis procuré son nom et son adresse que voici...

— Et après ?

— Il s'agirait de lui offrir une somme suffisante ?

— Qu'appelez-vous une somme suffisante ?

— Tout ce qu'il voudra.

— C'est fort élastique, pensa Petrowitch.

— Une somme suffisante, disais-je, pour qu'il décide quelque patron anglais d'un bâtiment charbonnier à emmener ma femme... Vous chargez-vous des négociations ?

— Je m'en charge.

— Il ne faudrait pas tarder. Blanche garde la chambre, et feint d'être encore beaucoup plus malade qu'elle ne l'est réellement. Or, le prince est à mille lieues de croire une tentative de fuite possible en ce moment, et la surveillance s'en est relâchée.

— Dès demain, reprit le marchand.

Matthéus serra silencieusement la main de Petrowitch.

— Et vous, Mattvei ? demanda ce dernier.

— Moi, reprit Matthéus en levant vers le ciel ses yeux creusés par la douleur, dès que Blanche sera libre et dans sa patrie, je serai libre aussi !

II

ÉPOUSE ET MÈRE.

A quelques jours de là, grâce aux roubles de Matthéus, semés, mais préalablement rognés, par Petrowitch, toutes les dispositions étaient prises pour cette nouvelle fuite, qui présentait de sérieuses chances de réussite.

Très revêche d'abord, le courtier allemand s'était amolli à l'offre de deux mille roubles, environ six mille francs.

Quant au capitaine du navire anglais, il avait trouvé que c'était un excellent tour à jouer à la Russie que de lui enlever une compatriote.

Il ne s'agissait plus que de faire sortir Blanche du palais Isaakoff, et de la conduire chez Petrowitch, d'où elle partirait pour Cronstadt, déguisée en mousse, sous la protection de ce dernier.

Une fois embarquée, tout serait dit.

Le jour choisi coïncidait avec une grande fête donnée par le prince Ivan, à l'occasion d'un pari provoqué par Durakoff, et dont la perte ou le gain devait se décider le soir même.

Le brouhaha et les allées et venues de la foule faciliteraient nécessairement l'évasion.

Ensuite Blanche avait de longue date, et à dessein, pris l'habitude d'écarter de bonne heure les gens de son service et de simuler un repos qu'elle était, hélas ! bien loin de goûter.

Bob, qui, après avoir déterré le courtier, était allé tous les jours, sur les ailes de Lucifer, de Pétersbourg à Cronstadt, jusqu'à ce qu'il eût trouvé un navire en partance, Bob figurait encore dans le premier acte de l'évasion, acte fort important et sans la réussite duquel, de même qu'au théâtre, les autres devenaient impossibles.

Suivez bien la scène qui va se passer.

Lucifer est attaché par un licol à la porte de son écurie. Bob a ôté son habit ; les manches de sa chemise sont retroussées ; il bouchonne ou pour mieux dire fait semblant de bouchonner le cheval, dont la robe, lisse et brillante comme du satin, accuse çà et là les muscles d'acier.

Blanche, cachée derrière les persiennes entr'ouvertes de sa fenêtre, échange avec le groom d'imperceptibles signes.

Matthéus, à quelques pas de là, attend sa femme dans une rue écartée.

La grande porte est ouverte et le suisse est à son poste.

Les drowskis arrivent au galop, jettent les invités au pied du grand escalier, et repartent pour faire place à d'autres.

Tout à coup Bob fait à Blanche un signe plus significatif que les autres, et qui peut se traduire ainsi :

— Descendez... voici le moment.

Il lâche au même instant le licol de Lucifer, et lui administre un vigoureux coup de cravache dont son cœur souffre plus que les flancs de la bête.

Mais que ne ferait-il pas pour aider au salut de miss Mortimer !

Lucifer se cabre, pirouette sur lui-même, et se met à fournir au hasard une course échevelée.

— Arrêtez ! s'écrie Bob, arrêtez !

Mais autant arrêter la tempête que d'arrêter Lucifer, dont on se rappelle la fameuse ruade, tic patrimonial de la race des *Swaps*, de même que le tic des Bridle était de prendre du tabac entre le pouce et l'index de la main gauche.

Bob seul pouvait d'un mot calmer son cheval; mais bien qu'il crie et se démène comme le diable, il ne paraît nullement s'en soucier.

On court, on va, l'on vient, le tumulte est à son comble, l'attention de tous est subjuguée par cet incident, et Blanche s'esquive de l'hôtel sans être aperçue.

Le jour commençait à baisser, Matthéus voit poindre une ombre au détour de la ruelle où il attendait sa femme; l'ombre approche, prend une forme, approche encore... C'était Blanche.

Ils ne s'étaient pas revus depuis le jour qui avait consommé leur perte à tous deux.

Matthéus se précipite vers elle, et veut mettre un genou en terre.

Blanche l'arrête et saisit sa main, qu'elle presse dans la sienne.

C'est le pardon.

Mais les minutes sont comptées; ils se dirigent silencieusement, côte à côte, vers la demeure de Nicolas Petrowitch.

Les paroles affluent de leurs cœurs à leurs lèvres. Que de choses ils auraient à se dire dans ce suprême quart d'heure qui résume leur triste vie! La mort ne sépare ni mieux ni pour plus longtemps que ne va le faire le départ de Blanche et de son enfant, de cet enfant qui ne compte pas encore dans la vie, mais qui a déjà sa large place dans les affections, et que son père ne verra jamais!

Matthéus veut rester fort; il craint que sa voix ne trahisse son attendrissement; il craint les entraînemens de la passion... Le premier mot, en pareil cas, met le feu aux poudres, et Dieu sait jusqu'où vont les ravages!

Blanche craint presque de réussir dans la tentative qu'elle va faire pour ressaisir sa liberté; elle souffrait bien dans ce palais Isaakoff, mais elle savait au moins Matthéus non loin d'elle... Bob lui-même était un ami... Les âmes affectueuses craignent surtout d'être privées de toute affection; elles aiment jusqu'à leurs geôliers plutôt que de ne rien aimer du tout. Demandez à Silvio Pellico et à Pélisson.

Ils n'étaient déjà plus qu'à quelques pas de l'habitation de Petrowitch. Matthéus allait donc retourner à l'hôtel, où son absence, si elle était remarquée, pouvait provoquer les soupçons et tout perdre.

Tout à coup Blanche s'arrête, et, se cramponnant au bras de son époux avec cette fiévreuse crispation des femmes exaltées, laquelle fait l'éternel étonnement des hommes qui se croient forts :

— Et tu restes? lui demanda-t-elle.

— Je reste, dit Matthéus; il faut que les crimes s'expient.

— Ton crime est de m'avoir trop aimée.

— Je vous ai mal aimée, c'est-à-dire que je vous ai aimée pour moi et non pour vous, ce qui est pire que la haine.

— Matthéus, fuyons ensemble !...

— Blanche, reprit Matthéus en faisant l'effort surhumain de mettre presque de la dureté dans sa voix, votre devoir est de ne pas m'ôter l'énergie dont j'ai besoin... C'est votre aversion et non votre clémence que j'implore... Je supporterai l'une, je succomberais à l'autre...

— Et si je refusais de partir sans toi?

Il y a des gens à qui l'on scie le bras, la jambe; ils souffrent naturellement beaucoup, mais ils ne s'opèrent pas eux-mêmes; et puis, ils peuvent crier, se plaindre; on les console, on les exhorte, on les entoure d'attentions et de soins.

Matthéus se coupait le cœur lui-même, seul, sans secours, sans rien pour étancher le sang et adoucir la plaie.

— Blanche, reprit-il, vous partirez seule... je le veux ! D'abord, ma fuite rendrait la vôtre impossible... je serais comme un boulet rivé à vos pieds...

— Je reste ! s'écria Blanche.

— Ensuite, vous ne voudriez pas m'infliger l'éternel remords de vous savoir esclave... esclave par moi.

— Je reste ! Mieux vaut l'esclavage ici, avec toi, que la liberté dans l'isolement et dans l'abandon. Qu'en ferais-je
d

— Ce que vous en ferez, Blanche ! vous en ferez l'héritage de notre enfant; vous en ferez qu'il pourra se dire un jour : « Ma conscience, ma volonté, ma vie sont à moi. »

— Assez, reprit Blanche, assez, mon ami !... je pars...

— Vous en ferez que, s'il vient à aimer éperdument une femme, une autre Blanche s'il s'en trouve, il ne devra pas la tromper et la perdre pour l'obtenir.

— Assez ! répéta Blanche, dont ces souvenirs faisaient saigner le cœur.

Mais Matthéus trouvait je ne sais quelle âcre volupté à se retourner le poignard dans la plaie. Il se grisait à la coupe du malheur, qu'il voulait vider jusqu'à la lie.

— Vous en ferez, poursuivit-il, que nul n'aura le droit de le saturer impunément d'injures et de mépris, de l'envoyer aux mines, aux égouts; de le garrotter et de le frapper au visage sous les yeux de celle dont il aurait voulu faire une reine, et pour laquelle il n'aura conquis que des chaînes et l'ignominie !

Ici Blanche lui ferma la bouche de sa main délicate, et Matthéus sut imposer à ses lèvres de ne pas y mettre un baiser.

La mère venait de faire place à l'épouse; autant elle était irrésolue tout à l'heure, autant elle craignait maintenant qu'un de ces grains de sable sur lesquels trébuchent parfois les chars de triomphe ne vînt enrayer sa fuite.

— Matthéus, demanda-t-elle en joignant les mains, vous me rejoindrez bientôt, n'est-ce pas?

Matthéus n'espérait rien de pareil; il y a plus, il se jugeait indigne de Blanche, et s'était, de son plein gré, déshérité de tout avenir meilleur, à part celui que la mort pourrait lui réserver.

Il crut toutefois, par pitié pour Blanche, devoir faire un pieux mensonge qui lui rendît la séparation moins déchirante et les adieux moins poignans.

— Oui, reprit-il, je vous rejoindrai bientôt... plus tard...

— Jurez-le moi.

— Je le jure ! dit Matthéus, en songeant à ce rendez-vous universel que donnent ceux qui meurent à ceux qui restent vivans, et que l'on appelle le ciel.

— J'élèverai notre enfant dans le respect de son père absent et dans la pensée qu'il va revenir.

Une larme de feu vint perler au coin de la paupière de Matthéus.

— Vous garderez la moitié de notre fortune, reprit Blanche; elle aidera à votre évasion.

— J'ai de l'argent; mon père m'en a laissé, répondit Matthéus, qui ne possédait rien au monde, mais dont cette part du bien-être de Blanche eût brûlé les doigts.

Ils étaient arrivés au seuil de Petrowitch; l'heure avait marché, le moment suprême était venu.

— Allons, Blanche, dit Matthéus en tenant à deux mains sa poitrine près d'éclater, du courage et adieu !

Blanche, pour toute réponse, se riva à son cou, l'étouffant de ses sanglots.

Il y a aux forces humaines une limite; Matthéus y touchait. Une goutte de plus dans le vase, et peut-être allait-il être le premier à ne plus vouloir que sa femme le quittât.

Aussi se dégagea-t-il doucement de l'étreinte de Blanche, et appelant Petrowitch :

— Frère, lui dit-il, sauvez-nous de nous-mêmes... Emmenez-la, et que Dieu vous protége !

III

L'HOMME PROPOSE...

Blanche fut introduite, chez le marchand, dans la salle basse que nous connaissons.

Katinka était allée faire quelques emplettes indispensables à la fuite de l'Anglaise, comme elle l'appelait : du linge et ce costume de mousse sous lequel la malheureuse femme devait s'embarquer.

Petrowitch s'impatientait de ne pas la voir rentrer, et sa jalousie gambadait par les vastes champs du possible et de l'impossible.

Le personnel de la maison du marchand, à part l'angora, le rossignol et le cheval de la race d'Orloff, se composait d'une vieille femme qui remplissait à la fois les fonctions de duègne et de cordon bleu. Cette gardienne de la vertu de Katinka avait été choisie de telle façon que, comme l'Alkenkirkoff d'*Adolphe et Clara*, elle devait rester incorruptible aux séductions des assiégeans et de l'assiégée.

Des assiégeans, parce qu'elle était la tante de Petrowitch ; de l'assiégée, parce qu'elle détestait cordialement la jeune femme, et qu'on n'eût rien pu lui offrir de plus délectable et de plus séduisant que le plaisir de la chagriner.

Du reste, comme on le voit, Katinka s'en dédommageait en faisant des sorties d'une aune quand on les lui accordait de deux pouces.

Petrowitch était partagé entre les consolations qu'il essayait de prodiguer à Blanche et les inquiétudes que lui causait l'absence prolongée de sa femme, lorsqu'une vive altercation se fit entendre à sa porte.

Au même instant la vieille tante, pâle et bouleversée, se précipita dans la salle, en annonçant que des suppôts de la police venaient d'envahir la maison.

— De la police ? demanda Petrowitch en ouvrant une porte latérale où Blanche s'empressa de se réfugier à l'étage supérieur.

— Mille fois pire que de la police, reprit la duègne, dont les dents grelottaient à l'état de castagnettes. Ce sont deux hommes de la chancellerie du grand-maître.

A cette nouvelle, le vieux marchand devint livide de terreur ; il était accoutumé aux fréquentes extorsions de la police civile, et savait par quels paratonnerres conjurer ses foudres. Mais il n'en était pas de même de la police secrète de l'État, laquelle inspirait une terreur profonde, et intervient du reste rarement lorsqu'il s'agit de gens de la classe moyenne.

La seule idée qui vînt au vieux Russe, dans cette circonstance extrême, fut de verser de l'huile d'olive la plus pure dans la lampe de saint Sergius, son patron.

Pendant qu'il prenait cette précaution, plus pieuse qu'infaillible, un officier de gendarmerie, en uniforme bleu clair galonné d'argent, entra dans la salle, suivi d'un fonctionnaire sur le manteau gris duquel brillaient les boutons impériaux.

Ces boutons servent d'étiquette générale à tous les employés civils ou militaires de l'empire.

Ajoutons que la gendarmerie est la force exécutive, dont le grand-maître de la police dispose seul.

— Qui se nomme ici Nicolas Petrowitch, marchand de première classe et serf nouvellement affranchi ? demanda l'officier d'un ton impérieux et en lissant ses moustaches.

Petrowitch s'inclina, désolé de ne pas avoir à la main tous ses bonnets pointus et carrés pour témoigner d'une plus grande déférence et de plus d'humilité.

— Êtes-vous bien sûr que ce soit vous ? reprit l'officier en attachant sur le patient un regard sévère et scrutateur.

— Nicolas Petrowitch, votre très humble serviteur, confirma le vieillard en saluant jusqu'à la génuflexion.

— En ce cas, reprit le fonctionnaire, préparez-vous à nous suivre.

— Oh ! bienheureux saint Sergius ! s'écria Petrowitch ; oh ! Excellences !...

— Mettrons-nous le scellé sur ses papiers ? demanda le gendarme.

— Je jure par la sainte Trinité...

— Paix ! As-tu des enfans ?

— Aucun, monseigneur ; je suis un pauvre homme faible, misérable, isolé...

— Tu as une femme ?

— Oui, monseigneur ; c'est-à-dire que... je ne suis pas bien sûr...

— Va la chercher.

Petrowitch courut à la chambre où Blanche et la duègne s'étaient blotties dans un coin comme des moutons à l'approche d'un loup.

Là il fouilla dans une armoire à triple serrure, et en exhuma deux billets de banque, qu'il regarda avec attendrissement, comme de chers amis qui l'eussent quitté pour toujours.

— Ce n'est pas tout, reprit-il ; ils veulent voir ma femme. Or, Katinka n'est pas rentrée... Où diable peut-elle être ? Vous faire passer pour elle, ajouta le vieillard en s'adressant à Blanche, me paraît dangereux. Le plus sûr serait donc... Oui, c'est cela...

Et, prenant sa tante par la main, il lui dit en l'entraînant par l'escalier :

— Tu seras ma femme.

— Soit, reprit la vieille en ajustant ses coiffes, comme pour justifier la position délicate qu'elle allait usurper.

— Excellence, dit Petrowitch en rentrant dans la salle basse, si vous voulez bien jeter les yeux sur ces papiers, vous reconnaîtrez qu'il y a ici une méprise, et que je suis innocent.

En disant cela, il glissait un billet de mille roubles dans la main de l'homme au manteau, et un autre de cent roubles dans celle du gendarme.

— Qu'est-ce à dire ? s'écria ce dernier ; de l'argent à un homme comme moi.

Mais à un regard significatif que lui lança le fonctionnaire, il coula le billet dans sa poche, et son indignation s'éteignit.

— Nicolas Petrowitch, reprit celui des deux perquisiteurs qui paraissait commander à l'autre, ceci est une affaire plus grave que vous ne pensez.

— Quelle affaire ? demanda le marchand.

— C'est en vain que vous chercheriez à nier.

— Mais encore...

— Nous avons les preuves les plus convaincantes.

— Des preuves sans réplique, ajouta le gendarme.

— De quoi diable s'agit-il ? pensa Petrowitch. Ce ne peut être de la femme de Matthéus... elle est arrivée, pour ainsi dire, en même temps qu'eux.

— Et ta femme ? demanda le fonctionnaire.

— Que puis-je offrir à mes nobles hôtes ? demanda le marchand dans l'espoir d'éluder la question. Un verre de vin de Champagne ?

— Je te demande où est ta femme.

— Ma femme, mon noble seigneur, ma pauvre vieille femme, la voici.

Et il produisit la duègne, qui fit une profonde révérence et s'écarquilla les yeux et la bouche en un sourire à faire fuir les plus intrépides.

— C'est là votre femme ? demanda le gendarme, qui avait toutes les peines du monde à ne pas éclater de rire. Elle va nous suivre à la forteresse.

— Sainte Trinité ! s'écria la vieille, il trompe Vos Excellences... je ne suis pas sa femme...

— Fouillez la maison, ordonna sévèrement le fonctionnaire à l'officier de gendarmerie.

Petrowitch tomba à deux genoux devant l'image de son saint patron.

Pendant ce temps, le gendarme montait à l'étage supérieur et en ramenait Blanche défaillante et pâle comme une morte.

Le marchand aurait pu nier que ce fût là sa femme; mais il lui eût alors fallu dire qui était Blanche, et c'était se perdre avec elle.

Mieux valait affronter un malheur incertain que de provoquer une catastrophe qui ne laissait aucune chance de salut.

Blanche avait de son côté fait la même réflexion.

Petrowitch était toujours à genoux, attendant que saint Sergius daignât faire un miracle en sa faveur.

— Lève-toi ! lui cria le fonctionnaire. Et le tirant à l'écart. — Sont-ce là, lui demanda-t-il, toutes les preuves que tu as à fournir de ton innocence ?

— Des preuves ? balbutia le marchand.

Le fonctionnaire avait tiré le billet de banque, qu'il roulait machinalement autour de ses doigts.

— Ah ! oui, reprit le vieillard, des preuves, je comprends...

Et retournant à sa caisse, il en tira, la mort dans l'âme, de nouvelles pièces justificatives.

— Très bien, mon ami, reprit l'homme aux boutons officiels, nous ferons en sorte que vous ne soyez pas assez coupable pour que le knout vous enlève plus de peau que vous n'en avez.

— Juste ciel ! s'écria le marchand, ma peau ! mon argent ! ma femme !...

— Maintenant, capitaine, reprit le fonctionnaire, prenez cet homme sous votre garde, et conduisez-le où vous savez. Quant à vous, madame, ajouta-t-il en offrant la main à Blanche, veuillez me suivre.

Et ils sortirent, prenant chacun une direction différente.

Katinka rentrait un quart d'heure après.

— Ah ! s'écria-t-elle avec une désolation comique, lorsque sa vieille tante lui eut raconté ce qui venait de se passer, — fallait-il, pour une fois que l'on enlève la femme de mon mari, que je ne fusse pas là !

IV

GOSPODINE LESSEPS.

Nous avons dit qu'il y avait fête au palais Isaakoff.

Les familiers du prince, Durakoff, Lochadoff, le lieutenant aux gardes et quelques autres y sont naturellement rassemblés, sauf le comte Horace, à qui son ami le grand-duc Constantin avait fait l'honneur insigne de l'inviter à un grand bal qu'il donnait à Strelna.

Jakoff lui-même est de la partie. Les boucles de sa perruque, semées à profusion dans les boudoirs de Saint-Pétersbourg, et les douze Sosies de la fameuse robe venue à grands frais de Paris, ont longuement défrayé la conversation.

Mais Jakoff est de ceux qui acceptent tout avec un rire si bête, que les meilleures bourdes viennent s'émousser sur leur cuirasse, et meurent faute de riposte.

Ces messieurs paraissent d'ailleurs dans l'attente d'un intermède inusité promis par Durakoff, qui s'est fait l'impresario de la soirée. Aussi ses regards interrogent-ils souvent la pendule, dont les aiguilles viennent de marquer dix heures.

— Rien ne vient, Durakoff, dit le prince.

— Attendez donc, que diable !

— Vous perdrez votre pari.

— Je triple l'enjeu.

— Il a mangé jusqu'au dernier paysan de son oncle, dit Lochadoff en riant ; il n'a plus un copeck vaillant, et il parle de tripler un pari comme s'il ne s'agissait que d'aimer trois femmes à la fois.

— Rien de plus logique. Si je gagne, je ne m'en trouverai que mieux ; si je perds, on m'excusera mieux de ne pas payer une grosse somme que s'il s'agissait d'une misère.

— A propos, messieurs, demanda Jakoff, savez-vous que Lesseps a encouru la disgrâce de l'empereur, et qu'il doit sortir du royaume dans les vingt-quatre heures ?

— Quoi ! Lesseps !

— Pauvre diable ! il a joué avec le lion, et le lion a fini par l'abattre d'un coup de griffe. Il est venu me demander ce matin ce que je lui devais.

— Et vous l'avez payé ?

— Princièrement.

— En ce cas, reprit Durakoff, nous le ferons graver sur la colonne d'Alexandre.

Un valet de chambre annonça.

— Gospodine Lesseps.

— Un disgracié ! un proscrit ! s'écria Jakoff ; vous feriez bien de ne pas le recevoir.

— En effet, ajoutèrent quelques voix, ce serait plus prudent.

Mais pendant que l'on délibérait, une voix sonore se fit entendre, et le peintre parut.

Lesseps avait cet air calme et grave des hommes de cœur dans l'existence desquels vient de se produire une crise sérieuse.

Aucune manifestation bienveillante, aucune de ces acclamations de joie auxquelles on avait accoutumé l'artiste, n'accueillirent son arrivée.

Jakoff était allé ouvrir une fenêtre et regardait avec obstination la Néva, laquelle n'avait cependant rien de plus intéressant ce jour-là que d'habitude.

— Je vous trouve bien mornes, messieurs, dit le peintre; auriez-vous donc appris que je vais partir, et m'aimeriez-vous à ce point d'en être désolés ?

— Par ma foi ! cher Lesseps, reprit le prince, vous savez quel est le joug qui pèse sur nous tous, et je vous dirai franchement que nous eussions préféré que vous ne vinssiez pas.

— A la bonne heure ! j'aime mieux cela que l'hypocrisie.

— Mais puisque vous voilà, poursuivit Ivan, et que, pour peu ou pour beaucoup, nous n'en serons ni plus ni moins admonestés, par la barbe de Noé, l'inventeur de la treille et le plus beau gobelet de l'antiquité ! nous allons vider ensemble la coupe des adieux.

— D'honneur ! reprit Lesseps, retroussant sa moustache et regardant autour de lui d'une certaine façon, en quittant ce maudit pays, que je méprise profondément, je déclare qu'il n'y a que Pushkin pour lequel je donnerais une pipe de tabac et que je reverrais volontiers. Je ne connais que lui qui ose parler et dont la langue ne soit pas cadenassée à double tour, lui et moi, bien entendu.

— Le nain et le bouffon sont dans le même cas, reprit Lochadoff d'un ton sardonique, mais à demi-voix.

— Vous dites, monsieur ?... demanda Lesseps en fronçant le sourcil.

— Je me parlais à moi-même, monsieur.

— Ah ! fort bien : vous avez là un interlocuteur qui doit être des plus amusans.

— Et nous direz-vous comment vous, le favori de l'empereur, vous avez encouru sa disgrâce ? demanda le prince.

— Vous savez ce tableau d'histoire que je lui avais proposé de peindre, un jour qu'il me comparait ses invalides à la vieille garde ?

— L'entrevue de Tilsitt, n'est-ce pas ?

— Oui.

— Eh bien?

— Eh bien ! je l'ai fait. ,

— Le tableau ?

— Oui. L'empereur Alexandre à droite, l'empereur d'Autriche à gauche, et l'empereur Napoléon au milieu, leur donnant la consigne comme à une paire de conscrits.

— Diable !

— Si bien que le czar s'est mis dans la plus abominable colère qu'il soit possible d'imaginer.

— Je le crois !

— Alors, ma foi ! je l'ai envoyé promener... Il a levé sa canne... Je l'ai regardé sous le nez, comme ceci. Permettez, monsieur...

Et Lesseps regarda Lochadoff comme il avait regardé le czar.

— Et enfin ? demanda Ivan.

— Enfin il m'a dit d'aller voir à la frontière s'il y était. « Sire, lui ai-je répondu, si je devais vous y rencontrer, je n'irais certainement pas ; mais comme, selon toute apparence, je n'aurai pas à subir ce désagrément, je partirai dès demain... » Et voilà, messieurs, comment l'empereur de toutes les Russies a encouru la disgrâce du peintre Lesseps.

A cette énormité, l'officier aux gardes prit discrètement son chapeau et se coula vers la porte.

— Mais ce n'est pas là ce qui m'arrive de plus drôle, continua Lesseps. Figurez-vous qu'il m'est dû plus d'argent que n'en pourraient traîner deux chevaux ; eh bien ! je viens de faire ma ronde, et personne ne m'a reçu... Il est vrai que, tout le monde sachant que je dois partir demain, cela s'explique tout naturellement.

— Vous en exceptez Jakoff cependant, fit observer le prince.

— Jakoff qui vous a payé princièrement, acheva Durakoff.

— Je suis allé trois fois chez lui sans y trouver même une boucle de ses cheveux... Après tout, il fait comme les autres... Seulement j'ai juré de couper les oreilles au premier de ces chers cliens qui me tombera sous la main.

— Jakoff ! appela le prince Ivan.

— Comment ! il est ici ? demanda le peintre.

Ivan le lui désigna du doigt, toujours en contemplation devant la Néva.

Lesseps se dirigea vers Jakoff, et lui frappa sur l'épaule de façon à ne la lui démettre que très légèrement.

Jakoff se retourna tout d'une pièce, en faisant de l'une à l'autre oreille une horrible grimace.

— Tiens, c'est Lesseps ! ce cher Lesseps ! que je suis donc charmé...

— Je parie que vous me cherchiez ? dit le peintre.

— Dans la Néva ? ajouta le comte.

— Oui... c'est-à-dire non... pas précisément... mais je comptais bien vous rencontrer ici ; aussi m'étais-je muni... nous disons que je vous dois ?

— Du diable si je le sais !

— D'abord *Une scène dans les Pyrénées*, n'est-ce pas ?

— Je crois bien que oui.

— Des muletiers, deux mules et un âne traversant un ravin... quelque chose dans le goût de Salvator Rosa ; ensuite mon portrait.

— C'est cela même : cinq cents roubles pour chacune des mules, autant pour l'âne, et deux cent cinquante pour votre portrait. Total...

— La moitié seulement pour son portrait !

— C'est que j'en défalque les oreilles, que je me suis engagé à lui couper.

— Toujours farceur ! reprit Jakoff en riant jaune.

Et tirant des billets de banque de son portefeuille, en même temps qu'un profond soupir de sa poitrine, il s'exécuta lentement, espérant peut-être qu'une révolution, un tremblement de terre ou n'importe quoi, viendrait le soustraire à cette dure nécessité de payer ses dettes.

Onze heures sonnèrent.

— Durakoff, dit le prince, et votre gageure ?

— Peut-on savoir ?... demanda Jakoff.

— Mon Dieu ! reprit Durakoff, j'ai tout simplement fait se déguiser en alguazils mon secrétaire et mon valet de chambre, et je les ai envoyés s'emparer du marchand Petrowitch, dont je vous parlais l'autre jour, et de sa femme Katinka... Or, j'ai parié qu'on nous les amènerait ici ce soir même.

— Le mari? demanda Jakoff.

— Oui ; je veux qu'il se taise, et je n'ai rien trouvé de mieux que de le faire disparaître pendant quelque temps.

— C'est diablement régence, dit Lesseps ; et vous croyez...

— Tenez, il me semble que j'entends quelque chose.

En ce moment, la porte du salon s'ouvrit et se referma sur le fonctionnaire de contrebande que nous avons vu naguère si avide d'argumens justificatifs.

— Eh bien ! demanda Lochadoff.

— Les ordres de mon noble maître sont accomplis, reprit le secrétaire ; ils sont là.

— Séparés?

— Oui, monseigneur.

— J'espère bien que ce Petrowitch ne sait pas où il est ?

— Il a les mains liées et les yeux bandés ; ensuite nous l'avons fait aller, venir, monter, descendre ; de lourdes portes ont roulé sur lui ; puis il a entendu grincer des verrous, traîner des chaînes, remuer des clefs ; en sorte qu'il se croit bel et bien dans les cachots de la forteresse.

— Que dit-il?

— Il pleure et invoque son saint patron.

— Et sa femme ?

— Elle ne dit rien. Seulement j'ai vu le moment où Christian, votre valet de chambre, faisait manquer l'opération.

— Comment cela ?

— Parce qu'il voulait refuser l'argent que nous a offert Petrowitch pour ébranler nos consciences.

— De fières consciences, dit Durakoff, je les connais ; elles sont larges à y fourrer tous les trésors de la couronne.

— Et en quoi cela aurait-il fait manquer l'opération ? demanda le prince.

— En ce que Petrowitch, voyant des gens désintéressés aurait compris tout de suite que nous n'étions pas de la chancellerie du grand-maître.

— Maudit pays ! dit Lesseps. Heureux qui le quitte !

— Faites entrer le marchand, ordonna le prince ; il doit faire une bien piteuse mine.

Le vieillard fut introduit. Il avait les mains liées, les yeux bandés et les pieds nus.

— Est-ce là le marchand Nicolas Petrowitch ? demanda Durakoff d'une voix magistrale.

— C'est lui, Excellence, reprit le secrétaire.

— Monseigneur... dit le marchand.

— Silence ! vous parlerez quand on vous interrogera. Vous, greffier, écrivez ses réponses.

Puis s'adressant au vieillard :

— Dites-nous, Petrowitch, tout ce que vous savez sur cette affaire.

— De quelle affaire veut parler Son Excellence ? demanda le patient.

— De quelle affaire ?... En vérité, je crois qu'il m'interroge... Est-ce qu'il y en aurait plusieurs, par hasard ?

— Cela se complique, dit Jakoff.

— Je crains bien, reprit le prince, que ce complot n'ait de grandes ramifications.

— O le plus clément de tous les seigneurs ! si au moins je savais...

— Comment ! tu oses prétendre que tu n'es pas initié à tous les secrets de cette trahison ? que tu n'en es pas la tête, le fauteur, le plus ardent sectaire ?

— Oh ! dit Petrowitch dans la plus horrible anxiété, que je sache seulement ce que vous désirez savoir, et je vous le dirai.

— Quel jour a eu lieu le dernier conciliabule ?

— Le dernier conciliabule? demanda le marchand.

— Où se rassemblent habituellement les complices?

— Mes complices? répéta Petrowitch tombant d'abîme en abîme.

— Où avez-vous caché les tonneaux do poudre?

— Les tonneaux de poudre, juste ciel!

— Est-ce sur une tête de mort ou sur deux poignards en croix que vous avez prononcé cet affreux serment de... de...

— De quoi, monseigneur?

— Répondez et ne questionnez pas.

— Excellence, reprit le vieillard, si je n'avais pas les mains liées, je me tâterais pour savoir si je suis bien réellement Nicolas Petrowitch, un humble marchand du Gôstinoï-Dvor, un Russe orthodoxe, dévoué corps et âme au czar, à la gendarmerie et à son auguste famille...

— Tiens! dit Lesseps, est-ce qu'il connaîtrait le Prudhomme d'Henri Monnier?

— Je ne le connais pas! s'écria le marchand; je ne l'ai jamais vu, je ne lui ai jamais parlé! S'il a commis un crime, un attentat, que sais-je, moi! je jure que je n'y suis pour rien.

— Allons, reprit sévèrement Durakoff, puisqu'il ne veut pas avouer, qu'on lui applique les fers rouges aux pieds.

— Grâce! grâce! hurla le vieillard, je vous dirai tout.

— Parlez.

— Oui, Excellence, je vous dirai tout, absolument tout.

— Eh bien?

— Eh bien! Excellence, voilà la chose... Je... C'est que j'ai si peu de mémoire, voyez-vous, que... C'est curieux cela! je cherche, je cherche...

— Les fers chauds! ordonna Durakoff.

Le malheureux voulut crier, protester, implorer encore, mais on s'empara de lui, et ses pieds furent plongés dans un seau de glace, veuf des bouteilles de champagne glacé au fond desquelles étaient restés le cœur et la raison de ces coupables fous.

L'imagination de Petrowitch était tellement frappée de l'idée qu'on le brûlait, que ses persécuteurs furent obligés de le bâillonner pour étouffer ses cris.

— Qu'on le mette aux souterrains! dit Durakoff.

Et le pauvre marchand fut emmené plus mort que vif.

— Savez-vous, messieurs, dit Lesseps, que ce que vous faites-là est tout simplement une atrocité, et que si votre czar ne m'avait pas mis à la porte de toutes ses Russies, je m'y serais mis moi-même pour ne plus voir ce qui s'y passe.

— Maintenant, messieurs, reprit Durakoff, sans s'arrêter à cette réflexion puritaine, vous allez voir l'ex-chanteuse Katinka. Soyez certains qu'elle prendra mieux la chose que son imbécile d'époux.

Mais, au lieu de Katinka, ce fut Blanche qui parut.

Blanche avait eu le temps de commander à son cœur et de rappeler son courage, sans comprendre par quels jeux du hasard on la ramenait à ce même palais Isaakoff d'où elle venait de fuir; elle en était, nous ne dirons pas heureuse, mais presque consolée, car elle aimait plus Matthéus qu'il ne redoutait Ivan.

Elle entra donc, calme, froide, indifférente, sans morgue ni honte, comme une noble femme sûre de trouver en elle-même des palliatifs à tous les malheurs possibles.

Elle s'était faite de marbre, non comme ces filles dont on prône un peu trop de nos jours les gloires éclaboussées, mais comme la vertu qui se replie sur elle-même et s'isole des cloaques où le sort l'a jetée.

— Vous, madame! s'écria le prince, dans l'étonnement duquel nous ne voulons pas faire intervenir la vieille tête de Méduse tant de fois exploitée.

Blanche ne daigna ni lui répondre, ni le regarder.

— D'où diable sort celle-là! s'écria Durakoff, mais, dans tous les cas, je ne perds pas au change.

— Messieurs, dit Jakoff, c'est l'esclave du prince Ivan, vous savez, cette Anglaise...

— Quoi! madame, s'écria Lesseps qui venait de reconnaître la jeune femme du parc de Peterhoff, vous seriez cette victime infortunée des lois de ce pays, dont le prince...

— Lesseps! fit Ivan d'un air de reproche.

— Grâce au ciel! dit Blanche en tendant au peintre sa petite main tremblante et marbrée de bleu, il y a un homme ici!

— Oui, madame, reprit Lesseps, un homme qui quitte demain cette terre d'opprimés, et qui serait trop heureux que vous voulussiez accepter sa respectueuse escorte jusque là où il vous plaira de vous arrêter.

— Lesseps! répéta le prince dont le mors se fût blanchi d'écume, si l'on avait le bon esprit d'en mettre à certains hommes comme on en met aux chevaux. Lesseps! vous oubliez...

— Monsieur, reprit Blanche, je vous remercie, j'attendrai la justice de Dieu. Veuillez me donner la main jusqu'à mon appartement.

Et Blanche, conduite par le peintre, passa comme une reine au milieu de ces hommes étonnés, qui, d'habitude, ne respectaient rien, et dont pas un, par je ne sais quel mystérieux ascendant de la vertu, n'eût osé lever sur elle un regard profane.

Quelques minutes après, Lesseps rentrait au salon.

Il était pâle, contracté; des plis de mauvais augure creusaient son front; son habit, boutonné jusqu'en haut, annonçait je ne sais quoi de solennel et de résolu.

Il alla s'appuyer le dos à la cheminée, et s'adressant à Ivan:

— Prince, lui dit-il sans autre préambule, vous opposez-vous à ce que j'arrache cette femme de vos griffes?

— Formellement, monsieur.

— En ce cas, reprit le peintre en ôtant son gant qu'il jeta aux pieds d'Ivan, j'ai le regret de vous dire que vous êtes un lâche et un infâme!

— Vous m'insultez, monsieur!

— Cela me fait cet effet-là.

— J'aurai votre vie ou vous aurez la mienne! s'écria le prince furibond.

— Pas de cris, dit Lesseps. Fermons les portes et décrochons les épées!

— Un instant, dit Jakoff fort mal à son aise, il faut que je vous quitte, je suis attendu.

Et il s'esquiva.

Il n'y avait pas d'arrangement possible.

Les deux adversaires tombèrent en garde.

A la troisième passe, le brave Lesseps chancela, la poitrine trouée d'une coup d'épée.

— Bon! dit-il, je suis charmé de laisser en Russie le mauvais sang que je m'y suis fait.

V

NADETCHA.

Entre autres propriétés considérables que le vieux prince Georgiewitch Isaakoff avait laissées à son fils Ivan, se trouvait celle de Bialoe-Darevnia, domaine de dix mille paysans, situé au delà de Moscou, dans le gouvernement de Kalouga.

C'est là que le vieux prince avait envoyé Nadetcha, la sœur de Matthéus, au sortir du pensionnat où elle avait acquis toutes les connaissances et tous les talens d'agrément qui complètent l'éducation d'une femme.

Nadetcha a maintenant vingt ans; elle est blonde; ses yeux, d'une douceur extrême, semblent refléter l'azur du ciel; sa taille est élégante et souple, tout en elle trahit la fille de race et d'intelligence.

Mais Nadetcha est triste, et cependant son âge est celui de la douce gaieté; une expression inquiète et douloureuse semble être stéréotypée sur ses traits , et cependant les fleurs, les oiseaux, le soleil, la musique, les vallées, les bois, la parure, tout ce qu'aiment les jeunes filles, elle l'a ou n'a qu'à le souhaiter pour l'avoir.

Serait-ce l'amour? mais non , Nadetcha n'affectionne que son frère, son Matthéus, qu'elle n'a pas vu depuis dix ans, mais avec lequel elle a entretenu une de ces correspondances actives, tendres, de cœur à cœur, qui font que deux âmes finissent par n'en plus faire qu'une, et s'engrènent, se complètent, s'apprécient souvent mieux à mille lieues de distance que sous le même toit.

D'ailleurs les faons et les gazelles ne se désaltèrent qu'aux ondes claires et limpides; comment donc se seraient éveillés les sens délicats de la jeune fille au milieu des êtres grossiers qui l'entourent?

Mais Nadetcha est esclave, et voilà ce qui donne à sa vie à peine en fleur la tristesse prématurée des tiges qui se courbent.

Je sais bien qu'il y a là-bas, au village, d'autres jeunes filles, esclaves comme elle, destinées à trembler plus tard sous le fouet d'un mari brutal qui rentrera, le dimanche, enivré de *vodka* , quitte à trembler à son tour, le lundi, sous le fouet de l'*oupravitel;* je sais bien que ces filles rient et chantent, sans plus songer au sort qui les attend que le papillon, pendant qu'il butine de calice en calice, ne songe à l'hiver meurtrier qui doit glacer ses ailes.

C'est que Nadetcha a touché à l'arbre de la science; c'est qu'elle a lu et appris; c'est qu'un monde nouveau, vaste puissant, étrange et plein de vie s'est ouvert à elle; c'est qu'elle sait qu'il y a des contrées où l'homme peut être impunément noble, grand, libre; où les femmes, honorées et bénies, inspirent les poëtes et font les héros; c'est que son existence, en un mot, est de celles que nous appelons déclassées.

On n'a pas idée du chemin que peut faire l'imagination d'une jeune fille une fois sur cette pente. C'est le cratère, endormi en apparence, qui couve silencieusement ses irruptions jusqu'à ce qu'il engloutisse un beau jour, à l'improviste, Herculanum et Pompeïa.

Tout était pour Nadetcha un sujet de douleur et de comparaison.

Ainsi, à l'automne, assise au bord de la rivière, voyait-elle les feuilles mortes tournoyer lentement sur elles-mêmes, puis tomber sur l'eau et en suivre le cours.

« Allez! disait-elle; flottez ! soyez libres ! Cette rivière conduit à un fleuve, et ce fleuve à l'océan vaste et sans limites. » La brise jouait-elle dans ses cheveux blonds : « Tu vas traverser la plaine brûlante , lui disait-elle, la forêt obscure, l'humble village, la cité splendide, les rues peuplées des villes où le génie, la beauté, l'esprit, la vertu, déterminent la valeur des hommes, où chacun est l'artisan de sa vie heureuse ou misérable... L'hirondelle qui gazouille là sur cette branche va s'envoler vers un climat plus doux... Le brouillard qui s'élève du sein des marais se hâte de monter vers les nuages et de courir avec eux dans l'espace... Toutes ces choses inanimées ou vivantes ont une espérance ou un avenir... Moi seule je n'en ai pas... Et cependant qu'importe aux vents de gémir à travers une sombre forêt de pins, ou d'effleurer les vagues tièdes et bleues de la mer Ionienne ! Qu'importe à la rosée de tomber sur nos steppes arides ou sur un parterre de roses !... tandis que moi j'ai entrevu au delà de l'horizon qui m'environne un autre monde vers lequel j'aspire, qui me manque, et qui fait que j'étouffe dans celui-ci... O cruel bienfaiteur que ma raison maudit et que j'aime cependant de toute mon âme! pourquoi m'avoir élevée pour la liberté et ne pas avoir coupé le lien qui m'enchaîne à ce domaine où je suis enregistrée avec les terres, les serfs et le bétail ? »

Souvent aussi, dans ses rêves, elle entrevoyait de beaux jeunes hommes, le front noble et ouvert, le regard ferme et pur, vaillans , tendres , chevaleresques , généreux , n'ayant à s'agenouiller devant personne autre que la femme qu'ils aiment ou la mère qui les bénit, relevant de Dieu seul , travaillant pour offrir un nom et une fortune honorables à celle qui sourit à leurs efforts, raffermit leurs défaillances et récompense leurs victoires.....

Puis elle se réveillait à Bialoe-Darevnia, entourée d'esclaves et de la famille d'un sordide régisseur.

Pauvre Nadetcha !

Ce régisseur, du nom de Johann, était le demi-frère de Dietrich, c'est-à-dire qu'ils étaient nés de la même mère, mais de deux mariages différens. Ils s'étaient si bien insinués tous les deux , pendant les dernières années de sa vie, dans les bonnes grâces du feu prince Isaakoff, que toute l'administration de son immense fortune avait fini peu à peu par leur échoir.

Or, les rats ne vivent pas dans un fromage sans s'en assimiler une partie.

Ce Johann avait eu un instant quelque célébrité comme mécanicien. Le ministre de l'instruction publique et deux ou trois généraux du génie avaient eu foi dans son habileté, à ce point de lui confier des sommes assez considérables; mais toute cette habileté s'était réduite à se les faire donner et à ne pas les rendre.

Ainsi Johann avait construit un petit vaisseau, qui, mû par lui-même, avait heureusement accompli, pendant une affreuse tempête, le trajet de Péterhoff au fond du golfe de Finlande. Cette circonstance de la tempête établissait triomphalement le succès, et peu s'en était fallu que Johann ne fût coulé en bronze sur une grande place quelconque... Malheureusement le vaisseau ne pouvait marcher par un temps calme, et, lors de l'expérience, il avait été poussé par le vent, contre lequel il eût été hors d'état de lutter.

Johann était alors tombé du Capitole aux gémonies. Puis le vieux prince, qui ne détestait pas les hommes d'initiative, même lorsqu'ils n'arrivaient qu'à couper leurs draps de lits par le haut pour les allonger par le bas, le vieux prince, disons-nous, l'avait envoyé comme inspecteur dans ses mines de Perm, d'où il était arrivé, comme nous l'avons dit, à régir le domaine de Bialoe-Darevnia.

Quoique régisseur, Johann était toujours resté un peu mécanicien; aussi n'y avait-il plus, sur le domaine, d'horloges, de crémaillères où de moulins qui ne fussent détraqués par son fait.

Enfin il se considérait lui-même, moralement bien entendu, comme l'écrou d'une espèce de presse sociale destinée à comprimer le plus vigoureusement possible les malheureux qui gémissaient sous son gantelet de fer, dont aucune main de velours n'adoucissait les atteintes.

La faveur du ciel avait accordé à Johann, entre autres bénédictions, une femme et un fils.

L'une, laide, petite, blonde, ramassée, et si grosse qu'il fallait une minute pour en faire le tour au pas gymnastique; et, avec cela, quinteuse et revêche à ce point que les serfs du domaine la considéraient comme une plaie infligée à Johann en retour de ses exactions et de ses cruautés.

L'autre, le fils, lourd, grossier, stupide, sans plus de propension pour le bien que le mal, à part la gloutonnerie et la paresse, et répondant au nom de Hans.

Tant que le vieux prince avait vécu, Nadetcha avait été l'objet des plus grands égards de la part de cette famille, qui croyait faire ainsi sa cour au vieillard, et nourrissait l'ambitieux espoir d'unir un jour la jeune fille à leur digne héritier.

Hans se laissait faire, ce qui prouve que, si bête que l'on soit, il y a toujours un grain d'esprit qui pousse quelque part.

Nadetcha, cependant, défendait sans cesse la cause des paysans opprimés; elle avait même été plusieurs fois jusqu'à dénoncer au vieux prince la conduite du régisseur. Mais elle était alors la joie, l'enfant gâtée, l'enchanteresse du logis; elle avait le droit de tout faire, de tout dire, et nul doute que Johann aurait inventé une machine à dé crocher les étoiles si la favorite de son maître les lui avait demandées.

Il est vrai que Nadetcha ne les lui demandait pas. A part ses coups de tête à l'endroit des opprimés, elle était même d'une douceur, d'une abnégation, d'une simplicité de caractère à se concilier les natures les plus égoïstes.

Ainsi, depuis son retour de pension, elle avait invariablement persisté à porter le costume des jeunes paysannes, auquel elle savait du reste prêter un cachet d'élégance qui servait de texte éternel à l'admiration de madame Johann et de son fils.

Mais, à la mort du prince Georgiewitch, toutes choses avaient changé de face. La marâtre avait exhumé ses griffes des peluches qui les recouvraient; et Nadetcha, jusque-là si choyée, s'était tout à coup trouvée en butte à ces lancinantes tortures de chaque jour que savent si bien infliger les harpies vieilles et laides aux femmes jeunes et belles qu'elles tiennent sous leur férule.

Hans seul était resté le même; son affection naïve était exempte de tout calcul d'ambition. Mais cela tournait encore au préjudice de Nadetcha, en ce sens qu'il ne pouvait plus être question pour la noble souche des Johann d'unir leur unique rejeton à une esclave, que le vieux prince, croyant la mort bien loin alors qu'elle frappait à sa porte, avait oublié de doter et d'affranchir.

La mise de la pauvre enfant, trouvée la veille encore trop humble pour sa condition, était maintenant déplacée, fastueuse, ridicule. Toutes les humiliations possibles s'accumulèrent sur elle; l'usage de son piano lui fut interdit; on enferma ses livres sous clef, et si elle ne fut pas tout de suite envoyée à la cuisine, à la laiterie ou à l'étable, c'est que la pensée qu'il ne serait pas impossible que le jeune héritier respectât les prédilections de son père, chose peu probable d'ailleurs, vint mettre des bornes à l'acharnement dont elle était l'objet.

Cependant Nadetcha avait appris, par une dernière lettre de son frère, qu'il était sur le point de revenir, lettre mille fois baisée, bénie, relue, et qui avait apporté quelque apaisement au surcroît de tristesse qui l'accablait.

Un jour donc qu'elle attendait impatiemment le retour de Hans, chargé par elle d'aller au bureau de poste de la ville voisine, elle vit madame Johann s'emparer des lettres qu'il en rapportait, et les enfouir dans sa poche sans même les regarder, sous le grave prétexte que le café se refroidissait.

Le café est, pour les Allemands établis en Russie (les Johann étaient Allemands) l'objet d'un repas spécial, lequel succède immédiatement aux deux heures de sieste qui suivent le dîner de midi. Il était habituellement servi dans des coupes de porcelaine bleue et or, montées sur leurs pieds en filigrane d'argent, offertes à Nadetcha par le vieux prince.

A l'époque où les Johann convoitaient Nadetcha pour leur fils, c'était elle qui présidait à cette collation; mais, depuis, c'était à peine si on songeait à lui en offrir. Ce jour-là, elle fut même durement exclue de la chambre, après la lecture d'une première lettre qui parut jeter le régisseur et sa famille dans une grande consternation.

Nadetcha, seule au jardin, cherchait à s'expliquer les causes de cette terreur, lorsque Hans, le doigt sur les lèvres comme pour lui recommander la discrétion, vint la rejoindre à la dérobée.

— Eh bien? demanda la jeune fille.

— Promettez-moi que vous n'en direz rien à ma mère.

— Je vous le promets, mais dites vite.

— Je les ai achetés fort cher, mais ils sont excellens.

— Les lettres, les lettres!

— Tenez, reprit Hans en lui montrant une grappe de muscat de serre chaude. Je viens d'en avaler deux livres; il me reste cette grappe qui pourrait me faire mal... la voulez-vous? — En parlant ainsi, Hans regardait amoureusement Nadetcha, puis sa grappe, dont il détachait et avalait un à un les plus gros grains. — Je l'avais mise de

côté pour demain, ajouta-t-il; mais comme ma mère ne vous a pas donné de café, — et il détachait encore quelques grains, — je vous l'offre de bien bon cœur.

— Hans, reprit Nadetcha, je vous remercie; gardez votre raisin... Mais vous pouvez me faire un plaisir plus grand, et qui ne vous coûtera rien.

— Lequel? demanda Hans en retirant vivement sa grappe.

— Pensez-vous qu'il y ait une lettre pour moi, parmi celles que vous avez apportées?

Mais, au même instant, madame Johann appela Nadetcha, et, lui remettant une lettre de Matthéus qu'elle s'était permise de décacheter :

— J'ai été sur le point de la brûler, lui dit-elle brutalement, car elle est écrite en français et je n'ai pu la lire. Voyons ce qu'elle dit?

« Ma sœur bien-aimée, disait Matthéus, bien que je
» sois dans la plus profonde affliction, je me sens con-
» solé à la seule pensée de te revoir d'ici à quelques
» jours. »

Le cœur de là jeune fille battit avec force; ces quelques lignes avaient été tracées d'une main tremblante. Le papier accusait çà et là des larmes versées.

— Que dit-il donc? demanda une seconde fois la marâtre.

Les yeux de Nadetcha étincelèrent d'indignation.

— Demandez-le aux flammes, reprit-elle, en jetant au feu la lettre de son frère après l'avoir pieusement pressée sur ses lèvres.

Hans éclata de son rire niais.

Madame Johann fronça le sourcil; une tempête s'éleva dans son sein; mais, après y avoir réfléchi, elle crut plus prudent de se soulager sur son fils, à qui elle administra un grand coup du rouleau de pâtissier qu'elle tenait à la main.

Hans se mit à pousser des cris lamentables, et courut se réfugier dans sa chambre, où il comptait bien se consoler avec la grappe refusée par Nadetcha. Mais, hélas! lorsqu'il voulut tirer les muscats de sa poche, il s'aperçut qu'il les avait écrasés en s'asseyant.

VI

SUR LA GRAND'ROUTE.

Ce qui avait mis les Johann de si méchante humeur, à la réception du courrier, c'est que Dietrich leur annonçait le départ du prince Ivan Isaakoff pour ses domaines de Bialoe-Darevnia.

Or, un intendant qui taille et rogne à plaisir, qui tranche du despote au petit pied, et fait dériver une partie des revenus de son maître vers le magot clandestin qu'il augmente chaque jour, un tel homme, disons-nous, ne doit pas voir venir sans frémir un peu le moment de rendre ses comptes. D'autant moins que le jeune prince, qui dispersait les roubles comme la tempête disperse les grains de sable, paraissait parfaitement connaître la valeur de ses troupeaux, hommes et bêtes, et savoir quand il fallait pressurer par-ci ou tondre par-là.

Toutefois deux considérations rassuraient un peu l'intendant:

La première, c'est que, comme beaucoup de lettres, celle de Dietrich se terminait par un post-scriptum beaucoup plus intéressant que la lettre elle-même, et ainsi conçu:

« Si le prince se donnait les airs d'y voir de trop près,
» regardez-le d'une certaine façon d'où il puisse augurer
» qu'il y a, de par sa conscience, un coin diablement bour-
» beux dont vous avez soulevé le voile, et n'en continuez

» pas moins à *faire vos orges* comme par le passé. Dès
» qu'il ne lui restera plus de plumes à arracher, et soyez
» persuadé qu'il muera bientôt, nous lui ferons payer en
» un quart d'heure toutes les turpitudes de sa vie. »

Ensuite, et c'est là la seconde des considérations qui
tempéraient ses frayeurs, Johann s'occupait de la découverte d'un mécanisme au moyen duquel il prétendait ôter
et mettre à volonté des queues aux mêmes zéros, de façon
à satisfaire à la fois l'œil du vérificateur et la bourse du
vérifié.

Mais on sait que Johann n'était pas heureux dans ses
mécanismes.

Maintenant, laissons-le se préparer à recevoir le prince,
c'est-à-dire prêter à toutes choses une mensongère surface de bien-être et de joie, ainsi que cela se pratique en
Russie dans les hôpitaux et dans les prisons, le jour où la
philanthropie vient goûter au potage, et retournons vers
Ivan, dont nous avons besoin d'expliquer la subite résolution de quitter Pétersbourg.

Ivan, nous l'avons dit, je crois, s'était pris pour Blanche
d'une de ces sombres et implacables passions qui font la
torture de ceux qu'elles dominent, et ne ressemblent pas
plus à l'amour frais, dévoué, sympathique, des jeunes
cœurs, qu'un cadavre ne ressemble à l'enfant rose qui
vient de naître.

Il voulait et n'osait à la fois se satisfaire à tout prix.
Blanche lui imposait par son éducation, par son rang, par
la sérénité de sa vertu, par la dignité froide et hautaine
de son maintien ; ainsi il avait beau se dire : « Elle est
mon esclave, » il sentait bien qu'il ne pourrait jamais la
traiter comme telle.

Certaines femmes sont, en effet, si bien faites pour le
milieu social dans lequel elles ont vécu, l'idole s'est à ce
point identifiée avec le temple, que rien ne peut les découronner du passé. Que le prince lui eût imposé une robe de
bure et des travaux vulgaires, elle n'en serait pas moins
restée miss Mortimer comme devant, donnant à sa robe
des airs de manteau royal, ennoblissant de ses petites
mains blanches la tâche triviale, et narguant le boyard,
du haut de sa naissance et de son nom, comme la plus
altière des duchesses de l'ancien régime.

C'était donc par les soins, par le miel, par la persistance, par ce grand séducteur qu'on appelle l'habitude,
qu'il s'agissait de dompter cette femme. Or, pour cela, il
fallait une sorte d'intimité de chaque jour, naturelle, forcée, à laquelle se prêtaient fort peu les plaisirs, les liaisons, les entraînemens de la capitale, mais que favoriserait
nécessairement le séjour de la campagne.

Ensuite, cette monstrueuse histoire d'une noble étrangère esclave par surprise, le frère écrasé par le frère, le
duel avec Lesseps, partant la nuit même, proscrit, blessé,
et forcé de laisser inaccomplie sa tentative généreuse, tout
cela commençait à transpirer sourdement dans le monde.

Or, comme il n'avait pas dans ses meutes un chien
d'assez riche encolure pour que le sacrifice de sa queue
fît une diversion suffisante aux propos dont il était l'objet,
ainsi qu'on prétend que cela est arrivé dans le temps à
Alcibiade, le prince avait pris le parti de céder la place,
emportant avec lui sa proie, comme une bête fauve, vers
les déserts de Bialoe-Darevnia.

Là du moins on n'entendrait ni les cris de la victime ni
les rugissemens du bourreau. Là du moins Blanche, entourée de marais impraticables et de steppes sans limites,
ne tenterait plus une évasion, non-seulement téméraire,
mais parfaitement impossible.

A la première ouverture que lui en avait faite Ivan, le
comte Horace avait consenti à accompagner son ami. Nous
disons son ami, en n'y attachant que cette signification
vulgaire sans importance qu'on lui donne généralement
dans le monde, où le grand savoir-faire est de cacher le
néant de la pensée sous le vernis des mots.

La condescendance du comte avait surtout ce mobile, de
voir se dénouer le drame intime dont Blanche, Matthéus
et le prince étaient les tristes héros, et dans lequel il prévoyait que son intervention pourrait avoir quelque influence.

Bob lui avait, en effet, parlé de miss Mortimer dans des
termes qui lui avaient inspiré pour cette jeune femme le
plus vif intérêt. Mais si l'on songe à sa position de commensal d'Ivan, et à cette indulgence réciproque des jeunes
gens en général pour les péchés d'amour; si l'on veut bien
admettre surtout, ce qui est vrai, que le comte n'était que
fort vaguement initié aux divers incidens de cette lugubre
histoire, on comprendra que, par discrétion, par savoir-
vivre, et peut-être aussi par insouciance naturelle et souvent louable des choses qui ne le regardaient pas, il s'était
abstenu jusque-là d'y prendre une part active.

Blanche, plutôt surveillée que servie par deux femmes
de chambre à la dévotion d'Ivan, voyageait à petites journées dans une litière fermée.

Horace et le prince l'escortaient en berline, s'arrêtant
chaque soir aux relais de poste, d'abord pour ne pas fatiguer la jeune femme convalescente, et ensuite parce que
le comte aimait à voyager, non pas seulement pour partir
et arriver, mais pour voir, étudier et comparer : trois
choses dont la première est aussi commune que les deux
autres sont rares.

Matthéus les accompagnait sur le siège de derrière, en
qualité de valet de chambre. C'était une nouvelle fantaisie
d'Ivan, qui prétendait ainsi le ravaler aux yeux de Blanche, et trouvait un malin plaisir, en souvenir de Lauzun
et de mademoiselle de Montpensier, à lui tendre ses bottes
et à lui dire : « Déchausse-moi ! »

Mais le prince ignorait que chacune des humiliations
qu'il imposait à Matthéus était payée à ce dernier par un
regard de Blanche, et que, la réaction s'étant produite, elle
l'exaltait maintenant d'autant plus dans son cœur qu'on
l'abaissait davantage selon les préjugés sociaux.

Bob et Dimitri les suivaient à quelques journées, conduisant les chevaux de main.

Les chaumières, de Pétersbourg à Novogorod et de Novogorod à Moscou, se ressemblent toutes. Elles sont construites en troncs d'arbres réunis par des entailles en
queues d'aronde et dont les interstices sont comblés par
de la mousse. Le toit qui surplombe et la galerie extérieure
qui règne le long du premier étage rappellent les chalets
suisses.

L'intérieur, généralement sale et suffocant, présente un
étrange pêle-mêle de sacs de farine, de chanvre cardé,
de boîtes d'oignons, d'habits en guenilles, de haches, de
rouets à filer et de lits formés de peaux de moutons entassés l'une sur l'autre.

Les *tarracanes*, espèce de scarabées noirs, fourmillent
dans ces huttes et en couvrent littéralement le sol de plaques noires, remuantes et visqueuses.

Chaque village a sa maison de bain, d'où sortent indistinctement hommes et femmes, parfaitement nus, et à
moitié cuits par la vapeur, pour se rouler dans la neige :
spectacle hideux s'il en fût, et actuellement banni de Pétersbourg et de Moscou.

Un *kabak* fait généralement face à l'étuve ; c'est là que
le mougik s'enivre de *polougar*, grossière eau-de-vie de
grain dont il engloutit d'un seul trait de foudroyantes rasades. Ce que les Russes trouvent de charmant dans cette
liqueur, c'est que l'on sait au moins tout de suite à quoi
s'en tenir, et que les résultats en sont instantanés. Ainsi,
au bout de quelques minutes, le mougik trébuche et tombe
de toute sa hauteur ; on l'emporte alors par les pieds et
par les épaules comme un cadavre, et on le dépose à l'étable ou sous le hangar, où il cuve pendant trois ou quatre
heures son affreux *polougar*.

Il n'est pas de pays où un pareil oubli de soi-même ne
soit un scandale ; en Russie, c'est la chose du monde la
plus ordinaire, et nul ne s'en préoccupe.

Du moment que le paysan russe ne se grise pas à mort,
c'est que l'état de sa bourse ne le lui permet pas ; mais
sque ce soit peu ou beaucoup, il avale toujours d'un seul
trait. Dans le premier cas, c'est-à-dire lorsqu'il n'a pas pu

se réduire au niveau de la brute, il devient d'une tendresse extrême, embrasse tous ceux qui l'entourent, se prosterne à leurs pieds, et leur demande humblement pardon d'injures qu'il n'a jamais proférées.

S'il est vrai que les effets de l'ivresse résultent des tendances secrètes et des pensées prédominantes de l'esprit, c'est bien là l'ivresse de l'esclave, toujours sous l'influence d'une crainte qui le démoralise et l'abrutit.

Le paysage est plat et monotone, coupé seulement par de sombres forêts de pins, que le contraste de la neige éblouissante rembrunit encore.

Aucun incident ne vint marquer ce voyage, si ce n'est une lettre écrite par Bob au comte Horace, et que nous croyons digne de figurer ici.

« Monsieur et très honoré maître, marquait le groom,
» nous sommes aujourd'hui le 12, que les lambins de ce
» pays ont l'habitude rétrograde d'appeler le 1er. Nous
» venons d'arriver dans un village dont je ne puis vous
» dire le nom, attendu qu'il m'a été impossible de l'épeler.
» Lucifer va bien; hier il était cependant un peu dégoûté
» de sa nourriture, et on lui a volé ses bandages; mais je
» lui en ai fait de neufs en déchirant une chemise; ils
» lui tiennent les jambes fraîches et en bon état. J'ai soin
» de ne le faire marcher que sur le sentier de gazon qui
» borde les routes; c'est un des meilleurs terrains que
» j'aie vus pour galoper.

« J'ai bien peur, monsieur et très honoré maître, d'être
» obligé de quitter Dimitri, qui veut aller trop vite et n'a
» nulle compassion des bêtes. Ensuite il me semble qu'il
» ne marche pas droit, et je commence à croire que c'est
» un malhonnête homme, ce que vous feriez bien de dire
» à son maître...

— Comment trouvez-vous cela? demanda le comte à Ivan en éclatant de rire.

— Je trouve que c'est là une incontestable vérité, dit le prince, et ce n'est pas déjà chose si commune que d'en trouver une dans une lettre.

« Plus je cherche à découvrir en lui quelque probité,
» poursuivit Horace, et plus elle se cache... »

— Veut-il parler de la mienne ou de celle de Dimitri? demanda Isaakoff.

— La pensée de l'auteur est obscure; je poursuis :

« Je crois qu'il me tromperait volontiers dans nos com-
» tes, s'il le pouvait; mais j'ai bien soin de les examiner
» d'un œil attentif et défiant, ce qui ne doit pas vous of-
» fenser, monsieur et très honoré maître, bien que vous
» soyez un comte vous-même; car il est bien entendu que
» je ne prétends pas parler ici de vous, mais bien des
» notes de dépense que nous avons à solder.
» Si je le comprends bien, il voudrait faire de moi son
» complice, et que je sois son Oreste pendant qu'il serait
» mon Ponce-Pilate. »

— Il me paraît très fort en histoire, votre groom, interrompit le prince en riant.

» Mais, poursuivit Horace, je ne veux pas de son amitié.
» Monsieur Mortimer me disait toujours, dans le temps,
» que j'étais un philosophe, et je prétends le rester; or, la
» philosophie consiste à savoir rendre effilée et brillante la
» coutellerie étrangère, à cirer des bottes avec du noir
» français, à maintenir en bon ordre une voiture alle-
» mande, et à ne fréquenter que de braves gens, ce qui
» sont les quatre choses les plus difficiles à faire que l'on
» puisse imaginer... »

— Voilà une singulière définition de la philosophie, interrompit le prince.

L'épître de Bob se terminait ainsi :

« J'ai bien d'autres choses à vous dire, monsieur et très
» honoré maître, mais je les garde en bouteille jusqu'à
» ce que je vous voie en personne; car j'ai entendu dire
» que, dans ce pays, les lettres sont sujettes à être ou-
» vertes, comme l'a été celle de mon père, ce qui ne si-
» gnifie pas grand'chose, en raison de ce que, s'ils ont pu
» la lire, ils sont plus avancés que Bob Bridle, et grand
» bien leur fasse!... On prétend que c'est pour en extraire

» la cire, ce qui n'a pas de raison, à moins que le gouver-
» nement n'en fasse quelque composition pour nettoyer
» les revers de bottes... et encore, en ce cas, ferait-il
» mieux de la demander ouvertement et civilement. Lors-
» que, en Angleterre, un homme écrit à un autre, cela
» reste strictement entre eux deux et les chevaux de relais,
» auxquels les Russes ajoutent, je ne sais pourquoi, les
» employés de la poste.

» Avec le respect qui vous est dû, monsieur et très ho-
» noré maître, je reste votre très humble serviteur.

» BOB BRIDLE. »

« Post-scriptum...

— Ah! il y a un post-scriptum? demanda Ivan.

— Oui, reprit le comte.

Et il lut :

« Je n'ai rien autre chose à vous marquer. »

— A propos, dit le comte, lorsque leur accès de rire se fut un peu calmé, savez-vous que je vais m'ennuyer à mourir, moi, dans ce domaine de je ne sais plus quel nom où vous me conduisez?

— C'est une erreur, cher ami. Vous voyez bien ce valet de chambre qui m'accompagne?

— Parfaitement.

— Physiquement parlant, c'est un magnifique animal, n'est-ce pas?

— Mais oui, dit le comte.

— Eh bien! il a, sur la propriété où nous allons, une sœur admirablement belle.

— Une paysanne?

— On ne peut dire que ce soit exactement une paysanne; il paraît que mon père l'a fait élever avec le plus grand soin; elle a eu des maîtres de toute espèce, et parle le français aussi bien que vous et moi.

— Vous n'en parlez que par ouï-dire?

— C'est vrai; mais ce sont là des ouï-dire auxquels on peut s'en rapporter. Je vous affirme donc que c'est une charmante créature, et, avant de l'avoir vue, je vous propose de l'échanger contre votre cheval gris.

— Sans son consentement?

— Il serait curieux que j'eusse besoin de le lui demander. Tenez, il me vient une idée : elle n'a pas vu son frère depuis plusieurs années; faites-vous passer pour lui; vous serez, dès le premier instant, accueilli avec transport.

— Et le frère, le vrai, que dirait-il?

— Je vous prie de vous rappeler, reprit le prince, que nos serfs n'ont pas de volonté qui leur soit propre ou qu'ils puissent mettre en opposition avec celle de leur maître..

— Ainsi, il souffrirait cette usurpation de qualité?...

— Oui.

— Devant lui?

— Devant lui.

— Et il ne me repousserait pas de ses bras pour s'y jeter à ma place?

— Non.

— Et il ne lui crierait pas : Ce n'est pas ton frère! c'est un fourbe, un suborneur, un infâme!

— Non! mille fois non!

Faisons remarquer ici que Matthéus, assis sur le siège, écoutait cette conversation les poings crispés et prêt à déchirer de ses ongles cet infâme tentateur, s'il ne s'était agi que de sa vie à lui et non du salut de Blanche.

Mais le ciel eut pitié de lui.

— Ce n'est pas ainsi que nous avons, en France, l'habitude de conquérir les femmes, reprit le comte, et je préfère m'en tenir à nos traditions nationales.

VII

LE MANOIR DE BIALOE-DAREVNIA.

Ce serait se faire une fausse idée du manoir de Bialoe-Darevnia que de le comparer aux burgs d'Allemagne, aux châteaux de France ou aux villas d'Italie.

C'était tout simplement un bâtiment construit en planches de sapin, orné d'un péristyle et de colonnes de bois point. Les murs mêmes y montaient en affectant le poli et la couleur de la pierre.

Il s'élevait au centre d'une vaste éclaircie, sur une éminence aux flancs de laquelle étaient semées les huttes du village.

La forêt, sur laquelle avait en cet endroit passé la charrue, s'apercevait de toute part encadrant une plaine verdoyante, marécageuse çà et là, que des groupes de chênes, de bouleaux et de pins sauvages, éparpillés au hasard, égayaient un peu.

Les Moscovites n'aiment pas les arbres; ils préfèrent, pour bâtir, une plaine toute nue au site le plus délicieusement planté; ce qui résulte sans doute des innombrables forêts sauvages dont le nord et le centre de la Russie sont littéralement couverts. Il en est de même dans l'Amérique du Nord. Ce qui abonde devient à charge; ce que l'on n'a pas fait envie. La campagne de Rome payerait un arbre fort cher, la Russie en donnerait des milliers pour rien.

Le prince avait envoyé à l'avance des tapissiers pour rendre quelque fraîcheur aux appartemens décrépits. Le boudoir destiné à Blanche, tendu en soie rayée de vert et blanc, était une merveille que, malgré notre antipathie pour les inventaires, nous ne pouvons nous empêcher de décrire un peu. Un large divan de la même étoffe en faisait le tour. Le tapis, de peluche épaisse et veloutée, simulait un gazon semé de convolvulus et de roses; au milieu était une petite table ronde en malachite que des Cupidons en or moulu soutenaient à la fois de leurs ailes déployées et de leurs bras arrondis. Un piano en bois de citronnier, incrusté de médaillons en biscuit de Sèvres imitant les camées antiques, faisait face à la cheminée en marbre vert surchargée de figurines en bronze d'un travail précieux. Tout cela se reflétait à l'infini dans quatre trumeaux qui se faisaient vis-à-vis.

Ce boudoir, situé au rez-de-chaussée, donnait de plain-pied sur une serre chaude entourée d'arcades sculptées dans le goût de l'Alhambra. La vigne, le palmier, le cactus, étalaient leurs larges feuilles sous les châssis de verre. Du milieu d'un bassin surgissait une gracieuse naïade, tenant à la main un lis d'eau chargé de son feuillage et de ses boutons d'or. Seulement le lis n'était autre chose que l'eau elle-même jaillissant d'une tige, et dont le transparent fleuri simulait le calice d'une fleur.

C'était là, sur ce doux écueil parfumé, que devait tôt ou tard, ainsi l'espérait Ivan, sombrer la vertu de Blanche. Mais Ivan comptait sans la fierté et le mépris qui doublent la vertu de celles qui en ont, et en tiennent souvent lieu à celles qui n'en ont pas.

N'omettons pas de dire qu'il y avait dans ce castel une bibliothèque, mais une bibliothèque russe, c'est-à-dire des rangées de morceaux de bois en forme de livres dont le dos maroquiné étale en lettres d'or les titres les plus ambitieux. Un élégant treillage, dont la clef se trouve toujours égarée, les garantit naturellement de l'atteinte des curieux.

On comprend de quelle ressource cela doit être à la campagne.

Blanche subissait les attentions du prince du même air dont elle avait subi ses violences, sans plus s'étonner, sans plus s'émouvoir des unes que des autres. Jamais elle ne répondait ni à une de ses paroles ni à un de ses saluts, ce qui contrastait d'autant plus avec sa gracieuse déférence pour le comte Horace.

Matthéus et Nadetcha s'étaient enfin retrouvés, et, à la vue de leurs chastes transports, de leurs baisers, de leurs sourires, de leurs extases, le comte, à qui ils en étaient redevables, s'était senti comme rémunéré de la probité du refus qu'il avait opposé aux fatales insinuations d'Ivan.

Puis la sœur, prenant son frère par la main, l'avait silencieusement conduit au cimetière, où ils s'étaient agenouillés sur un tertre de gazon surmonté d'une vieille croix de bois.

C'était la tombe de leur mère.

Là, cœur à cœur, le regard de l'un plongé dans celui de l'autre, avides de se voir, de s'entendre, de regagner en un jour toutes les années perdues, ils s'étaient longuement déroulé le funèbre chapitre de leurs infortunes.

Cependant le sombre manoir semblait avoir mis des habits de fête; il essayait de rire, d'être gai, jeune et sémillant, ce qui ne lui allait guère, en raison des douleurs réelles qu'il y avait au fond de ces joies factices.

Ainsi le prince avait enjoint à l'intendant Johann de ne choisir, pour le service intérieur, que de jolies filles proprement tenues.

— Je ne puis souffrir, avait-il ajouté, de rencontrer à chaque pas ces variétés innombrables de laideurs et de difformités féminines. Je ne sais, mais il me semble que mes paysans dégénèrent; les croisemens sont mal combinés. Quelle est, par exemple, cette grosse femme ponceau qui roule sur elle-même et que je vois partout?

— C'est ma femme, monseigneur.

Ivan le savait fort bien.

— Je vous plains, reprit-il.

Johann soupira.

— Si elle a le malheur de déplaire à monseigneur...

— Non, non, qu'elle reste; engagez-la seulement à se trouver le moins possible sur mon passage.

— Quant aux croisemens dont daignait tout à l'heure parler monseigneur, reprit Johann, nous avons dernièrement fiancé douze jeunes filles et douze jeunes garçons.

— J'étais sûr que vous n'y entendiez rien; on les défiancera.

Johann s'inclina en signe d'assentiment.

— Il faut au contraire marier les jeunes gens à des femmes d'un âge mûr, et les jeunes filles à des hommes entre quarante-huit et cinquante-cinq ans; c'est le moyen de multiplier les élèves et d'obtenir une race moyenne, vigoureuse et de bon rapport... Ne pensez-vous pas qu'il y ait plus de profit à élever des esclaves que des porcs?

— Je suis absolument de l'avis de monseigneur, dit Johann.

— Ensuite, poursuivit le prince, vous classerez mes serfs par catégories : serfs de choix et serfs de rebut... Vous ferez une liste des femmes stériles, des hommes qui ont la poitrine faible... Vous louerez ces derniers aux manufacturiers de Moscou.

— Oui, monseigneur.

— Ensuite vous irez demain à Moscou, chez la Esméralda...

— La marchande de modes? demanda Johann.

— Justement. Vous lui demanderez ce qu'elle payerait de jolies apprenties, que vous choisirez dans mes villages pour les lui louer, à moins qu'elle ne préfère les acheter... vous entendez?...

— Très bien, monseigneur.

— Ah! vous ferez en sorte que Nadetcha soit traitée dans la maison comme elle l'était pendant la vie de mon père; on n'épargnera aucune dépense pour sa toilette; je veux qu'elle nous tienne compagnie; elle s'y prêtera de bonne grâce, j'imagine?

— Peut-être; elle a une petite tête assez difficile à gouverner...

— Eh bien! je vous en donne le gouvernement.

— Au moyen de la faim, du travail et des coups de fouet, reprit Johann, nous parvenons assez généralement à mater les esclaves mâles, mais quant aux femmes...

— Je sais tout cela. Seulement vous lui ferez comprendre que la manière dont sera traité son frère dépendra du plus ou moins de bonne grâce qu'elle mettra à souscrire à mes volontés... C'est une jolie créature.

— Nadetcha est assurément fort belle, reprit l'intendant qui cherchait à lire dans la pensée de son maître si la jeune fille n'avait pas quelque chance d'entrer en faveur auprès de lui. Ses talens, son éducation et ses manières la mettent, à ce que j'ai entendu dire, au niveau des plus grandes dames.

— A propos, reprit le prince en répondant indirectement à l'observation de Johann, vous vous informerez de ce que la Esméralda donnerait, d'ici à deux ou trois mois, de la beauté et des talens de Nadetcha; et vous n'oublierez pas de faire observer à la digne matrone que mes premiers marchés avec elle me mettent parfaitement à même de juger du parti qu'elle pourra tirer de cette acquisition.

— Je comprends, monseigneur, dit Johann, en faisant de l'œil quelque chose qui ressemblait assez à un clignotement.

— Votre œil droit est-il sujet à des convulsions? demanda sévèrement le prince.

L'intendant croisa les bras sur sa poitrine en signe de contrition, et reprit un air grave et respectueux.

— Ensuite, reprit le prince, j'ai un vague souvenir de mécaniques et de rouages destinés à extraire de l'or de mes mines de Perm, et qui n'ont abouti qu'à en faire sortir de la poche de mon digne père... Que je n'en entende plus parler.

Johann fit une grimace qu'il dissimula en se courbant très fort.

— J'espère toutefois, reprit-il, que monseigneur daignera continuer la construction du moulin à vapeur que le feu prince Georgiewitch...

— Si je juge convenable de continuer ces travaux, interrompit Ivan, je vous promets que je me souviendrai de vous.

— Monseigneur, reprit Johann, vous me rendrez heureux et fier.

— Oui, je me souviendrai de vous et de vos nombreux succès en ce genre... Johann rayonnait d'orgueil...— pour éviter soigneusement, acheva le prince, de vous rien confier de pareil à l'avenir.

Le dépit fit place à l'orgueil.

— Monseigneur ne s'est jamais adonné à l'étude de la mécanique?

— Fort peu; mais j'ai, en revanche, une très grande aptitude à la science des chiffres... Vous ferez bien de vous le rappeler.

Johann eut besoin de se souvenir du *post-scriptum* de Dietrich pour répondre par un sourire à cette déclaration de principes.

— Mon père, reprit Ivan, avait en affaires la vue fort courte; il voulait, de plus, que ses serfs fussent traités avec bienveillance et philanthropie... Johann fit un signe d'assentiment. — Et il vous avait choisi, je suppose, parce que vos dispositions naturelles cadraient avec ses idées. En un mot, vous étiez l'homme de mon père?

— Sans doute, monseigneur.

— Il était le maître alors, poursuivit Ivan, et je le suis aujourd'hui. Or, mes principes diffèrent essentiellement des siens; je prétends que mes paysans soient gouvernés rudement et châtiés sans pitié.

— C'est une méthode qui a son bon côté, dit Johann.

— Il me faut donc un intendant qui les mette à sec comme le raisin dans le pressoir; or, je crains bien que cela ne puisse vous convenir.

— Monseigneur, je suis votre homme.

— Mais puisque vous étiez celui de mon père.

— Monseigneur, dit l'escobar, je suis avant tout l'homme de mon devoir; or, mon devoir est d'obéir aux ordres que je reçois.

— En ce cas, reprit le prince en lui tournant le dos, je vous jugerai à l'œuvre, et nous verrons ensuite.

Nadetcha fut dès lors traitée comme la châtelaine du manoir; elle assistait au repas, faisait les honneurs du salon, touchait du piano, chantait même, la malheureuse! et devait, de par les ordres du prince, affecter des sourires qui portaient le crêpe.

S'il lui prenait parfois des défaillances; si elle menaçait de succomber à cette tâche horrible, Ivan l'enveloppait de la glaciale malignité de son regard plombé, et semblait lui dire : « Songez que vos rigueurs vont retomber sur Matthéus. »

Le prince semblait toujours beaucoup tenir à troquer la jeune fille, sa sœur, contre Lucifer.

Comme tous les jeunes gens, le comte Horace aimait le plaisir; jamais il n'avait songé à se faire anachorète ni à être un jour canonisé pour ses vertus. Jamais il n'avait songé, comme Tartufe, à jeter son mouchoir sur la poitrine d'Elmire; c'était, en un mot, un homme à ne pas refuser ses faveurs aux beautés faciles dont le cœur est à l'état d'hôtellerie, ou d'album sur lequel tout le monde est sollicité de s'inscrire. Mais il y a loin de là à suborner une simple et innocente jeune personne, et, si loin que le prince remontât dans ses souvenirs, il n'avait à rougir de rien de pareil.

Dès sa première galanterie un peu risquée, il avait donc suffi à Nadetcha de le regarder de son doux regard bleu, aussi triste qu'étonné, pour le rappeler aux égards qu'elle méritait, et dont il devait désormais s'écarter d'autant moins que la jeune fille produisait chaque jour sur lui et malgré lui une impression plus profonde.

Nadetcha elle-même en venait insensiblement à sentir je ne sais quoi, comme on dit, s'éveiller en elle; elle rêvait presque aussi souvent de chaînes fleuries que de liberté, et lorsqu'elle descendait dans son cœur, sur le premier feuillet duquel commençait à s'écrire un autre nom que celui de Matthéus, elle n'en reconnaissait plus les chemins.

Quant à Blanche, bien effacée jusqu'ici dans cette histoire qui porte son nom, elle avait fermement refusé de voir personne, sauf Nadetcha, qu'elle avait bientôt aimée de cette ardente affection qui naît toujours de la tristesse et de l'isolement. En effet, les cœurs ne disposent que d'une somme donnée de tendresse, laquelle varie nécessairement d'intensité, selon qu'elle est dispersée entre plusieurs ou consacrée à un seul.

Ajoutons que Nadetcha était la sœur de Matthéus, et que, avant même de l'aimer pour elle-même, Blanche l'avait déjà aimée rien que pour cela.

La trame ourdie par Ivan tournait donc un peu au travail de Pénélope et n'avançait guère. Aussi y avait-il à redouter de sa part une explosion prochaine.

En attendant, il noyait ses déceptions dans l'ivresse du jeu, perdant chaque soir contre le comte, avec une persistance de malheur inouïe, de si fortes sommes, que celui-ci, par délicatesse, ne pouvait se dispenser de lui donner d'éternelles revanches qui avaient toutes le même résultat.

Tout tournait donc au sombre et au tragique à Bialoe-Darevnia, lorsqu'une nouvelle excentricité de Bob, récemment arrivé avec Dimitri et les chevaux, vint fort à propos jeter un éclat de rire au milieu des préoccupations de chacun.

VIII

CE QUI PEUT ADVENIR D'UN GROOM QUI BOXE ET D'UN POPE QUI SE GRISE.

Un matin, le prince Isaakoff était, selon sa coutume, étendu sur un sofa, sa longue pipe russe à la bouche.

Le comte Horace venait d'entrer chez lui.

En face du prince se tenait debout un homme d'une figure affectant la gravité, et dont l'embonpoint attestait une santé florissante. Sa barbe était touffue, et de longs cheveux flottaient sur ses épaules. Il était vêtu d'une longue robe de drap brun, à manches fort larges, comme sa conscience, et constellée d'une croix blanche, renouvelée de la tunique des croisés.

Sa voix, lorsqu'il parlait, vibrait, grave et sonore, comme les notes basses d'un orgue de cathédrale.

— Mon cher, dit le prince à Horace, vous arrivez à propos... Quel terrible sauvage anglais vous avez pris pour groom !

— Qui ? demanda le comte ; Bob Bridle, le plus pacifique et le plus digne de tous les serviteurs ?

— Il peut se faire qu'il soit pacifique à sa manière, reprit Ivan : mais tout ce que je puis vous dire, c'est que, s'il continue sur ce pied-là, vous finirez par trouver qu'il vous coûte cher.

— C'est le diable incarné, ajouta Dimitri en confirmant les paroles du prince.

— Mais qu'a-t-il donc fait ? demanda Horace.

— Il a tout simplement battu mon cocher, ce qui ne signifie pas grand'chose puisque celui-ci est mon esclave. Ensuite il s'est servi de l'huile sacrée pour des usages profanes ; il a brisé l'image d'un saint, secoué par la barbe un de nos prêtres grecs, et séquestré le *starosie* (1) et l'*oupravitel* (2), ce qui n'est pas trop mal pour n'être encore qu'à moitié de la journée.

— C'est impossible ! dit le comte ; je serais curieux de l'entendre raconter lui-même cette affaire.

— Il attend dans l'antichambre.

— Appelez-le, dit le prince.

Bob entra fort paisiblement ; sa cravate était d'une blancheur éblouissante, et les revers de ses bottes aussi luisans que des miroirs ; *pas un cheveu*, selon son expression, ne manquait à l'ensemble de sa tenue, et rien ne paraissait plus en désaccord avec les accusations dont il était l'objet, que son maintien calme, froid et posé.

A l'aspect de son maître, Bob Bridle porta respectueusement la main à son front, et traîna légèrement le pied droit en arrière, pour ajouter sans doute à la grâce de son salut. Puis, selon ses principes de savoir-vivre et de discrétion, il attendit qu'on lui adressât la parole.

— Qu'y a-t-il de nouveau ? demanda le comte, comme s'il n'était rien arrivé d'extraordinaire.

— Voici, monsieur, reprit Bob. D'abord Lucifer a mangé hier au soir sa paille hachée.

— Très bien ; mais n'avez-vous rien de plus important à m'apprendre ? — Bob fit un signe négatif. — Connaissez-vous cet homme ? savez-vous quelquechose de lui ? demanda le comte en indiquant le prêtre.

— Pas grand chose, reprit Bob, et ce que j'en sais n'est guère à son avantage.

— Que s'est-il passé entre vous ?

— Presque rien.

— Dites toujours.

— D'abord, monsieur le comte, j'ai surpris il y a quel-

(1) Le plus ancien et généralement le chef du village.
(2) Le surveillant des esclaves.

ques jours le cocher russien Vasili s'emparant d'un mélange de saindoux, de cassonnade et de noir de fumée destiné à noircir les sabots de Lucifer ; et savez-vous ce qu'il en a fait.

— Ma foi ! non, dit le comte.

— Il a été jeté cette drogue dans sa soupe, et avalé le tout, ce qui n'est pas le fait d'un chrétien.

— Jusqu'ici je ne vois pas...

— Ensuite, monsieur le comte, comme je m'étais aperçu de certaines soustractions d'avoine et de fourrage, ils ont voulu me faire accroire que l'écurie était hantée par une espèce de lutin, un *domovoï*, comme ils l'appellent, qui mange l'avoine et change la couleur du poil des chevaux. C'est alors que Vasili a amené ce monsieur (Bob désignait le prêtre), en disant que c'était le pape, et qu'il allait chasser le *domovoï*... comme si je ne savais pas que le pape est à Rome.

— Non pas le pape, dit le comte, mais le pope.

— Le pope soit, reprit Bob ; or, en fait d'esprits, bien que je coure sur mes trente-cinq ans, je n'en ai jamais vus, excepté ceux que les marchands de liqueurs gardent en bouteilles... Alors ce monsieur s'est mis à faire des tours de passe-passe, et a fini par me demander un petit billet bleu de cinq roubles pour sa peine... ce que j'ai naturellement refusé de lui donner... Ensuite il m'a offert sa bénédiction en échange d'un peu d'eau-de-vie... Comme la bouteille était sur la commode et que je ne pouvais faire autrement, je lui ai dit d'en prendre, et qu'il pouvait garder sa bénédiction pour ceux qui en ont besoin... Il s'est alors assis sans plus de façon, a bu plusieurs rasades coup sur coup, et, tirant un jeu de cartes de sa poche, il m'a proposé d'en jouer avec lui.

— Quoi ! dit Horace, en regardant alternativement Bob et le prince avec une expression d'incrédulité, ce prêtre qui a l'air si vénérable ?

Ivan lui répondit par un signe qui signifiait que la chose était parfaitement probable.

— Oui, reprit Bob, ce même vieux pécheur que vous voyez là, et je vous assure que ces cartes étaient joliment sales. Comme il continuait de boire, il devint si cajoleur et si familier que je l'ai tout bonnement pris par les épaules et mis à la porte... Cela se passait hier... Ce matin, il est revenu en m'appelant Bob Bobowitch, ce qui ne me paraît ni civil de sa part, ni flatteur pour moi... J'allais nettoyer les mors et les ornemens de métal, lorsque je me suis aperçu que toute l'huile de la sellerie s'en était allée rejoindre le saindoux... Alors, ma foi ! ayant aperçu une petite lampe qui brûlait devant un portrait, je me dis que cette huile-là pourra me remplacer celle qu'on m'a prise, et je la décroche pour nettoyer mes harnais... Mais voilà que le portrait tombe et se brise... Pour lors, monsieur le comte, ils sont tous tombé sur moi comme des démons, et si je leur ai distribué par-ci par-là des coups de poing, c'est à eux et non pas à moi qu'ils doivent s'en prendre.

— Et le staroste ? et l'oupravitel ? demanda le comte.

— Tout le monde était accouru à la porte de l'écurie. Il n'était question de rien moins que de me massacrer. Le staroste et l'oupravitel, comme vous dites, voulaient m'arrêter ; alors, ma foi ! je les ai acculés dans la *box* de Lucifer, qui s'est mis à se fâcher et à courir après eux ; si bien que les deux hommes n'ont rien trouvé de mieux à faire que de grimper dans le râtelier, où je gage bien qu'ils sont encore, car j'ai eu soin de fermer l'écurie dont voici la clef.

Le prince et le comte se prirent à rire aux éclats.

Le résultat fut que le comte Horace eut à donner cinq cents roubles pour le révérend père, et à promettre une image neuve à Vasili.

Seulement Johann, chargé des négociations, ne compta au pope que cinquante roubles en compensation des outrages que l'Église avait subis en sa respectable personne, et garda le reste pour lui... Il est vrai qu'il y avait ajouté deux bouteilles de vieux rhum, auxquelles le pope avait été on ne peut plus sensible.

IX

LE MARÉCAGE.

Le comte Horace, le fusil sur l'épaule et ses chiens gambadant autour de lui, venait de sortir, un matin, dans l'intention de chasser la bécassine, fort commune en automne dans cette partie de la Russie.

En traversant la grand'route, il rencontre son hôte, qui l'aborde et marche à côté de lui.

Le comte est toujours le jeune homme gracieux, ouvert, avenant, que nous connaissans.

Le prince semble se faire violence pour répondre aux prévenances d'Horace; il ne lui touche la main que du bout des doigts, et ne lui répond que du bout des lèvres; de sinistres lueurs éclatent dans ses regards.

D'où a pu naître cette aversion subite? Résulte-t-elle des sommes fabuleuses que le comte lui a gagnées, ou de ce que, croyant trouver en lui le complice accommodant de ses projets sur Blanche, il s'est au contraire infligé l'importune présence d'un censeur qui leur fait obstacle?

— Venez-vous avec moi? demanda Horace au prince.

— Impossible; je ne suis d'ailleurs pas équipé pour la chasse.

— Voudriez-vous au moins me renseigner sur les endroits giboyeux?

— Très volontiers. Allez vers ces marais qui s'étendent là-bas, et je vous garantis que vous serez content.

— Merci et adieu jusqu'à l'heure du dîner.

— Adieu, répond le prince. Puis il ajoute mentalement : Et que ce puisse être pour toujours!

Ils se quittent.

Horace suit un petit chemin planté d'arbrisseaux qui croissent au milieu d'un gazon fin et fleuri. Ce chemin forme une espèce de ceinture séparant la rivière d'une vaste plaine verte et unie comme une savane. Toutefois, cette verdure n'est qu'une mousse perfide; au-dessous clapote un marécage sur lequel abondent la grue, le courlis et le cygne sauvage, mais que le pied d'un homme n'a jamais impunément foulé.

Du sein de cette prairie apparente, une foule de petits ruisseaux, traversant la digue naturelle, se dégorgent dans la rivière ; des troncs d'arbres renversés ou quelques souches de pins forment çà et là des espèces de ponts et comblent les intervalles.

Le comte en avait déjà franchi plusieurs, lorsqu'il en rencontra un dont le bois vermoulu s'était effondré.

A ses pieds dormait une eau profonde, obscurcie par la mousse et les larges feuilles du lotus.

Ne pouvant passer outre, il se retourne, et découvre qu'un peu plus haut la coupure de la digue est si étroite qu'il lui sera facile de la franchir d'un seul bond. Le talus offre l'aspect d'ailleurs d'une terre solide et gazonnée.

Horace s'élance donc, mais le sol s'affaisse sous ses pieds et le voilà dans un bourbier profond.

En vain il lutte avec courage ; chacun de ses efforts le fait pénétrer plus avant dans l'abîme. Heureusement son fusil, qu'il place en travers, doit le préserver pendant quelque temps d'une immersion complète ; heureusement encore il aperçoit le prince dans le sentier qui borde l'autre extrémité du marais, et il va suffire de l'appeler à son aide pour être sauvé.

Il l'appelle donc de cette voix éclatante et désespérée d'un homme qui va vivre ou mourir, selon qu'il sera ou ne sera pas entendu.

Le prince l'entend en effet, car il s'arrête et semble écouter.

Horace se dit qu'il est sauvé, et, d'un regard qu'il jette au ciel, adresse à Dieu d'ardentes actions de grâces.

Mais Ivan, saisi de l'espérance infernale que l'homme à qui il doit sur parole des sommes équivalentes à la moitié de sa fortune va disparaître sous la prairie mouvante, Ivan, disons-nous, poursuit son chemin et s'enfonce bientôt sous les pins ténébreux de la forêt séculaire.

— L'assassin! s'écrie le comte, il va me laisser mourir ici !

Cependant, grâce à l'obstacle opposé par son fusil, l'infortuné n'enfonçait que lentement, mais infailliblement, et si le hasard ne lui suscitait pas un libérateur, la mort n'avait pas de proie plus certaine que ce jeune homme encore si plein de cœur, de sève et d'énergie.

Ses chiens, restés sur les bords du gouffre, poussaient des hurlemens lamentables.

Ses forces s'épuisaient à tenter de stériles efforts, qui ne faisaient que hâter le moment où il serait englouti sans retour. Le comte Horace prit donc le parti de rester immobile, et, rappelant tout son sang-froid, il se prit à réfléchir aux moyens, s'il y en avait, d'échapper au sort affreux qui le menaçait.

Mais hélas! ses réflexions ne pouvaient aboutir à rien, si ce n'est à constater davantage qu'il était dans un endroit désert, où nulle oreille humaine ne pouvait l'entendre; et que, de même que la lumière d'une lampe dont on peut calculer la durée en raison de la mèche qui se consume peu à peu, il pouvait désormais mesurer sa vie en raison de son affaissement graduel dans cette vase qui allait être sa tombe.

Néanmoins il tenta, de toute la vigueur de ses jeunes et robustes poumons, un nouvel appel.

Les oiseaux sauvages du marais furent seuls à lui répondre ; la grue frappa bruyamment l'air de ses ailes, et le courlis plana quelque temps au-dessus de sa tête en décrivant des cercles nombreux, puis tout retomba dans un horrible silence.

Il y a dans l'indifférence de la nature calme et muette, à l'aspect d'une grande catastrophe, quelque chose de saisissant et d'affreux pour l'imagination de l'homme sain, vigoureux, que menace une imminente destruction.

Qu'est-ce que périr violemment dans une tourmente ou foudroyé dans une bataille, plaint, honoré, regretté, en comparaison de cette mort sans lutte possible, solitaire, aussi ignorée que la chute d'une goutte de rosée sur la terre qui l'absorbe?

Tout semblait désespéré, lorsque soudain le comte entendit derrière lui une voix humaine, et, tournant la tête, il aperçut sur la jetée du marécage un mougik à longue barbe.

C'était le staroste, l'un des anciens du village, sorte de misanthrope farouche, nature vigoureusement trempée, vieux champion de tous les révoltés de l'esclavage contre l'asservissement, voué pendant une grande partie de sa vie au knout et à la Sibérie, d'où il avait rapporté d'éternels levains de haine, de rage, de vengeance, qui fermentaient toujours.

— Ah ! qui que vous soyez, s'écria le comte, je vous ferai riche et libre si vous me sauvez ! Mais le staroste irrésolu demeurait immobile sur le bord de la fondrière; ses traits accusaient une étrange expression de cruauté et d'ironie. — Frère! frère ! hâte-toi ! supplia le comte.

Le vieux paysan tira la hache qu'il portait à sa ceinture, puis, abattant une perche et l'une des poutres du pont rompu, il les traîna vers la mare.

Horace, dans l'anxiété la plus vive, le suivait du regard.

Le staroste plongea alors la perche dans le bourbier, et, voyant avec satisfaction qu'elle s'enfonçait de toute sa longueur, il se mit à regarder autour de lui, comme pour s'assurer qu'il n'y avait là personne pour le surprendre ou pour l'aider... Mais, dans tout le vaste espace que sa vue pouvait embrasser, il n'y avait que le comte et lui.

— Frère, au nom du ciel ! s'écria Horace.

— Frère ! frère ! répéta le mougik avec un ricanement qui ne présageait rien de bon. Le comte joignait ses mains suppliantes. — Ah ! nous sommes frères, toi l'ami de monseigneur, et moi un simple mougik !... Diable ! sais-tu que c'est là un grand honneur que tu me fais ?

— Si vous tardez, s'écria le comte, il sera trop tard !

— Te sauver ! et pourquoi ? reprit le vieillard ; parce que tu prends ta part de toutes ses orgies, de toutes ses turpitudes, de tous ses excès ? parce que tu lui enseignes à extraire encore plus de richesses du sang, de la sueur, des muscles, de l'asservissement de ses esclaves ? Le comte Horace ne comprenait que fort imparfaitement les paroles du staroste, mais il commençait à s'alarmer sérieusement de son attitude menaçante, et continuait à l'appeler d'un ton suppliant : « Frère ! frère ! » ce qui était un des mots, très rares, de son répertoire russe. — Frère ! répliquait avec mépris le mougik, vous et vos pareils, vous êtes de singuliers frères, ce me semble !... Quand ma mère tomba malade, elle fut vendue au propriétaire d'un moulin qui achetait des esclaves de rebut !

— Vite ! disait Horace.

— Frère ! Mon premier enfant est mort faute de lait, qu'il ne trouvait plus dans le sein de sa mère, flagellée et martyrisée par les ordres du maître.

— Vite, vite !

— Tiens ! reprit le mougik en ouvrant son cafetan, tous mes membres ont été déchirés un à un ; l'estampille du knout est partout sur ma peau... Sont-ce donc des frères qui m'ont ainsi traité ?

— Toute ma fortune ! cria le comte.

— Tu me fais souvenir de l'épagneul du feu prince, continua le staroste ; sa grande joie était de nous enfoncer ses crocs dans les jambes... Au lieu de le tuer ou de le battre, nous devions rire de ses espiègleries, le caresser, l'honorer !...

— Mais tu ne vois donc pas que je vais sombrer ! disait Horace en se tordant les bras.

— Eh bien ! continuait le mougik, je l'ai vu un jour qui se noyait dans la rivière, et, comme il n'y avait là personne pour m'accuser de ne pas l'avoir secouru, je l'ai laissé mourir. J'en ferai autant de toi. Je ferai peut-être plus, ajouta le staroste, en qui venait de surgir une pensée funeste ; je ne puis pas traiter *mon frère* comme un simple chien. Et plaçant en travers, sur la surface verte et mouvante, la poutre qu'il avait détachée, il se mit à marcher dessus dans la direction du comte, qui se reprit à l'espoir. Parvenu à l'extrémité de cet espèce de pont, le staroste regarda encore avec défiance autour de lui, et s'arma une seconde fois de sa hache. Horace étendit le bras et allait le saisir, croyant que c'était le salut qui s'offrait à lui ; mais il vit le mougik la lever avec l'intention évidente de lui en asséner un coup sur la tête. — Fais ta prière, dit le vieillard, car tu vas mourir.

Le comte replia instinctivement le bras pour s'en faire un bouclier... Le féroce mougik avançait toujours, se penchant sur la poutre autant qu'il était possible de le faire sans perdre l'équilibre... Mais il s'en fallait encore de quelques pouces qu'il pût atteindre sa victime.

Le comte avait maintenant de l'eau jusqu'à la ceinture.

— Que ma malédiction tombe sur votre tête ! dit-il au staroste.

— Oui, oui, je te conseille de faire des discours, le moment est favorable. Je ne puis arriver jusqu'à toi, mais peu importe ! le marécage n'a jamais rendu que des cadavres. Hier encore tu buvais les vins précieux du maître, c'est maintenant à l'eau bourbeuse de te désaltérer.

Le mougik regagna la terre ferme, et, relevant la poutre, il la repoussa loin du bord.

— Frère ! s'écria une dernière fois le comte Horace. Mais le paysan s'éloigna. Horace suivit des yeux cet homme sans pitié, qui bientôt disparut comme avait disparu le prince. — Ah ! s'écria-t-il, oubliant que le staroste n'avait pu l'atteindre, pourquoi ai-je évité sa hache libératrice ?

Une minute s'écoula, puis une autre, puis une autre encore... Soit que le froid de ces eaux dormantes l'eût saisi ou que son courage fût sur le point de fléchir, ses dents cliquetaient ; des frissons lui parcouraient le corps, semblables à des contacts de bêtes fauves et velues.

Le comte ferma les yeux ; il essaya de prier ; mais ce fut en vain. Des sons étranges bourdonnaient à ses oreilles ; des visions bizarres et incohérentes, tout le pêle-mêle des principaux événemens de sa vie et des personnages qu'il avait connus défilaient comme une ronde infernale dans son esprit troublé. Il lui semblait gravir un escalier sans fin, tournoyer dans le vide, courir sur les nuages, heurter les étoiles, descendre au fond des mers, remonter à la crête des vagues... que sais-je !

Tout à coup une voix pleine d'épouvante appela :

— Horace ! Horace !

Le comte ouvrit les yeux et vit Nadetcha sur le bord du gouffre.

— Sauvez-moi ! lui cria-t-il ; sauvez-moi !

La jeune fille lui jeta, avec autant d'adresse que de présence d'esprit, la perche dont le staroste s'était servi pour sonder le marais.

— Étendez les bras, lui dit-elle, et tâchez de saisir ce point d'appui.

Le comte réussit à saisir la perche.

A force d'énergie, et comme si la volonté pouvait plus que la force, elle souleva la poutre et parvint à lui donner une impulsion plus puissante que n'avait pu faire le mougik.

Une fois ce pont fragile flottant sur le marécage, elle s'élança jusqu'à son extrémité, et tendit courageusement la main au comte Horace. Mais il s'en fallait encore de plus d'un pied qu'ils pussent se toucher.

Tentant alors un dernier effort, elle faillit perdre l'équilibre et rejoindre Horace dans l'abîme.

— Assez ? s'écria le comte ; laissez-moi ! je ne souffrirai pas que vous vous exposiez davantage.

Pendant qu'il parlait, la main de Nadetcha était parvenue à saisir la sienne ; mais elle s'était penchée à ce point que le pied lui manqua, et qu'elle plongea tout à coup dans le marais jusqu'à la moitié du corps.

— Grand Dieu ! s'écria Horace. Et il fit un effort puissant et désespéré, qui n'eut d'autre résultat que de l'engloutir davantage. Mais, à la vue du péril couru par Nadetcha, le sentiment de son danger personnel avait disparu. — Généreuse, imprudente, infortunée jeune fille ! attachez-vous à la poutre... retournez en arrière.

— Est-ce que vous pouvez retourner en arrière, vous ? demanda Nadetcha avec la résignation la plus calme.

— Faites au moins un effort, je vous en conjure !

— Pour enfoncer davantage, reprit Nadetcha.

— Mais vous ne savez donc pas que je vais périr ici, et que le même sort vous attend si vous ne parvenez pas à regagner le bord ?

— Eh bien ! nous mourrons ensemble.

— Oh ! reprit Horace, c'est par trop horrible ! je ne puis vous laisser mourir ainsi ! — Exténué par les cris surhumains qu'il avait poussés, il retrouva cependant une voix nouvelle pour appeler encore. L'écho seul répondit. Horace voulut crier encore ; mais ce ne fut plus qu'un glapissement sourd et voilé, qui n'éveilla que le rauque croassement des corbeaux. — Qu'il m'est affreux de penser, dit le comte, qu'il faut que vous périssiez avec moi et pour moi !

— Oui, reprit Nadetcha sous l'impression de ses nerfs insurgés, cela doit être affreux, en effet, de penser que la noble dépouille du comte de Montressan va reposer près de celle d'une esclave ! que vous, qui avez hérité une grande fortune et un grand nom, vous allez mourir ignoré, englouti en même temps qu'une vile paysanne, au fond d'un abîme où toutes les distinctions sont effacées.

— Nadetcha ! dit Horace.

— Dans les cimetières, le marbre flatte et ment... Mais

ici rien de pareil... Ah ! c'est un grand niveleur que l'abîme !

— Si je pouvais seulement vous sauver, quitte à mourir deux fois moi-même.

— Je ne crains pas la mort, dit Nadetcha.

— Ni moi, reprit le comte, pourvu que je vous sache en sûreté. Écoutez ! je dois être nécessairement englouti le premier, pour deux raisons : je suis plus lourd, et il y a plus longtemps que j'enfonce... mes épaules, puis ma tête vous serviront d'appui... Pendant ce temps, le ciel vous enverra peut-être du secours.

— Je n'en veux pas... Je souris à la mort... qu'elle soit la bien venue !... Et pourquoi vivre, monsieur le comte ? pour être le jouet d'une passion quelconque ? pour être vouée à l'amusement des hôtes de mon noble maître ?...

— Ah ! Nadetcha, je croyais...

— Oui, vous avez été bon et miséricordieux, vous, pour la pauvre jeune fille que l'on vous jetait.

— Entendez-vous ? dit Horace ; du secours ! quel est ce bruit ?

Les corbeaux tournoyaient lentement au-dessus de leurs têtes en agitant leurs ailes noires.

— Ce bruit, reprit Nadetcha, ce sont les oiseaux de proie qui viennent disputer nos corps à l'abîme ; eux seuls assisteront à des funérailles si illustres... Mais que disais-je ? Ah ! oui, vous avez respecté ma douleur, à laquelle vous aviez le droit d'insulter. Au lieu d'être brutal, vous vous êtes fait tendre, empressé ; vous m'avez traitée, non comme une esclave, mais comme une femme...

— Comme une femme que j'aime et que j'eusse aimée toute ma vie ! s'écria le comte.

— Oui, toute votre vie, vous pouvez jurer cela maintenant sans vous engager beaucoup !

— Vous êtes injuste, Nadetcha.

— Lorsque dans mon enfance je poursuivais les papillons, reprit la jeune fille, j'allais doucement, bien doucement ; je craignais de les effrayer et de les faire fuir loin de la fleur dont ils pompaient le suc. Et cependant je n'avais pas plus tôt touché leurs ailes délicates, que les brillantes couleurs en étaient effacées. Ainsi faisiez-vous avec moi.

— Nadetcha, dit le comte avec solennité, la mort est là ; on ne ment pas devant elle. J'ai vu votre frère, il m'a tout appris. J'avais résolu de vous rendre libres, vous, lui, sa femme.

— Que dites-vous !

— Dieu m'entend, poursuivit Horace, et si je vous trompe, il m'en demandera compte tout à l'heure. En ce moment suprême où s'évanouissent toutes les vanités de la fortune et du rang, purifié par la mort qui s'approche comme par le feu, je viens vous dire que ce qui m'avait surtout inspiré ce projet, c'est...

— C'est ?... demanda la jeune fille en attachant sur lui son regard céleste.

— Mon amour pour vous acheva le comte.

— Ah ! reprit la naïve enfant, moi aussi je sens que j'aurais pu vous aimer.

— En vous voyant me regarder ainsi, dit Horace, la mort me semble moins affreuse... Mais tout cela n'est-il pas un rêve ?... Sommes-nous bien réellement plongés dans ce gouffre fatal ?

— Dites-moi, reprit Nadetcha, dont les yeux brillaient alors d'une exaltation fébrile, si, au lieu d'être ici, nous étions là-bas, sur la terre ferme, sauvés de tout danger, que ferait le comte Horace ?

— Il se jetterait à vos pieds et vous dirait : « Nadetcha, votre sourire est pour moi le ciel, et ma vie est à vous. »

— Quoi ! le comte Horace aux pieds d'une esclave !

— Aux pieds de sa femme, dit le comte.

— Ah ! reprit la jeune fille, soyez béni pour cette parole, si irréalisable qu'elle soit !... Je meurs avec plus de bonheur que je n'en espérais pour le reste de ma vie !... Horace ! cher Horace !

— Ma bien-aimée !

— Mon Dieu ! nous allons mourir, et je ne pense qu'à lui ! Si c'est une faute, pardonnez-la moi !

— Si je pouvais au moins vous presser sur mon cœur ! dit Horace ; mais je crains que le moindre mouvement...

— Laissez-moi prier, mon ami ; il faut que je prie ! Nous verrons après.

Ils se recueillirent un instant.

Les corbeaux les effleuraient de leurs ailes ; ils semblaient comprendre que ces deux êtres vivants allaient bientôt disparaître, et voulaient, selon leur affreuse coutume, saisir le moment de leur arracher les yeux.

Cependant Horace et Nadetcha sont parvenus à se rejoindre. L'épouse est dans les bras de l'époux. L'eau comprimée clapote autour d'eux ; encore quelques minutes et elle aura atteint leurs lèvres.

— Horace ! Horace ! s'écria Nadetcha, en rejetant, par un puissant instinct de conservation, la première goutte du liquide amer. Oh ! mon Dieu ! mon Dieu ! Avancez votre pied, je sens sous le mien quelque chose de solide.

— Que vous soyez sauvée, Nadetcha ! je ne demande rien de plus.

— Oh ! non, tous les deux, ou personne ! Ce n'est pas le sol... non, c'est un arbre enfoui dans la vase... S'il est placé dans la direction du bord, nous pouvons vivre encore...

Et, en effet, Nadetcha s'exhaussa tout à coup d'un demi-pied. Horace fut bientôt à côté d'elle.

L'arbre allait vers le rivage ; ils étaient sauvés !...

X

LA PARTIE DE DÉS.

On comprend que, à partir de ce moment, après l'aveu du comte, celui de Nadetcha, le péril commun qu'ils avaient couru et le miracle auquel ils avaient dû leur délivrance, on comprend, disons-nous, qu'après cela Horace était devenu le sincère allié de Blanche, de Matthéus et de sa sœur.

Cependant ne faisons pas de lui l'Amadis qu'il n'était pas. Un homme, un galant homme même, qui, selon toute vraisemblance, n'a plus que peu d'instants à vivre, peut fort bien dire à une femme au conditionnel : « Je vous aurais épousée ; » il peut très bien même, dans un moment de gratitude profonde et d'exaltation fébrile, l'avoir pensé, et se trouver plus tard un peu embarrassé de son serment.

La mort imminente et terrible qui le menaçait, le courage de cette belle jeune fille qui allait mourir pour avoir voulu le sauver, tout avait concouru à entraîner le comte.

Mais, quoi qu'on dise, les convenances sociales, les rapports de position sont bien quelque chose ; et maintenant qu'il y réfléchissait avec calme, cet engagement, malgré toute sa solennité, ne lui paraissait plus guère qu'un écart assez véniel de sa raison troublée.

Son amour pour Nadetcha n'en était toutefois ni moins sincère, ni moins profond ; il éprouvait même un indéfinissable mécontentement de lui-même, lorsque, après avoir épuisé à ce sujet le pour et le contre, il arrivait forcément à conclure qu'un tel mariage était impossible.

Folie d'un côté, mauvaise action de l'autre, tel était le dilemme.

Nadetcha, elle, ne doutait pas ; elle avait une foi si enthousiaste, une confiance si aveugle, l'horizon se parait pour elle de couleurs si vertes, que c'eût été presque une cruauté de la désabuser.

Quant à varier dans le dessein généreux qu'il avait formé d'affranchir la jeune fille, son frère et la femme de ce dernier, le comte en était incapable. Si, une fois libre et loyalement instruite des obstacles qui s'opposaient à leur union, elle persistait à vouloir le suivre, eh bien !... il verrait.

Que de difficultés on tranche, on ne tranche pas, veux-je dire, par cet éternel mot des poltrons, qui ajournent ainsi moralement la guérison des moindres bobos jusqu'à ce que la gangrène s'y soit mise !

Le comte avait eu plusieurs motifs pour ne pas rompre ouvertement en visière avec le prince Ivan. D'abord, bien qu'il ne pût douter que son hôte avait eu le dessein arrêté de le laisser périr dans le marais, il ne pouvait en administrer une preuve matérielle, et rien n'eût empêché Isaakoff de lui rire au nez et de lui répondre qu'il était insensé.

Ensuite cet affranchissement de Nadetcha, de Matthéus et de Blanche n'était pas sans présenter de grandes difficultés. Le comte y voulût-il sacrifier sa fortune entière, il fallait encore le consentement, la bonne volonté d'Ivan. Or, cette bonne volonté probable, en ce qui concernait Nadetcha, était fort problématique à l'endroit de Matthéus, et plus douteuse encore à l'égard de Blanche.

Ajoutons qu'aucun de ces trois nobles cœurs n'eût voulu de la liberté sans l'affranchissement des deux autres.

Quelques jours s'étaient écoulés depuis la scène du marais.

Le prince et le comte, au sortir de table, étaient assis en face l'un de l'autre, dans l'apparence de l'intimité, Ivan était ironique, Horace solennellement calme ; mais ils n'en paraissaient pas moins l'un et l'autre, comme les nuages avant la tempête, chargés de ce fluide électrique dont le choc va produire la foudre.

— Prince Ivan, dit Horace, j'ai une proposition sérieuse à vous faire.

— Quoi ! ainsi, tout de suite après dîner ! répond en riant Isaakoff; auriez-vous formé le projet de faire mourir d'indigestion votre meilleur ami ?

— Une proposition très sérieuse, répéta le comte sans se laisser prendre à cet air enjoué.

— Allons, soit ! car, par une faveur toute particulière de la Providence, je ne prends rien au sérieux.

— Vous avez beaucoup d'esclaves, n'est-ce pas ? demanda le comte.

— Mais oui... Après cela j'en aurais davantage que je n'y verrais aucun mal.

— Je suis maintenant assez familiarisé avec vos coutumes, reprit Horace, pour savoir que vous considérez vos serfs au même point de vue que nous considérons, en France, nos tonneaux de vin, nos bois de construction, nos moutons ou nos bœufs.

— Absolument la même chose ; il y a cependant cette différence que le bois et le vin augmentent de valeur en vieillissant, tandis que les serfs finissent par ne pas même nous laisser de laine comme les moutons, ou de cuirs comme les bœufs. A ces paroles cyniques, le cœur d'Horace se souleva de dégoût. — Il est vrai, poursuivit Ivan, que, par compensation, nous avons la faculté de les mettre en gage, ce qui n'est guère commode alors qu'il s'agit de bestiaux. Mais je vous ai interrompu.... Continuez, je vous prie.

— Vous conviendrait-il de me vendre quelques-uns de vos esclaves ?

— Vous les vendre ? Mais je vous en donnerai deux cents pour rien, si vous le voulez... à mon choix, bien entendu. J'avais l'intention de les louer à un manufacturier de Moscou, à la seule condition de les nourrir et de les enterrer. Je serai charmé de vous donner la préférence.

— Prince, reprit Horace, parlons sérieusement.

— Je fais tout ce que je puis pour y parvenir, cher comte.

— Vous devez bien vous imaginer que je n'ai nulle envie de devenir propriétaire d'esclaves.

— Trouveriez-vous cela, par hasard, au-dessous de vous ? demanda Isaakoff en arborant ses grands airs.

— Mon Dieu ! reprit Horace, chaque pays a ses mœurs,

ses préférences ses antipathies, ses travers, et je n'ai pas mission de m'en faire le juge.

— A la bonne heure !

— Ensuite, je l'aurais, que je n'en userais que le moins possible, de crainte de me tromper.

— Vous parlez d'or, cher ami.

— Je désire tout simplement acheter trois de vos esclaves, quitte à y mettre le prix que vous fixeriez.

— Vous ne savez peut-être pas une chose ? demanda le prince, qui, voyant venir son adversaire, s'amusait à peloter en attendant partie.

— Quelle chose ? demanda Horace.

— C'est que, pour acquérir des esclaves, il faut avoir tout au moins le rang d'enseigne au service de l'empereur. Et encore, à moins d'être naturalisé, vous ne pourriez en conserver la propriété que pendant votre séjour en Russie... J'espère que cela s'appelle parler sérieusement, ajouta le prince en riant, et vous devez être satisfait.

— Vous oubliez d'ajouter, reprit Horace, que, pour éluder cette loi, il suffit de passer le marché au nom d'un Russe quelconque qui réunisse les conditions imposées.

— Diable ! il paraît que vous êtes ferré à glace sur les accommodemens que nous avons avec la loi.

— Au surplus, reprit le comte, ce n'est pas la possession de ces esclaves, c'est leur liberté pleine et entière que je prétends acheter.

— Voilà un trait touchant, dit le prince, et j'ai toutes les peines du monde à n'en pas être ému. Mais pendant que vous êtes en train de distribuer des libertés, vous devriez bien me faire cadeau de la mienne ; car, après tout, je ne suis qu'un esclave un peu plus doré que les autres et je ne puis même, sous peine de voir mes biens confisqués, sortir de l'empire sans l'assentiment du czar.

— Voilà pourquoi, ne vous en déplaise, j'aimerais mieux être charbonnier ailleurs que prince dans ce pays.

— Et ce trio d'esclaves que vous convoitez ? demanda Ivan de son air narquois.

— Il y a d'abord Nadetcha.

— Bah ! la jeune fille que vous avez offert de troquer contre Lucifer ?

— Ce serait une profanation qu'un pareil marché, et voilà pourquoi je vous en propose un autre.

— Après tout, cher comte, savez-vous que vous avez un goût et un tact parfaits dans votre choix ?

— Vous consentez ?

— Des talens, de la beauté, de la grâce, un pied de Chinoise, une taille d'Andalouse, une voix que l'Opéra payerait un prix fou... Tiens, mais à propos, il faudra que j'y songe..,

— Soit ! je ne marchanderai pas.

— Permettez qu'avant de vous répondre je vous adresse à mon tour une question.

— Je vous écoute.

— Si je vous disais : Comte de Montressan, faites-moi la grâce de me vendre deux ou trois acres de vos terres héréditaires ; vendez-moi également le portrait de votre grand-père, le lit antique dans lequel vos aïeux ont rendu le dernier soupir, et l'épée suspendue à votre chevet ; je vous en donnerai plus d'argent que n'importe quel brocanteur ; que me répondriez-vous ?

— Je vous répondrais que ce qui pourrait paraître étrange dans un pays ne l'est pas du tout dans tel autre ; il y a des contrées où je serais impoli en gardant mon chapeau sur la tête, il y en a d'autres où je le serais en restant tête nue. Ainsi, ne vous ai-je pas vus, vous et vos amis, échanger toutes choses, depuis vos pipes jusqu'à vos fourrures ?

— Avec mes compatriotes je ne dis pas, reprit le prince ; les Russes brocantent volontiers. Mais je trouve plus courtois de traiter les étrangers selon leurs propres coutumes. Tant que vous serez mon hôte, tout ce que je possède est à vous. Faites ce que vous voudrez de mes chiens, de mes esclaves et de mes chevaux, mais je ne vends pas.

— C'est votre dernier mot ?

— Absolument.

— Permettez-moi d'espérer le contraire.

— Espérez, cher ami ; cela ne fait de mal et ne coûte rien à personne.

— Ainsi chaque jour on vend un domaine, un cheval, un joyau, qui ne plaisent plus à l'un et font envie à l'autre ; c'est du caprice, de la fantaisie et rien de plus.

— Est-ce bien rien de plus ? demanda le prince en souriant de son air chacal.

— Je prends intérêt à trois de vos esclaves.

— Rien que trois ? C'est bien peu.

— Je veux les affranchir.

— Quel bon cœur vous êtes !... mais pourquoi n'acceptez-vous pas mes deux cents cacochymes ? voilà bien des heureux à faire et des bénédictions à recueillir !

— Bref, reprit le comte, les trois esclaves dont je parle...

— Dont Nadetcha ?

— Dont Nadetcha.

— A propos, vous ne savez peut-être pas que, selon la tradition, Nadetcha serait la fille de mon père ?

— Votre sœur, en ce cas ?

— Oh ! mon Dieu ! non.

— Cependant la nature, la voix du sang.

— En Russie, mon cher, le sang est muet ; ensuite nous avons deux natures, deux variétés, deux espèces : l'homme et le sous-homme... c'est un terme poli pour ne pas dire la brute.

— Le premier rampe sur le velours, l'autre dans la boue.

— Peut-être bien, cher comte ; mais, dans tous les cas, ce sont là de ces réflexions qu'il ne nous plaît pas d'entendre faire par d'autres bouches que les nôtres.

Horace pâlit légèrement, et peu s'en fallut que sa main et la joue du prince ne se *rejoignissent*, ce qui est l'expression consacrée lorsqu'il arrive aux trains de marchandises de bousculer les *express*.

Mais il se rappela qu'il s'agissait d'intérêts trop graves pour les subordonner aux entraînemens de sa colère, et il réussit à se contraindre.

— Je disais donc, reprit-il, que je prends à trois de vos esclaves un intérêt très vif, et que j'offre de vous les payer le prix d'un village entier.

— S'il est vrai, comme le prétendent les économistes, reprit Ivan, que la valeur de l'argent se mesure sur la somme de travail qu'il a fallu pour l'acquérir, je ne m'étonne pas que vous soyez aussi prodigue de villages. C'est du reste là une monnaie que je vous ai fournie moi-même.

— Ecoutez, Isaakoff, reprit Horace : avec la fortune que je possède, je serais pauvre dans votre pays, mais je suis riche dans le mien. Le jeu n'a jamais été ma passion dominante, et je suis presque humilié de vous avoir gagné plus que je n'aurais voulu risquer moi-même.

— C'est très chevaleresque, dit le prince.

— Aussi avais-je toujours espéré jusqu'à présent, reprit Horace, que la chance finirait par tourner et nous ramener au point d'où nous sommes partis.

— Si vous le voulez, dit le prince, nous pouvons essayer dès à présent de rétablir cet heureux équilibre.

— J'en suis désolé, reprit résolûment Horace, mais je ne jouerai plus.

— Quoi ! s'écria le prince visiblement troublé, vous refusez de continuer, alors que vous avez pour plus d'un million de roubles d'argent de mes acceptations en portefeuille !

— Non pas en portefeuille, reprit Horace, mais chez mon banquier.

— Cette défiance...

— C'est une précaution que j'ai prise depuis mon aventure du marais.

— Et pourrait-on savoir le motif qui vous l'a inspirée ? demanda le prince avec hauteur.

— Je vous demanderai la permission de le garder pour moi.

— Soit, monsieur le comte ; mais, dans tous les cas, il n'y a pas d'escompteur tenant comptoir d'échange, il n'y a pas un *lavoshnik* de Pétersbourg ou de Moscou qui ne puisse vous affirmer que, si j'ai perdu un million de roubles, j'en peux encore perdre autant.

— Je n'en doute nullement, reprit Horace, et n'ai d'ailleurs nulle envie d'en faire l'expérience.

— Cela cadre assez mal avec le désintéressement que vous manifestiez tout à l'heure.

— Au contraire ; ayant déjà trop gagné, selon moi, qu'arriverait-il si je venais à vous dépouiller entièrement de votre patrimoine ?

— Mais il arriverait qu'il serait à vous.

— Sans compter que la malignité publique s'étonnerait d'une veine aussi soutenue, et m'infligerait peut-être d'odieux soupçons en échange de vos roubles.

— Vous êtes devenu d'une prudence et d'un méticuleux...

— Je ne jouerai donc plus, mais je vous offre d'échanger tout ce que je vous ai gagné contre Nadetcha, son frère Matthéus...

— Ah ! vraiment !

— Et la femme de ce dernier, acheva le comte.

— Rien que cela ! L'un, ma haine, l'autre, mon amour. Mais vous êtes en vérité d'une modestie dans vos prétentions !

— Acceptez-vous ?

— Je refuse. — Horace se mordit les lèvres ; il avait cru son offre trop généreuse pour être refusée. Son premier mouvement fut de chercher une querelle au prince, chose fort facile au diapason où ils en étaient ; mais quel que fût le résultat du combat, le sort des trois esclaves n'en restait pas moins le même. — Vous comprendrez, cher comte, reprit le prince, qu'il y a des sources de jouissance et de satisfaction auxquelles un homme comme moi ne peut renoncer à aucun prix, alors surtout qu'il est encore millionnaire. Ah ! si je n'avais plus rien ! — A cette insinuation perfide, à cette glu jetée sous ses pas pour l'empêtrer au passage, un dernier espoir s'empara d'Horace. Ivan poursuivit : — Vous me demandez précisément trois esclaves, deux surtout, auxquels je tiens absolument... C'est comme un fait exprès !... Ruinez-moi d'abord, et nous verrons ensuite.

— C'est une idée cela ! dit le comte.

— Et encore ce que j'en fais, reprit Ivan, n'est que pour vous être agréable... Le million que je vous dois contre celui qui me reste.

— Quoi ! là, tout de suite ?

— A l'instant même.

— Sur un seul coup ?

— Sur un seul.

— Mais c'est horrible, cela ! dit Horace. Voir deux hommes face à face, comme deux loups affamés altérés du sang l'un de l'autre !

— Que voulez-vous ! l'or n'est-il pas le sang qui circule dans les veines de la société ?

Si le comte perdait, sa position restait la même, sauf le million perdu et auquel il ne tenait pas dès que le prince refusait d'échanger ou de vendre ; il avait du reste cette confiance, souvent téméraire, que les nobles cœurs puisent dans la justice de leur cause.

— Vous parlez sérieusement ? demanda-t-il encore.

— Des cartes ou des dés ? riposta le prince.

— A votre choix.

— Je choisis les dés ; il y en a là derrière vous, dans le tiroir de cette table de trictrac.

— Faisons nos conditions, dit le comte.

— Quitte ou double sur le point le plus élevé.

— A qui jettera le premier.

— Un as.

— Un six.

— A vous, comte Horace.

Horace agita bruyamment les dés ; son cœur battait à tout rompre, car il ne se dissimulait pas que l'esclavage ou la liberté, le bonheur ou le malheur de trois créatures, sans le compter, allait sortir de ce fatal cornet.

— Six, six, cinq ! s'écria-t-il enfin avec l'exaltation du triomphe.

Le chiffre le plus élevé de chaque dé étant un six, il en résulte qu'on ne peut amener au delà de dix-huit.

Or, le comte ayant amené dix-sept, il y avait cent à parier contre un que le prince allait perdre.

— Ecoutez ! dit Horace, je vous renouvelle mon offre : tout ce que je vous ai gagné contre vos trois esclaves.

— Non, reprit le prince avec résolution. Vous y ajouteriez tout ce vous possédez au monde que je refuserais encore.

— Vous êtes bien décidé ?

— Regardez ! reprit Ivan en portant à ses lèvres une coupe de cristal ; regardez ! Ma main tremble-t-elle ?

En même temps il allongea le bras pour replacer le verre sur la table ; mais, l'ayant posé trop au bord, la coupe tomba et se brisa en mille morceaux.

L'attention d'Horace fut un instant distraite par cet incident, dont le prince profita pour substituer d'autres dés à ceux qui étaient devant lui.

— Il est encore temps de réfléchir, dit généreusement Horace, il n'y a que les trois six pour vous faire gagner.

— Les voilà ! s'écria triomphalement Ivan, même avant qu'ils fussent sortis du cornet.

Mais au même instant ce furent trois as qui frappèrent ses yeux.

Il faillit tomber à la renverse, et le comte fut obligé de l'asperger d'eau froide pour le ranimer.

Grâce à ce qu'il avait pris un jeu de dés pipés pour l'autre, le prince Isaakoff, le fastueux, le cruel, l'impitoyable boyard était ruiné.

Mais Ivan ne tarda pas à ressaisir son calme et son aplomb habituels.

— J'ai perdu, dit-il ; cela devait nécessairement arriver à l'un ou à l'autre. — Et, déchirant l'enveloppe d'une lettre, il écrivit rapidement quelques lignes. — Voyez, reprit-il, si j'ai jamais écrit d'une main plus ferme et d'un caractère plus lisible.

— Qu'est-ce que cela? demanda le comte.

— C'est la reconnaissance de ce que je vous dois ; je n'ai pu en spécifier le montant, parce que je ne sais pas au juste ce que vous m'avez précédemment gagné ; je me déclare donc simplement votre débiteur pour le double des sommes que vous avez gagnées jusqu'à ce jour, et dont vous avez entre les mains la valeur représentative.

— Tout cela est parfaitement inutile, reprit Horace.

— Que signifie cette confiance subite, après la précaution que vous avez cru devoir prendre de déposer mes obligations entre les mains de votre banquier ?

— Je ne veux pas de votre or, reprit le comte ; faites seulement un acte par lequel vous m'assurez l'affranchissement de ces trois infortunés, dont une coutume barbare vous a constitué le maître, et je vous fais l'abandon de tout ce que j'ai gagné.

— Moi ! vous devoir...

— Vous ne me devrez rien, au contraire.

— Cela vous ferait bien plaisir, cher ami?

— Je me considérerais encore comme votre obligé.

— En vérité ?

— Du reste, vous êtes maintenant sous l'impression d'une émotion violente ; prenez jusqu'à demain pour réfléchir.

La pensée d'Horace était que, si le prince refusait maintenant, il persisterait le lendemain par orgueil dans son refus, alors même que les conseils de la nuit lui auraient suggéré d'accepter.

— A quoi bon réfléchir? reprit le prince en essayant négligemment quelques jets de dés, votre offre est si avantageuse...

— Enfin ! pensa le comte.

— Si désintéressée...

— C'est évident !

— Si acceptable, que je la refuse.

— Ah ! c'est par trop fort ! s'écria le comte.

— C'est cependant ainsi, poursuivit Ivan ; un seul coup de dés peut balayer une fortune, mais mon nom, mon caractère, ma fierté doivent rester intacts ; cette maison, les terres et les villages qui l'environnent sont maintenant à vous.

— Mais c'est impossible !

— Impossible, soit ; mais cela est... A propos, il est entendu que Matthéus et Nadetcha me restent.

Et le prince, Bertram tentateur, continuait de faire rouler sur le tapis les dés crépitans.

— Eh bien ! puisqu'il en est ainsi, reprit le comte, je vous ruinerai sans pitié, je vous réduirai à la mendicité, je...

— Un instant, cher ami ! pour un homme aussi riche que je l'étais, je suis comparativement ruiné, j'en conviens ; mais de là à demander l'aumône, il y a quelque distance encore.

— Tant pis! dit Horace au comble de la colère et de l'indignation.

— Ainsi je sauverai bien du naufrage quelques milliers de roubles ; sans compter qu'il me restera trois esclaves... trois esclaves comme il y en a peu, je pourrais même dire comme il n'y en a pas, et dont je tirerai tout le revenu que je voudrai.

— Ah çà ! demanda Horace en se croisant les bras, vous êtes donc absolument sans cœur ?

— Absolument, au point de vue sentimental. Cependant, si vous désiriez tenter encore la fortune...

— Contre un homme ruiné? demanda Horace, que les dés fascinaient comme le regard du basilic de la fable.

— Contre le propriétaire de Nadetcha, reprit le prince. Bien que je ne veuille pas vendre, peut-être me déciderais-je à aventurer les trois esclaves en question contre la fortune que j'ai perdue.

— Je refuse à mon tour, reprit Horace après un moment de réflexion ; j'aime mieux garder ce que j'ai que de courir la chance de tout perdre.

Le prince frappa dans ses mains, à la manière orientale ; un domestique parut, sortant apparemment de quelque armoire ou de quelque panneau, tant l'apparition et l'appel avaient été simultanés.

— Qu'on m'envoie l'intendant, dit Ivan.

Johann se hâta d'accourir.

— Quels sont les ordres de mon haut et puissant seigneur? demanda-t-il dans l'humble attitude de Bazile avouant qu'il a la fièvre.

— Vous enverrez un exprès à l'ispravnik ; on lui dira de ma part de m'envoyer deux hommes pour flageller un esclave sur place.

— Monseigneur ignore peut-être que, à la distance où nous sommes de toute juridiction, nous avons le droit d'infliger ici toute espèce de châtimens sans être obligés de recourir à la police.

— Je ne l'ignore pas ; mais comme un homme peut mourir sous les coups, ce qui arrivera très probablement à celui-ci, nous serons ainsi déliés de toute responsabilité.

— Monseigneur est la sagesse même ; je vais me hâter de faire exécuter ses ordres.

— Ce n'est pas tout ; demain, à la pointe du jour, vous rassemblerez les serfs du domaine, et, dès l'arrivée de l'ispravnik, vous ferez flageller l'esclave Matthéus... Vous aurez soin que Nadetcha, sa sœur, assiste à la cérémonie, de très près, entendez-vous ?

— Oui, monseigneur.

— A propos, qu'a répondu la marchande de modes de Moscou, au sujet de Nadetcha ?

— Monseigneur, elle est prête à vous payer la jeune fille en raison de sa beauté et de ses talens.

— Vous la lui expédierez demain, après le supplice de Matthéus ; quant à ce dernier, dès qu'il pourra se mouvoir, il ira servir de commissionnaire à sa sœur et d'intermédiaire obligé entre elle et les galans qu'elle ne manquera pas d'avoir.

— Est-ce tout, monseigneur ?

— Allez et obéissez.

Johann sortit à reculons.

— Qu'arriverait-il maintenant, demanda Horace au prince, si je vous faisais une mortelle insulte ?

— Nous nous battrions, je suppose.

— Et si je vous tuais comme un chien enragé que vous êtes ?

— D'abord, cher ami, je ne me laisserais peut-être pas tuer ; ensuite, moi mort, je ne sais trop jusqu'à quel point vous auriez ma fortune, laquelle vous est aujourd'hui bien mieux garantie par mon honneur que par les chiffons de papier que je vous ai signés.

— Mon Dieu ! que faire ? — Le prince indiqua du doigt les cornets et les dés. — Tout risquer d'un seul coup ?

— Non, pas d'un seul coup ; vous ne jouerez qu'un million contre les trois esclaves.

— Mais si je perds !

— Si vous gagnez !

— Si je perds, reprit Horace, je me retrouverai dans la même position qu'auparavant.

— C'est là précisément l'avantage que vous avez sur moi ; si je perds, j'aurai tout perdu.

— Nadetcha ?

— Nadetcha, Matthéus... et Blanche, acheva le prince, qui ne laissa tomber ce dernier nom de ses lèvres qu'avec des sifflemens venimeux de jalousie féroce. D'ailleurs, ajouta-t-il, si vous perdez, je m'engage à jouer Nadetcha seule contre l'autre million.

En ce moment, on entendit retentir dans la cour la voix de Johann, qui, selon les ordres du prince, hâtait le départ du courrier expédié à l'ispravnik.

— Allons ! dit Horace en saisissant le cornet avec une résolution désespérée, et en se réservant mentalement, s'il était vaincu par Ivan dans cette lutte extrême, de lui passer son épée au travers du corps.

— Allons ! dit le prince.

Une infernale joie rayonnait dans son regard ; car, tout en jetant à plusieurs reprises les dés sur la table comme un homme qui ne songe nullement à ce qu'il fait, il avait subtilement rectifié sa première erreur, en sorte que l'infâme allait jouer à coup sûr.

— Pas d'ambiguïté, dit le comte ; il est entendu que j'engage la moitié de ce que je vous ai gagné contre Nadetcha, Blanche et Matthéus.

— Parfaitement. Voulez-vous jouer le premier ?

— Qu'importe !

— Eh bien ! jouez.

Le comte annonça deux six et un trois. C'était un beau point, et sa physionomie s'illumina de satisfaction.

Alors une pensée traversa son esprit : c'est qu'au lieu d'user de générosité à l'égard d'un aussi indigne adversaire, ainsi qu'il en avait eu d'abord l'intention, il partagerait cette immense fortune entre toutes les victimes de la tyrannie d'Ivan.

Le ciel aurait dû sourire à ce projet, et c'était bien là le cas d'opérer un petit miracle en faveur de ce brave garçon.

Mais le prince jeta les dés à son tour, et gagna.

— J'ai perdu, dit le comte, en remplissant de vin jusqu'aux bords un verre qu'il vida d'un seul trait.

— Quelle inconstante que la fortune ! dit le prince. Me voici de nouveau chez moi, de chez vous que j'étais tout à l'heure.

— L'autre million contre Nadetcha, dit Horace... Jouez.

— Jouez vous-même ! reprit Ivan en se versant un verre de vin qu'il affecta de boire goutte à goutte ; c'est votre droit, puisque vous perdez... Vous ne me dites pas ce que vous pensez de ce moët ? Peut-être préférez-vous le clicquot.

— Il s'agit bien de votre champagne ! reprit le comte en secouant bruyamment les dés qu'il jeta sur le tapis.

— Triple quatre, dit le prince ; cela ne fait que douze. Je crains bien que vous ne perdiez, cher comte.

Des nuages passèrent sur les yeux d'Horace. L'adresse et l'audace n'étaient même plus nécessaires pour le voler.

Le prince agitait longuement le cornet, prenant un affreux plaisir à prolonger l'anxiété de son adversaire ; son regard dardait sur sa dupe, comme celui de l'épervier qui va fondre sur l'hirondelle.

— Eh bien ? demanda le comte impatienté.

— Que diable ! cher ami, reprit Ivan en posant son cornet sur la table, vous êtes bien pressé ! le jeu est un nectar qui se savoure, et vous voulez l'avaler brutalement d'un seul trait.

Une sueur froide perlait sur le front d'Horace. En proie à une agitation nerveuse qu'il ne pouvait plus maîtriser, il s'empara du cornet d'Ivan, et jetant les dés :

— Je joue pour vous, lui dit-il ; trois six... j'ai perdu !

— Oh ! que non pas, cher comte ; j'ai l'habitude de faire ces choses là moi-même.

— J'ai annoncé que je jouais pour vous, donc j'ai perdu.

— Vous auriez gagné que j'eusse contesté le coup ; donc rien de fait.

Puis il recommença à secouer les dés sans plus se hâter, et les jeta enfin sur la table avec l'insouciance qui résultait naturellement de sa supercherie.

Je ne sais quel instinct précurseur soufflait à Horace qu'il avait perdu ; ses tempes sonnaient le tocsin.

En effet, les éternels six étalaient leurs doubles rangées de points noirs et menaçans.

— Tout est fini ! dit le comte !

— Vraiment oui, cher ami ? c'est-à-dire que le comte de Montressan et son très humble serviteur le prince Isaakoff, se trouvent précisément dans la même situation vis-à-vis l'un de l'autre que lorsqu'ils se sont rencontrés pour la première fois.

Au même instant, on entendit le bruit d'un kibitka qui sortait de la cour ; il s'agissait évidemment de l'exprès envoyé au capitaine ispravnik.

— Véritablement, poursuivit le prince, la chance m'est revenue ; je conçois que le contre-temps est fâcheux pour vous... Mais dites-moi, cher ami, à supposer que j'eusse perdu, la cave en était-elle ?... Nous avions omis de le stipuler.

Horace s'était levé, il tambourinait sur les carreaux sans idée bien fixe, mais le sang bouillonnait par ses veines, et l'implacable voix de la vengeance commençait à gronder en lui.

— Vous savez dit négligemment le prince, que vous avez pour environ deux millions de roubles d'argent de mes reconnaissances ?

— Je le sais, dit le comte.

— Non pas que j'en sois inquiet, cher ami, mais peut-être seraient-elles aussi bien dans ma poche que dans la vôtre.

— Voici, reprit Horace, en déchirant en mille pièces le papier qu'il avait reçu.

— Restent celles que vous avez si prudemment déposées entre les mains de votre banquier.

— La précaution n'était pas superflue, ce me semble, car, lorsque, prêt à être englouti au fond d'un marais, je luttais contre la mort...

— C'était le cas où jamais, reprit cyniquement le prince, de se défendre d'une sotte sensibilité, et de laisser faire le destin.

— Le destin a *fait*, dit Horace.

— Nous disons donc qu'il reste une petite quittance générale à me signer... Holà ! du papier !

Le comte écrivit.

— Comme vous tremblez ! poursuivit Ivan ; voilà un triste modèle de calligraphie, mais il n'en a pas moins de prix à mes yeux, au contraire. — L'esclave attendait. — Faites venir Nadetcha, ordonna le prince. Puis ouvrant la fenêtre. — Quel bien-être j'éprouve, cher ami, en me disant

que tout l'horizon que mon œil embrasse est encore à moi !
Je ne sais si vous êtes comme moi, mais je me sens ce soir
d'une gaieté folle.

— Moi aussi, dit Horace en s'avançant vers lui les poings
fermés, l'œil injecté de sang, et près de céder à la démangeaison d'assommer le prince.

— Il faut absolument que Nadetcha nous chante quelque chose de... divertissant, de dansant, de ragaillardis-
sant, n'est-ce pas ? Vous savez qu'elle part demain pour
Moscou, et que c'est la dernière fois que nous l'enten-
drons.

— Démon vomi par l'enfer ! dit Horace d'une voix
étouffée.

— Il est certain que tout à l'heure je n'étais qu'un
diable, mais tout ce qu'il y a de plus pauvre en fait de
diable. Mais Ivan s'aperçut que la mesure était comble ;
une raillerie de plus et le comte l'écharpait. —Voyons, reprit-il dans l'espoir de le calmer, je suis bon prince, moi
voulez-vous une revanche !

— Quelle revanche ?

— Si cette Briséis vous tient tant à cœur, mon fougueux
Achille, un coup de dés peut vous la rendre.

L'espoir est le plus irrésistible comme il est le plus dé-
cevant des séducteurs.

— Quel serait mon enjeu ? demanda Horace.

— Vous avez un patrimoine ; rien ne vous empêche de
le risquer comme j'ai risqué le mien.

—L'héritage de mes pères !

— Pourquoi pas? Si vous perdez, vous serez dans la position des fils à qui leur père n'en ont pas laissé.

— Impossible !

— Comme vous voudrez. Remarquez cependant que je
vous faisais la partie belle, car après tout, votre fortune
ne s'élève pas au quart de la mienne.

La séduction s'infiltrait peu à peu.

— Vos conditions? demanda le comte.

— La moitié de vos biens contre les deux... non, même
contre les trois esclaves ; et, si vous perdiez, l'autre moitié
contre Nadetcha seule.

— Eh bien, soit !... S'il y a une Providence elle me fa-
vorisera.

—Je doute que la Providence ait le goût du jeu... Après
tout, on ne peut pas savoir...

— Commencez, dit Horace d'une voix brève.

—Je la défie, votre Providence, dit le prince... Les trois
six !

Le comte n'avait plus qu'une seule chance : c'était d'a-
mener le même nombre. Mais, hélas ! la Providence qu'il
avait invoquée se trouvait ce jour-là dans un de ses accès
très fréquens de surdité.

Horace devait perdre : il perdit.

Il ne proféra pas une parole, mais son regard flambait
d'une si effrayante expression, que le prince eut peur, et
frappa dans ses mains pour appeler ses gens.

— Des cigares ! demanda-t-il. Puis il ajouta rapidement
en russe : Le comte est ivre ; que quatre d'entre vous se
tiennent près d'ici.

Le comte était sur cette pente rapide du vertige où l'on
glisse jusqu'au bout.

— L'autre moitié de mes biens ! s'écria-t-il.

— Les trois six ! dit le prince.

Cet éternel chiffre retentit à l'oreille d'Horace comme
un glas funèbre.

— Encore ! s'écria-t-il.

Cette fois le comte obtint providentiellement du hasard
ce que le prince lui avait frauduleusement arraché : il
amena trois six comme son adversaire.

— Égaux, dit Ivan.

—Cela est étrange ! reprit Horace, rien que des triplets.

Puis, d'un mouvement désespéré, il recommença et
amena quatorze : deux quatre et un six.

Sa ruine, ses espérances, son avenir, tout était là suspendu à un fil ; aussi arrêtait-il sur le prince un regard

si plein de haine, de fiel, de défiance, qu'Isaakoff se crut
soupçonné.

Interdit, pâle, tremblant, il laissa échapper le moment
d'échanger les dés, et dut se résigner à courir la chance
commune ; ce qu'il fit d'autant mieux qu'il ne s'agissait
plus que de la seule possession de Nadetcha, et qu'il y
trouvait d'ailleurs l'avantage de dérouter les soupçons du
comte.

Ensuite rien ne l'empêcherait de recourir plus tard à de
nouvelles fraudes, le cas échéant.

Il joua donc et perdit.

— Nadetcha est à moi ! s'écria le comte.

—Parfaitement à vous ; seulement vous avez à me grif-
fonner quelques lignes pour...

— Du papier ? demanda Horace.

Et il souscrivit au prince une obligation équivalente à
la moitié de sa fortune.

— Si cependant vous vouliez à votre tour aventurer Nadetcha contre ce que je viens de vous gagner ? insinua le
prince.

Pour toute réponse, Horace secoua la tête avec un suprême dédain.

— C'est égal, dit Ivan, vous venez de remporter là une
belle victoire.... Et dire que, il y a quelques jours, vous
pouviez avoir Nadetcha pour un cheval.

<h1 style="text-align:center">XI</h1>

QUE LA GOURMANDISE PEUT AVOIR SON BON COTÉ.

Matthéus et Nadetcha avaient été prévenus par le comte
Horace de la proposition que ce dernier complait faire au
prince Isaakoff. Aussi en attendaient-ils le résultat dans
un salon voisin avec une inquiétude plus facile à imaginer
qu'à décrire.

Le cliquetis des dés leur avait bientôt appris qu'ils
étaient l'enjeu, l'enjeu de chair et d'os, d'une effroyable
lutte.

Aussi, à ce cri d'Horace, sorti du fond de son cœur :
« Nadetcha est à moi ! » celle-ci et son frère, ivres de joie,
s'étaient-ils élancés vers l'appartement, où ils se figuraient
que leur rédemption venait de s'accomplir.

— Nadetcha ! chère Nadetcha ! dit Horace, vous êtes
libre !

— Libre ! s'écria la jeune fille. Grand Dieu ! que ce mot
retentit en moi d'une étrange façon ! Libre ! libre comme
les oiseaux, comme l'air !...

— Nous fuirons cette nuit même loin de ce lieu maudit !

— Oh ! dit Nadetcha en tombant à genoux et en pressant ses lèvres sur les mains du comte ; oh ! mon ange
gardien ! mon Horace ! oui, fuyons sans retard et pour
toujours...

— C'est très touchant, ricana le prince en tirant son
mouchoir dont il fit semblant de s'essuyer le coin de l'œil.

— Seulement, mon ami, continua Nadetcha, nous ne
partirons pas ensemble.

— Et pourquoi ? demanda le comte.

— Parce que la réflexion m'est venue ; parce que je me
rends justice ; parce que celle qui a été l'esclave du prince
Isaakoff ne saurait devenir la femme du comte de Montressan. Il y a de ces hontes, si involontaires qu'elles soient,
que rien ne peut laver. Vous serez le plus pur et le plus
précieux joyau de mes souvenirs ; je vous aimerai toute
ma vie et vous bénirai jusqu'à l'heure de ma mort, mais
rien de plus. Comte Horace, je vous rends votre parole.

Horace aurait dû, à cette déclaration solennelle, se trouver soulagé d'un grand poids ; voilà qu'on lui rendait cette
parole qu'il n'osait reprendre, voilà que sa raison et sa

conscience cessaient d'avoir à se livrer les combats dont nous avons parlé.

Eh bien! Non. L'on se fait à l'idée de renoncer soi-même à une femme, mais on n'admet que difficilement que ce soit elle qui renonce à vous.

Enfin, il faut bien le dire, au risque de dépoétiser un peu le comte Horace, dont nous ne voulons pas faire un de ces idéals vaporeux et impossibles que rêvent les jeunes filles, mais bien tout simplement un bon et brave cœur, n'ayant que tout juste ce qu'il faut de vertu pour être à peu près un homme comme vous et moi ; enfin, disons-nous, cette considération que Nadetcha était la sœur d'Ivan avait considérablement fait taire ses scrupules. La filiation était un peu anonyme à la vérité, et ce prince Ivan ne paraissait guère un homme dont on dût fort ambitionner l'alliance ; mais la société est ainsi faite, que l'illustration des races résulte bien moins de leurs vertus que de leur ancienneté ; ainsi, qui ne voudrait plutôt descendre de Néron que de l'esclave inconnu et fidèle qui étanchait le sang de ses blessures ?

Il suffirait que l'on pût dire : « Monsieur le comte de Montressan a épousé la sœur du prince Isaakoff, » et le monde n'en demanderait pas davantage.

— Nadetcha, reprit donc Horace en relevant la jeune fille, au doigt de laquelle il passa l'anneau de sa mère, je vous fiance à moi.

— Horace, c'est impossible !

— Rien n'est impossible que de me séparer désormais de vous. Vous, monsieur, ajouta le comte en s'adressant à Matthéus, vous qui êtes son frère, soyez le témoin que je réclame de votre sœur la foi qu'elle m'a promise, de même que je confirme ici, devant Dieu, l'engagement que j'ai pris de lui donner mon nom.

— Un flacon !... des sels !... de l'hoffmann !... s'écria le prince ; je vais me trouver mal !

Matthéus joignit les mains du comte et de Nadetcha ; mais en se cuirassant contre la douleur, il avait désappris à supporter la joie ; aussi était-il ému à ce point de ne pouvoir proférer une parole.

— Enfans, je vous bénis, dit burlesquement le prince, en imposant ses mains sur le vide. *Crescite et multiplicamini !*

— Suis-je bien éveillée ? demanda Nadetcha ; allons-nous réellement partir tous, cette nuit même ?

À ce mot fatal, tous , le comte se rappela que, dans l'égoïsme de son triomphe, il avait absolument oublié que Blanche et Matthéus restaient au pouvoir d'Ivan.

— Tous ! reprit-il ; hélas, non ! vous ne m'avez pas compris ; Nadetcha seule... Ce nouveau désastre foudroya Matthéus ; toutefois, il fut plus prompt à ressaisir son sang-froid qu'il ne l'avait été dans l'enivrement du bonheur.

— Mon frère, reprit Horace, tout ce qu'il a été possible de faire, je l'ai tenté ; tout ce qui pourra être fait encore, je l'entreprendrai, je vous le jure ! mais vous ne voudriez sans doute pas que je laissasse ici cette enfant?

— Que le ciel m'en préserve ! reprit Matthéus ; emmenez-la...[ce sera toujours un poids de moins sur mon cœur désolé.

— Soyez tranquille, dit le prince, Nadetcha ou autre chose, j'aurai soin que le poids y soit toujours.

— Ah ! reprit tristement la jeune fille, je savais bien que c'était un rêve !... C'est à saisir des bulles d'air brillantes de toutes les couleurs du prisme, et qui s'évanouissaient aussitôt, que toute ma vie s'est passée !

— Très bien ! dit le prince ; on voit que la petite a de la lecture.

— Matthéus, reprit Nadetcha, ne pensez pas que je puisse consentir à vous quitter ; j'emporterais vos chaînes sur mon cœur... elles m'étoufferaient.

— Je suis votre frère, reprit Matthéus, le seul parent que vous ayez sur la terre...

— Il me semble que vous m'oubliez, persifla le prince ; moi si tendre, si dévoué... O ingratitude !

— Et je vous ordonne de suivre votre époux, acheva Matthéus.

— Vous êtes à moi, dit Horace ; vous ne pouvez plus disposer de vous-même.

— Vous ne connaissez donc Nadetcha ni l'un ni l'autre ? reprit la jeune fille. A quoi bon prolonger cette douloureuse épreuve, puisque rien ne peut ébranler ma résolution.

— Nadetcha, je vous en conjure...

— Non, cher Horace. Pourquoi vous plaire à déchirer mon cœur ?

— Votre frère vous l'ordonne.

— Ma conscience est au-dessus de mon frère. Il y a en moi un guide qui commande même à mes affections et auquel j'obéis ; mon inflexible volonté est de souffrir avec Blanche, avec Matthéus... Je vous aimerai jusqu'à ma dernière heure, cher Horace, mais je n'aurai pas la lâcheté de vous suivre.

— A merveille ! dit le prince ; elle a d'excellentes dispositions pour la scène.

— Non ! poursuivit Nadetcha, je dois vivre et mourir ici, foulée, écrasée, flétrie comme l'humble fleur des bois sur la terre où elle a pris naissance. Partez, Horace ; oubliez-moi... soyez heureux !

— Elle réussirait surtout dans le mélodrame, dit le prince.

Horace fit un bond de tigre et poursuivit le prince dans la pièce voisine. Mais Isaakoff se hâta de placer une table entre eux deux.

— Diable ! dit le prince, c'était très drôle jusqu'ici : le comte de Montressan prenant la peine de persuader à son esclave qu'il veut l'épouser...

— Vous me poussez à bout, dit Horace, mais je vous châtierai !

— Et l'esclave affectant de le croire, comme si c'était la chose du monde la plus simple, acheva Ivan. En vérité, la scène était jouée avec une rare perfection.

— Gare au dénoûment, qui pourrait bien être tragique! menaça le comte.

— Pourquoi donc, cher ami ? ne pouvez-vous donc encore jouer Nadetcha contre Matthéus et sa femme ?

Horace fut tenté.

Le refus péremptoire qu'exprimait Nadetcha d'abandonner son frère ; la certitude qu'il avait qu'elle ne fléchirait pas ; la pensée que, dans les conditions actuelles, Nadetcha ne voulant pas être libre, jouer sa liberté négative contre celle de Matthéus et de Blanche, c'était aventurer rien contre tout : toutes ces considérations le portaient à recourir de nouveau à ces magiques morceaux d'ivoire dont le caprice pouvait tout changer.

Toutefois le comte Horace n'aurait peut-être pas osé prendre sur lui de décider la question, si Nadetcha ne lui eût formellement imposé d'accepter le défi.

— Horace ! s'écria-t-elle, je jure au nom de ma mère et au vôtre que mon sort est désormais attaché à celui de mon frère et de Blanche.

— Mon Dieu, que ne parliez-vous plus tôt ! dit le prince au comte, nous n'eussions pas eu besoin de jouer pour si peu ; je vous aurais bien volontiers donnée, pour la seule rareté de vous voir épouser une esclave... C'est si bon de rire, et on en trouve si rarement l'occasion !

— Jouez ! s'écria Horace d'une voix tonnante, et ensuite...

— Ensuite, quoi ? demanda Ivan.

— Jouez et je vous le dirai.

— J'ai joué, et je gagne, dit le prince. Qu'avez-vous à me dire maintenant ?

— Maintenant, reprit le comte, lâche oppresseur, tyran, fourbe et assassin que vous êtes, admettez-vous que, en fait d'injure, l'intention vaille le fait ?

— Parfaitement, monsieur, dit sérieusement le prince, et vous en avez d'ailleurs déjà plus dit que votre mort n'en pourra racheter.

— Très bien ; en ce cas, venez, monsieur,

Et le comte se dirigea vers la porte.

— Horace ! cher Horace ! s'écria Nadetcha en s'attachant à lui.

— Où voulez-vous donc que j'aille ? demanda Ivan en se carrant dans un fauteuil.

— Mais sur le terrain, ce me semble, d'où je vous préviens que l'un de nous deux ne reviendra pas.

— Là, tout de suite, comme des enragés ?

— Tout de suite ! dit le comte.

— Cher Horace ! s'écria Nadetcha hors d'elle-même et perdant la mémoire de ce qui venait de se passer, je cède, je pars... partons, mais ne vous battez pas.

— Parfait ! dit le prince en riant aux éclats. Délicieux !... Voilà qu'elle veut partir à présent ! Mais, chère brebis, vous oubliez que le sort des dés vient de vous faire rentrer au bercail !

— Allons donc, monsieur ! dit le comte, on dirait que vous avez peur.

— La colère et le dépit troublent votre raison, cher ami ; j'ai peur, en effet, mais c'est de vous tuer.

— Vaine jactance que tout cela !

— C'est de vous tuer, poursuivit Ivan, avant que nos légers petits comptes soient terminés.

— Mais ne vous ai-je pas souscrit...

— D'accord, cher ami ; mais je suis avant tout un homme d'ordre ; payez-moi d'abord, nous nous battrons ensuite.

— Décidément, reprit Horace en s'avançant sur lui, vous n'êtes qu'un lâche, et je vais...

Le prince fit son appel accoutumé : cinq ou six esclaves *poussèrent* à l'instant. L'expression n'est pas habituelle, mais elle est juste ici.

— Comte, dit Ivan, vous ne voudriez pas, je suppose, que mes gens intervinssent ? Au reste, donnez-moi des garanties, et je suis votre homme.

— Quelles garanties ?

— Envoyez à Saint-Pétersbourg, faites légaliser votre signature par l'ambassadeur ou le consul de France, et alors, mais seulement alors...

— Soit, monsieur, dit le comte.

— Et maintenant, mes enfans, reprit Ivan, je vais passer quelques jours à Moscou, où mes affaires m'appellent. Comte, je vous confie cette maison, mes haras, ma cave, mon cuisinier et *madame la comtesse*... Je ferai en sorte d'être de retour en même temps que votre messager ; nous liquiderons alors tous nos comptes... seulement, n'oubliez pas de faire votre testament.

Puis il salua gracieusement et sortit.

Un drowski sortit bientôt de la cour, l'emmenant au galop, lui et ses iniquités, vers la vieille capitale de la Moscovie.

Nadetcha était allée reporter à Blanche, qui persistait à ne pas vouloir sortir de chez elle, les lamentables péripéties de cette fiévreuse soirée.

Matthéus semblait absorbé dans une calme et muette résignation.

Ivre de rage et de vengeance, le comte Horace arpentait le salon comme ces bêtes fauves dont les dents impuissantes se heurtent aux barreaux de leur loge. Il demandait un expédient, une idée, une lueur d'espoir à son imagination qui ne lui trouvait rien.

— Si vous profitiez de son absence pour fuir tous les trois ? demanda-t-il enfin en s'arrêtant devant Matthéus. J'irai vous rejoindre plus tard.

— Impossible ! Ainsi, le prince a votre passeport, et vous ne pourriez partir vous-même sans qu'il en fût informé. Vous ne trouveriez d'ailleurs pas sur la route un seul relais de poste qui voulût, faute d'un permis de passer, ou de sommes considérables, vous donner des chevaux.

— Il n'est pas question de moi, mais de vous... Ne peut-on se diriger vers l'Occident, la nuit, par les forêts, se cacher le jour, et atteindre avec le temps les frontières russes ?

— Vous ne savez pas, reprit Matthéus, que la prison n'est pas seulement ici, mais qu'elle est partout... La nature, les élémens, le climat, ces déserts sans limites où l'ours blanc ronge la chair du mammouth antédiluvien encore couché dans sa glace éternelle, tout conspire contre l'esclave russe pour le livrer, pieds et poings liés, à l'oppression.

— Cependant, ces forêts sans bornes, si dépourvues de ressources qu'elle puissent être...

— Ces forêts, continua Matthéus, ne sont, pendant l'été, qu'un immense marais boisé ; à peine trouve-t-on çà et là quelque sentier dans lequel on puisse poser le pied ou se reposer. Il faut ensuite, pendant de longues, d'éternelles lieues, traverser des fondrières d'eau stagnante où l'on risque de s'engloutir à chaque pas. Ce n'est qu'en s'accrochant d'arbre en arbre que l'on peut, en toute une journée, franchir l'espace d'une demi-lieue !...

— C'est affreux ! dit Horace.

— Et ce n'est rien encore. Les nuits, une humidité glaciale ou des nuées de moustiques ; et puis des jours entiers à attendre, sans avancer, sans reculer, caché comme un ours dans sa tanière, pour que la neige ne trahisse pas la direction de vos pas... se nourrir de carcasses d'animaux gelés qu'on ne trouve pas toujours... puis, à la fin de chaque jour, après tant de fatigues, de privations, d'angoisses, être obligé de s'avouer que l'on a à peine avancé d'un pas dans cette immensité qui vous sépare de la délivrance... — Horace comprenait que de pareilles difficultés étaient insurmontables ; il se révoltait contre son impuissance ; ses bras tombaient de découragement. — Et je ne vous parle ici que de ceux qui s'échappent, reprit Matthéus ; votre imagination n'est pas assez faite aux atrocités pour que je vous retrace les supplices infligés à ceux qu'on rattrape... Vous-même, si vous veniez à être rencontré sans permis ou sans certificats qui prouvassent votre liberté, vous seriez arrêté et considéré comme esclave par la police. Le signalement de chaque personne ainsi arrêtée est affiché partout et inséré dans les papiers publics ; si on la réclame, il faut prouver son droit de propriétaire, rembourser les frais d'insertion et les dépenses du gardien, absolument comme cela se pratique ailleurs pour les chiens et les chevaux en fourrière.

— Le ciel voit tout cela, dit Horace, et il le souffre !

— Tout individu, continua Matthéus, qui, n'étant pas réclamé dans un délai prescrit, ne peut prouver qu'il est libre, est vendu de droit par l'autorité, sous le prétexte de couvrir les dépenses de sa détention. Or, comme il est plus avantageux de le vendre que de le restituer, la police donne habituellement un signalement faux de son prisonnier, d'où il résulte naturellement qu'il n'est réclamé par personne.

— C'est donc un coupe-gorge organisé que ce pays ? demanda le comte.

— Le czar, en pareil cas, est toujours l'acquéreur, en sorte que c'est autant d'ajouté aux vingt millions d'esclaves dont se compose son domaine ; du reste, sur dix que paye ainsi le czar, il n'en obtient le plus souvent pas un seul.

— Comment cela ?

— Parce que si, par coïncidence, un des suppôts de la police perd à la même époque un esclave, il substitue le fuyard au mort, et fait passer celui-ci sur le compte de Sa Majesté.

Matthéus achevait à peine ces mots que des cris de douleur se firent entendre à quelques pas de là, dans la salle à manger.

On se rappelle Hans, le fils de l'intendant. La rivalité du comte était venue détruire toutes ses espérances, et le rendre mélancolique comme un rayon de lune ; aussi avait-il pris le parti de noyer sa douleur dans la gourmandise, son péché favori, comme d'autres noyent la leur dans le jeu ou dans le vin. Il faut avouer aussi que la circonstance était des plus favorables, et que les ananas, les conserves, les sucreries de toute espèce étalés avec profusion au milieu des fleurs et des cristaux de Bohême, sur la table du prince étaient, ma foi ! bien faits pour lui mettre l'eau à la bouche

Hans ne s'était jamais trouvé à pareille fête. Il épiait donc chaque jour, après le repas, le moment d'entrer furtivement dans la salle à manger et de s'y prélasser jusqu'au cou dans un tas de bonnes choses.

Ce jour-là, il venait d'enfouir dans ses vastes poches un pot de gelée de goyaves, escorté d'autant de friandises qu'elles en pouvaient contenir, lorsqu'en se sauvant à la hâte et dans l'obscurité, il sentit sous son pied quelque chose de dur.

Hans, s'imaginant que c'était quelque bonbon, le ramassa, le mit dans sa bouche, et le mordit si violemment qu'il le sépara en deux et se cassa une dent du même coup.

De là le hurlement de tout à l'heure poussé dans la salle à manger.

Le comte prit un flambeau et se hâta d'y courir.

Aux pieds de Hans pleurant à chaudes larmes gisaient trois morceaux d'ivoire, sa dent pécheresse et les deux fragmens d'un dé pipé, c'est à dire plombé.

— Dieu soit loué ! s'écria le comte, et si détournés du but que paraissent parfois les chemins que prend sa justice, elle arrive toujours.

XII

OU BOB EST ÉLEVÉ A LA DIGNITÉ DE PLÉNIPOTENTIAIRE.

Il était maintenant avéré pour Horace que le prince était un joueur infâme dans toute la brutalité du mot ; mais de là à le lui prouver il y avait encore du chemin.

Cette découverte, dont il s'était dans le premier moment exagéré l'importance, annulait tout au plus sa perte, ce qui était le moindre de ses soucis, mais ne changeait en rien la situation désespérée de ses trois protégés.

Peut-être même Ivan s'en prévaudrait-il dans son dépit pour ajouter de nouvelles tortures à toutes celles qu'il leur infligeait.

Le comte touchait aux extrêmes limites du découragement... Tout à coup un rayon lumineux se fit dans sa pensée : il se rappela la duchesse de Lowicz, le service qu'il lui avait rendu, la reconnaissance qu'elle lui en avait exprimée, et résolut de solliciter son intervention. Le grand-duc, de son côté, lui voulait beaucoup de bien, et peut-être le salut commun résulterait-il de ces deux influences combinées.

Bob fut appelé.

C'était un serviteur fidèle, dévoué, prêt à tout, en qui on pouvait verser ses secrets comme dans une tombe, et que rien ne devait ni séduire, ni effrayer, ni surprendre.

Quant à son départ, il s'expliquerait tout naturellement par la nécessité où se trouvait le comte d'envoyer sa signature à la légalisation de l'ambassade de France.

Le groom se présenta avec sa déférence habituelle, portant la main à son front, et traînant galamment le pied droit.

— Bob, lui dit le comte, il faut que vous partiez ce soir pour Pétersbourg.

— Ce soir !..... et Lucifer que j'ai mis à l'eau de son, après le voyage de six cents milles qu'il vient de faire !

— Mon intention n'est pas que vous voyagiez à cheval ni à petites journées, mais bien en poste, à six chevaux et ventre à terre.

— Fort bien, monsieur, mais Lucifer ? Si nous étions en Angleterre, nous pourrions l'atteler à une voiture légère et suspendue ; tandis que vous n'avez certainement pas le projet d'en faire un cheval de traîneau.

— Vous laisserez Lucifer ici jusqu'à votre retour.

— Laisser Lucifer ! répéta Bob, dont les traits, d'habitude si impassibles s'altérèrent tout à coup ; le laisser parmi ces sauvages !

— Je le soignerai moi-même.

— Il ne s'en trouvera pas beaucoup mieux pour cela, grommela Bob.

— Bob, dit le comte en prenant affectueusement la main de son groom, notre sûreté commune dépend de vous.

— Je ne me suis engagé ni pour servir à table ni pour donner des poignées de main à des gentilshommes, se dit intérieurement Bob en regardant ses mains, sinon j'aurais mis des gants de Berlin.

— Mon ami, dit le comte, il s'agit du salut de miss Mortimer.

— Pauvre demoiselle ! dit le groom ; il y a longtemps que je rumine, que je cherche... mais je ne trouve rien.

Le comte lui expliqua alors dans tous ses détails ce qu'on attendait de lui. Bob, l'oreille tendue, les yeux fixes, l'intelligence en arrêt, gravait une à une dans sa mémoire les instructions de son maître.

— Quand dois-je partir ? demanda-t-il.

— A l'instant même ; Johann vous accompagnera jusqu'à la ville pour vous faire délivrer un passeport.

En moins d'une heure tout était prêt, et le kibitka attendait à la porte.

— Voici une lettre pour le lieutenant aux gardes Lochadoff, dit le comte à son groom ; en voici une autre pour la duchesse de Lowicz ; il faut à tout prix que vous la lui remettiez à elle-même.

— C'est, je crois, la femme de cet enragé grand-duc ?

— Justement.

— Pourvu qu'elle ne soit pas aussi emportée que lui ; avec un homme on se tire toujours d'affaire, mais avec une femme...

— C'est un ange de douceur et de bonté, dit le comte.

— Elles prétendent toutes cela en parlant d'elles-mêmes, reprit Bob, mais...

— Vous en jugerez par vous-même, Bob ; une fois admis en sa présence, vous lui ferez voir cette émeraude.

— Cette émeraude ? demanda Bob en la tournant et retournant comme un objet de curiosité.

— Ce sera la preuve que ma lettre n'a pas été interceptée, et que c'est bien de ma part que vous venez.

— Interceptée, monsieur ! Et par qui ? et comment ?

— Dame ! dans ce maudit pays...

— Si la lettre est interceptée, reprit le groom, c'est que Bob le sera en même temps. A propos, monsieur, faites en sorte, sans vous commander, qu'on ne fasse pas boire de l'eau glacée à Lucifer.

— Je veillerai moi-même sur votre beau cheval, dit Nadetcha qui venait d'entrer.

— Merci, miss, reprit Bob.

— Et maintenant, mon ami, que Dieu vous protége ! dit le comte en allant au-devant de la main du groom pour la serrer encore.

Mais Bob, ayant prévu le cas, se croisait les bras sur le dos.

— Si vous réussissez, ajouta Horace, je n'ai pas besoin de vous dire...

— Il y a une chose qui m'inquiète, reprit Bob, c'est de savoir qui va étriller Lucifer jusqu'à mon retour.

Au même instant, le cocher lança ses chevaux en criant : *Padi ! padi !* (1) et Bob fit son premier pas dans la carrière diplomatique.

Faisons partie de l'ambassade et suivons-le jusqu'à Péterbourg, où il arrivera sans encombre.

Quelques jours se sont écoulés en démarches et en préparatifs.

Bob et le lieutenant Lochadoff sont en voiture, non pas l'un dedans et l'autre derrière, mais côte à côte, et roulent vers le palais de Strelna.

Une transformation complète s'est opérée dans le groom :

(1) Allez ! allez !

il porte un habit noir, et semble fort mal à l'aise, par cette raison qu'il porte des pantalons pour la première fois de sa vie ; aussi est-ce un grand sacrifice qu'il a fait à la gravité de la circonstance, et a-t-il fallu toute l'éloquence du lieutenant pour lui faire admettre que de culottes ou de pantalons pouvait souvent résulter la réussite ou le non-succès des plus sérieuses entreprises. Sa tenue est du reste, comme toujours, d'une propreté irréprochable.

— Bob, dit Lochadoff, j'ai fait tout ce que j'ai pu, selon le vœu de votre maître, pour vous faire voir personnellement là la duchesse ; mais je vous préviens que c'est une affaire difficile et périlleuse à la fois. Les gens du grand-duc surveillent étroitement tous ceux qui viennent pour demander une faveur à madame de Lowicz ; vous savez peut-être que le grand-duc n'est pas commode ?...

— Pourvu qu'on ne le surmène pas ! dit Bob, qui paraissait distrait.

— Le grand-duc ? demanda Lochadoff en riant.

— Lucifer, reprit le groom.

— Qu'est-ce que Lucifer, Bob ?

— Lucifer, monsieur, est un étalon gris pur sang, né de *Swap* et de la magnifique jument *Whalbone* (*côte de baleine*).

— Ah ! très bien.

— Une bête qui peut lutter de vitesse avec une bourrasque d'équinoxe ; une bête, monsieur, qui me connaît mieux que je ne connais ma Bible, ce qui est plus à la louange du cheval qu'à la mienne.

— Je ne conteste pas, dit le lieutenant ; toutefois, je ne vois pas ce que cela peut avoir de commun avec la duchesse et le grand-duc.

Mais, une fois sur ce sujet, Bob ne tarissait plus.

— Une bête, reprit-il, qui hennit pour me répondre quand je lui parle ; qui prend un morceau de sucre dans ma veste, qui me laisse mettre ses pieds de derrière dans les poches de ma redingote, et les y garde tant qu'il me plaît ; un cheval qui franchit un mur ou une barrière en la rasant d'aussi près que pourrait le faire un barbier de Leicester ; et avec cela, monsieur, doux comme un mouton, excepté qu'il ne peut endurer ni les trompettes, ni les tambours, ni les soldats, ni les étrangers, ni rien de ce qui lui déplaît.

— J'appelle cela un charmant caractère, dit Lochadoff. Mais revenons à notre affaire : si vous veniez à être arrêté et conduit en présence du grand-duc, votre seule chance de salut est de lui parler hardiment et franchement ; c'est un rude géant, aux sourcils épais, à la voix menaçante...

— Je le connais, reprit Bob ; mais quoiqu'il ait les épaules carrées comme un charretier, et qu'il soit fort comme toutes les épices ensemble, je ne le crains pas. Il sait au reste de quoi il retourne quand il a affaire à Bob.

— En vérité !... Et après ?

— Après, monsieur, il est devenu aussi agréable et aussi poli qu'un marchand de nouveautés qui veut emmieller des pratiques.

Lochadoff avait vaguement entendu raconter cette histoire, dont il s'amusait à faire jaser le héros.

— Toute réflexion faite, reprit Bob, je suis bien aise de l'avoir épargné... il est le frère du czar, et c'eût été lui manquer de respect.

— Je le croirais assez.

— Dans tous les cas, acheva Bob, ce n'est pas à lui que j'ai affaire, mais à *sa dame.*

Les deux voyageurs arrivèrent ainsi en vue des jardins du palais de Strelna, et s'arrêtèrent à la poste, où, sous le prétexte de faire boire leurs chevaux, ils attendirent, ainsi que cela avait été convenu, que le lieutenant fût rejoint par un autre officier de son corps, actuellement de service au château.

Lochadoff causa quelques instans à l'écart avec son camarade, et revint vers le groom, dont la grande préoccupation en ce moment était de faire tomber harmonieusement le bas de son pantalon sur sa chaussure.

— Mon pauvre Bob, dit-il, notre coup est manqué pour aujourd'hui. Le grand-duc ne sort ce matin que pour aller inspecter l'école d'équitation. La duchesse a bien fait dire qu'elle se promènerait dans les jardins, où elle essayerait de vous donner l'audience que vous demandez ; mais il n'y a malheureusement aucun moyen de vous y faire entrer ; tout le service du palais rôde autour du grand-duc ; lui-même est toujours en mouvement d'un côté ou de l'autre.

— Sont-ce les jardins du palais que je vois le long de la route ? demanda le groom.

— Oui.

— Et c'est là que la duchesse doit venir se promener ?

— Oui.

— Si vous vouliez seulement m'indiquer à peu près l'endroit où j'aurais la chance de la rencontrer.

— Mais par où entrerez-vous ?

— En franchissant ce mur, ce qui sera l'affaire d'un clin d'œil. La seule chose à craindre, c'est que mon habit noir lui fasse peur.

— Si vous vous sentez le courage de tenter l'aventure... reprit Lochadoff.

— La question, monsieur, n'est pas de savoir si la chose offre ou non des dangers, mais bien d'obéir au maître dont je mange le pain. Monsieur le comte m'a dit : « Bob, il faut que vous voyez la duchesse, » et je la verrai.

— J'aime cette assurance, mon cher Bob. Mon ami que voilà va rentrer au palais, et dès que la duchesse sera dans les jardins, il nous fera un signal. Cela vous va-t-il ?

— Parfaitement.—L'officier partit ; Lochadoff et le fidèle groom demeurèrent sous la palissade, attendant le signal convenu. Tous deux gardaient le silence. Quelques minutes s'écoulèrent. — C'est drôle tout de même, reprit Bob en rajustant sa cravate, de franchir l'enceinte d'un parc tout exprès pour causer avec une dame.

— Le fait est, dit Lochadoff en riant, que vous avez assez bien l'air d'un don Juan.

— *Don Juan*, monsieur, par Old-Nick et Seraphita, était le premier cheval de course de toute l'Angleterre..... Mais n'est-ce pas là le signal ?

— Trois coups dans la main, reprit le lieutenant, c'est cela même... Allons, Bob, du courage et bonne chance ?

— Oui, allons ! monsieur, au nom de mon maître, je vous remercie de tout mon cœur.—Puis, après avoir porté respectueusement la main à son chapeau, il s'élança légèrement par-dessus la palissade. — A droite, dit Bob en se parlant à lui-même, puis l'allée à gauche : m'y voici. Après cela, suivre la plantation de sapins jusqu'à ce que je trouve un banc entouré d'une charmille..... Voilà le banc, voici la charmille... tout va bien. — En ce moment Bob entendit plusieurs voix qui semblaient se rapprocher de lui ; et, pour la première fois, il éprouva quelque trouble à l'idée d'accoster une aussi grande dame. — J'aimerais tout autant rencontrer son mari, se dit-il.

Bob achevait à peine ce vœu téméraire qu'il fut satisfait. Le grand-duc était devant lui.

Selon son habitude, Constantin était à l'état de volcan en éruption ; les deux généraux qui l'accompagnaient servaient de cible aux projectiles.

— Quel est ce drôle ? demanda le duc en fureur. Qu'on s'empare de lui !

Chacun des deux satellites prit le groom par le collet.

— Messieurs, dit Bob, je n'ai nullement l'intention de fuir, et encore moins celle d'emporter le parc et les jardins. Ne m'étouffez pas, je vous prie.

— Qui êtes-vous ? que faites-vous ? par où êtes-vous entré ? demanda coup sur coup le grand-duc.

— Je suis Bob Bridle, dit le groom.

— C'est peut-être un conspirateur, insinua l'un des généraux.

— C'est dans tous les cas un hardi coquin, reprit Constantin ; lâchez-le, ne lui faites pas de mal, je le connais ;

il est plus brave qu'aucun de vous. Mais que fait-il ici ? Voyons, comment es-tu entré ?

Bob ôta son chapeau et fit l'agréable salut que nous connaissons.

— Monseigneur, reprit-il, c'est une mauvaise plaisanterie que votre palissade, et j'ai sauté par-dessus.

— C'est bien, reprit le grand-duc avec bonté ; je vous avais d'abord pris pour un de ces hommes noirs qui cherchent à introduire la Bible et les sociétés de tempérance parmi les soldats de l'empereur ; je vois avec plaisir que je me suis trompé.—Bob se regarda piteusement du haut en bas, et fit une grimace qui signifiait que ce costume officiel n'était pas plus de son goût que de celui de Son Altesse. — Il me semble bien, reprit Constantin, que j'ai quelque chose comme une faveur à vous accorder ; mais votre manière d'entrer ici n'en est pas moins irrégulière, et je n'aime pas cela.

— Je suis fâché d'avoir déplu à Son Altesse, mais si on laissait tout bonnement entrer le monde par la porte...

A cette énormité, les deux généraux frémirent de toute leur peur. Mais le grand-duc ne s'en offensa pas, tant l'aplomb de Bob avait le don de l'amadouer.

— Je n'ai jamais vu un homme plus ferme sur ses étriers, reprit Son Altesse ; vous avez sans doute une faveur à me demander. Voyons, de quoi s'agit-il ?

Bob tourna son chapeau et en tordit les bords dans tous les sens, mais il ne répondit rien.

— Parlez ! dit un des généraux, Son Altesse Impériale vous le permet.

— Son Altesse est bien bonne.

— Eh bien ? demanda Constantin, dont la dose de patience n'était que très légère.

— Monseigneur, reprit le groom, si vous voulez absolument le savoir... je...

— Achevez, dit l'autre général ; mais ne restez pas ainsi à mâcher vos mots.

— Qu'il demande ce qu'il voudra, ajouta le grand-duc.

Bob eût assurément bien voulu être dans les souliers de monsieur de Talleyrand. Il songeait à miss Mortimer, aux quatre personnes dont la destinée pesait sur lui. Une sueur froide perlait sur son front. Cependant il fallait parler, dire quelque chose, car le sang du grand-duc commençait à bouillir.

— Et monseigneur s'est toujours bien porté depuis que j'ai eu l'honneur de le voir ? demanda le groom à tout hasard.

— Voilà qui est un peu fort ! dit un général.

— C'est d'une inconvenance !... ajouta l'autre.

Mais Constantin avait une manière à lui d'apprécier les choses ; il les prenait volontiers à rebrousse-poil. Aussi éclata-t-il d'un bruyant éclat de rire, et, tendant la main au groom :

— Pas mal, et vous ? reprit-il.

Bob secoua cette main grand-ducale, ni plus ni moins que celle du premier venu.

— Et ce n'est que pour cela que vous êtes venu ? demanda Constantin.

— Absolument, monseigneur.

— Voilà une attention à laquelle je suis très sensible. Que puis-je faire pour vous ?

L'heure se passait ; la duchesse pouvait rentrer dans ses appartemens ; cette occasion perdue, peut-être ne s'en présenterait-il pas d'autre ; ensuite le grand-duc paraissait admirablement disposé..... Bob fit rapidement toutes ces réflexions, et reprit avec un mélange de modestie et de fermeté impossible à décrire :

— Ce que je voudrais, monseigneur ? c'est avoir une conversation particulière avec *votre dame.*

Le grand-duc releva ses épais sourcils ; jamais de sa vie, peut-être, il n'avait été plus étonné.

— Que demande ce drôle ? reprit-il ; une conversation particulière avec ma femme.

— Si c'était un effet de votre bonté, reprit Bob avec le plus grand calme.

Les généraux étaient stupéfaits ; leurs regards effarés exprimaient toute l'horreur que leur inspirait cette incroyable témérité.

— Assurément, reprit Constantin avec plus de surprise que de colère, de tous les effrontés coquins que j'ai rencontrés, vous êtes à la fois le plus petit et le plus audacieux. Et pourrait-on savoir ce que vous avez à démêler avec la duchesse ?

— C'est une affaire entre elle et moi, répliqua Bob avec simplicité.

— On ne s'adresse à elle que pour parvenir jusqu'à moi, reprit le grand-duc ; vous voilà donc à la source des faveurs ; imbécile que vous êtes..... hâtez-vous d'en profiter.

Plus heureux que tant d'autres, Bob eut une idée. Il tira l'écrin contenant l'émeraude donnée à Horace par madame de Lowicz.

— Votre duchesse a perdu ceci, reprit-il, et je désire le lui rendre.

— Où avez-vous trouvé ce bracelet ? demanda Constantin ; je me rappelle en effet l'avoir vu au bras de la duchesse. Si c'est là tout, je me charge de le lui remettre.

— Avec votre permission, Altesse, je préférerais le lui remettre moi-même.

— Eh bien ! soit, reprit Constantin, j'aime les gaillards de cette trempe. Venez avec moi.

Et le grand-duc, impétueux en toutes choses, l'entraîna rapidement à travers plusieurs allées.

— Vous savez que c'est seul à seul que je désire lui parler ? demanda Bob.

— Tenez, reprit le grand-duc en le poussant rudement par les épaules, la voilà... Allons, messieurs, au manége.

Bob vit en effet la princesse à quelques pas de lui, et redevint tout à coup timide et indécis.

Il était de ceux qui bravent les hommes forts et tremblent devant une femme.

— C'est ce maudit costume, se dit-il, qui me met ainsi mal à l'aise.

<h2 style="text-align:center">XIII</h2>

OU L'ON RETROUVE LA DUCHESSE DE LOWICZ, CATINKA
ET DIMITRI.

Bob fit son salut habituel, qu'il tâcha de rendre encore plus gracieux, s'il était possible.

Puis, tirant l'écrin de sa poche,

— Madame reconnaît-elle ce bracelet ? demanda-t-il.

— Parfaitement, mon ami, reprit la duchesse.

— Mon maître, monsieur le comte de Montressan, m'a dit que ce bijou me servirait de lettre de... Bob se gratta le front. — De lettre de... reprit-il ; bon ! voilà que je commence bien !

— De lettre de créance, acheva gracieusement la duchesse.

— C'est cela même, madame ; maintenant voici ma dépêche.

On voit que Bob plénipotentiaire tenait aux termes de l'emploi.

La duchesse lut ; elle était émue au possible.

Pendant ce temps, Bob se tenait en position, le chapeau à la main, et repassant dans sa mémoire le discours pathétique qu'il avait préparé.

Ses traits rudes et vulgaires accusaient, pour la première fois de sa vie peut-être, une anxiété profonde.

— Tout cela est affreux, horrible, reprit la duchesse après avoir lu, mais je crains bien...

— Noble et compatissante dame, reprit Bob, nos semblables n'ont pas été créés pour l'esclavage. Il peut bien se faire parfois que l'on voie sans beaucoup de pitié, et encore cela est mal, un grand et maigre cheval de charrette, l'œil terne, les fanons pendans, se traînant comme un escargot et tout essoufflé du fardeau qu'il tire. Mais qu'est-ce que cela en comparaison d'un beau cheval pur sang, d'une belle jument bien dressée, aux jambes de biche, au poil doux et luisant comme le satin de votre manteau, aux yeux vifs et brillans comme les vôtres, madame? Qu'est-ce que cela, en comparaison de voir une pareille bête, le dos écorché, les muscles tendus, les veines gonflées, traînant, l'air triste et morne, un ignoble tombereau? Bob avait une éloquence à lui, une éloquence chevaline à tout renverser.

—Soyez bénie, madame, reprit-il, car je vois que vous versez des larmes... Moi-même je pleurerais jusqu'à en perdre la vue, dussé-je en être réduit, pour le restant de mes jours, à monter à cheval avec des lunettes ; mais cela ne servirait absolument à rien... Figurez-vous, madame, que j'ai connu cette jeune miss Blanche toute petite, et que je l'ai vue grandir jusqu'à ce qu'elle soit devenue une belle jeune femme. Que le ciel la conserve ! Tout le monde alors l'entourait de prévenances et de soins, car elle était comme vous, madame, bonne, généreuse et compatissante... Bob tira un mouchoir des Indes dont il s'essuya le front, et reprit : — Elle aurait pu, si elle l'avait voulu, manger du pain en or avec la croûte en argent, et marcher sur des tapis de Cachemire... Avoir été comme un poulain folâtre avec le monde entier étendu devant elle, et maintenant... Allons donc, madame ! est-ce que cela est seulement possible ?

— Le ciel m'est témoin, dit madame de Lowicz, que je donnerais tout au monde pour la sauver.

— Madame, reprit Bob, ce ne serait là que la moitié d'une besogne qui ne peut se faire séparément. Il y a son mari, un vrai gentleman, que j'ai vu assis à la table de sir Ralph Mortimer, et que l'on traite ici comme on ne traiterait pas un chien en Angleterre.

— Le grand-duc, reprit la duchesse, est sans pitié pour les maux de cette espèce ; l'esclave doit rester dans sa servitude, de même que le soldat doit rester dans les rangs.

— Je sais bien, reprit Bob, que miss Blanche a eu tort de se marier ainsi à colin-maillard. Mais c'est là une folie que bien des gens respectables ont commise depuis le commencement du monde. Mais ce qui est fait est fait, madame ; ils n'en sont pas moins mari et femme aujourd'hui. Ensuite, pour ce qui est de consentir à être sauvée seule, miss Blanche est trop comme il faut, elle a trop de race pour cela ; de même que lui n'abandonnera jamais sa sœur ; et quelle sœur encore !

— Que faire? reprit la duchesse ; comment intéresser le grand-duc au sort de ces malheureux?

— Vous êtes bien dans l'intention de nous protéger, n'est-ce pas, madame? demanda Bob.

— Oh ! si je le pouvais !

— Là où il y a la volonté, madame, il y a les moyens. D'ailleurs Son Altesse ne peut assurément vous dire *non* pour aucune chose.

La duchesse secoua tristement la tête.

— Tant que le prince Isaakoff n'aura pas ouvertement transgressé la loi, le grand-duc ne voudra jamais s'interposer entre lui et ses esclaves.

— Transgressé la loi ! reprit Bob ; mais il y a longtemps qu'en Angleterre on lui aurait mis une cravate de chanvre avec un charitable bonnet de coton pour dissimuler ses grimaces.

— Si encore ils étaient ici, peut-être pourrais-je...

— Voyons, madame, hasarda Bob, voulez-vous que je vous suggère un plan ?

— Dites, mon ami, et s'il est praticable...

— On m'a dit, reprit le groom, qu'il y a de ces messieurs en chapeaux retroussés et à plumes de coq...

— Des *feldjagers* ? demanda la duchesse.

— Des feldjagers, madame, c'est possible ; toujours est-il qu'ils se tiennent joliment raides dans leurs kibitkas sans ressorts. Eh bien ! madame, on m'a dit qu'il y a tous les jours de ces gaillards-là qui vont enlever les premiers seigneurs du pays sans que personne sache d'où ils viennent ni où ils vont. Il me semble qu'on pourrait bien en faire autant de ce prince Ivan ; il serait ensuite facile de faire venir ici miss Blanche, miss Nadetcha et monsieur Matthéus ; puis vous leur procureriez des passe-ports étrangers, et tout serait dit.

— Tout cela est bien difficile, pour ne pas dire impossible.

— Songez à toutes les bénédictions qui s'amasseront sur votre tête...

Bob achevait à peine ces mots, que le grand-duc apparut tout à coup ; cette fois il était accompagné du baron de Bamberg, dit Cent-pour-Cent.

— Quoi ! dit-il, le front orageux et les sourcils froncés, vous êtes encore là ?

— Oui, Altesse.

— Et en avez-vous encore pour longtemps ?

— Je ne sais pas trop, Altesse... cela dépendra.

— Comment, dit Bamberg, il ose...

— Taisez-vous ! reprit Constantin, qui se servait des gens de police, mais ne les aimait guère.

La duchesse venait d'imaginer quelque chose.

— Pour cette fois, Constantin, reprit-elle, il n'est pas question de pallier les arrêts de votre justice ; au contraire, je viens la réclamer pour moi-même.

— Quelqu'un aurait-il osé vous offenser, vous tourmenter, vous affliger? Malheur à lui !

— Je veux punir moi-même, comme il me plaira, et quand je le voudrai.

— Ce qui veut dire pas du tout, acheva le grand-duc.

Bob cligna de l'œil à l'adresse de la duchesse, ce qui signifiait : « C'est une ruse de guerre, » mais n'était pas précisément très parlementaire de la part d'un chargé d'affaires.

— Voyons, Johanna, reprit Constantin, de qui et de quoi s'agit-il ?

— Je ne vous le dirai pas.

— Puisque c'est un secret entre votre *dame* et moi, insista Bob.

— Encore ! dit Bamberg ; mais, malheureux, vous ne savez donc pas...

— Taisez-vous, reprit le grand-duc.

— Ainsi vous refusez ce que je vous demande, mon ami ? Vous ne voulez pas m'accorder le pouvoir de punir à ma guise ?

— Faites comme vous l'entendrez.

— Après tout, poursuivit la duchesse en portant à ses lèvres la main rude et nerveuse de Constantin, il ne s'agit que de bien peu de chose. Je voudrais un ordre de faire immédiatement revenir de Moscou à Saint-Pétersbourg...

— Qui ?

— Quelqu'un, Altesse, reprit Bob.

— Oui, mon ami, le nom en blanc.

— Il paraît que vous vous entendez parfaitement tous les deux, fit observer le grand-duc.

— En vertu de ce même ordre, trois esclaves à mon choix, que je désire interroger, accompagneraient ce quelqu'un.

— Et à quoi cela mènera-t-il ?

— Vous le saurez plus tard, reprit la duchesse, dont le cœur était sur le point de défaillir en même temps qu'elle s'efforçait de sourire malicieusement.

— Eh bien ! reprit Constantin, je vais envoyer en mon nom chez Benkendorf, et on vous rapportera cet ordre.

Mais Bob n'était pas satisfait ; il lui fallait l'enlèvement du prince Ivan, lequel, sans cela, ne manquerait pas de fourrer des bâtons dans toutes les roues. Aussi tournait-il autour de la duchesse comme une âme en peine, lui faisant des signes qu'elle ne voyait ou ne comprenait pas,

Il se décida enfin à la tirer témérairement par un des plis de sa robe.

— Madame, dit-il à demi-voix, et le prince Isaakoff ?

— Il n'y faut pas songer, reprit la duchesse, ce serait tout gâter.

— Sans cette première mesure, toutes les autres échoueront. Son Altesse paraît d'ailleurs admirablement disposée...

— Je vous gêne peut-être ? demanda le grand-duc avec un rire sauvage.

— Mon Dieu ! non, Altesse, reprit Bob ; au contraire.

— C'est très heureux... Allons, Johanna, je parie qu'il y a encore quelque chose.

Bob fit un signe de tête affirmatif.

— Eh bien ! mon ami, reprit la duchesse encouragée par ce ton de bienveillance, je voudrais faire mettre un jeune noble, orgueilleux et intraitable, sous la stricte surveillance du gouverneur de Moscou ; il faudrait qu'il ne pût communiquer avec personne...

— S'il pouvait même aller faire un petit tour en Sibérie... insinua Bob.

— Mais à défaut de motifs, puisque vous ne voulez pas me les dire, reprit le grand-duc, il faudrait au moins un prétexte, ou l'ombre d'un prétexte, et encore est-il indispensable que je sache cette fois le nom du coupable, car il ne s'agit plus ici d'un simple ordre de route, mais d'une véritable séquestration.

— Monseigneur, dit Bob, il n'y a aucun inconvénient à vous le dire : c'est le prince Isaac Isaakoff.

— Très bien ; mais le prétexte ?

— Si Votre Altesse savait !

— Le prétexte ?

— Monseigneur, dit Bamberg, ce jour est un des plus beaux jours de ma vie.

— Ah ! et pourquoi ?

— Parce qu'il me procure l'inappréciable occasion de faire quelque chose qui soit agréable à Votre Altesse Impériale.

— Et cette chose ?

— J'ai mieux qu'un prétexte à offrir à Votre Altesse pour faire arrêter le prince Isaakoff, et si un bon petit crime de haute trahison pouvait lui être agréable...

— Oh ! reprit la duchesse épouvantée, je n'en demande pas tant !

— Un crime de haute trahison ! s'écria Constantin.

— J'ai la preuve écrite que le prince Isaakoff a pris part à la conspiration de 1825.

— En ce cas la Sibérie lui est acquise de plein droit ; c'est vous qui l'y conduirez, Bamberg.

— Une telle faveur !... dit l'espion en saluant jusqu'à terre.

Bob rayonnait ; rien ne manquait à sa joie... que Lucifer et des culottes courtes.

Quand à la duchesse, elle s'affligeait presque d'être trop exaucée.

— Est-ce tout ? demanda le grand-duc à Bob.

— Oui, monseigneur.

— Vous êtes un fidèle et courageux serviteur, reprit la duchesse ; ne puis-je rien faire pour vous personnellement ?

— Rien, excellente et noble dame, que de me permettre de vous baiser la main.

— Et devant moi encore ! dit le grand duc en riant.

Madame de Lowicz déganta gracieusement sa petite main dont on aurait juré que les fossettes étaient soufflées dans du lait. Bob mit un genou en terre, et y imprima le plus reconnaissant et le plus respectueux des baisers.

— Et maintenant, Bamberg, dit le grand-duc, reconduisez ce garçon jusqu'à la grille, afin qu'il ne sorte pas par la brèche comme il est entré.

Mais Bob et Bamberg avaient à peine fait quelques pas que le grand-duc rappela ce dernier.

— A propos, lui dit-il, vous conduirez Isaakoff en Sibérie, n'est-ce pas ?

— Puisque Votre Altesse a daigné...

— Eh bien ! vous profiterez de l'occasion pour y rester ; cela vous apprendra à faire collection de conspirateurs anonymes que vous ne dénoncez qu'au fur et à mesure de vos besoins.

Et Constantin lui tourna le dos.

Bob, moralement grandi de quelques coudées, était de retour à la poste.

Ce même esclave d'un chinovnik que nous avons vu, au début de cette histoire, si indignement maltraité par son maître, était en train d'atteler les chevaux au drowski qui avait amené le groom.

Le pauvre diable était plus pâle, plus malingre, plus décharné que jamais. Évidemment les coups d'étrivières qu'il s'était payés n'avaient que fort mal contribué à le rétablir.

Bob allait partir lorsqu'une voiture de voyage, arrivant au triple galop de Saint-Pétersbourg, entra comme un ouragan dans la cour de l'auberge.

— Des chevaux ! cria par la portière une petite femme sémillante et grassouillette.

Mais tous les chevaux étaient éclopés ou absens ; Bob venait d'obtenir les derniers.

La petite femme jetait feu et flamme ; elle était accompagnée d'un jeune Allemand, grand, maigre, sec, n'exhalant que des bouffées de tabac, silencieux comme une truite, et orné d'une visière collée au front comme un bandeau sur l'œil.

A supposer que ce fût un enlèvement, évidemment c'était la dame qui enlevait le monsieur.

Tout à coup la voyageuse poussa un petit cri d'étonnement et faisant à Bob une de ces révérences pittoresques nées d'Achard et de Déjazet dans la *Maîtresse de langues*.

— Monsieur Bob, je crois ! lui dit-elle.

— Madame Petrowitch ! reprit le groom non moins stupéfait.

C'était en effet Katinka, qui changeait d'air et de mari.

On se rappelle que Bob avait, en grande partie, organisé cette évasion manquée de Blanche qui devait s'effectuer par un bateau charbonnier en rade de Cronstadt, et qu'il en était nécessairement résulté quelques relations suivies entre lui et le marchand de Gostinoï-Dvor.

— Mon beau petit monsieur Bob, dit Katinka, je défie qu'il y ait dans toutes les Russies des gens plus pressés que nous... N'est-ce pas, Karl, que vous voudriez pouvoir faire atteler le vent à un kibitka.

Il paraît que l'allemand s'appelait Karl.

— Très pressé, reprit-il, en bourrant méthodiquement sa pipe de porcelaine.

— Figurez-vous, monsieur Bob, reprit Katinka, que mon mari, ce digne et excellent Nicolas Petrowitch, vient d'être victime d'une soustraction aussi audacieuse que considérable...

— Que me dites-vous là !

— Monsieur et moi nous courons après les coupables.

— Et vous voudriez mes chevaux ?

— Précisément, monsieur Bob.

— En un pareil cas, je m'attellerais moi-même à votre voiture plutôt que de vous les refuser.

— Vous êtes charmant ! Et cela va bien, là-bas, à la campagne ? — Bob fit un de ces diplomatiques mouvemens d'épaule qui ne signifient ni oui, ni non. — Diable ! un prince millionnaire ! elle est difficile votre Anglaise.

— C'est que sans doute elle en a le droit, reprit Bob sévèrement.

— En voiture ! cria le postillon.

— Adieu, monsieur Bob.

— Adieu, madame ; j'irai sans doute voir demain monsieur Petrowitch, pour quelques comptes que monsieur Matthéus m'a chargé de régler avec lui.

— Il sera charmé de vous voir, et surtout de la circonstance.

— Y a-t-il quelque chose que je puisse lui dire ?

— Bien des choses de ma part, si vous voulez avoir cette bonté, et de la vôtre aussi, n'est-ce pas, Karl?

Karl fit, de bas en haut, un mouvement simultané de la tête, de la pipe et du bonnet, qui ressemblait à quelque chose comme un acquiescement.

Quelques heures après, Bob était de retour à Saint-Pétersbourg. Il passait par la place Saint-Isaac, lorsqu'il s'entendit appeler par une voix qui le fit tressaillir.

C'était la journée aux rencontres.

— Vous ici? s'écria le groom.

— Voilà une rencontre bien extraordinaire, reprit Dimitri en s'avançant pour embrasser le groom, tendresse à laquelle Bob se déroba en étendant la main avec dignité, et en présentant les trois doigts, ainsi qu'il se souvenait l'avoir vu pratiquer à monsieur Mortimer.

Bob avait laissé Dimitri à Moscou avec le prince Ivan, dont le rusé valet était devenu l'âme damnée. Cette arrivée inattendue, cette rencontre soudaine au milieu d'une aussi grande ville, mirent la puce à l'oreille du groom et lui parurent de mauvais augure. Il résolut donc de se tenir sur ses gardes.

Dimitri, sachant de son côté combien il était difficile de faire jaser Bob lorsqu'il ne le jugeait pas à propos, lui proposa de décoiffer une bouteille en l'honneur de leur heureuse rencontre et de leur ancienne amitié.

— La rencontre est en effet si heureuse, murmura Bob, que je me serais volontiers démis un membre quelconque plutôt que de la faire; et notre amitié est si ancienne que je ne m'en rappelle pas l'origine.

Cependant, comme il lui était fréquemment arrivé de griser Dimitri sans se griser lui-même le moins du monde, Bob accepta, dans la pensée de soutirer d'utiles renseignemens de la loquacité de son convive.

A renard, renard et demi.

Seulement, au bout de quelques minutes et après le second verre, notre apprenti diplomate sentit que ses jambes lui disaient adieu; tout valsait autour de lui; une somnolence invincible pesait sur ses paupières... Il lutta quelques temps, puis il s'endormit, pendant que Dimitri détalait au plus vite.

<h2 style="text-align:center">XIV</h2>

DE TRENTE MILLE ROUBLES D'ARGENT CONSIDÉRÉS DANS
LEURS RAPPORTS AVEC LE BON DROIT.

Dans un des bureaux du ministère de la police siège gravement un employé supérieur. Il consulte une liste d'audience; arrivé au treizième ou quatorzième nom des solliciteurs qui attendent son bon plaisir, il appelle et ordonne que l'on introduise Dimitri Grégorieff.

C'est le valet de chambre du prince Isaakoff.

D'où peut venir cette condescendance à l'égard d'un personnage de si mince encolure? Nous allons bientôt le savoir.

— Vous avez une lettre pour moi? demande l'employé.

— La voici, Excellence, répond Dimitri.

L'Excellence ouvre la lettre sur ses genoux, presque sous la table, afin de soustraire son contenu aux regards indiscrets, précaution parfaitement justifiée, car il y trouve quinze billets de banque de mille roubles et une promesse de quinze mille autres.

— Il fait bien les choses, cet Isaakoff! se dit l'employé. Puis tout haut : — Votre maître a tous les droits imaginables, et cette affaire s'arrangera selon ses désirs; mais aujourd'hui cela est impossible.

— Cependant, Excellence, permettez-moi de vous faire observer que le temps presse.

— Plus même que vous ne le pensez, car un ordre d'exil en Sibérie a été signé il y a une heure. Mais que je puisse seulement parler au grand-duc, et il révoquera cet ordre aussi facilement qu'il l'a donné; seulement je ne verrai Son Altesse Impériale que demain dans la matinée.

— Quel contre-temps!

— Pas le moins du monde; l'essentiel est que vous ayez un permis de route, que je vais vous donner, ainsi que l'ordre de faire arrêter n'importe où ce domestique anglais.

— Mais s'il a lui-même un sauf-conduit, Excellence?

— Le sien est daté d'aujourd'hui; je vais dater le vôtre de demain; l'un pourra donc être considéré comme la révocation de l'autre; au surplus, vous trouverez bien quelque prétexte...

— Si je n'en trouve pas, Excellence, j'en ferai naître.

— Je m'en rapporte à vous. Dites au prince votre maître que tant que ses prétentions seront appuyées sur le *bon droit*, comme en cette circonstance, il trouvera toujours en moi un solide appui.

C'était là une tournure administrative de laquelle il semblerait résulter que trente mille roubles, en Russie, sont le synonyme de bon droit.

Et l'Excellence fit à Dimitri ce geste princier qui signifie qu'une audience est finie.

Nous avons laissé le pauvre Bob endormi sous l'impression d'un narcotique dont la violence aurait accablé un homme d'une constitution ordinaire; mais Bob avait un tempérament de fer. Il se réveilla au bout de trois heures, sain de corps et d'esprit, à part une indéfinissable torpeur qu'il voulut vaincre et qu'il vainquit.

— Quoi donc! se dit-il, est-ce que ce doigt de vin aurait troublé ma cervelle, ce qui n'est jamais arrivé à un Bridle, si ce n'est avec le *gin* national? Maudit soit ce Dimitri!... Que le diable me confonde s'il n'a pas mêlé quelque drogue à mon vin!

Bob ouvrit une fenêtre, imbiba d'eau froide une serviette qu'il trouva sous sa main, s'en mouilla le visage, et tout fut dit.

Puis il se dirigea vers la maison de Nicolas Petrowitch, auquel il était chargé de réclamer les cinquante mille roubles dont on se rappelle que Matthéus l'avait fait le dépositaire. Cette somme pouvait encore aplanir bien des difficultés, raccourcir bien des chemins, acheter bien des consciences, et il n'y avait d'ailleurs aucun motif pour qu'elle demeurât plus longtemps dans les inutiles mains de Petrowitch.

Dix longues années de douleur semblaient avoir pesé sur le marchand du Gostinoï-Dvor depuis que nous ne l'avons vu. Deux sillons de larmes taries creusaient ses joues décharnées : assis, comme l'ombre de lui-même, dans son parloir d'acajou, devant cette table que nous avons vue si plantureusement servie, tout en lui, sur lui, autour de lui, dénotait la désolation et l'abattement. L'angora dédaigné se livrait à d'inutiles gros dos; le second rossignol de la ville chantait dans le désert. On voyait que le mariage d'un vieillard avec une jeune femme avait passé par là.

— Bonjour, monsieur Petrowitch, lui dit Bob.

Petrowitch se leva lentement et avec effort. Depuis la visite qu'il croyait avoir reçue des suppôts de la grande chancellerie, chaque apparition d'une figure nouvelle lui occasionnait des tremblemens nerveux.

— Monsieur, reprit-il humblement, donnez-vous la peine..... à qui ai-je l'honneur...

— Bob Bridle, dit le groom.

— Bob Bridle? répéta le vieillard, dans la mémoire fugitive duquel ce nom n'éveillait plus d'écho.

— Le groom de monsieur de Montressan.

— Et que désirez-vous? demanda Petrowitch, à qui ce dernier renseignement n'apprenait rien de plus.

Bob comprit qu'on ne demande pas ainsi une restitution tout de suite, et qu'il est toujours adroit et convenable de préparer les voies par quelques préliminaires gracieux.

— J'ai rencontré votre *dame*, reprit-il.

— Katinka? s'écria le marchand qui se retrouva soudain assez de vigueur pour sauter au cou de Bob Bridle. Le groom se contenta de l'écarter de la main et de le tenir à une distance plus respectueuse. — Où? demanda Petrowitch...

— A la poste de Strelna.

— Quand?

— Ce matin.

— Et vous a-t-elle chargé...

— Oui, reprit Bob.

— Est-ce possible! O mon saint patron, que je vous remercie!

Cette fois le vieillard voulut embrasser le groom, qui refréna cette tendresse subite comme il avait fait de l'agression de tout à l'heure.

— Oui, répéta Bob, elle m'a chargé de vous faire ses complimens.

— Et voilà tout?

— Ainsi que ceux d'un jeune homme qui l'accompagnait.

— L'infâme! Et mon argent? c'est-à-dire, non... l'argent de... Pourquoi ne les avez-vous pas arrêtés?

— Je m'en serais bien gardé, reprit Bob; je leur ai même cédé mes chevaux pour qu'ils n'éprouvassent pas de retard.

— Alors vous êtes leur complice et je vous arrête.

— Voyons, monsieur Petrowitch, reprit Bob, calmez-vous; la douleur vous égare. Je sais qu'on vous a soustrait une grosse somme, mais ce n'est pas une raison..... Ensuite votre dame et son compagnon allaient un train d'enfer; grâce à mes chevaux, ils n'ont pas perdu une seule minute, il y a donc lieu d'espérer qu'ils rattraperont votre voleur.

— Quel voleur? demanda le vieillard.

— Ils ont son signalement, je suppose.

— Quel signalement?

— Monsieur Petrowitch, reprit Bob, il me semble que nous ne nous comprenons pas; et peut-être serait-il bon de mettre un peu d'ordre dans vos idées. D'abord, me reconnaissez-vous?

— Il me semble bien que je vous ai vu quelque part, mais...

— Vous rappelez-vous monsieur Matthéus?

— Hein! fit le marchand dont ce nom raviva toutes les blessures.

— Et miss Blanche Mortimer, poursuivit le groom, dont nous avions organisé la fuite, et pour laquelle je suis allé si souvent à Cronstadt sur mon cheval Lucifer?

— Eh bien? demanda le marchand visiblement inquiet.

— Eh bien! reprit Bob, ce petit mot de monsieur Matthéus vous apprendra de quoi il s'agit... C'est environ quarante-cinq mille roubles, je crois, que vous avez à me compter, déduction faite des sommes sacrifiées pour l'évasion qui n'a pas eu lieu.

Petrowitch chercha longtemps ses bésicles, qu'il ne trouva pas.

— Je suis fâché, reprit Bob, que cette restitution coïncide avec l'accident dont vous venez d'être victime.

— C'est curieux, cela, dit Petrowitch en fouillant dans toutes ses poches; mes lunettes...

— Il me semble que j'en vois une paire sur ce meuble.

— Vous croyez? Oui, c'est cela même. Voyons donc ce qu'il me veut, ce Mattvei.

Petrowitch décacheta le billet, l'ouvrit, en nivela les plis du revers de sa manche, comme cela se pratique au théâtre, toussa deux à trois fois, et se mit à lire lentement; après quoi il releva ses lunettes sur le front et regarda Bob dans le blanc des yeux.

— Savez-vous, reprit-il sévèrement, qu'il y a un bureau de police dans le quartier?

— Et puis? demanda Bob.

— Et que j'ai bien envie de vous y faire conduire par un boutoushnik.

— A quoi bon?

— D'abord ce n'est pas là l'écriture de Mattvei.

— Et de qui donc, je vous prie?

— De quelque imposteur de votre trempe, reprit le marchand.

Bob se prit à pâlir, ce qui était le premier pronostic de sa colère imminente.

— Ensuite, poursuivit Petrowitch, à qui ferez-vous accroire que l'on confie à n'importe qui de pareilles sommes sans reçu?

Bob ferma les poings.

— Or, si Mattvei a un reçu, qu'il le produise; où est-il?

Bob leva le poing droit à la hauteur de l'œil.

— Ce n'est pas tout: ma femme me soustrait une somme considérable; elle fuit, vous la rencontrez, et, non content de lui fournir des chevaux, vous venez encore me narguer chez moi et me faire des complimens de sa part!

Le poing gauche de Bob était en train d'aller rejoindre l'autre; mais, à ces derniers mots, la stupéfaction les fit retomber à leur place naturelle.

— Comment! s'écria-t-il, c'était elle?

— Oui monsieur.

— Et c'est moi qui?...

— Oui, monsieur.

Bob avait un coup de poing de préparé au bout des bras; soit le désir d'en trouver l'écoulement, soit indignation contre lui-même, il se l'administra aussi vigoureusement que possible.

— Triple imbécile! se dit-il; grisé par un Russe, berné par une femme... Il n'y a que le grand-duc et *sa dame* avec lesquels je me sois conduit un peu proprement.

— J'en conclus, reprit le marchand, que si Mattvei m'avait réellement confié cinquante mille roubles, ce que je ne me rappelle pas du tout, mais ce qu'il lui sera, dans tous les cas, facile de prouver en produisant mon reçu...

— Chien de Russe! pensa Bob.

— J'en conclus, disais-je, que c'est vous qui en seriez responsable, puisque vous avez aidé à l'évasion de ma femme, qui vient de m'emporter pareille somme... Une femme si grasse, et que je couvrais de bijoux!...

— C'est peut-être le dépôt que l'on vous a pris?

— Evidemment que si je l'avais, ce dont je ne suis pas bien sûr, c'est au dépôt que, soustraction pour soustraction, je donnerais la préférence.

Bob comprit qu'il n'obtiendrait rien de ce marchand fourbe et retors.

— Si vous aviez vingt ans de moins, lui dit-il en se campant résolûment le chapeau sur la tête et en se dirigeant vers la porte, je vous enfoncerais une à une toutes les côtes, en regrettant que vous n'en ayez pas cinquante mille, ce qui les mettrait à un rouble par tête.

Petrowitch salua avec la doucereuse humilité d'un homme qui trouve de la mélodie aux injures, du moment qu'elles lui tiennent lieu de quittance.

XV

DE L'INCONVÉNIENT D'ÊTRE TATOUÉ.

Bob comptait partir le soir même.

Il se rendit donc au bureau central de police, où l'attendaient ses papiers, c'est-à-dire un permis de route et l'ordre intimé au comte Horace de se rendre immédiatement à St-Pétersbourg, accompagné de trois esclaves dont les noms étaient en blanc.

C'était déjà une précieuse conquête que cet ordre; aussi

Bob l'appliquait-il comme calmant sur l'échec subi chez le marchand Petrowitch.

Quand à l'exil du prince Ivan en Sibérie, cela concernait Bamberg, qui devait y jouer le double rôle de déporteur et de déporté.

Bob attendait, dans une lugubre antichambre et en compagnie de quelques personnes, que son tour fût venu, lorsqu'il entendit un employé prononcer à haute voix le nom de sir Thomas Blunt.

A ce nom, évidemment anglais, un gros homme fort pourpre, très flegmatique, le parapluie sous le bras et les joues balafrées de côtelettes d'un ton fauve, se leva et passa dans le bureau voisin.

— J'ai vu cet homme quelque part, se dit Bob en se grattant le front. Sir Thomas Blunt! J'ai souvent entendu ce nom chez les Mortimer; c'était un ami, un parent même, je crois... un parent de miss Blanche! Mon devoir serait de l'informer...

En ce moment, le baronnet, son passe-port à la main, traversait l'antichambre et se dirigeait à pas comptés vers la porte.

Bob le suivit, car le lieu ne lui paraissait guère propice aux confidences.

Arrivé dans un couloir obscur, Bob regarda avec précaution devant et derrière, et, ne voyant que le baronnet, il appela:

— Pst!...—Sir Thomas Blunt s'arrêta une seconde, puis continua son chemin. — Pst! pst! répéta le groom. Et hâtant le pas, il eut bientôt rejoint son compatriote. — Milord, lui dit-il, voudriez-vous m'accorder un instant d'entretien?

— Vous me prenez peut-être pour lord Pst? reprit le baronnet.

— Non pas, milord; mais c'est surtout ici qu'il faut tourner sept fois sa langue avant de parler.

— Tournez-la et parlez.

— Milord voudra bien excuser la hardiesse de ma démarche, car la circonstance est grave et les minutes sont comptées.

— Je vous écoute.

— Milord n'est-il pas allié aux Mortimer de Hall?

— Oui, après?

— Après, milord?... mais c'est tout une histoire; il y a d'abord que miss Blanche Mortimer a, sans le savoir, épousé un esclave russe.

— Je sais, reprit Blunt.

— Les hommes sont comme les chevaux, milord: ils ont souvent des cas rédhibitoires dont on ne s'aperçoit qu'après.

— J'ai rencontré à Philadelphie un peintre français, M. Lesseps, qui m'a mis au courant de la situation.

— Les choses ont encore bien empiré depuis, milord.

— Ah!

— Elle est maintenant bien loin, bien loin, de l'autre côté de Moscou.

— Ah!

— Le boyard en est amoureux, de sorte que le mari... qui a une sœur...

— Ah! répéta négligemment sir Blunt, je comprends...

— Il peut se vanter de comprendre à demi-mot, se dit Bob.

— Aussi pourquoi diable s'est-elle mariée les yeux en poche?

— Bob Bridle! appela un garçon de service.

— Pardon, milord; je suis obligé de vous quitter... mais je vous en prie!... une parente!...

— Allons donc, Bob Bridle! cria le garçon.

Bob se hâta d'obéir à l'appel dont il était l'objet.

— Voilà bien les jeunes filles! se dit Blunt, en s'en allant de son pas méthodique; quand le cœur se met à galoper, il faut absolument qu'elles le suivent... Elle n'avait qu'à ne pas faire à sa tête, et à suivre mes conseils.

Bob partit le soir même, après avoir pris congé du lieutenant Lochadoff.

Il était nanti d'un permis très en règle pour avoir des chevaux, et distribuait à pleines mains les *na-chaï*, ou pourboires. Aussi ses six chevaux étaient-ils lancés avec une telle vitesse qu'il n'avait aucun souvenir d'avoir voyagé de la sorte depuis son départ de l'Angleterre.

Cependant, à environ cent milles de Saint-Pétersbourg, le kibitka de Dimitri le dépassa comme un trait, et s'effaça bientôt sur la route droite et plate, comme un nuage de poussière.

Lorsque Bob arriva au relais, le maître de poste et sept ou huit autres individus rassemblés sur la route paraissaient attendre son arrivée avec une impatiente curiosité.

Les chevaux de l'autre kibitka, haletans et couverts d'écume, n'étaient pas encore dételés.

— Des chevaux! demanda Bob.

Le maître de poste le regarda les yeux écarquillés, mais ne bougea pas.

— Voici mon permis, reprit Bob.

Or, ce permis, dans une forme toute spéciale, lui avait valu sur la route une obéissance immédiate et les égards les plus empressés.

Les assistans se regardaient entre eux.

Bob était stupéfait.

En ce moment, un officier de police, suivi de plusieurs hommes vigoureux, lui frappa rudement sur l'épaule.

— Quoi! dit Bob, vous oseriez me retenir?

— Suivez-moi chez le gouverneur, reprit l'officier.

Bob fut placé, malgré lui, entre deux soldats de police, et conduit à la résidence.

Le gouverneur était un vieillard maladif, étendu sur une chaise longue où il avait passé la nuit. Un secrétaire, un aide de camp, un médecin et quelques subalternes entouraient Son Excellence.

Ses pieds nus jouaient dans des babouches turques, et sa robe de chambre, doublée d'une riche fourrure de martre zibeline, cachait imparfaitement une chemise atteinte d'hydrophobie. C'est à cela que se réduisait son costume; mais son grand uniforme, étalé sur une chaise, trônait à côté de lui.

Quant aux autres personnages présens, ils étaient naturellement boutonnés jusqu'en haut, et figés dans leurs col.

Cette négligence même du gouverneur était une marque de sa supériorité.

A peine Bob fut-il entré que Dimitri, qu'il n'avait pas encore aperçu, courut à lui et se jeta dans ses bras.

Bob céda à son premier mouvement et lui répondit par un coup de poing qui le fit chanceler.

— Bonté divine! s'écria le gouverneur, il va se jeter sur nous et causer quelque malheur.

Au même instant, les soldats de police se saisirent du pauvre groom et le garrottèrent étroitement.

— Qui aurait cru, reprit Dimitri, pleurant de vraies larmes en raison du coup de poing reçu, qui aurait cru qu'il m'eût ainsi frappé, moi qui l'aime comme un frère!

— Silence! dit le gouverneur. Puis, s'adressant à Bob:
— Qui êtes-vous?

Bob comprit que sa violence avait été intempestive, et résolut de filer doux.

— On me nomme Bob Bridle, Excellence, reprit-il, et je suis au service du comte de Montressan.

— De quel pays êtes-vous?

— Je suis Anglais.

— D'où venez-vous?

— De Saint-Pétersbourg.

— Où allez-vous?

— A Kalouga, domaine de Bialoë-Darevnia.

— Pourquoi avez-vous frappé cet homme?

— Parce qu'il m'y a provoqué; mais j'en demande pardon à Votre Excellence.

Le gouverneur regarda le médecin, autour duquel venait de rôder Dimitri, une bourse à la main.

— Qu'en pensez-vous, docteur?

Celui-ci secoua la tête et dit à demi-voix:

— L'œil est hagard ; je le crois insensé.

— Cependant ses réponses me paraissent raisonnables.

— Insensé comme un lièvre au mois de mars, insista le médecin.

Le gouverneur se tourna alors vers Dimitri :

— Prends-garde à toi, faquin, si tu me trompes! lui dit-il.

— Monseigneur, reprit ce dernier, il faudrait que je fusse aussi insensé que ce malheureux pour m'y hasarder. Son maître, comme j'ai eu l'honneur de l'exposer à Votre Excellence, est l'ami intime du mien, chez lequel il est en ce moment, à Bialoë-Darevnia. Expédié à Saint-Pétersbourg pour quelques affaires, Bob Bridle ici présent y a été pris d'un accès de démence furieuse, dont la police n'a été informée qu'après lui avoir délivré ses passeports.

— Moi ! s'écria Bob au comble de la stupéfaction.

— Des femmes mordues, poursuivit Dimitri, des meubles brisés, un enfant jeté à l'eau, le coup de poing qu'il m'a administré tout à l'heure, et que sais-je encore! De là mon permis de route et l'ordre de l'arrêter, dont la date est postérieure d'un jour à celle de son passe-port.

— Tous les documens sont-ils conformes? demanda le gouverneur à son secrétaire.

— Oui , reprit ce dernier, dont le gousset désert venait de se gonfler par miracle.

— C'est étonnant, reprit le gouverneur en observant le groom avec attention, je ne vois dans cet homme aucun signe de démence !

— Ça le prend par accès, insinua Dimitri.

— Si les yeux non exercés de Votre Excellence pouvaient discerner toutes les affections corporelles et mentales, reprit le docteur, à quoi lui servirait-il d'avoir un médecin ?

— Ainsi , à une époque où il avait le délire, reprit Dimitri, il a voulu se meurtrir, se scalper... je crois même que ses bras en ont conservé les traces.

— Ce serait une preuve, dit le gouverneur; qu'on retrousse ses manches.

De nombreuses arabesques, piquées dans les chairs avec de la poudre à canon, apparurent alors aux yeux des assistans.

— Qu'est-ce que cela , mon ami? demanda l'Excellence en prenant son binocle.

— Cela? reprit Bob un peu déconcerté, c'est une généalogie que je me suis amusé à tracer.

— Et ces lettres, là, plus haut?

— Ces lettres , Excellence, signifient que *Sémiramis* a été engendrée par *Voltaire* et par la *duchesse de Marlborough.*

— Assez! dit le gouverneur en remettant tranquillement son binocle sur la table; je sais à quoi m'en tenir. Docteur, vous pouvez emmener ce malade, et vous feriez peut-être bien d'essayer sur lui votre traitement par frictions.

— C'est ce que je compte faire, reprit le docteur; mais il faut d'abord qu'il y soit préparé par la diète, la saignée et les vésicatoires.

XVI

OU LA JOIE S'ÉTEINT DANS LES LARMES.

Pendant ce temps, les hôtes de Bialoë-Darevnia étaient dans l'inquiétude la plus vive.

Ainsi, le comte Horace avait appris, par une lettre du lieutenant Lochadoff, que Bob venait de quitter Saint-Pétersbourg après avoir réussi dans sa mission, et cependant Bob n'arrivait pas.

C'est que Bob, victime du *stud-book*, expiait sous les frictions du docteur la folie apparente d'amalgamer en une même famille la duchesse de Marlborough, Sémiramis et Voltaire.

Toutefois, sauf les appréhensions de l'avenir, le présent était assez supportable. Blanche, Nadelcha et le comte pouvaient au moins se livrer à de longues, douces et intimes causeries sans que l'apparition du prince, comme ces épouvantails que l'on dresse dans les chènevières pour en écarter les oiseaux, vînt les mettre en fuite.

C'était comme une convalescence morale qui venait sinon fermer, du moins adoucir tant de plaies béantes dont saignaient leurs cœurs.

Matthéus manquait seul à ce demi-bonheur; mais on comprend qu'il avait dû suivre à Moscou son despote, dont la jalousie n'eût pas toléré que ce coin de ciel vînt luire dans sa nuit.

Un matin que tous trois étaient réunis dans ce simulacre de bibliothèque dont nous avons parlé, les clochettes d'un attelage retentirent dans la cour.

— Bob ! s'écria le comte en s'élançant vers la fenêtre.

Mais, au lieu du groom, c'était le prince qui descendait de drowski.

Deux traîneaux suivaient, dans lesquels arrivèrent successivement Jakoff, Durakoff, et quelques autres des satellites habituels dont Isaakoff était le centre.

Ces messieurs étaient venus, sous prétexte de chasse, le relancer jusque dans ses domaines, et l'avaient, en passant, décroché de Moscou, où il essayait, mais vainement, de tuer à coups de dés et d'orgies sa passion pour Blanche.

— L'enfer va se rouvrir, dit le comte avec découragement ; c'est le démon qui revient... Et pas de Bob !

Horace achevait à peine ces mots, que le prince entra dans la bibliothèque suivi de Matthéus.

Il se débarrassa de sa pelisse, salua courtoisement les deux femmes, et tendant la main au comte, comme s'ils se fussent quittés dans les meilleurs termes.

— Bonjour, cher ami, lui dit-il; comment allez-vous?

La main d'Horace n'alla pas au-devant de celle qu'on lui offrait.

— Quoi ! reprit Ivan, sous les paroles de qui perçait l'ironie, c'est ainsi que vous m'accueillez, moi et la bonne nouvelle que je me donne la peine de vous apporter !... Et, se jetant dans un fauteuil, il ajouta : — Veuillez donc vous asseoir, comte, et vous, mesdames... ainsi que monsieur de Mattvei.

Tous trois restèrent debout.

— D'abord, cher comte, reprit Ivan en tirant un paquet cacheté de sa poche, permettez-moi de vous remettre ces papiers, qui sont à votre adresse. C'était la précieuse dépêche conquise par Bob, et dont, ce dernier arrêté, Dimitri avait *obligeamment* voulu se charger. Seulement, au lieu de la remettre au comte, Dimitri l'avait naturellement remise à Ivan. — Peut-être eussiez-vous préféré m'en ménager la délicate surprise, ajouta Ivan ; mais ils ne vous en feront pas moins plaisir pour cela.

Le comte prit et lut.

Son étonnement était au comble, non pas tant en raison des heureuses nouvelles que lui apportaient ces papiers, qu'en raison de la circonstance inexplicable par laquelle ils avaient pu tomber entre les mains d'Ivan, et surtout de l'empressement de ce dernier à les lui apporter.

— Monsieur, dit-il enfin, on ne dresse pas aussi bénévolement soi-même l'appareil de son supplice ; vos airs de triomphe me laissent à penser que vous ignorez le contenu de ces dépêches.

— Pardonnez-moi, reprit Isaakoff d'un ton presque caressant, je suis parfaitement au courant de ce qu'elles contiennent.

— Vous auriez eu l'audace ?...

— De les décacheter ? acheva le prince. Ah ! c'est là un soupçon qui me fait injure... Seulement, j'en dois une copie exacte à l'obligeance d'un ami... Sainte amitié ! ce n'est pas vous, cher comte, qui m'eussiez rendu un pareil service.

— Mais alors je ne comprends pas...

— C'est tout simplement, poursuivit Ivan, un ordre de Benkendorf qui prescrit au gouverneur de Kalouga de lever toutes les difficultés qui pourraient s'opposer à votre départ immédiat pour Saint-Pétersbourg, et de vous autoriser à emmener, de force au besoin, trois de mes esclaves dont les noms sont en blanc.

Le prince regarda Blanche, Nadetcha et Matthéus avec le plus gracieux des sourires.

— Pour ce qui est d'employer la force, reprit-il, j'imagine que ce ne sera pas nécessaire.

— Comte, reprit Blanche, partons sur le champ; la vue de cet homme me fait mal.

— En vérité, cher comte, reprit Isaakof, ce que vous faites là n'est pas délicat; non-seulement vous m'enlevez madame, mais vous me privez encore de Nadetcha et de son frère: Nadetcha, dont la Esmeralda, de Moscou, allait introduire dans le monde les yeux d'outremer et le profil grec; Matthéus, dont le torse puissant et les bras musculeux, courbés sous le poids d'une vasque chargée de platine, eussent fait une magnifique cariatide dans mes mines de Perm.

— Monsieur, interrompit Horace, ces plaisanteries d'assez mauvais goût ne sont plus de saison: je sais parfaitement ce que vaut la signature du grand-maître. Or, je vous préviens que je suis armé, et que si vous prétendez entraver l'exécution de cet ordre, je vais moi, un pistolet d'une main et ce papier de l'autre, faire atteler deux traîneaux et partir à l'instant pour Saint-Pétersbourg avec les trois personnes que voici; et malheur à qui tenterait de me retenir!

— Juste ciel! s'écria le prince avec humilité, moi contrecarrer une ordonnance du grand-maître!

— Si la signature est bien réellement celle du grand-maître, reprit Matthéus, Johann lui-même n'oserait obéir au prince s'il lui ordonnait de mettre obstacle à notre départ.

— Et c'est ainsi, reprit Ivan, que je suis remercié de mes soins hospitaliers.

— Partons, dit le comte.

— Ivan Ivanowitch, reprit Matthéus, celui que tu as si cruellement outragé et persécuté, celui dont tu voulais faire une cariatide et suborner l'épouse, te pardonne et te souhaite le repentir, par respect pour la mémoire de ton père qui était le sien.

— Me quitter ainsi! dit le prince en affectant la sensibilité et le désappointement.

— Ivan Ivanowitch, reprit Nadetcha, celle que tu avais vouée à la honte et à l'infamie, ta sœur, l'enfant de ton père, dont tu voulais faire la courtisane de tes fêtes et le jouet de tes amis, t'adresse ses adieux; elle ne veut pas te maudire, mais elle t'avertit que les prières de tes quarante mille esclaves montent chaque soir au ciel pour lui demander la punition de tes crimes.

— Que me dites-vous là! dit le prince en jouant l'émotion.

— Prince Isaakoff, reprit le comte Horace, je vous laisse à vos remords et à votre infamie... Adieu.

— Et madame, demanda Ivan, en désignant Blanche, n'aurait-elle pas aussi, pendant que j'y suis, quelque anathème à me lancer!

Blanche, dans son impatience, frappait le parquet de son pied mignon; mais le prince était pour elle comme s'il n'était pas. Elle ne daigna ni le regarder ni lui répondre.

Ivan était resté pendant toute cette scène nonchalamment assis, une jambe sur l'autre, jouant avec ses breloques et faisant à la fois du pathétique et du burlesque.

Tout à coup il se dressa de toute sa hauteur, et, leur barrant le passage:

— Halte là! cria-t-il d'une voix formidable.

— Eh quoi! dit Horace, vous osez?...

— J'ai toutes les audaces, reprit Ivan.

Je ne sais quelle expression infernale ranimait, par éclairs, la morne et froide impassibilité de son regard.

— Même celle de résister aux ordres du grand-maître?

— Toutes les audaces, répéta le prince, sauf celle-là. S'il fallait opter entre Dieu et le grand-maître, c'est assurément devant ce dernier que je m'inclinerais; je reconnais donc que rien n'est plus absolu, plus irrésistible, plus impérieux que sa griffe toute puissante... si ce n'est cette même griffe lorsqu'elle est plus récente et qu'elle annule la première.

Et le prince tira un pli de sa poche.

— Ah! s'écria douloureusement Matthéus, je m'en doutais.

Blanche croisa résolûment les bras sur sa poitrine, comme pour mieux résister au choc qui allait l'atteindre.

Nadetcha se laissa tomber sur un fauteuil, le front dans les mains.

— Ah! reprit Ivan, le feu d'artifice s'est éteint; vous voilà doux et calmes comme des agneaux.

— Que voulez-vous dire? demanda Horace.

— Mon ordre à moi, cher comte, prescrit qu'aucun de mes esclaves ne pourra être envoyé à Saint-Pétersbourg sans mon consentement. Il ordonne ensuite au gouverneur de prendre acte des accusations que vous pourriez avoir à formuler contre moi, et de ne point vous permettre de quitter le pays jusqu'à ce que l'affaire soit complétement éclaircie.

Cette foudroyante nouvelle fut suivie d'un silence de mort.

Le prince se frottait les mains de satisfaction, et promenait sur ses victimes un regard triomphant.

— Bien joué! reprit-il; il faut convenir, cher comte, que nous sommes tous les deux d'une belle force... Il est vrai que cette légère feuille de papier m'a coûté trente mille roubles; mais, en vérité, c'est pour rien, quand je songe que, sans cela, vous alliez tranquillement vous en aller tous ensemble: Blanche avec Mattvei, Horace, avec sa Nadetcha, Nadetcha avec son Horace, et que je serais resté là, moi, le bec dans l'eau, comme un imbécile, réduit à mourir à petit feu d'une passion rentrée.

— C'en est trop! dit Horace; prenez un de ces pistolets, et mettez-vous à dix pas.

— Faites donc attention, dit le prince, ils n'auraient qu'à être chargés!

— Un mot de plus, et je vous tue comme un misérable.

— Je vous défie de m'assassiner.

— Vous n'avez pas encore lavé l'injure que je vous ai faite, reprit Horace d'une voix étouffée par la colère.

— Vous ne m'avez pas encore payé, riposta le prince.

— Tenez! dit Horace en jetant aux pieds d'Ivan une moitié du dé d'ivoire plombé sous lequel s'était brisée la dent de Hans, et réciproquement; voici un fort à-compte, je garde l'autre moitié pour le règlement définitif.

XVII

LE FLOT QUI MONTE.

Cependant le prince Ivan, de sang-froid et sachant où il allait, ce qui est un des traits caractéristiques du caractère russe, s'était plongé dans un abîme d'extravagances ruineuses. Prodigue sans générosité, fastueux sans dignité, dissipant follement d'un côté et bassement avare de l'autre, entraîné par une sorte de fascination vengeresse de ses méfaits, il a perdu à Moscou des sommes colossales, sans compter celles que Bamberg, dit Cent-pour-Cent, d'abord comme créancier, et ensuite comme maître de ses secrets politiques, lui a fait suer goutte à goutte.

La plupart de ses domaines ont été vendus, car il a mieux

aimé les aliéner sans retour que de les engager à la couronne, à laquelle il n'arrive pas une fois sur cent que l'emprunteur puisse les reprendre.

Ajoutez à cela les deux intendans, Johann et Dietritch, pompant à eux deux le plus clair de ce royal patrimoine, et jetant tout par les fenêtres, sauf à se tenir dessous pour tout ramasser.

Jusqu'ici le seul domaine de Bialoë-Darevnia avait échappé à la débâcle; mais comme ces coursiers haletans dont on a exigé une course impossible et désordonnée, il était à la veille de tomber d'épuisement et de stérilité. Tout avait été sacrifié aux exigences du moment; les paysans avaient été surtaxés, ruinés, pressurés; on avait été jusqu'à s'emparer des réserves prudemment destinées à faire face aux récoltes stériles. En sorte que, vînt une année mauvaise, et ce serait une détresse sans remède et sans nom.

Or, l'année mauvaise était venue, et les dix mille serfs du domaine étaient en proie à la famine; puis les contagions, son escorte habituelle, avaient commencé à décimer les populations comme un troupeau frappé d'épizootie.

Les malheureux venaient en foule, avec des râlemens sauvages, se disputer les entrailles des animaux de basse-cour jetées à la porte de l'habitation de maître Johann; mais maître Johann était déjà riche, ses meules de blé s'élevaient en pyramides autour de la ferme, ses troupeaux bêlaient dans ses étables, ses poules gloussaient dans sa cour, et peu lui importait que les autres n'eussent pas de pain, pourvu qu'il eût la croûte de pâté.

De sourdes rumeurs grondaient dans les villages, où le vieux staroste faisait de fréquentes apparitions, y dégageant dans l'air, par ses insinuations et par ses discours, cette électricité fiévreuse qui précède les orages.

— « Frères, leur disait-il, vous vous laissez conduire à l'abattoir comme des bœufs, et à la boucherie comme des moutons; mais que n'arrachez-vous le couteau des mains du boucher pour vous en armer vous-mêmes ?... Levez-vous, victimes de l'oppression, vous dont les épaules sont meurtries par les fardeaux, dont les entrailles sont crispées par la faim, dont l'existence se résume en trois mots : la douleur, le fouet, le cimetière... Tuez! brûlez! détruisez! Que les affamés se rassasient! Que les fronts abaissés se relèvent! Que les victimes deviennent les bourreaux! Une heure de vengeance pour des siècles de martyre et d'ignominie!... Eh quoi! vous êtes deguenillés, presque nus, vous n'avez plus même de racines à brouter pour vous nourrir, et vous souffrez qu'un Johann, un vil intendant, bien gras et bien repu, chaussé d'épais bas de laine et de bottes fourrées, enfoui sous une riche pelisse qui ne laisse voir que le bout de son nez, suant par tous les pores le bien-être, l'insolence, l'égoïsme, vous souffrez qu'un tel homme vienne vous narguer, vous insulter, vous battre, vous tondre !... »

La goutte d'eau finit par creuser la pierre; on comprend ce que de pareils acides devaient produire de haines sourdes et de rages contenues, qui ne demandaient qu'un prétexte pour éclater.

Il n'est cependant pas sans intérêt de faire remarquer que ces mêmes paysans russes, dans les circonstances ordinaires, c'est-à-dire dans l'état normal de leur esprit et de leur caractère, sont, malgré de nombreux défauts, doux, paisibles, résignés et faciles à conduire.

Mais lorsqu'enfin ils se révoltent, comme le chameau chargé au delà de ses forces, ils se livrent à des actes de férocité qui feraient frémir les plus cruels Peaux-Rouges.

La misère s'était propagée à ce point que Bob, avant son ambassade bien entendu, et Lucifer, avaient pris à leurs crocs une famille entière dont la chaumière était voisine du château.

Voici comment :

Bob et Lucifer demeuraient ensemble, c'est-à-dire que l'écurie spéciale de l'un servait comme d'antichambre à l'appartement de l'autre. Les murs de cette écurie avaient été blanchis à la chaux par les soins du groom; le sol en

était dallé et entretenu avec soin; une douce chaleur y pénétrait sans cesse, entretenue par le poêle de la chambre de Bob, laquelle ne différait d'ailleurs de l'écurie que parce qu'elle était meublée d'un lit, d'une table, d'une commode, et ornée d'une gravure représentant le vainqueur du derby, monté par le jockey qui lui avait disputé le prix aux dernières courses d'Epsom. Le soin extrême que l'honnête groom prenait de cet objet d'art avait fini par persuader aux Russes de son entourage que ce devait être l'image de son saint patron.

Le matin, dès le petit jour, Lucifer allait voir Bob, tirant ses couvertures, jouant avec elles, et caressant son ami du bout de son museau noir. Bob, de son côté, passait toutes ses heures de loisir chez Lucifer, causant avec lui, polissant les mors et les étriers, lisant sa Bible, ou feuilletant l'almanach des courses.

Un matin donc, Lucifer venait d'être soigneusement étrillé, Bob lui avait donné sa provende, et il allait s'attabler à son tour devant son propre déjeuner, consistant en thé et en rôties de pain beurré étalés sur une nappe bien blanche, lorsque le museau du *gris* s'était tout à coup avancé par-dessus l'épaule du groom.

— Eh bien! Lucifer, avait dit Bob, prenez donc votre déjeuner et laissez-moi le mien; ne voyez-vous pas que le sucrier est couvert, et que votre jolie tête, si mignonne qu'elle soit, ne peut entrer dans le pot au lait? — Lucifer, pour toute réponse, s'était emparé sans plus de façon de la rôtie que le groom allait porter à ses lèvres. — Voyons, Lucifer, je n'ai jamais entendu parler d'un cheval mangeant des rôties beurrées à son déjeuner, surtout quand on lui donne de bonnes mesures d'avoine bien criblée. — Le *gris*, peu sensible à ce discours, avala deux rôties d'un coup. — Ceci est par trop fort! dit Bob. Et ramenant le cheval à son auge, il vit avec surprise que l'avoine avait disparu. Evidemment Lucifer n'avait pas eu le temps de la manger. — Est-ce qu'il y aurait ici un *domovoï*, pensa Bob, et faudra-t-il encore qu'un pope quelconque vienne me demander cinq roubles et de l'eau-de-vie en échange de ses exorcismes ?

Bob, allant à la porte de l'écurie, vit deux pauvres enfans affamés qui s'étaient emparés du picotin de Lucifer et le broyaient à belles dents.

Dire à quel point le brave Bob s'était senti ému à cet aspect, serait chose superflue. Il avait suivi les petits malheureux jusqu'à la chaumière de leurs parens, où se résumaient toutes les misères, toutes les plaies, toutes les tortures, tous les découragemens de la vie.

Depuis lors, Bob avait fait en sorte d'avoir toujours assez de rôties pour que Lucifer mangeât sa provende intacte, et pour que son beau cheval et lui fussent désormais compris dans les actions de grâces que, chaque jour, toute une famille sauvée faisait monter au ciel.

Mais que pouvaient cette miette, cette obole, cette frêle digue, contre le flot qui montait toujours.

XVIII

DE L'HUILE SUR LE FEU.

Pendant que dans les huttes couvaient ces fermens de révolte, les festins, le jeu, les fêtes se succédaient au château sans interruption. Les amis du prince nageaient en pleine eau dans les restes de ce patrimoine. Là profusion coudoyait la famine, les éclats de rire insultaient aux larmes, et le fatal *Mane Thecel Phares* s'écrivait sur tous les murs sans que personne s'en aperçût.

Le comte se tenait autant que possible à l'abri de ces tapages et de ces excès. Soit terreur d'une insulte publique devant laquelle il ne pourrait plus reculer, soit que ce fragment de dé pipé conservé par Horace le maintint à l'égard de ce dernier dans une déférence salutaire, toujours est-il que le prince tolérait qu'il passât avec Blanche et Nadetcha la plus grande partie de son temps.

Il y avait dans le château comme deux camps d'où l'on s'observait : d'un côté, la douleur, l'espoir, la résignation ; de l'autre, le bruit, l'éclat, la morgue du triomphe.

Ivan ne discernait plus la haine de l'amour dans ce que nous sommes bien forcé d'appeler son cœur, faute d'un autre nom à donner à ce pervers voisin de son œsophage. Peut-être même l'une l'emportait-elle maintenant sur l'autre, tant les invariables dédains de Blanche avaient été écrasans de dignité calme et de parfaite indifférence. Les cris, l'exagération, la colère l'eussent assurément moins bien servie ; les répulsions turbulentes s'éteignent à la longue dans la lassitude, et on peut espérer de les vaincre, mais que faire contre l'inertie ?

Toutefois l'amour-propre froissé survivait à la passion, d'autant mieux que la passion elle-même n'est le plus souvent que de l'amour-propre ; et, comme on va le voir, il pouvait suffire d'un imprudent défi, d'une plaisanterie hasardée, d'un coup de fouet satirique, de moins que rien, pour suggérer au prince les plus funestes résolutions.

C'était un soir : le dîner avait été magnifique, le vin perfide, le jeu sans limites ; les topazes ruisselaient dans les verres et l'or sur le tapis. Le prince perdait royalement, heureux de préparer ainsi un démenti aux allégations possibles du comte Horace.

Les convives en étaient arrivés à ce moment où les bols qui flambent succèdent aux bouteilles éteintes, où les cravates se débraillent, où les confidences, les secrets, les reproches, longtemps comprimés, s'échappent des lèvres épaisses avec un sourire bête ; un de ces momens à la suite desquels vous ne connaissez pas, le lendemain, celui que vous avez embrassé la veille, et qui prouvent que l'homme est assez étroitement soudé à la brute.

Ainsi Jakoff avait mis sa perruque de travers, et parlait de convoquer toutes ses conquêtes d'hier et d'aujourd'hui, brunes, blondes et autres, pour en passer la revue sur la plus grande place de Saint-Pétersbourg.

— Combien de régimens ? demanda Durakoff.

— Combien d'étoiles au ciel ? riposta l'imbécile.

— Moins que de hâbleurs sur la terre, dit Ivan.

— Je sais bien, cher prince, reprit Jakoff, que tout le monde ne peut pas avoir une collection de souvenirs de cœur aussi variée que vous, ce qui résulte naturellement de la rapidité de vos victoires.

— Jakoff est vexé, dit le prince.

— Il l'est, confirma l'assistance.

— Mais après la récolte reste le glanage, poursuivit Jakoff ; et, que diable ! nous ne sommes pas encore assez...

— Perruque... ajouta le prince.

— Perruque, soit ! pour ne pas ramasser çà et là quelque petite gerbe oubliée pas Ivan.

— S'il y a une méchanceté là-dessous, insinua Durakoff, je la demande.

— C'est que c'est vrai, cela, reprit Jakoff ; ce diable de prince est un saccageur sans vergogne, un dévorant sans pitié, l'Attila de la vertu. Ainsi, messieurs, il voit une femme au spectacle, à Naples... Tout le monde connaît cette histoire...

— Si tout le monde la connaît, reprit Ivan, il me semble inutile...

Mais, bien que ce ne fût pas précisément là sa place, Jakoff avait trop sa perruque sur le cœur pour s'arrêter en si beau chemin.

— On peut l'avoir oubliée, reprit-il ; moi-même j'ai besoin de la raconter pour m'en souvenir.

— Est-ce bête ou spirituel ce qu'il vient de dire là ? demanda le prince.

Je disais donc qu'Ivan voit une femme au spectacle, à Naples ; cette femme avait une rose au corsage. Il parie de la conquérir.

— La rose ou la femme ?

— L'une et l'autre. Le voilà donc parti, comme Jason pour la Colchide ; malheureusement il y avait là, comme à tous les jardins des Hespérides passés et futurs un, dragon qui veillait... Et voilà que le prince, parti par le couloir, s'en revient par l'orchestre.

Les yeux d'Ivan lançaient de farouches éclairs.

— Allez toujours, dit-il.

Et, de plein qu'il était, son hanap devint vide.

— En fait de rose, reprit Jakoff, il ne rapportait... À propos, Ivan, elle ne disparaît donc pas, cette cicatrice qui grimace sur votre nez ?... Et dire qu'on n'invente pas de perruques pour cacher ces choses-là !

— Je vote pour que Jakoff soit constamment entretenu, aux frais du prince, dans cet état de moyenne ivresse où nous le voyons à présent.

— Pourquoi cela ?

— Parce que ses discours, habituellement très fades, reprit Durakoff, y gagnent beaucoup en fioritures plus ou moins pimentés.

— Continuez donc ! dit le prince avec une impatience nerveuse et en buvant encore ; si le dénouement vous embarrasse, je m'en charge.

— Plus tard, reprit Jakoff, le hasard, qui est bien un des plus grands originaux que je connaisse, lui a amené cette même femme ici. Elle était, elle est encore son esclave. Notez qu'il l'aime à la rage.

— Buvons ! dit le prince, dont les dents grincèrent sur sa coupe.

— Eh bien ! messieurs, reprit Jakoff, il paraît que ce mauvais sujet, ce lovelace, ce sacripant de prince, a fait tout de suite un chemin d'enfer ; on va jusqu'à prétendre, ce qui est par trop audacieux pour que j'y croie, qu'il lui a serré le bout du petit doigt.

— Tout de suite ? demanda Durakoff.

— Tout de suite, cher ami... après deux ou trois mois de stage seulement. C'est inouï de témérité, n'est-ce pas ?

— Inouï ! reprirent toutes les voix.

— Ensuite, poursuivit Jakoff, il s'est commandé une houlette verte, un ruisseau bleu, un habit gorge de pigeon, des yeux mourans, une voix langoureuse et des moutons roses, moyennant quoi Némorin va chaque soir soupirer de tendres aveux sous la croisée d'Estelle...

— Et la bergère ?

— La bergère craint les rhumes et tient sa croisée fermée.

— Il entre par la porte.

— La bergère craint les voleurs et pousse les verrous.

— Brise-t-il au moins l'obstacle ?

— Dù tout ; seulement il va se promener dans l'allée des peines de cœur, où il raconte plaintivement à la lune ses feux dédaignés.

Jakoff achevait à peine, au milieu du rire général, que le prince se leva, en chancelant un peu sur sa base.

— Messieurs, reprit-il ; voici comme Jakoff écrit l'histoire.

— Et il appela. Deux esclaves parurent.— Qu'on amène l'Anglaise !—Isaakoff était effrayant à voir ; aussi l'hilarité de ses convives fit-elle bientôt place à je ne sais quelle vague terreur d'une catastrophe imminente.

Malheureusement le comte Horace était allé à Kalouga, dans l'espoir d'obtenir du gouverneur quelques renseignemens sur la disparition de Bob.

Dimitri vint annoncer que l'Anglaise s'était enfermée, et refusait de se rendre à l'invitation du prince.

Ivan tira sa montre.

— De gré ou de force, reprit-il, amenée ou traînée, je vous donne cinq minutes pour m'obéir.

Les respirations semblaient arrêtées ; on eût entendu voler une mouche dans l'appartement.

Les cinq minutes étaient à peine écoulées, que Blanche parut.

Digne, calme, glaciale comme toujours, dès qu'elle avait

su que Dimitri avait ordre d'employer la violence, elle s'é-
tait décidée à venir bénévolement.

Elle s'arrêta au seuil de l'appartement, et promena sur
l'assistance son regard étonné, mais doux et limpide.

Tous la saluèrent profondément, sauf le prince.

Matthéus entrait au même instant, et s'arrêtait au seuil
d'une porte cachée dans l'ombre.

Ivan était d'une pâleur livide.

— Madame, dit-il, ces messieurs savent que je vous
aime, et ils prétendent que je n'ai encore reçu de vous
que des paroles de dédain. — Blanche fit quelques pas, et
s'arrêta à regarder un tableau.—Il faut en finir, reprit le
prince, et j'entends que ce qu'ils disent aujourd'hui, ils ne
puissent plus le répéter demain. — Blanche passa à un
autre tableau, Ivan se leva.— Allons, dit-il, puisque vous
ne voulez pas venir à moi, il faut bien que j'aille à
vous.

—Messieurs, dit Blanche en se retournant, s'il y a parmi
vous un homme de cœur, j'implore sa sauvegarde.

Mais le prince enveloppait déjà sa taille de ses bras té-
méraires, lorsque Matthéus, détachant un poignard d'une
panoplie, s'élança sur lui d'un bond de tigre.

XIX

LE KNOUT.

Quelques jours plus tard, un poteau perpendiculaire
en forme de T, le *kobilitza*, muni d'un anneau de fer à
chacune de ses extrémités, était dressé sur la pelouse, en
face du château.

Tous les paysans du domaine formaient autour de cet
instrument de torture un cordon de spectres, hâves, dé-
charnés, déguenillés, tremblans.

Au balcon du manoir était Blanche et le prince.

Celui-ci, debout, farouche, menaçant.

Celle-là couchée sur un fauteuil, anéantie de douleur et
plus morte que vive.

Au bout de quelques instans une sourde rumeur courut dans la foule, dont les rangs s'ouvrirent pour livrer
passage à quelques mauvaises planches clouées en guise
de traîneau.

Ce traîneau lugubre portait le patient et l'exécuteur.

Le patient était Matthéus, condamné à cinq cents coups
de knout, c'est-à-dire à la mort, pour avoir voulu poignar-
der son seigneur et maître ; tentative qui n'avait échoué
que parce qu'on s'était jeté sur lui assez à temps pour que
l'arme ne fît qu'effleurer le cœur, au lieu de s'y enfoncer
jusqu'à la garde, comme il était évident que le coupable
en avait eu l'intention.

Le bourreau était un homme entre deux âges, grand,
robuste, bien découplé, et dont la physionomie déprimée
accusait une féroce brutalité alliée à l'excitation des liqueurs fortes. On voyait, à l'audace cynique de son maintien, qu'il avait conscience de la crainte et de l'horreur
qu'il inspirait à la fois, en sa double qualité de bourreau
et d'assassin.

Nous disons assassin, parce que c'est ordinairement dans
cette catégorie de criminels que l'on choisit, en Russie,
l'exécuteur de hautes œuvres.

Le maniement du knout exige un long apprentissage,
joint à une aptitude naturelle des nerfs et des muscles.
Aussi y a-t-il une sorte de *conservatoire* où de jeunes néo-
phytes sont paternellement dressés à ces aimables fonctions.

Quant au bourreau en chef, c'est presque toujours un
homme qui a été nourri dans le sérail pour en mieux connaître les détours ; c'est-à-dire qu'il a subi lui-même le
supplice qu'il inflige,

Après douze ans d'exercice, il rentre patriarcalement
dans ses foyers, non moins privé de l'estime que suivi des
bénédictions du public.

Pendant ces douze ans il est prisonnier lui-même, et ne
sort que lorsqu'il *a de l'ouvrage.* Les doux loisirs de sa
captivité, il les consacre au professorat. Chaque jour ceux
qui suivent son cours s'exercent sur un mannequin à
l'art difficile de bien torturer leurs semblables ; ils sont
d'abord quelque chose comme élèves, puis bacheliers, puis
docteurs.

C'est qu'il y a en effet une foule de nuances dans la
façon d'appliquer le knout : qu'il s'agisse, soit de déchirer
simplement les reins ou de tuer tout de suite en forçant
la victime à se disloquer les vertèbres du cou, soit de ne
faire mourir qu'au bout d'un jour ou deux, en enroulant
savamment l'homicide lanière autour du corps, de façon à
pénétrer dans le péritoine ; soit à déchiqueter les intes-
tins, selon que les instructions reçues sont plus ou moins
paternelles.

Un praticien accompli doit, comme justesse, frapper
chaque fois dans un espace de la largeur d'une pièce de
cinq francs, et, comme vigueur, réduire en poussière, d'un
seul et formidable coup, une brique à bâtir.

Dès qu'une mort ou une promotion viennent faire un
vide dans le petit *collége* des exécuteurs, il est immédiatement comblé par quelque criminel condamné à mort. Disons cependant, à la louange des plus basses classes du
peuple russe, que, même parmi ces misérables, les recrues
volontaires sont fort rares.

Le traîneau qui porte le condamné et le bourreau s'arrête
devant chaque *kabäk*, où ce dernier, suivant une ancienne
coutume, a le droit de demander gratis un verre de *vodka.*
Après quoi le cabaretier fait un signe de croix et se hâte
de briser le verre en mille pièces, pour effacer à jamais
les traces de cette bouche odieuse.

Les autorités, le capitaine ispravnik, le staroste assistent
au supplice.

Matthéus est impassible ; il paraît de bronze.

L'exécuteur le dépouille de ses vêtemens, et le garrotte
au moyen d'une corde passée dans les anneaux de fer du
kobilitza.

Prêt à frapper, le bourreau lève le knout et regarde le
prince, dont il attend le signal.

Le signal est donné ; le bourreau recule de quelques
pas, puis bondit en avant, ajoutant ainsi le poids de son
corps à la puissance de ses muscles, et il lance la fatale
courroie de toute la vigueur de ses deux bras réunis.

Un cri déchirant part du balcon et retentit dans tous les
cœurs.

—La clef de votre appartement, dit le prince à Blanche,
et je lui fais grâce. — Les lèvres de Blanche restent pâles
et muettes. Ivan fait un second signe au bourreau,
dont un nouveau coup, appliqué à la même place
avec une horrible précision, déchire et pénètre les chairs
du patient à la profondeur d'un pouce. Cette fois Blanche
n'a plus de voix pour crier, mais elle tombe à genoux et
tend vers le ciel ses mains suppliantes. L'exécuteur s'arrête
et contemple avec un rire sauvage le succès de son adresse.
— La clef !—demanda Ivan. Pas de réponse. De nouveaux
coups tombent sur Matthéus, puis le bourreau s'arrête encore
soit pour changer la lanière du knout, soit pour la passer dans du soufre afin d'empêcher qu'elle ne s'amollisse.
—Une dernière fois, la clef !—demande Ivan, dans les yeux
de qui brillent toutes les ivresses inspirées par l'enfer.
Blanche priait toujours. — Eh bien ! reprit Ivan, puisque
vous voulez qu'il meure, il mourra.

Et il allait donner à l'exécuteur un troisième signal...
Mais cette fois Blanche était vaincue, et la clef s'échappa
de ses mains fiévreuses.

Le supplice venait de cesser, lorsque des cris : « Au secours ! au secours ! » poussés d'une voix lamentable, retentirent tout à coup,

C'était Dimitri, sur lequel Bob, délivré par les soins du
gouverneur de Kalouga et arrivant, à l'instant exécutait,

un roulement de coups de poings britanniques à assommer tous les bœufs du comté de Durham et du Yorkshire.

XX

LA RÉVOLTE.

En échange de tant d'infamies qu'il avait semées, le prince allait donc récolter le succès ; le démon terrassait l'archange.

Il était huit heures du soir.

Ivan montrait glorieusement à ses convives cette clef ramassée dans le sang.

Pendant ce temps, Blanche était en proie à des hallucinations qui côtoyaient la folie, tant ces ébranlemens successifs avaient réagi sur son organisation délicate.

Matthéus subissait les pansemens nécessités par son martyre.

Dimitri, bosselé, poché, disloqué, cataplasmé, bleu, rouge, noir, ne pouvait ni se coucher, ni s'asseoir, ni rester debout, et cherchait une posture intermédiaire qu'il ne trouvait pas.

Nadetcha était venue faire un signe au comte Horace, et tous deux, accompagnés du staroste, serpentaient à travers des groupes de serfs rassemblés aux alentours, comme ces langues de feu qui s'essayent sur un édifice avant que l'incendie éclate dans toute sa furie.

Parfois des bruits rasant la terre, des bourdonnemens sourds et lointains, une espèce de marée montante, arrivaient jusqu'aux oreilles du prince et de ses hôtes.

— Une tempête ! disaient-ils.

Et ils ne continuaient pas moins de rire et de boire.

Une tempête ! oui ; seulement elle sortait de terre au lieu de descendre du ciel.

Vers minuit, d'étranges lueurs, venant du dehors, éclairèrent tout à coup les croisées du salon.

Ivan courut à une fenêtre, qu'il ouvrit.

— La ferme est en feu, messieurs ! s'écria-t-il.

Au même instant, un lourd projectile roula dans l'appartement.

C'était la tête de Johann.

Une troupe d'esclaves, armés de haches, d'instrumens de labourage, de tout ce qu'ils avaient trouvé sous leur main, entourait le château.

— Hourra ! hourra ! criaient-ils ; mort ! mort ! mort au prince et à sa race ! mort à l'ouprativel ! Du pain, de l'eau-de-vie et du sang !

Tous ces fronts superbes pâlissent, tous ces cœurs que n'ont jamais remués les impressions généreuses battent d'une terreur panique.

— Fuyons ! dit le prince.

Et c'est bientôt à qui trouvera l'issue la plus secrète, le réduit le plus humble, pour échapper à ce simoun humain qui vient fondre sur eux.

Nous jetterons un voile sur les sanglantes saturnales qui signalèrent cette nuit, où devait se solder un terrible arriéré de haines, de souffrances et d'humiliations. C'est d'ailleurs l'histoire commune de toutes les rébellions partielles d'esclaves, qui renaissent chaque jour sur les différens points de l'empire russe.

Le comte, Nadetcha, Matthéus avaient vainement essayé de circonscrire dans de certaines limites ce torrent déchaîné ; mais rien n'arrête les torrens.

Matthéus, dont le supplice avait été en quelque sorte la goutte d'eau qui fait déborder le vase, servait même, moitié de gré, moitié de force, d'étendard à la révolte. Il savait que les temps n'étaient pas venus ; il se rappelait l'inutile insurrection de Pugatchef, le Spartacus russe, et aurait voulu éviter à ces malheureux les longues tortures

dont ils payeraient nécessairement cette heure de vengeance.

Le lendemain, les débris du pillage étaient éparpillés sur le sol fumant et ensanglanté ; les murs tombaient avec de lourds craquemens ; çà et là des morts ou des hommes engourdis par l'ivresse.

Quelques amis du prince, bien que revêtus du cafetan des serfs, étaient tombés au pouvoir des insurgés ; tous se prétendaient esclaves, car c'était un de ces rares quarts d'heure de la vie où la bure étincelle de plus d'éclat que la pourpre, où les humbles sont les puissans.

— Si vous êtes esclaves, leur disait-on, montrez vos mains durcies par le travail ; où sont les cicatrices imprimées sur vos épaules ?

L'absence de ces marques profondes laissées par le fouet était en effet une terrible réfutation. Avec quel empressement n'eussent-ils pas alors échangé leurs médailles, leurs dignités, leurs ordres, contre ces traces d'ignominie !

Le comte lui-même avait failli payer cher sa position d'ami prétendu du prince, et ce n'était pas sans peine que Nadetcha et Matthéus étaient parvenus à le sauvegarder.

Blanche avait le délire ; on craignait pour sa raison. Elle croyait sans cesse voir apparaître le prince sur le seuil de sa chambre.

Mais le prince s'était fait taupe, et nul ne savait où Sa Grandeur s'était tapie.

Bob Bridle, pendant la tourmente, s'était enfermé avec Lucifer dans l'écurie, contre la porte de laquelle étaient amoncelés des charrettes, des poutres et des débris de meubles. Dès qu'il lui sembla que la tranquillité était un peu rétablie, il fit comme la colombe de l'arche, et sortit à l'aventure par la fenêtre.

Les remises, les offices, les communs brûlaient encore comme une fournaise ardente ; au moment où le groom passait devant la porte ouverte d'un magasin aux comestibles, un étrange spectacle frappa ses yeux ; c'était Hans, qui dans le désordre de la peur s'était jeté, la tête la première, dans un énorme tonneau de choucroûte, d'où sortait à peine le bas de ses jambes.

Bob l'en retira à grand'peine, mais le malheureux était asphyxié ; cette mort à la Clarence, sauf le malvoisie, avait du reste dû lui paraître douce et bien préférable à celle du comte Ugolin, réduit à manger ses enfans *pour conserver leur père*.

Mais déjà la fumée commençait à envahir l'écurie. Lucifer faisait entendre de plaintifs hennissemens ; il s'agissait donc de dégager la porte et de faire sortir le cheval, ce à quoi Bob travaillait avec une énergie sans égale, lorsque des cris de meurtre et de dévastation recommencèrent à se faire entendre.

C'était une meute toute fraîche qui arrivait à la curée.

Bob venait fort à point de forcer l'entrée de l'écurie ; déjà il avait scellé et bridé le *gris*, endossé sa redingote, mis sa Bible dans sa poche, et sanglé les couvertures sur la croupe du cheval ; déjà son pied touchait l'étrier, lorsqu'il fut soudain saisi et renversé par quelques énergumènes qui le garrottèrent étroitement.

— C'est un *niemetz* (étranger) ! tuons-le ! pendons-le ! brûlons-le !

— Au choix, et en qualité d'Anglais, reprit bravement Bob, je préférerais être pendu, si c'est un effet de votre complaisance.

— Attendez ! dit une voix ; ça devient insipide de toujours pendre, brûler et arracher les entrailles. Lions-le aux jambes de son enragé cheval, sous la queue duquel nous attacherons un bouchon de paille enflammée.

— Hourra ! cria la foule.

— Tout ce que vous voudrez à Bob, dit le groom, mais rien au cheval.

— Hourra ! mort au *niemetz* !

Tous se précipitent vers Lucifer, armés de haches, de piques et de torches.

Mais le noble animal poussa un hennissement terrible,

rua de droite et de gauche, mordit et foula sous ses pieds ceux qui osèrent l'approcher, puis s'élança hors de l'écurie, la crinière au vent, comme un lion furieux.

— Courage, Lucifer ! criait Bob ; écrase-moi ce tas de brigands !

Lucifer galopait à travers la foule épouvantée ; ses yeux lançaient des éclairs ; ses narines roses exhalaient un souffle embrasé.

— Fuis, mon brave cheval ! laisse-moi mourir tout seul, et *pense* quelquefois à Bob.

Et le coin de ses paupières, arides jusque-là, se mouillait à la pensée de cette séparation.

— Hourra ! mort au *niemetz* et au cheval ! hurlait la foule.

En ce moment une femme s'approcha de Bob.

— Niemetz ou non, dit-elle, personne ne touchera au petit homme qui a donné à manger à mes enfans.

Et elle coupa la corde qui le retenait.

Aussitôt, Bob lâcha un imperceptible coup de sifflet ; Lucifer vint à lui en bondissant joyeusement.

En moins d'une seconde, le groom fut en selle.

— Allons, Lucifer, dit-il, il ne sera pas dit que nous mourrons parmi eux.

Et, pressant de ses talons les flancs du coursier, il s'élança à fond de train à travers la foule compacte qui l'entourait, et gagna la grande route.

De vains coups de hache, de fourches, de bâtons, menacèrent de toutes parts ; quelques balles sifflèrent à ses oreilles ; mais le cheval et le cavalier furent bientôt hors d'atteinte.

Bob alors se retourna, et, droit sur ses étriers, il envoya de sa cape à cette meute ébahie un salut ironique. Mais il s'aperçut que le sang du courageux animal coulait à grands flots, aussi bien que le sien.

Cependant Lucifer paraissait comprendre que la distance parcourue ne suffisait pas à assurer le salut de son maître ; il trouva la force de fournir encore une course désordonnée ; puis, suffoqué par une hémorragie intérieure, il tomba raide mort en pleine carrière.

Le lendemain, quand *l'uradnik* (1) et ses cosaques passèrent par là pour aller réprimer la révolte, ils trouvèrent Bob assis sur le bord de la route, la tête de Lucifer posée sur ses genoux ; il étanchait machinalement l'écume sanglante qui s'échappait de la langue raide du cheval qu'il avait tant aimé.

Il ne proférait pas une parole, mais deux sillons argentés, comme ceux que tracent les limaçons sur les murs, trahissaient toutes les larmes qui s'étaient séchées sur ses joues.

Quand à ses blessures à lui, il ne savait même pas s'il était blessé.

Les cosaques, dressés à cette tâche de limiers poursuivant des esclaves, n'ont aucune espèce de pitié pour les douleurs et les misères humaines. Toutefois, à la vue de cette désolation muette et de ce cheval mort, ils ne purent se défendre d'un mouvement de sauvage sympathie ; et plus d'une main rude et velue s'allongea pour caresser l'inerte encolure du pauvre coursier.

Revenons à Bialoë-Darevnia, où fumaient encore les derniers brandons de la révolte et les derniers vestiges de l'incendie.

Comme toujours après de pareils carnages, le désordre était à son comble et l'on commençait à s'effrayer du lendemain.

Matthéus, dans le but louable d'arrêter les excès, avait accepté les rênes abandonnées du pouvoir. Son quartier-général était établi dans une des ailes du château restée debout, lorsqu'on lui amena un homme vêtu en paysan, et, dont les traits disparaissaient en quelque sorte sous une barbe et des favoris d'une végétation presque phénoménale.

Arrêté dans les bois, cet homme avait, comme les autres, prétendu aux *honneurs* de l'esclavage ; mais ses mains fines et blanches avaient laissé à supposer que c'était là un dignité passagère qu'il ne s'attribuait que pour les besoins de la cause.

Matthéus n'eut besoin que d'un coup d'œil jeté sur l'inconnu pour reconnaître le prince, et fit signe à l'escorte de se retirer.

Isaakoff, l'œil hagard, les vêtemens souillés et en désordre, frissonna de la tête aux pieds à la vue de son esclave devenu son juge.

— Mattvei ! s'écria-t-il d'une voix suppliante.

— Voilà donc l'heure, reprit Matthéus, où tu vas rendre compte de tes crimes... un terrible compte !...

— Mattvei, reprit Isaakoff, ressaisissant assez de sang-froid pour calculer la portée de ses paroles, que vas-tu faire de moi ?

— Préparez-vous à mourir, reprit sévèrement Matthéus, mais venez d'abord avec moi.

Il ouvrit une petite porte cachée dans la boiserie, traversa un couloir obscur, et entra chez Blanche.

Ivan marchait devant lui.

Blanche était toujours alitée et souffrante ; Nadetcha, assise au chevet, tenait dans ses mains la main moite et amaigrie de la jeune femme.

A la vue du prince, qu'elles reconnurent aussi malgré son déguisement, toutes deux poussèrent un cri d'effroi.

Matthéus leur fit un geste de la main, comme pour les rassurer.

Puis s'adressant au prince :

— A genoux ! lui dit-il, et amende honorable devant ces deux femmes.

— Moi ! s'écria le prince.

— Vous, reprit Matthéus.

— Jamais !

— Tout de suite.—Et saisissant de sa main vigoureuse le bras d'Ivan, il le courba jusqu'à terre.—L'autre genou,—dit Matthéus. Cette fois le prince obéit. Blanche témoigna par un geste de répulsion qu'elle ne voulait pas même de ses excuses.—Répétez ce que je vais dire, reprit Matthéus : « Madame, et vous, Nadetcha, je suis un misérable, un infâme, la honte du nom que je porte et de la classe à laquelle j'appartiens. » Répétez, ou j'appelle, et c'est fait de vous !

Ces paroles ne sortirent qu'une à une, et pareilles à des sifflemens de vipère, mais le prince répéta.

Matthéus allait continuer lorsque Blanche l'arrêta de sa voix douce et affectueuse.

— Mon ami, lui dit-elle, je vous en prie, éloignez cet homme.

— Debout !—reprit Matthéus en lui indiquant la porte du doigt. Et ils retournèrent par où ils étaient venus.—Prie, si tu le peux, dit Matthéus dès qu'ils furent rentrés dans l'appartement de ce dernier.

— Mattvei, dit le prince en se jetant cette fois lui-même aux genoux de son frère, vois ton triomphe et mon humiliation ! Accorde-moi quelques jours d'une vie misérable et repentante !... ne me tue pas !

— Moi te tuer ! reprit Matthéus ; me préserve le ciel de me souiller de ton sang ! Mais il y a au dehors trente piques qui t'attendent.

En effet on frappait à la porte à coups redoublés ; le staroste était arrivé, et avait, à travers la cloison, reconnu la voix du prince.

— Frère, criait-il, ouvre, nous connaissons le prisonnier.

— Grand Dieu ! dit Ivan.

Vous entendez ? reprit Matthéus.

— Mattvei, ne pas me sauver, c'est me tuer ; souffrir qu'on m'assassine, c'est m'assassiner vous-même. Au nom de mon père, au nom du vôtre !

— Vous vous en souvenez donc, maintenant.

— Ouvrez ! ouvrez ! vociférait la foule au dehors.

— Mon Dieu ! mon Dieu ! dit le prince en se tordant de désespoir et de peur, est-il possible, moi votre frère !

(1) Chef.

— Oui, reprit Matthéus, mon frère qui ordonnait il y a quelques jours mon supplice, et y assistait !

— Pitié !

— Veux-tu que je te montre les marques de fraternité que je tiens de toi ? dit Matthéus en découvrant sa poitrine.

— Pitié ! pitié !

— Ouvrez ! hurlait toujours la foule.

— Écoute, ma colère s'est évanouie devant ta lâcheté ! je puis te pardonner, mais je ne puis te sauver.

— Mattvei ! au nom de mon père !

— N'invoque pas ce nom !

— Si, je l'invoque, j'invoque ses cheveux blancs, son front vénérable. Qu'il vienne ! qu'il descende de là-haut ! qu'il voie son fils livré par toi, par toi qu'il aimait plus que moi-même, le frère tué par le frère, et que son éternelle malédiction te poursuive partout !

Matthéus ne répondit rien ; l'émotion lui coupait la voix.

— Mattvei ! j'embrasse tes genoux, il y là une fenêtre... si tu voulais...

— Elle est trop élevée.

— Oh ! Mattvei, tu es pour moi plus qu'un frère ! je suis sauvé maintenant.

Et le prince voulut se jeter dans les bras de l'esclave.

— Arrière ! dit Matthéus, cet embrassement serait une souillure.

— A bas le tyran !... A mort le prince ! criaient les insurgés.

La porte commençait à s'ébranler sous leurs coups redoublés.

— L'image vénérée que tu as évoquée, reprit Matthéus, l'emporte sur ma vengeance. Que le ciel s'en charge désormais !

La fenêtre donnait sur un quinconce désert, d'où il était facile de gagner la forêt sans être aperçu.

Ce n'était pas le salut certain, mais c'était le salut possible.

— Adieu, mon frère, dit le prince, et soyez béni !

— Adieu, reprit Matthéus.

Mais, comme il l'avait fait observer, la fenêtre était à une grande hauteur ; or, se tuer pour échaper à la mort est un triste expédient.

— Tenez, dit Matthéus, montez sur l'appui de la croisée, suspendez-vous par les deux mains comme à une corde à la crosse de mon fusil, et laissez-vous glisser doucement.

Matthéus confiant dans sa force, tenait solidement l'arme par le bout du canon.

Le prince commença sa périlleuse descente. Arrivé à une dixaine de pieds du sol, il leva les yeux et vit la large poitrine de Matthéus penchée en dehors sur le canon de cette arme de mort, devenue pour lui un instrument de salut... Une infernale pensée vint lui mordre l'esprit, et, lâchant la détente sur son libérateur, il sauta légèrement à terre.

XXI

Le temps a marché, comme toujours, vite pour les uns, lentement pour les autres.

L'ordre règne à Bialog-Darevnia, comme il devait un an plus tard régner à Varsovie ; c'est-à-dire qu'une *sotnia* de cosaques campe dans le village, que les anneaux de fer du *kobilitza* se sont usés à fonctionner, que le bourreau a eu tous les jours son *vodka* gratis, et que ceux qui ne sont pas morts sous le knout se traînent péniblement le long de la vallée de larmes qui conduit aux mines.

Le staroste a payé de sa tête sa victoire d'un jour.

Le vautour est revenu triomphant dans son aire dévastée.

Ses amis ont repoussé, comme ils repoussent tous à l'heure du succès.

Blanche, Nadetcha, Matthéus, — Matthéus, le bras en écharpe, par suite de la balle fraternelle que lui a léguée son frère pour adieux, — sont plus esclaves que jamais.

Toutes choses enfin vont pour le mieux ou au plus mal, selon qu'on les considère de l'un ou de l'autre des mille points de vue d'où se bifurque le pauvre esprit des tristes mortels.

Horace attend avec impatience l'autorisation qu'il a demandée d'aller à Saint-Pétersbourg soumettre à l'empereur lui-même tous les détails de cette navrante histoire.

L'intendant Dietrich vient d'arriver : d'abord sous le prétexte de mettre de la régularité, la plus irrégulière possible, dans les comptes de feu Johann, son beau-frère ; ensuite pour offrir au prince, dont il connaît la pénurie pour y avoir contribué mieux que personne, une forte somme en échange de son affranchissement.

C'est tout simple : Dietrich se fait vieux ; il a fait de profondes études, couronnées d'un plein succès, sur le *tien* et sur le *mien*, et désire maintenant faire la différence expérimentale qu'il y a entre recevoir des rebuffades ou les appliquer soi-même.

Le prince a paru écouter sa proposition d'une oreille favorable, et, selon toutes les apparences, Dietrich sera libre avant peu.

Ivan raconte plaisamment qu'il s'est jeté un jour aux pieds de Blanche, et que c'est là une douce place qu'il compte bien reprendre en présence de ses chers amis.

Or, il donne le soir même une fête splendide, et Blanche a reçu l'invitation de s'y rendre.

Dimitri, toujours très en compote par suite des coups de poings de Bob, est chargé de lui faire agréer l'invitation.

Pour donner plus de retentissement à la solennité, le prince a prié ses amis de Moscou d'y assister ; les rapides drowskis se succèdent sans interruption ; des bouquets de femmes élégantes se pressent dans les salons illuminés de cette aile restée debout au milieu des décombres qui fument encore.

Jakoff étrenne une perruque juvénile du meilleur effet.

Blanche a reçu le matin une fraîche parure de bal, que ses femmes de chambre lui ont mise à peu près comme on impose aux condamnés leur dernière toilette.

Matthéus est gardé à vue, car Ivan ne sait pas encore au juste de quelle façon il le punira de lui avoir sauvé la vie ; et s'il ne lui a pas imposé une seconde dose de knout, c'est que les traces de la première n'ont pas encore eu le temps de se cicatriser.

Il est neuf heures du soir ; la folie secoue à pleines volées ses grelots ; toutes les écluses sont ouvertes aux passions ; tous les délires vont la bride sur le cou ; on danse, on boit, on joue, mais ces joies sont bien fades bien vulgaires, bien innocentes ; ça n'emporte pas le palais... Il a circulé tout bas des annonces de drame après la petite pièce, que l'on sait que l'eau en est venue à toutes les bouches, et que l'on piétine d'impatience, et que les petites femmes roses et frêles, qui ne peuvent pas voir tuer une mouche, se demandent, sous l'éventail, à quand cet acide prussique qu'on leur a promis.

Le prince, en artiste habile qui prépare ses effets, jouit un instant de l'anxiété générale, et, lorsqu'il la juge bien à point, il fait à Dimitri un signe imperceptible.

Quelques minutes s'écoulent, la porte s'ouvre à deux battants.

L'huissier annonce :

— Miss Mortimer, sir Georges Blunt.

A ce dernier nom, le prince Isaakoff se sent pris d'un frisson qui le parcourt de la tête aux pieds ; il tâche cependant de faire bonne contenance, et s'avance gracieusement vers le baronnet.

— Quelle charmante surprise ! dit-il en lui tendant la main.

Sir Blunt sert de guide à Blanche, la main à la hauteur de l'épaule, dans toutes les règles de l'étiquette la plus sévère et du menuet. Il passe gravement devant le prince sans daigner le voir, et conduit miss Mortimer vers un fauteuil vide à côté duquel il s'assied lui-même.

Les danses ont cessé ; l'orchestre se tait ; le jeu même est suspendu.

Les femmes seules échangent quelques chuchottemens à propos de la mise de l'inconnue, qu'elles critiquent, et de sa beauté qu'elles contestent.

Ivan suppose que le baronnet ne l'a pas aperçu, et se dirige vers la place qu'il occupe.

— Très honorable sir Blunt, lui dit-il, j'ai déjà eu l'honneur de vous saluer... Soyez le bienvenu.

Et sa main se tend de nouveau vers celle du baronnet.

Le baronnet prend son binocle, le toise du haut en bas, puis, apercevant le comte Horace à quelques pas de là, il se lève et court à lui avec toutes les démonstrations de l'amitié la plus vive.

— Je crois que j'arrive à temps, cher comte, lui dit-il, pendant qu'Ivan est resté le nez au vent, la bouche ouverte et les bras en l'air.

— Je veillais, répond Horace ; c'est vous dire que miss Mortimer n'avait rien de sérieux à redouter.

Le prince sent tous les regards peser sur lui ; l'insulte est si manifeste que personne ne peut s'y méprendre ; un grain de patience de plus, et adieu sa réputation de courage et d'audace. Il persiste donc à suivre le baronnet, et, le désignant de la main comme un cornac montre une bête curieuse :

— Messieurs et mesdames, dit-il, je vous présente sir Thomas Blunt, sourd et aveugle de naissance.

— Mais non pas manchot reprend l'Anglais.

Et il lui applique, au même instant, un de ces implacables soufflets dont on prétend que le résultat est de faire éclater soudain en gerbes lumineuses toutes les étoiles du firmament.

Le prince pousse un râle terrible, et veut s'élancer sur le baronnet... mais les hommes s'interposent pendant que quelques femmes s'évanouissent, et que d'autres prennent la fuite en jetant tous les *ut* de poitrine dont elles sont susceptibles.

Sir Blunt est d'une impassibilité d'automate ; c'est à se demander s'il est réellement un homme ou une imitation bien réussie.

— J'ai insulté monsieur, dit-il au comte Horace, et je veux qu'il me rende raison.

— A l'instant ! dit le prince, dont les cinq ou six personnes qui l'entourent ont toutes les peines du monde à maîtriser les élans furieux.

Sir Blunt tira sa montre.

— Dix heures et demie, reprit-il ; c'est l'heure où je me couche, et je tiens à mes habitudes.

— Vous reculez !

— Reculer ? reprit le baronnet ; j'arrive tout exprès de Philadelphie pour vous brûler la cervelle. Je crains seulement que vous n'en ayez pas.

— A demain, donc, au point du jour,

— Je me lève à sept heures, reprit sir Blunt ; une demi-heure pour ma toilette une demi-heure pour le thé. Mettons cela à huit heures.

— Soit, Dimitri, ajouta le prince qu'on serve du punch chez l'Anglaise ; je vais m'y rendre à l'instant.

Le baronnet était sur le point de sortir de l'appartement ; à ces mots il s'arrêta court, et, se retournant vers le prince :

— Monsieur, lui dit-il, les matinées sont fraîches, et je ne déteste rien tant que d'avoir à régler sur le terrain même les conditions d'une rencontre ; à table et en duel j'aime à savoir le menu d'avance.

— Rien de plus facile, monsieur ; voici mon témoin.

Ivan désigna Durakoff.

— Voici le mien, reprit sir Blunt.

Et il indiqua le comte Horace.

— Rien n'empêche ces messieurs de s'aboucher, reprit le prince ; ce qu'ils décideront sera bien décidé.

— Je sais que tel est l'usage, fit observer le baronnet ; mais, entre nous soit dit, je trouve que l'usage est stupide. Cela me rappelle les plénipotentiaires de je ne sais plus quel congrès qui disaient à la Hollande : « Nous traiterons » de vous, chez vous et sans vous. » Je demande donc que nous soyons admis aux conférences.

— Je crois qu'il a peur, glissa Durakoff à l'oreille du prince.

— Il m'en a l'air reprit Ivan ; je suis curieux de le voir venir ; seulement, je déclare que, pour que j'acceptasse des excuses il faudrait...

— Vous dites ? demanda sir Blunt.

— Veuillez me suivre dans la bibliothèque, messieurs, reprit le prince ; mais dépêchons, je vous prie, car je suis pressé.

A peine y étaient-ils tous les quatre, les deux champions et les deux témoins, que le baronnet ferma l'unique porte à double tour, et mit la clef dans sa poche.

— Qu'est-ce à dire? demanda le prince.

— Vous êtes pressé ?

— Oui, monsieur.

— Très pressé ?

— Oui monsieur.

— J'en suis fâché pour vous, reprit sir Blunt.

Et il s'accommoda dans un grand fauteuil, de façon à y passer la nuit le moins mal possible.

Quand à Jakoff, il est superflu de dire que, dès qu'il avait été question de duel, il s'était éclipsé.

XXII

DEUS EX MACHINA.

Le lendemain, à l'heure convenue, les deux adversaires étaient en présence.

Isaakoff avait, en sa qualité d'insulté, choisi le pistolet. Il était, au tir, la terreur des poupées, et mouchait à trente pas une bougie avec une dextérité parfaite ; d'où l'on pouvait conclure que sir Blunt ne tarderait pas à s'éteindre.

Le baronnet était en effet d'une telle envergure que, comme à Désessart dans *Le Duel et le Déjeuner*, on aurait pu lui décrire un rond sur le corps et s'engager à ne pas compter les balles qui s'en écarteraient.

Il y aurait ici beaucoup de choses à dire sur les pas mesurés, le calibre des armes, les pourparlers des témoins, le calme ou l'émotion des champions ; mais les événemens vont se succéder si rapides, que mieux vaut les suivre au pas de course.

Le sort fut pour Ivan, qui tira le premier.

Sir Blunt s'était naturellement placé de profil , mais, ce qu'il gagnait ainsi en largeur, il le perdait en rotondité ; ajoutez qu'il avait une maladroite cravate blanche nouée dans toutes les règles, et dont les deux bouts menaçaient le ciel, ce qui devait servir de point de mire à son adversaire.

Toutefois, soit que les hommes fissent plus d'effet au prince que les poupées, soit que la Providence se fût enfin lassée de l'insignifiance du rôle qu'elle avait joué jusqu'ici dans toute cette histoire, il n'y eut de tué que la cravate du baronnet, dont le coin fut brodé à jour.

— A moi, dit sir Blunt.

Le prince s'effaça.

Mais le baronnet se ravisa, et abaissant l'arme qu'il avait déjà levée, il sortit sa tabatière, frappa dessus deux ou trois petits coups selon l'usage, l'ouvrit sans se presser, et aspira méthodiquement une lente pincée de tabac.

— Tenez-vous beaucoup à la vie ? demanda-t-il au prince.

— Que vous importe? reprit Ivan.

— Je vous propose un marché.

— Lequel ?

— Fixez le prix que vous voudrez à la liberté de miss Mortimer, et, bien que j'en aie grande envie, je n'essayerai même pas de vous tuer.

— Miss Mortimer est mon esclave, et le restera.

— Fort bien, reprit sir Blunt en remettant sa tabatière dans sa poche ; en place maintenant.

Et il tira.

La balle traversa l'épaule droite d'Ivan.

—Eh bien ! demanda le prince, après? je vais être obligé de porter le bras en écharpe pendant quelques semaines ; mais, outre, que cela rend intéressant, est-ce que Blanche, est-ce que Matthéus et Nadetcha en sont moins mes esclaves pour cela ? Je crains même qu'ils ne le soient un peu davantage.

Le prince achevait à peine ces mots, qu'il vit poindre Bamberg au détour d'une allée.

Tout le monde savait que Bamberg était affilié à la grande chancellerie ; aussi son approche était-elle, en général, assimilée aux tuiles qui tombent sur la tête, à cela près qu'il était prudent de lui faire bonne mine.

— Cher ami, dit le prince, je vous demande pardon de vous recevoir ainsi, mais mon épaule vient de rencontrer une balle.

Bamberg faisait une assez piètre mine. Cependant l'ordre d'exil en Sibérie dont il était porteur ne concernait que le prince, et il nourrissait à demi l'espoir que le grand-duc s'était contenté de lui faire peur.

— C'est très gentil à vous, reprit Ivan, d'être venu me voir.

— J'ai un paquet à votre adresse, dit Bamberg.

— Voyons, cher ami ; diable d'épaule !... Vous permettez, messieurs ! Le prince parcourut rapidement la dépêche et reprit : — Pauvre Bamberg ! et c'est moi que l'on charge de cela !...

— De quoi? demanda Bamberg.

— De vous conduire en Sibérie, cher ami ; lisez.

Bamberg lut, et, tirant de sa poche une autre dépêche :

— Pauvre cher prince ! reprit-il ; et c'est moi que l'on charge de cela !

— De quoi ? demanda Ivan.

— De vous conduire en Sibérie, cher ami ; lisez...

Tout le personnel du château était accouru au bruit des armes à feu ; entr'autres Dietrich, affranchi de la veille, et Matthéus, qu'il avait pris sur lui d'amener, malgré l'ordre du prince de le garder à vue.

Cette nouvelle était tombée là comme un aérolithe non prévu par la science. Tous se regardaient dans la stupéfaction la plus profonde, *intentique ora tenebant.*

Ivan fut le premier à ressaisir son aplomb.

— Eh bien ! messieurs, dit-il, va pour la Sibérie... avec

Cent-pour-Cent !... L'ordre qui m'y envoie sera révoqué avant que je n'y arrive.

— J'espère que non, dit sir Blunt. Voyons, un bon mouvement : le malheur rend miséricordieux ; demandez-moi ce que vous voudrez pour l'affranchissement de miss Mortimer, de Matthéus et de sa sœur.

—Voilà précisément où je triomphe, reprit Ivan de son air satanique ; c'est que, quoi que l'on fasse, quoi qu'il arrive, de loin comme de près, leur destinée m'appartient.

En ce moment, Dietrich, qui s'était jusque-là tenu à l'écart, s'avança vers Ivan ; il tenait Matthéus par la main :

— Prince, dit-il à Ivan, c'est ce qui vous trompe. Puis s'adressant à Matthéus : Mattvei, reprit-il, mon affranchissement m'a coûté soixante mille roubles, que j'ai comptés au prince hier matin ; voulez-vous me les rendre, et je vous fais libre ?

— Libre !... moi !... s'écria Matthéus.

— Vous, reprit Dietrich, et naturellement votre femme et votre sœur en même temps.

— Ah ! reprit Matthéus, ne vous jouez pas de moi, ce serait affreux !

— Soixante mille roubles, demanda Dietrich en tendant la main.

— Et où voulez-vous que je les prenne ?

— Je vous le donne, moi, reprit sir Blunt.

— Il me les donnera lui-même, dit Dietrich. Et, tirant solennellement un papier de sa poche : Mattvei, ajouta-t-il, ceci est l'acte de votre affranchissement, signé en double par le feu prince Georgievitch à l'heure de sa mort, dans la prévision, qui ne s'est que trop réalisée, que le prince Ivan en détruirait l'original.

— Vous dites ! demanda Matthéus en passant ses mains sur son front couvert d'une sueur froide ; affranchi, libre ! mon père !

— De plus, ajouta Dietrich, le feu prince a déposé, pour vous et pour votre sœur Nadetcha, en des mains sûres que je vous indiquerai, des pierreries et de l'argent pour la valeur d'un demi-million de roubles.

Matthéus était comme un homme ivre, dont les idées roulent sens dessus dessous dans le vague.

Ivan tuait Dietrich du regard.

— Et comment se fait-il, demanda sévèrement sir Blunt à l'ex-intendant, que, possesseur de cet acte, vous ne vous en soyez pas prévalu plus tôt pour le salut de ces victimes d'une férocité que vous pouviez refréner d'un mot ?

— Parce qu'il fallait que je fusse libre moi-même, reprit Dietrich, pour que le prince ne me fît pas payer de ma vie la délivrance de Mattvei.

Le soir même, les chouettes et les orfraies remplacèrent les hôtes du château.

Blanche et Matthéus, Nadetcha et le comte venaient de partir pour le bonheur.

Bamberg et le prince venaient de partir pour la Sibérie.

FIN DE BLANCHE MORTIMER.

TABLE

DES MATIÈRES CONTENUES DANS BLANCHE MORTIMER.

TABLE

DES OUVRAGES CONTENUS DANS CE VOLUME.

FIN DE LA TABLE DE LA VINGT-DEUXIÈME SÉRIE.

Paris. — Imprimerie J. Voisvenel, rue du Croissant, 16.